古典文獻研究輯刊

十八編
曾永義 主編

第13冊

京劇開蒙戲研究

黃 琦 著

國家圖書館出版品預行編目資料

京劇開蒙戲研究／黃琦 著 — 初版 — 新北市：花木蘭文化事業有限公司，2018〔民107〕

序 2+ 目 4+238 面；19×26 公分

（古典文學研究輯刊 十八編；第 13 冊）

ISBN 978-986-485-514-8（精裝）

1. 京劇 2. 藝術教育

820.8   107011645

古典文學研究輯刊

十八編　第十三冊　　　　　ISBN：978-986-485-514-8

京劇開蒙戲研究

作　　　者　黃琦
主　　　編　曾永義
總　編　輯　杜潔祥
副總編輯　楊嘉樂
編　　　輯　許郁翎、王筑　美術編輯　陳逸婷
出　　　版　花木蘭文化事業有限公司
發 行 人　高小娟
聯絡地址　235 新北市中和區中安街七二號十三樓
　　　　　　電話：02-2923-1455／傳真：02-2923-1452
網　　　址　http://www.huamulan.tw 信箱 hml810518@gmail.com
印　　　刷　普羅文化出版廣告事業
初　　　版　2018 年 9 月
全書字數　202473 字
定　　　價　十八編 15 冊（精裝）新台幣 29,000 元

京劇開蒙戲研究

黃琦　著

作者簡介

　　黃琦，擁有絕對戲曲的形體訓練，以自身為研究對象，探尋藝術身／聲的啓蒙與傳承傳統，致力於京崑藝術的推廣傳承、表演創作活動。

　　國立中央大學中文系戲曲組博士、碩士；中國文化大學中國戲劇學系、國光藝校國劇科，工小生。京劇師承孫麗虹、高蕙蘭、曹復永、萬裕民、喻國雄、李義利，崑曲曾向周雪雯、龔世葵、張毓雯請益，南管及學術研究師從李國俊。習演劇目甚多，發表多篇戲曲相關論著。

　　現任職國立臺灣戲曲學院研究發展處、京崑藝術教師。

提　　要

　　本研究以「京劇開蒙戲」為題，探討京劇基礎教育中劇目教學安排的進程。流傳幾代京劇人的開蒙劇目，有其重要性與傳承脈絡的延續性。狹義的開蒙戲僅指演員初接觸京劇時所學的第一齣戲，廣義則指訓練演員各種基礎的戲群組。

　　本研究以訪查當今戲曲學校、訪談京劇演員及文獻傳記之記載，梳理開蒙戲自科班時期到劇校體制的傳承脈絡，以各行當開蒙戲劇目的演變，從現代劇校所選用之劇目教材回溯至科班，探討演員從初學習京劇的歷程，理出開蒙戲劇目的脈絡和開蒙戲變化的因素，從中探究京劇演員養成教育的演化。

　　論文分為兩大部分。第二、三章以京劇教育之回顧，自富連成科班歷時四十四年教育經驗，其對十九世紀的京劇科班之承襲，以及其所建立之科班運行模式；1950 年代至今逾六十年現代化的京劇教育學校，以臺灣戲曲學院、中國戲曲學院、北京戲曲藝術職業學院和上海市戲曲學校的教育狀況及開蒙劇目作一概述，探究開蒙戲的流變。第四、五、六章從生旦淨丑開蒙劇目之變遷、劇目訓練內容、實際教學現場的教材情況、各劇目類型所訓練演員的身段功法之析論等討論，探究劇目之間存在的共同性和劇目的可替代性成因。希冀開蒙戲論題的開展，對人類表演如何逐步精緻化與精緻藝術保存於當代文化傳承，做一紀錄「正在進行式」的範例，並對當代京劇教育教學方法和教材編排有所助益。

獻　給

父親黃豫邦、母親黃依萍
恩師孫玉立、李國俊
姊姊萬怡
夫陳侶舟

致　謝

謹以此書，感謝於京劇學習與研究之路，
曾經教導我的老師、一起成長的學友。

序

　　打從十歲父母幫我決定一生的道路——進入劇校，跪著與祖師爺磕頭的那一霎那，結下與京劇今生的緣分。懵懂練功、也曾抗拒叛逆，透過學習與欣賞，迷上京劇每一個面向的美麗，無論是接受演員訓練或是進入學術研究領域，每個階段都是十年磨一劍的琢磨。而在前人的智慧面前，我們永遠是謙卑的學習者。

　　戲曲是透過「人」在舞台上展示，以人為載體進行傳播與傳承，演出現場的觀眾交流、師徒間的口傳心授，即便沒有文字或科技的影音紀錄，戲曲因著「人」的存在而代代相傳，人在藝在，人亡卻藝傳。文字雖然不能對傳承做出完整的保存，但至少留下了一種紀實的方式錄。近年筆者透過推廣京劇藝術教育和學術寫作，並藉由自身的學習經驗、舞台實務和理論研究，以追本溯源之心，探尋演員的基礎訓練——「開蒙戲」，以此為題，嘗試歸納已成體系的京劇教育，如何從功法訓練、精神嚮往、甚至終身追求的各個層面，將素人小孩成為藝術表演者？京劇演員向來注重幼功、師承，一位演員從孩提時代到自成一家，以功帶戲亦或以戲帶功，在凡事講求效率的年代，戲功之間相輔相成的訓練關係，即是本書的研究重點。

　　本論文完成於 2013 年底，2014 年經口委意見修正，通過博士學位考試。今年（2018）獲花木蘭事業有限公司青睞得以出版，由於完成時間與出版差距甚大，諸多資料與想法未來得及補充，疏漏貽誤，望請方家指證。

第一章　緒　論

第一節　研究緣起與目的

　　戲曲演員向來是舞台最具魅力的一環，他們能唱、能念、能舞、能打、能翻、能演，透過這些手段，演出歷朝歷代的人生百態，是綜合表演藝術的極致。他們在舞台上所呈現的一切，都經過嚴苛標準的要求，訓練過程有常人難以忍受的心酸，尤其在開蒙階段教師們更是嚴格把關，歷來認為「開蒙」可能是演員一生成敗的關鍵，學藝期間，包含功底的紮根、傳統劇目的累積、演員品格的養成，舞台程式的套路運用及默契培養，皆屬其範疇。

　　京劇表演體系，歷經前輩藝人創造，累積為一套固定的表演系統及詮釋人物的方法，自京劇盛行後，流行於全中國，其表演訓練也影響各個劇種。京劇演員從很小開始接受嚴格的基礎訓練，要使舉手投足符合京劇舞台上的形體規範，以及學習有武功難度的肢體技巧，練的是「幼功」，進而成為演員的「第二天性」，也是演員塑造人物的一切根本。戲曲名家裴艷玲曾說：「京劇講究的是功，功夫精不精準不準，『拉山膀』手在準確位置就是有人物，位置不準確就是沒人物；唱的字正腔圓就是有個性，荒腔走板就是沒個性！」﹝註1﹞這樣的說明，表示京劇演員在舞台上，側重功夫技巧的展現，雖有偏頗與極端，但看裴氏演出，絕不只是為展現功法、賣弄技巧而已，只是強調內在深層的表演動機，必須透過四功五法，對這套表現手法掌握極致，才能進而

─────────────

﹝註1﹞　轉引自王安祈《為京劇表演體系發聲・自序》（臺北：國家出版社，2006），
　　　　頁8。

─1─

論，詮釋的表現，不到位的功夫，是難以體現人物形象「精準」的。

　　每個演員必經之路，就是初入門的開始初接觸京劇紮根的階段，梨園行稱爲「開蒙」。京劇教學一向屬於「外打進」，從「刻模子」的開始，先是大量的訓練技巧部分（也就是所謂的「功」），紮下裴艷玲所說的「字正腔圓」、「山膀子手在正確位置」的良好基礎。在訓練過程中，並不是單純的外在技巧的「元素教學」，而是要學習完整劇目的人物表現，透過劇目演出檢驗演員的學習成果，又稱之爲「成品教學」〔註2〕，也就是學戲，演員第一齣學的劇目，便是「開蒙戲」。

　　戲諺有云：「老師開錯了蒙，如同放火燒身。」〔註3〕不只是針對選行分科，任何技巧的開始，如果沒有在一開始就準確指導，恐怕在怎麼苦練功都難達水平。演員在童蒙學戲時期，沒有獲得良好的規範，便可能無法成爲一名可四處演出的職業演員所需要的基本要求，更怕養成不好的壞習慣難以改正，這個基本要求要的是四功五法的訓練以及劇目的累積。

　　筆者在研究所期間，因參與數個研究計畫之故，有許多和演員親身接觸的機會。在訪談的過程中發現，每位演員對剛開始進入劇校學戲的情景，印象都十分深刻。凡問到：「請問您哪一年進劇校？」大多數人不但記得是幾歲，並且能馬上回答進入劇校的年月日〔註4〕。再問：「請問您的開蒙戲是什麼？」也都不加思索地立刻答出，老師教的什麼、自己學習過程中的困難和趣事，鉅細靡遺地說出開蒙學習的經過。加上很多演員傳記也提到對學戲坐科階段發生的事，已經是一種「刻到骨子裡」的感受。從訪談演員中，得到演員對此一時期的記憶是「一輩子都不會忘記」，尤其朱安麗的話語令筆者印象深刻：

〔註2〕　關於「元素教學」和「成品教學」一詞，用來說明學習劇碼和技能不可分割的教育模式，不單是只是拆解技巧的單向學習，最早出處尚在調查階段，本處引用自傅謹〈建構當代戲曲教育體系的挑戰與困難〉，2013戲曲國際學術研討會論文集發表稿，頁7。臺北：臺灣戲曲學院舉辦，2013。

〔註3〕　指老師因施教的眼力相當重要。若開錯蒙、入錯行當，有如放火燒身般，藝術前途黯淡，造成終身貽誤。黃均、徐希博《京劇文化辭典》（上海：漢語大辭典，2001），頁827。

〔註4〕　富連成出科的武生李盛斌，在傳記中也明言：「我進科班的那一天是1918年9月15日。」霍大壽主編《京劇名家李盛斌》（北京：中國戲劇，2000），頁102。說明進入科班學藝，對京劇從業者是終身難忘的大日子，很多演員對這一天總是牢記著。

> 當初學開蒙戲的時候，班上有十名學旦角的同學一起學，老師一句句
> 唱地教，我們每人跟著學，學成後再一個一個同學驗收，老師會逐一
> 糾正，身段也是，反覆練了大半年，雖然戲學完之後沒有上台演出，
> 至今卻仍然記得當時所學的引子、唱腔，一輩子都不會忘記。〔註5〕

自此，筆者開始思考京劇演員不只是身體上被養成該有的形體規範，在心理上也重重落下痕跡。筆者自幼進入國光藝校就讀京劇科，對於演員所描述的訓練情景感同身受，體會十分相近，那是一種自進劇校給祖師爺磕頭的那一天起，成為「梨園子弟」，彷彿重生之期，一生都嚮往追求一個舞台的完美境界，永生難忘，是一種絕不輕易放下「戲」（指舞台生涯）的狀態。

京劇演員從年齡很小的孩子開始栽培，剛入行時對於戲劇、戲曲、京劇本身可能是一知半解的情況，或是完全不知京劇為何物，對藝術未必有透徹了解的追求。團體生活也讓學戲的孩子在小時候除了培養技藝之外，提早懂得的人情世故，這和科班文化生態的關係密不可分。而在開蒙階段，小演員的小小心靈已經留下刻骨銘心回憶，開蒙教學對演員藝術的塑造，其影響力更不止於心理上記憶，舞台上肢體的定型，幾乎像是反射動作般的自然定位，更來自開蒙時對於程式規範的要求。

內行稱開始學戲為「開蒙」，無論是票友還是科班，只要學習京劇，就有各自的開蒙方式，一般認為「開蒙戲」是演員第一個學的「戲」（戲碼之意），或跟的第一個老師所學的戲。被選用開蒙的劇目，向來有常用的規律，京劇形成至今二百餘年，開蒙劇目的隨著京劇成熟與時代潮流變化，但變化緩慢。文獻資料和老藝人總是提出，京劇教育是「循序漸進」的，也就是學戲時先學某齣戲，再學某齣戲是有規律的步驟。

京劇劇目在《京劇劇目辭典》的統計約有五千餘個〔註6〕，陶君起《京劇劇目初探》收錄一千三百餘個〔註7〕，這只是過去傳統戲的部分，不包含現在的新編京劇。鼎盛期的京劇常演劇目，至多也就三百餘齣。這些劇目留傳至今，常演的也許僅剩不到百齣，而開蒙戲在歷朝歷代京劇的流傳過程，變更緩慢，教學的老師們對這習慣性的沿用，認為老方法所留下的經驗法則，就是給學生打基礎最好的選擇。因此要研究開蒙戲的系統，和開蒙的教學內涵、

〔註5〕 訪談朱安麗「個人學藝經過」。2010年1月13日於臺北國光劇團。
〔註6〕 曾白融主編《京劇劇目辭典》（北京：中國戲劇出版社，1989。）
〔註7〕 陶君起編著《京劇劇目初探》（北京：中國戲劇出版社，1963。）

教學方式、科班學戲文化氛圍都離不開的，開蒙戲要學的典範爲何？典範從何而來？怎麼教？怎麼學？開蒙戲被保留或被淘汰的因素，轉化的過程又是什麼，開蒙教育的內涵，開蒙教育的方法，體制變遷對開蒙教育的影響，開蒙教育的傳承，成了筆者想探討開蒙戲初心。

　　有中國人的地方就有京劇藝術的足跡。筆者身在的臺灣，若以《臺灣京劇五十年》的分期看來，視「顧劇團」1948 年來臺爲「臺灣京劇的奠基者」算起〔註8〕，這片土地的京劇歷史已有六十餘年，這還不算日治時期曾有上海京班在臺灣的歷史足跡〔註 9〕。臺灣正式的京劇教育，要從民國四十三年（1954）年小大鵬成立，徐露爲第一期生，陸續成班成校的培訓機構，最多時曾有五所學校。這批上世紀的由大陸遷臺京劇藝人最早的京劇師資，包含富連成、榮春社、鳴春社、中華戲曲學校、上海戲劇學校等，他們按著自身的經驗開始培養臺灣本地的京劇人，有些傳統未如大陸經文革所產生的表演質變，在教學現場上保留早期的演法，是值得被記錄的一種傳承型態。老先生凋零速度飛逝，現今臺灣京劇從業的教員、演員，大部分都是在臺灣本土所培育的。戲目傳承脈絡不容易延續，新世代學戲的紮實度和豐厚度也不如從前，教、演，接班產生斷層。

　　那麼，探尋京劇根源，便該到京劇的發源地尋根。北京是京劇發源成熟之地，更從許多老藝術家口中得知過去學戲和現在學戲的差異，他們親身經歷了這個教學的調整過程，要明白劇目之間的難易程度，箇中原由，老藝術家或資深教員的豐厚經驗，是第一手資料中重要來源。而今日劇校受到各種文藝思潮，教育體制的影響，也對京劇藝術教學從外到內有深刻的影響，在探討過去的藝術教學方法與劇目選擇時，根源性的擇取原因，成爲今日選劇的主要考量。

研究目的

　　本研究欲探討開蒙戲究竟有沒有系統？系統是什麼？劇目教學如何因時、地、人的因素而所改變？不變的是那些劇目，變的原因又是甚麼。這是屬於訪查統計的部分，但以筆者單薄之力，難以做到地毯式的資料收集，因

〔註 8〕　王安祈《臺灣京劇五十年》，（宜蘭：國立傳統藝術中心，2002。）頁 2。
〔註 9〕　詳請參考徐亞湘：《日治時期中國戲班在臺灣》第三章第二節〈中國戲班在台
　　　　　演出情形〉，（臺北：南天出版社，2000。）頁 68～90。

此地緣之故，臺灣的京劇教育現況成為筆者關心的著眼點。從筆者訪談的臺灣京劇專業出身者，整理臺灣開蒙戲劇目傳承，並參照中國戲校、北京戲校、上海戲校目前的教育情況，希冀前人和今人的經驗之中，了解表演傳承流變與不變，對京劇教育歷史回顧和現今京劇教育有所助益。

第二節　文獻回顧

本文以京劇開蒙戲為題，屬京劇教育最基礎的一環，關於開蒙戲學習經過與劇目，絕大部分來自於京劇演員之傳記，和京劇演員的訪談，每位演員的生平，幾乎都會從進入科班或戲校之初侃侃而談，因此演員們表演經驗談的相關文章與專書，視為文獻整理中開蒙教育的直接資料來源。

關於論述文類，鎖定於京劇教育與京劇開蒙戲劇目與流變，在京劇研究一片浩海中，討論開蒙戲的文章，於學位論文中未有專文論述，當以「開蒙戲」及「啟蒙戲」為搜尋關鍵字時，幾乎是一無所獲，僅有在專書專節以開蒙戲為討論之文章出現，期刊文章中也僅有個別單篇。雖然京劇教育不完全等同於所有的戲曲教育，但在綜觀戲曲教育的歷史源流、內容方法、教學經驗、教學模式等議題時，不少是以京劇為範本擴及至整個戲曲生態圈的戲曲教育探究文章，尤其是現代戲曲學校之成立，最初就是以京劇為主。京劇對各劇種之影響，從教育層面觀看，各地戲曲為求豐富地方劇種聘請京劇所養成人員成為教師，對其他劇種有深植性的影響。因此文獻回顧時除了本論文之主題「開蒙戲」之外，戲曲教育、京劇教育、戲曲表演教學、劇目教學，及戲曲學校教師之人名為關鍵字蒐羅資料，以專書、學位論文、期刊論文、及其他有關資料中的書籍和期刊內的相關專文或雜文，做一現有文獻資料回顧與分析。

一、關於戲曲教育專書

自 1980 年代以後，戲曲教育已有專書出版現代劇校的教學經驗和成果，早期是各地戲曲做校史般的回顧文章，雖著時間的積累，亦不少從整體政策、社會環境等總體觀看現代及未來所需的戲曲人才和教育分針，也出現以戲曲教育為專題的相關教材。

史若虛《戲曲教育論集》〔註10〕，作者為中國戲曲學院前校長史若虛，

〔註10〕史若虛《戲曲教育論集》（北京：中國戲劇出版社，1983）。

於學校建校三十年中發表相關的辦學經驗、爲藝術家生涯傳記做序的文章結集成冊。書中言及中國戲曲學校的辦學觀點，如基本功訓練的開發，在學校中練功時間雖不如過去老科班的時間長，但課程和內容有組織性的規劃與管理，效率卻高〔註11〕，並編寫可參考作爲範本的教材數種。在教育方針上，除了培養具有共產主義思想的演藝人員，也提出戲曲教育的特殊性，既要「全面發展、因材施教」，反對機械式的「平均主義」〔註12〕，並設有「教育方向」是骨架、「教學大綱」是血肉、「因材施教」是靈魂的教學準則，每學期、每年的、每個學生的訓練目標、學戲和排演計劃，規畫出初階、中階、高階的學習階段〔註13〕，同時輔以文化課和文藝史論課亦是學校養成不可忽略的重要部分。史若虛還認爲紮實傳統戲基本功，再演現代戲、新編戲更容易，往往能得心應手，說明老戲是打基礎的必要手段，文革經過四人幫的實驗教育，如「零件教學」、「京舞體三結合」的模式，是謬論、欺世盜名之說〔註14〕。該書對於現代化的戲曲學校教育之辦學精神、辦學實踐、如何延用過去教育和現代教育之不同，提供實質的經驗，閱後能瞭解中國戲曲進入教育體制之教育領導人的思考和教育觀，對戲曲教育產生的衝擊和磨合過程，和對今日教育影響，有基本的認識。

　　杜長勝《中國戲曲教育現狀與改革發展研究》〔註15〕。該書出版適逢1949年後中共政權建立，隔年（1950）中國第一所戲曲學校成立，爲中國戲曲學院前身，至2010年止，正好六十年。六十年期間，中國各省校戲曲專業中專、大學辦學情況的調查與分析。該書分爲總報告與分報告。總報告以：一、戲

〔註11〕史若虛《對於戲曲教育規律的幾點探索》，原刊載《戲曲藝術》創刊號，1979。史若虛《戲曲教育論集》，頁56。

〔註12〕文中以：「『因材施教』裡包含普遍培養的意義，因爲要『人盡其材』就不能光培養少數幾個，有人卻把『普遍培養』這一概念錯誤理解成爲『平均主義』……」闡述因材施教必須承認學生的個別差異，好人才有拔尖機會，較差的也能挖掘其他才能，而不是平均主義，讓好的去等差的，擇耽誤了好的學習。史若虛、蕭長華〈現曲教育的問題〉，原刊載《文匯報》1959年4月21日。史若虛《戲曲教育論集》，頁11。

〔註13〕史若虛《對於戲曲教育規律的幾點探索》，原刊載《戲曲藝術》創刊號，1979。引自史若虛《戲曲教育論集》，頁56。

〔註14〕史若虛《對於戲曲教育規律的幾點探索》，原刊載《戲曲藝術》創刊號，1979。引自史若虛《戲曲教育論集》，頁48。

〔註15〕杜長勝主編《中國戲曲教育現狀與改革發展研究》，（北京：文化藝術出版社，2010）。

曲教育史的回顧，由科班到學校的經過，得出學校是科學系統性的規劃，科班除了教育性質仍有現實利益的考量。二、中國六十年來辦學校的總體評析，包含全中國的戲曲院校名錄，教材從無到有的研發已具規模，史述論著不斷開展研究等理論建設。三、從戲曲院團演出場次和觀眾欣賞人次、歷年院團數比例，已逐年遞減的現象，在此情況下，戲曲教育對於戲曲的保護作用、人才培養、觀眾開發都格外重要。四、針對目前戲曲教育的主要問題，如規模縮小、學生數萎縮、質量下降、師資人才青黃不接、教育成本增加等問題，提出加強教研意識、戲曲衰微困頓的局面對戲曲教育面臨消極的影響，同時也注意到戲曲院校的管理。最後針對以上問題提出改善之建言，如擴大完善的教育格局（由中專到博士班的教育規劃）、借鑒體育人才培養、鼓勵興辦多種形式的戲曲人員養成班等。部分報告如同廿四所戲曲院校的教育成果書，從課程安排，學生就業等層面分析辦學成效，其中也包含臺灣的臺灣戲曲學院和中國文化大學中國戲劇學系調研報告。該書有助了解中國大陸戲曲教育過去到現在的情況，能有一總體認識，補足論文中無法探訪的戲曲院校。

　　劉堅《戲曲教育概論》〔註 16〕分為上篇：教學型態篇，依表演、導演、文學、作曲與器樂演奏、舞台美術、師範教育等七個教學型態討論。下篇：以教學管理制度、教學組織規程、教學管理系統和教學建設側評等四個的面向論述，建立了戲曲教育的初部輪廓。

　　主要針對中華人民共和國現存的戲曲教育機構設置圍繞。過於強調馬克思社會主義在教育中的位置，「在階級社會中教育具有鮮明的階級屬性、堅持黨對教育工作的全面領導。」除了科目的設置外，還包含劇目的思想範疇。戲曲教育的課程設置，對於理論基礎的建設，多過於實際實踐教學的應用，但忽略戲曲口傳心授的特殊性質。如：「設置戲曲表演專業的教學基礎」一節中〔註17〕，分為「專業教師」與「專用教材」，其在戲曲專用的正規教材，提出劇本選才的重要性，內舉例為《京劇選編》及《崑劇表演一得》二書，另介紹表演理論課的教材、電子化教育的錄影和錄音設備對教學應用的幫助。但無論書中說戲再如何詳細，只能是演員或教師的參考值，戲曲口傳心授特質的傳承法，仍然不可取代。其所強調的教學設置，和教材的編撰設立，更應把非物質性的教學因素，在教材教法上同時進行討論，若單獨探討教材，

〔註16〕劉堅《戲曲教育概論》（北京：中國戲劇出版社，2001）。
〔註17〕劉堅《戲曲教育概論》，頁 28。

則失去戲曲表演特殊性考量。

　　該書中提到教學劇目在各教學階段，要根據學生的不同年齡、體力、身心發展情況，並考慮到學生的接受能力，堅持由易到難、由簡到繁的循序漸進原則進行安排。在初級階段，按照鞏固已有的教學要求，安排適於基本技巧訓練、表演上不複雜，角色不多的小型劇目﹝註 18﹞。此觀點雖說疑慮可討論之處，卻也有其適用性的，因為現代的戲曲學校行政執行層面，安排「角色不多」的劇目，可行性高，能在短期中呈現；同時現在學生專業課上課時間不如過去幾乎是全天候的學習環境，教學以「表演上不複雜」的劇目，是唱念做打綜合性不高的劇目，讓學生分項打基礎，進而學習難度較大的「複雜」劇目。

　　該書已為戲曲教育之提出專論，有別於過去只在戲曲傳承本身──在技法或劇目的教學上的理論討論有所突破，以「教育」和教育者的眼光，為傳統戲曲教育在現代教育體制中，找出教材教法的因應之道。

　　杜長勝主編《新中國戲曲教育縱論》﹝註 19﹞，是「紀念田漢、王瑤卿、蕭長華、史若虛暨新中國戲曲教育學術研討論文集」的集結專書，論文主題可分為兩類：一、緬懷紀念曾任校長的四位先生，諸位學者分別就這四位校長的生平事蹟、教育觀、對中國戲曲學院的貢獻等教學回顧；二、評析中國當前戲曲教育現狀，中國戲曲學院歷經六十年不斷改革實驗教學，面對社會和市場需求時，應該要培養什麼樣的新時代戲曲人才、從其他領域的經驗如何借鑑、學校必須提供什麼教育環境等專文，如：為學生開發雙專業的可能性、和體育結合訓練毯子功等專文論述。論文中對這四位曾任中國戲曲學院校長的教育理念，自一九八零年代的到廿一世紀，分別從個人教育經驗、戲曲教育概論、學校現況調查學術研討會論文集不同的面向投入戲曲教育研究，使理論與教育實務結合，是較有系統的戲曲教育研究專書。

二、關於京劇教育

（一）學位論文

　　專以現代京劇教育的學位論文，僅有瀋陽師範大學鄭偉《京劇表演專

﹝註18﹞ 劉堅《戲曲教育概論》，頁 41。
﹝註19﹞ 杜長勝主編《新中國戲曲教育縱論》（北京市：文化藝術出版社，2010）。

業培養目標的研究——以瀋陽師範大學爲例》〔註 20〕，該文以教育理論中的「培養目標」切入點，從觀察法和個案研究法，探討瀋陽大學藝術學院京劇表演專業的關於培養目標的訂定，對於戲曲院校生的知識、技能、情感表現力的教育目標，已經注意到表演藝術在專才和通才應設置不同的課程標準和學習目標，如何以劇目、基本功教學來實踐，文中未具體案例說明，關於科學、規範的培養目標，應如何因應京劇表演來制訂，過分強調現代京劇表演人才應具備的創新角色的能力，而忽略傳統劇目繼承更是當務之急。該文以京劇表演教育應樹立目標的個案，已經爲現代化京劇教育理論注入新的觀點。

在臺灣關於京劇研究相關碩博士學位論文〔註 21〕，研究主題涵蓋歷史變遷（含劇團、班社史；演出史）、劇目、文本、劇本、人物、表演、導演（含演藝歷程）、音樂、唱腔、教育、劇本創作、劇場、舞美、跨劇種、跨文化、劇團經營、數位科技相關等，另搜尋針對戲曲學校教育景況等，詳見後表〔註22〕。關於討論臺灣京劇教育學位論文：侯剛本《臺灣京劇教育與就業現況之研究（1949～1999）》、涂珮瑄《當代臺灣京劇青年之生涯意識》等，並無針對開蒙教育或劇目教學做討論的著作。

侯剛本《臺灣京劇教育與就業現況之研究（1949～1999）》〔註23〕，研究者爲復興劇校畢業生。該論文對臺灣京劇專業教育之歷史、學校團體、教育模式、課程編列，皆有專章探討，並以二十六名劇校畢業，在各領域發展頗具代表性的人物，進行深入訪談，及各校校友升學與就業概況，呈現五十年來臺灣京劇專業人才的流向，培訓耗時六至八年、數以千計的京劇公費生之走向，隨著京劇落寞，觀賞人口的流失，京劇教育政策的調整和學生之就業

〔註20〕 鄭偉《京劇表演專業培養目標的研究——以瀋陽師範大學爲例》，瀋陽市：瀋陽師範大學碩士論文，2013。

〔註21〕 筆者寫作學位論文時搜尋臺灣碩博士論文知識加值系統，1982～2013 之間的學位論文，搜尋「論文名稱」、「關鍵字」，搜尋名詞以「京劇」出現 132 篇、以「國劇」約 28 篇、以「平劇」有 10 篇。除去重複、錯誤、非詞本意與他領域之應用，約有 132 篇。本文修改於 2017 年 12 月，以相同條件搜尋「京劇」一詞，已新增至 334 筆，102～105 學年（2014～2017）相關論文新增 88 筆。詳表列於附錄四。

〔註22〕 另以「臺灣戲曲學院」或以「臺灣戲曲專科學校」爲篇名欄位搜尋，蒐羅以劇校爲研究主題等七篇論文，未與本文有直接關係者，參見附錄四。

〔註23〕 侯剛本《臺灣京劇教育與就業現況之研究（1949～1999）》，臺北：中國文化大學藝術研究所戲劇組碩士論文，2001。

輔導，應因時制宜。結論以京劇教育和劇校畢業就業之間的連結，提出發現與建議，如實行「二度分科」，除演之外，也應有幕後、行政等相關科目，在就業市場現實場域，應積極進行建教合作。

涂珮瑄《當代臺灣京劇青年之生涯意識》〔註24〕，針對臺灣戲曲學院在學，學生以問卷調查的方式，對學生對於在校學習、未來生涯規劃的觀念做一比較分析，量化整理出學生的心理和對未來的認知，並對已畢業相關京劇從業人員、就業市場環境做基本評估。該文並非研究實際教育之內容與結果，而是以京劇系高職部的學生「生涯意識」展開研究論題，對於劇校教育之學生心理素質有一基本認識，以聯合知識庫之文獻，觀察臺灣劇校和京劇的變遷趨勢，結論得出政策與對策之間未對學生規劃最有利的課程模式，梨園舊觀念和現代教育相互不適應，並提出實際建言。文中引用資料來源過於依賴報導結果，難以看出臺灣京劇教育影響之全貌，附錄之訪談紀錄，部分可和報導文獻呈現出的結果做一縱軸的相互對照。

（二）期刊類

期刊目錄搜尋以「中國期刊全文數據庫——全模組」之搜尋引擎爲主，該資料庫蒐集中國地區自1915以後的學術期刊及普及雜誌，當以「京劇教育」做爲關鍵字時，搜尋到的文章約分爲三類：一爲在正規教學中，普及推廣京劇及京劇如何應用於普通教育之教學，以提升學生美育和文化藝術鑑賞力；二爲京劇本身之教育以及其他相關文章；三爲其他藝師流動或近況一類的訊息。

普及推廣京劇和京劇爲教學之應用的文章，探討如何以京劇做爲教材在普通教育中應用，針對學生的美感教育、音樂教育、文化教育等藝術教育範疇，〈京劇文化在高校學生素質培養中的作用〉〔註25〕、〈淺議京劇藝術與幼兒園教育有機整合的有效策略〉〔註26〕、〈京劇臉譜——開啓幼兒藝術之門的鑰匙〉〔註27〕；校園普及推廣京劇，如〈弘揚京劇藝術是學校音樂教育的職

〔註24〕 涂珮瑄《當代臺灣京劇青年之生涯意識》，中壢：國立中央大學中國文學系碩士論文，2013。

〔註25〕 陳松源〈京劇文化在高校學生素質培養中的作用〉《湖州職業技術學院學報》，2012年2月。

〔註26〕 馮玉桃〈淺議京劇藝術與幼兒園教育有機整合的有效策略〉《早期教育（教科研版）》，2011年11月。

〔註27〕 羅珽〈京劇臉譜——開啓幼兒藝術之門的鑰匙〉《貴州教育》，2001年9月。

責〉〔註 28〕、〈對京劇進校園的觀察與思考〉〔註 29〕、〈京劇進課堂　國粹顯神威〉〔註 30〕、〈京劇與教育的聯姻——藝術教育普及化的新嘗試〉〔註 31〕、〈走進戲曲天地——由一節京劇欣賞課引發的思考〉〔註 32〕、〈關於中文系大學生傳統戲曲素養的調查〉〔註 33〕、〈京劇教育在普通大學——《京劇藝術欣賞》選修課的實踐與探索〉〔註 34〕、〈大學生愛聽的京劇知識課〉〔註 35〕……等，涵蓋幼教、初教、中教、高教等之普通教學之應用，以數據調查做量化分析，實際的教學現場，探討京劇如何在課堂上呈現，引領學生對京劇之興趣或傳統文化的認識，此類文章大約從 1979 年後開始發聲，爾後在教育類科期刊、大學學報中討論甚多，文章數已逾百篇。亦有談及京劇對其他藝術門類的教育影響，如音樂、聲樂方面：〈京劇演唱對聲樂教學的啓迪〉〔註 36〕、〈談民族聲樂教學中對京劇「喊嗓」的借鑒〉〔註 37〕、〈京劇唱法與美聲唱法相互借鑒之實務探究〉〔註 38〕等，過去戲曲無論是在導演、舞台布景、表演或音樂裡論，引進許多西方的藝術的觀點，二十一世紀初的研究面向，已經出現以京劇爲本位，發展出民族發聲法的理論研究。

其他相關文章大多是關於老藝師們的逝世訊息公告，以此回顧其演藝生涯、教學概況和弟子們的回憶授課情景的文章，以藝人生平爲主；或各類藝術家研討會、紀念會等信息。上述文章雖未與本研究有直接關係，但從「京劇教育」爲關鍵字搜尋出發，所得論文量之大，已有多重視角觀照京劇教育議題，總體而言，拓展京劇與各學科的結合，有助京劇研究的多面性。

〔註 28〕曹亞新〈弘揚京劇藝術是學校音樂教育的職責〉《中國音樂教育》，1999 年 2 月。
〔註 29〕劉紅霞〈對京劇進校園的觀察與思考〉《小說評論》，2011 年 2 期。
〔註 30〕馬碧丹〈京劇進課堂　國粹顯神威〉《音樂天地》，2011 年 9 月。
〔註 31〕蔣琴〈京劇與教育的聯姻——藝術教育普及化的新嘗試〉《湖南科技學院學報》，2011 年 1 月。
〔註 32〕秦朝陽〈走進戲曲天地——由一節京劇欣賞課引發的思考〉《學校黨建與思想教育》，2004 年 12 月。
〔註 33〕翁敏華〈關于中文系大學生傳統戲曲素養的調查〉《上海戲劇》，1997 年 4 月。
〔註 34〕岳耀民〈京劇教育在普通大學——《京劇藝術欣賞》選修課的實踐與探索〉《戲曲研究》，2003 年 3 月。
〔註 35〕石呈祥〈大學生愛聽的京劇知識課〉《教育藝術》，2003 年 7 月。
〔註 36〕孫駢〈京劇演唱對聲樂教學的啓迪〉，《音樂大觀》，2011 年 12 月。
〔註 37〕趙振嶺〈談民族聲樂教學中對京劇「喊嗓」的借鑒〉，《歌唱藝術》，2012 年 10 月。
〔註 38〕沈悅〈京劇唱法與美聲唱法相互借鑒之實務探究〉《音樂創作》，2013 年 6 月。

　　和本研究相關性的關鍵字，以「劇目教學」得到較多關於劇目和教學法討論的論題〔註39〕，以「戲曲教育」則是出現各劇種劇校的教學情況。茲篩選過後，挑出京劇開蒙戲相關的之文章，其中作者不乏京劇教育現場的教師、教學計劃的設計者、統籌事物的校長等，部分為研究者和觀察員等，內容以教材教法的探討為大宗，如蔡子人〈戲曲劇目教學問題斷思錄〉〔註40〕，馬名群〈表演（劇目）教學改革的探索與實踐〉〔註41〕、張瑞祥〈模仿——戲曲劇目教學中的一條重要法則〉〔註42〕、劉堅〈論戲曲表演專業主課的課程結構及其調整〉〔註43〕、朱文相〈劇目教學與功法教學〉〔註44〕、陳增堃〈京劇老生學科（四年制本科）劇目表演課教學方案的設想〉〔註45〕、趙秀春〈淺議劇目課教學的探索與追求〉〔註46〕、趙晶璇〈戲曲表演專業劇目教學的三個階段〉〔註47〕、王靜〈論戲曲劇目教學〉〔註48〕、王淑芳〈戲曲表演專業劇目教學初探〉〔註49〕等數十篇文章，廿年來不斷地有人關注戲曲教材教法問題，在專業期刊中發表，對於劇目教學的建言，也跨越不同層次。以開蒙戲為討論的秦偉成〈從文戲入手——談戲校武丑演員的啟蒙教育〉〔註50〕，作者為資深的丑行教師，文中以學生的生理、心理發展和表演體系三方面，論述文戲打基礎的必要性，並以前人經驗王長林訓練葉盛章為例，文戲《問樵》、《小放牛》、《祥梅寺》是丑行表演的基礎，這些劇目俱備的雲手、圓場、矮子功、翻身和武戲的要求相同，前三年打基礎的關鍵，是身段的準確性、規範化、優美化、及唱念基本功，同時間訓練難度跨越高的跟斗技巧，光會

〔註39〕詳目見參考文獻。

〔註40〕蔡子人〈戲曲劇目教學問題斷思錄〉，《戲曲藝術》，1985 年 2 月。

〔註41〕馬名群〈表演（劇目）教學改革的探索與實踐〉，《戲曲藝術》，1989 年 3 月。

〔註42〕張瑞祥〈模仿——戲曲劇目教學中的一條重要法則〉，《戲曲藝術》，1995 年 2 月。

〔註43〕劉堅〈論戲曲表演專業主課的課程結構及其調整〉，《藝術教育》，1995 年 3 月。

〔註44〕朱文相〈劇目教學與功法教學〉，《中國京劇》，1998 年 1 月。

〔註45〕陳增堃〈京劇老生學科（四年制本科）劇目表演課教學方案的設想〉，《戲曲藝術》，1999 年 2 月。

〔註46〕趙秀春〈淺議劇目課教學的探索與追求〉，《戲曲藝術》，1999 年 3 月。

〔註47〕趙晶璇〈戲曲表演專業劇目教學的三個階段〉，《戲曲藝術》，2003 年 1 月。

〔註48〕王靜〈論戲曲劇目教學〉，《魅力中國》，2007 年 5 月。

〔註49〕王淑芳〈戲曲表演專業劇目教學初探〉，《藝術教育》，2013 年 1 月。

〔註50〕秦偉成〈從文戲入手——談戲校武丑演員的啟蒙教育〉，《上海藝術家》，2000 年 6 月，頁 14～15。

翻跟斗的武行，若無上述文戲基礎，難以成爲優秀的武丑演員的。該文爲本研究關於開蒙戲訓練演員功法的目的和劇目，提出直接原理性標準參考。

其他相關文章包含教學經驗，前人啓示、教育人和學校介紹、十數年的各種教學法或政策對現況人才養成結果，做一教育反思，如毛蘭〈富連成科班對新時代戲曲人才培養的啓示感談〉〔註 51〕、郭冬梅〈京劇表演藝術失衡令人擔心〉〔註 52〕，賈君祥〈對因材施教的反思〉〔註 53〕、張偉品〈晚近戲曲教育中人文精神的缺失〉〔註 54〕等。文獻大致認爲以京劇前輩的教學經驗和當今教育做一回顧與反思，探討教學法和教育模式，可借鑒之處如按部就班、因材施教等傳統方法，教師如何從學習者到教學者，劇目教學中爲學生所做的細部調整，教學現場的現身說法，以及當今表演人才質與量的成果，使本研究在教學探討中，關於典範轉移和劇目繼承的過程，有著具體認識。

總體而言，探討京劇教育的沿革與發展，內容從歷史觀點、教育現場、各種因時代變遷所引發的議題，已有廣泛討論，但種種實驗過程的結果，並不脫離傳統觀點，如教學歷程、辦學經驗之成效，仍以科班基礎、或中國戲曲學院模式進行開展，故本文討論之戲曲教育變遷相關論點時，亦以此爲一對照參考。

三、關於開蒙戲

學位論文中以開蒙戲做爲京劇歷史發展討論的文章，以李元皓《京劇老生、旦行流派之形成與分化轉型研究》對劇目遞嬗探討最爲深入。〔註 55〕分別從生旦開蒙戲看京劇表演體系的建立。其第二章第四節〈表演體系始形成於老生行〉、第四章第六節〈旦行表演藝術的發展〉，對開蒙戲的變化和當時劇壇演劇風尚做一歷史的回顧，以豐富的史料將這一歷史時期演員風格的成立、影響到後人學戲時選用的開蒙戲，從生行、旦行十九世紀末至二十世紀初演員的劇目傳承，生行從劇本、音樂板式的版本、唱腔唱法，說明京劇新

〔註 51〕毛蘭〈富連成科班對新時代戲曲人才培養的啓示感談〉，《戲劇之家》，2012年 7 月。
〔註 52〕郭冬梅〈京劇表演藝術失衡令人擔心〉，《中國戲劇》，1998 年 7 月。
〔註 53〕賈君祥〈對因材施教的反思〉，《戲曲藝術》，2002 年 1 月。
〔註 54〕張偉品〈晚近戲曲教育中人文精神的缺失〉，《上海戲劇》，2003 年 1 月
〔註 55〕李元皓《京劇老生、旦行流派之形成與分化轉型研究》（新竹：國立清華大學中國文學系博士論文，2007。）本文引用以國家出版社，2008 年的版本爲主。

派與老派之間，新典範如何被建立，將抽樣演員的開蒙戲和師承逐一列表，以生行中譚派的興起及旦行以四大名旦所建立的新規範，做出細緻的分析。除了文獻史料另以有聲資料——老唱片，做爲表演藝術的流派風格建立析論，並以聲腔看開蒙戲流變，從開蒙戲的轉變看生、旦體系的確立。本文開蒙戲的討論在李氏所建立的基礎，對科班至現代化劇校的開蒙戲劇目流變，繼續現當代開蒙戲劇目變化的探討，具體論述和影響、比較將於各章節。

　　張育華《戲曲表演之功法》〔註56〕，分別於〈戲曲表演功法傳藝之方法——以「口傳心授」特質爲論述核心〉、〈戲曲表演功法之人物體現——以「腳色」爲論述核心〉兩章中，前者爲探討戲曲口傳心授的傳承模式，師父與徒弟之間，如何達到傳藝、傳戲、傳情，是有步驟地由口而心、由外而內、由形而神、由技而情〔註57〕，因爲人才是載體，是無可取代的學習效能，對戲曲教學方法有頗完整的論述；後者將戲曲人物的形塑，以「造型」而分爲三類：「基礎造型」、「性格造型」、與「裝扮造型」〔註58〕。將演員養成練基本功、分行當學戲，再依腳色裝扮形塑人物，也就是腳色專練的行當功法。此一造型分類，對本文進行開蒙戲所訓練之功法，將綜合的劇藝內涵，有很大的幫助，依此分類法則，對歷代藝人開蒙劇目的成因之分析，有實際析論的準則，可看出做爲開蒙戲的要件，將在後章行當部分再做進一步闡釋。

第三節　開蒙釋義

　　童蒙學書，跟著先生口誦心記；演員學戲，跟著師父口傳心授。京劇演員初習學戲一開始的階段，內行慣稱爲「開蒙」。《說文》「開，張也」〔註59〕，即開啓之意，開也有教導、啓發的意思；《周易》有「蒙卦」，「蒙」有幼稚、蒙昧無知之意，敦煌寫本有《開蒙要訓》，爲唐五代敦煌地區民間給兒童識字的教材，內容通俗好記不易忘。鄭阿財、朱鳳玉《開蒙養正：敦煌的學校教

〔註56〕 張育華《戲曲表演之功法研究——以崑京表演藝術爲範疇》（中壢：國立中央大學中國文學系博士班，2008。）本文引用以國家出版社，2010年的版本爲主。

〔註57〕 張育華《戲曲表演之功法——以崑京表演藝術爲範疇》（臺北：國家出版社，2010。）頁159。

〔註58〕 張育華《戲曲表演之功法——以崑京表演藝術爲範疇》，頁261。

〔註59〕 〔清〕王筠《說文句讀》。（上海：上海古籍書店，1983。）頁1692。

育》，將提名中的「開蒙」釋義爲：「開悟啓迪童蒙」〔註60〕，《蒙學輯要》開篇明言：「啓蒙，在我國古代又有開蒙、發蒙、訓蒙、養蒙等別稱。」〔註61〕《戲諺賞析》云：「初開蒙，詳訓詁；學字音、明句讀。」「開蒙」：剛剛開始學戲。〔註62〕而《崑曲辭典》僅有「開蒙戲」條，而無「啓蒙戲」之稱，「啓蒙」既是指兒童初入學啓發事理的開始，對戲曲演員初學階段所學之劇目，亦可稱「啓蒙戲」。梨園習稱「開蒙」，習自民間的講法，也許更有著期待學生對演藝這一行早日「開竅」之意。本文也以「開蒙」爲題，做爲討論京劇演員初學的階段之統稱，這一階段所學習的完整劇目，謂之「開蒙戲」。

　　開蒙的學習方法，必須說一不二。臺灣富連成出科的花臉演員孫元坡先生，其敘述教導臺灣第一位科班生——徐露，每個學習階段的老師教法和風格都不同，其中負責爲學生開蒙的劉鳴寶老師，指出開蒙打基礎的重要性：

> 教法必須得嚴格，說一不二，不可模糊，因爲孩子在小時候沒有準心骨，一定得清楚明白，她才能跟著老師一招一式的學；如果老師教得不夠準，不夠嚴，學生的基礎一定不能紮實。……所謂的「循序漸進」是一件很重要的事情。〔註63〕

這當中的「循序漸進」，在老先生心中似乎有一把尺。孫元坡說：

> 記得有一次遇到個學生，問他現在學什麼戲？他說：「學《洛神》。」我問他學過《武家坡》、《汾河灣》這些戲了嗎？他說還沒有呢！你看看連青衣的基礎都沒有，怎麼能把《洛神》這戲演好呢？……不按進度學，怎麼能學好呢？〔註64〕

老先生的訪談過程對開蒙的認知更加細緻，所謂的循序漸進，在學戲之前，哪怕是一個小小動作，都是重要的啓蒙。富連成「韻」字科的蕭運生老師（運

〔註60〕　鄭阿財、朱鳳玉《開蒙養正：敦煌的學校教育》（蘭州：甘肅教育出版社，2007。）頁29～32。
〔註61〕　徐梓、王雪梅編《蒙學輯要》（太原市：山西教育出版社，1992）。頁1。
〔註62〕　闡釋爲：「詁」即用通俗的話解釋古代文字。這則藝訣是說：初學戲，老師先把劇情人物做一詳細的解釋，然後學字音，分出停頓斷連，弄明白台詞的意思。于學劍《戲諺賞析》，（濟南：山東文藝，1989。）頁166。
〔註63〕　劉鳴寶、孫元坡、朱世友〈嚴師出高徒——大鵬老師談徐露的教育與成就〉，劉慧芬主編《露華凝香：徐露京劇藝術生命紀實》（宜蘭：國立傳統藝術中心，2006。）頁26～28。
〔註64〕　劉鳴寶、孫元坡、朱世友〈嚴師出高徒——大鵬老師談徐露的教育與成就〉，劉慧芬主編《露華凝香：徐露京劇藝術生命紀實》，頁28。

生爲本名），隨軍隊來臺後，長期於陸光劇校、國光劇校擔任劇務科排戲首腦，京劇教學有四十年以上的實務經驗。提到開蒙戲，先談的並不是劇目本身，而是要教學生「開法兒」——一個更基礎的基礎教育，比如翻虎跳，爲什麼手不是雙手掌平行，而右手需要更往內彎約九十度角〔註 65〕，等等諸多細節在學生學戲前，都必須要具備先備技術。

劉鳴寶教徐露的第一齣戲是《春秋配》（在此之前徐露已會《起解》、《春秋配》也幾乎會了）〔註 66〕，正式在大鵬學戲時，還是必須用科班的規範重新教一次，一字一音帶著學生，盯著、看著，教師不能夠有任何疏漏。這是一個「守法」的過程，裴艷玲在演講時說道：

> 所謂守法，就是開始學藝術時，要不折不扣地、地地道道的從基本功、手眼身法步學起，必須非常老實地、一步一步地按著我們舞台上的那一套學。我們戲曲，學戲時，先從外型開始，因爲年齡比較小，對程式的內容還根本不理解，台詞也不懂。所以只是把程式、唱念學像了就成。

> 要苦練基本功，儘管有很多內容不懂，但是必須拳不離手、曲不離口，養成習慣，戲迷似的，你準能成好角兒。你不磨它，平時沒花什麼時間、精力，當然不會有成就。……你只要對它流汗、花心血，他肯定會給你報酬：到了台上得心應手，想怎麼就怎麼。所以只要你忠實於它，它也會忠實於你，汗不會白流。學了這些外在的東西能起到什麼作用呢？就像寫字描紅似的，必須橫平豎直，不能「發展」、「創造」。〔註67〕

但凡有高度技巧的表演型式，都避不開技巧的開發。戲曲演員必須掌握一套技巧程式，才能談及詮釋人物與表演人物。技巧要精，沒有捷徑，只有準確的反覆練習，各行各業打基本功的基礎皆爲如此。而傳統戲完整劇目的傳承，也在開蒙教育中佔有重要位子。戲曲的程式學習，掌握一套程式技巧，表現人物性格和情緒百態，因此程式的學習和規範，是表演傳承的重要內涵。然而這只是在開蒙「刻模子」階段，一旦掌握這些程式技巧，最後的表演的境

〔註65〕 訪蕭運生。2011 年 8 月 24 日於蕭宅。

〔註66〕 同註 65。

〔註67〕 裴艷玲〈守法、破法、立法〉，于臻編《舞台英雄——裴艷玲的演藝世界》（香港：素葉出版社，1994。），頁 42～43。

界可借用人類表演學所說的「經驗性層次和自主神經系統層中的『感覺』隨後而至，每分每秒的表演細節與自身進行同化。」〔註68〕當技巧純熟到發展出屬於自已對表演的人文思維，自然形成自己的表演風格，甚至是流派，但在此之前，是勤練正確的基本功。

因此，開蒙老師的重要性並不是啓發學生對表演有深度的思想，開蒙這段學習的過程，老師必須一點一滴地看著，說一不二，使學生通透戲裡規範。發展上，學生的心智也不到深入理解的程度，教師該給予學生準確、明白、嚴格的指令和示範〔註69〕，必要時以強制的方式執行。學生這個階段的目標，就是要學像老師，並且把技巧練的穩穩地，動作到位。

一、開蒙戲釋義

而從資料和訪談的過程中，發現每位演員或教師口中說的開蒙戲，有著說法相同，實質卻不同的開蒙意義。演員們都有自己的學藝經過，無論在哪裡學戲，一般認爲，所學的第一齣戲便是開蒙戲。就實際訪查而言，開蒙戲未必是單一齣戲，而是爲具備瞭解京劇這一門藝術，和自己所屬的行當，有著一連串的「開蒙戲群組」，這個群組中所學的戲，都可視爲開蒙學戲的開蒙戲階段裡。

齊如山於《京劇之變遷》所提：

> 從前科班徒弟學戲，某腳有某腳開蒙之戲。意思是先把這幾齣戲學好，舉止動作，說白傳神，各種根基都打堅固，則他戲可迎刃而解。
> 〔註70〕

如果將這視爲開蒙戲的基本定義，開蒙戲是要爲「科班藝徒」把根基打下堅固的基礎，爲的是將來「他戲可以迎刃而解」。也就是在一開始學戲時，學了這幾齣戲，以後學戲才能達到事半功倍的效能，是開蒙戲的主要用意，而且要避免容易產生造成表演不良習慣的劇目。因此，不能以形象、性格過於特殊的角色做爲入門，以免定型留下對未來不好的表演習慣。開蒙戲在科班程序固定，並不能隨心所欲的說說戲而已。

定義上的差異，可以從訪談演員或教師的回答中看出，對於「內行」而

〔註68〕理查・謝克納（Schecchne, R.）著、孫惠柱主編《人類表演學系列：謝克納專輯》（北京：文化藝術出版社，2010。），頁64。
〔註69〕劉慧芬主編《露華凝香：徐露京劇藝術生命紀實》，頁28。
〔註70〕齊如山《京劇之變遷》（北平：北平國劇協會，1935。），頁38〜39。

言，開蒙戲也有幾種不同認知。當你問一個演員：「請問您的開蒙戲是什麼？」多半現職的演員都能不假思索的回答出分行當後第一個所學的劇目。有些科班、戲校出身，現在從事非京劇表演教學、轉向後台人員或其他劇種的教師等相關行業，則需經過一些思考的時間才能答出。有些答案是第一次上台的劇目，或分行後第一個學會有上台演出的劇目、第一個自己行當的主戲，或是第一個接觸所學的唱段，又或一開始進校學習的內容，亦有是旦角未分青衣、花旦、武旦，丑沒有定型為文武丑之前，哪一種行當的開蒙戲，又或是在劇校學習該會的戲、各行當每種不同扮相功法該先學的劇目，而改行當之後所學的第一個戲，也屬於開蒙戲的範疇中。按齊如山所說「把這幾齣戲學好，則他戲可迎刃而解。」在戲校打基礎，未實習進團的所該學的劇目，為了將來學進階劇目更上手，也可視作開蒙戲的範疇。也就是說，每種表演和扮相，都有基礎劇目和進階劇目，如果沒有 A 劇學了 C 劇，教學者和學習者都會覺得很吃力。

從演員的直覺反應看來，開蒙戲的概念並不單一。由此推論，廣義的開蒙戲，凡是剛開始學的戲，可以是第一個跟老師學的戲、進劇校第一個學的戲、分行當第一個學的戲，第一個學的主戲，第一個上台演出要角的戲，拜師歸派後第一個學的戲，在演員的認知中，都可以算是開蒙戲。大部分演員的直覺回答，都是以分行當第一個學的戲，包含二路活或「段活」，意指配角戲或是只學唱念，沒學身段的劇目，還是以第一個所學的主戲居多。不同的行當，不同的學習情況和學習歷程，有著不同的反應。

承前所述，開蒙戲在演員或教師存在著認知差異，探究這些差異的原因，和行當有極大關係。家學演員的開蒙戲規律，似乎不似科班嚴謹。李桂春（藝名「小達子」）重金禮聘教師教導李少春，便是著名的例子〔註71〕。

因此，探討開蒙戲，除了從開蒙戲著手安排學戲的循序漸進之外，這些劇目中俱備哪些功法有助於未來學戲，又或包含哪些已會的基本功，容易使學生學習，檢視前一階段的基礎訓練成果。那麼，狹義的開蒙戲定義，應該是一種「具有功法基礎的劇目學習概念」，它是一個戲群組，包含劇目進程的安排、功法技巧、唱念板式、行當形象的規範和基本，以及學習階段性成果的展示，而不是單指第一齣學的戲碼了。因此，表演類型相接近的劇目，依教師專長、排演需要、劇藝內涵、學生程度，有替換的可能性，說法的固定

〔註71〕家學與科班教育的討論，將於第二章論述。

和實際的調整，皆有當時背景成因。每個行當、每種家門、每個扮相、每個
切末道具、每種功法，都具有初階與高階的劇目可以學習，也就是說，依照
表演類型的豐富度，各個功法都有它的開蒙戲了。本文以狹義的開蒙戲，以
科班出身、行當學習的第一階段的劇目，都列為開蒙戲的討論範疇，至於各
功法之開蒙戲，擇以部分補充的方式和前者劇目做比較。

二、京班中的崑腔開蒙戲

　　崑弋班的歷史要比京劇早的多，劇目豐富，崑弋班的藝人和京班關係密
不可分，許多傳統保留於京劇戲班至今，其中之一就是採用崑曲做為入科之
時的開蒙之劇。齊如山《京劇之變遷》列舉他所知道的崑弋開蒙戲：

> 從前崑弋腔各種開蒙戲大致列後：
>
> 老生：〈對刀步戰〉、〈搜山打車〉、〈別母〉、〈渡江〉（祝髮記）
>
> 正旦：〈夜課〉、〈認子（慈悲願）〉、〈女詐〉、〈養子〉（白兔記）
>
> 旦：〈遊園〉、〈驚夢〉、〈尋夢〉、〈挑簾〉、〈裁衣〉、〈鬧學〉、〈水門〉
>
> 小生：〈梳妝擲戟〉、〈起布〉、〈雅觀樓〉、〈回臘（按：應是獵）〉、〈拾
> 　　　畫叫畫〉、〈看狀〉、〈對刀步戰〉、〈亭會〉、〈喬醋〉
>
> 花臉：〈跳靈官〉、〈跳財神〉、〈跳判〉、〈跳皂隸〉、〈嫁妹〉、〈火判〉、
> 　　　〈劉唐〉（短打）、〈鬧莊〉（穿箭衣鐵勒奴）、〈花蕩〉、〈挑袍〉、
> 　　　〈刀會〉、〈負荊〉
>
> 丑：〈跳魁星〉、〈跳財神〉、〈跳皂隸〉、〈排衙〉、〈拾金〉、〈活捉〉、〈下
> 　　山〉、〈佛會〉、〈盜甲〉、〈問探〉、〈訪鼠〉、〈講書〉、〈落園〉
>
> 為什麼要先學這幾齣呢？因為裡面有極重要身段、表情、和說白，
> 所以要先學他。俟這幾齣戲學好，方學他戲。如今學戲之人，往往
> 不管身段表情，而專學幾句唱工便要登台，則恐於戲劇一途，永遠
> 不能入門矣。〔註72〕

蘇州崑劇傳習所是民初唯一的崑曲科班，班中的教員，大部分是全福班後期
的演員，傳習所剛開始學生是不分行當的學戲，一年後才分行當起藝名。根
據李貞儀《近代崑劇藝術的傳承——「傳」字輩與當代崑劇藝人的傳承關係
研究》統計列出頭兩年裡學的戲，大致是：

〔註72〕齊如山《京劇之變遷》（北平：北平國劇協會，1935），頁38～39。

　　小生——〈梳妝擲戟〉、〈琴挑〉、〈獻劍〉、〈樓會〉、〈拆書〉、〈茶敘〉、
〈拜施〉、〈分紗〉等。

　　旦——〈進美〉、〈採蓮〉、〈說親回話〉、〈梳妝跪池〉、〈學堂〉、〈遊
園〉、〈小宴〉等。

　　淨——〈刀會〉、〈北餞〉、〈花蕩〉、〈三闖〉、〈嫁妹〉、〈山亭〉等。

　　丑——〈盜甲〉、〈誘叔別兄〉、〈掃秦〉、〈下山〉、〈羊肚〉。

　　副——〈照鏡〉、〈議劍〉、〈獻劍〉、〈狗洞〉、〈樂驛〉等。

　　老生（包括老外）——〈越壽〉、〈賣書納姻〉、〈見都〉、〈訪鼠測字〉、
〈勸農〉等。〔註73〕

全福班基本上是文班，沒有武戲，武功部分，單給請學生武術老師，來加強他
們的武功實力，所呈現的頭兩年學的劇目，是在「拍桌台」後，開始「踏戲」
的折子戲，僅有少部分與京班中的崑腔折子戲重疊，如〈花蕩〉、〈學堂〉等。

　　《崑曲辭典》「開蒙戲」條：

　　　戲班藝徒學戲，各家門都有基本固定的開蒙戲。開蒙不外兩個著眼
　　　點，一要適於短期即能登台，二是便於打基礎。如小生先學《琵琶
　　　記・請郎、花燭》，丑、大面、付分別要學《跳魁星》、《跳加官》、《跳
　　　財神》，就是為了學成應堂會、上廟臺參加演出。打基礎的戲一般都
　　　較繁重，如老生要先學《麒麟閣・激秦、三擋》；官生必先學《琵琶
　　　記・賞荷》、《長生殿・小宴》，此類戲中曲調之高低疾徐以及吐字收
　　　韻種種唱法大體具備；小生則先學《連環記・起布》、《白兔記・出
　　　獵、回獵》；貼旦先學《南西廂・佳期》、《時劇・打花鼓》，以掌握
　　　歌舞一體、身段步法之要領；大面多以《西川圖・花蕩》開蒙，丑
　　　角常先學《玉簪記・偷詩》之進安等，亦基於以上原因。〔註74〕

若依身段、扮相、唱唸等功法分析，不少劇目已經被逐漸成熟的皮黃戲所取
代。富連成中的開蒙劇目，在袁世海的回憶錄《藝海無涯》寫道：

　　　崑曲載歌載舞，板眼節奏、音韻、音準要求嚴格，是學習京劇的必
　　　修基礎課，各行角色都不例外。老生要學〈仙圓〉、〈天官賜福〉、〈富

<hr />

〔註73〕李貞儀《近代崑劇藝術的傳承——「傳」字輩與當代崑劇藝人的傳承關係研
　　　　究》（新竹：國立清華大學歷史研究所，2005），頁22。
〔註74〕洪惟助主編《崑曲辭典》，頁550。

貴長春〉，旦角要學〈鬧學〉、〈驚夢〉、〈思凡〉等戲、小生學〈拾畫
叫畫〉、〈梳妝擲戟〉等戲、丑角學〈祥梅寺〉、〈下山〉、〈借靴〉等
戲，武生學〈探莊〉、〈夜奔〉、〈蜈蚣嶺〉、〈寧武關〉等戲、花臉要
學〈火判〉、〈醉打山門〉、〈嫁妹〉、〈功宴〉等戲。〔註75〕

富連成草創時期，戲曲舞台還是京崑梆三下鍋，會崑曲戲是必須的，而且生
旦淨丑的崑曲劇目俱全，在這樣的基礎上，學生才進入學皮黃的階段。這個
標準演變至今，上列崑腔戲並沒有完全消失，部分仍做為今日劇校的基礎劇
目教學。數量眾多的劇目中，富連成科班到了「盛」字輩以後，自成的教學
模式越來越系統化，形成一套循序漸進標準。富連成武生高盛麟的回憶錄：

> 科班的教戲辦法是循序漸進的，一點一點往上加，這是從學生的基
> 礎和接受能力來考慮的。還有一個帶規律性的教學方法，即凡是生
> 行沾了「武」的，如文武老生、武生、武小生等，都必須先學崑曲
> 折子小武戲如《石秀探莊》、《林沖夜奔》等，因為崑曲要求唱腔的
> 一字一腔、一板一眼都要與身段動作的一招一式緊密結合，這對訓
> 練演員的手眼身法步達到規範化的要求很有好處。這個基礎紮得越
> 瓷實越好，這樣在台上的一舉一動、一招一式才會順溜邊式，旁人
> 一看也就會說這位演員有崑曲底子。我就是按這個程序先學了幾齣
> 崑曲折子武戲之後，再學《問樵鬧府》、《打棍出箱》、《戰太平》、《定
> 軍山》、《連營寨》的。〔註76〕

究其原因，富連成科班不招女孩子，全班在分男女腳色後，生、淨、丑行都必
須先學崑曲小武戲，學習這些武戲，為的是幫助演員身段「順溜邊式」——舞
台形象好看，身段乾淨俐落、不拖泥帶水，達到腳色形象規範的標準。《石秀
探莊》、《林沖夜奔》正是具備這樣的條件訓練學生。

筆者嘗試列出文獻資料對崑腔戲開蒙的說法，以及京班與崑班的劇目差
別，這些開蒙戲劇目不盡相同，需要的是這些戲中有「重要的身段、表情、
和說白」，並且囊括該家門大部分服裝類型的基本功，崑腔戲只是幫助京劇演
員的在唱念做打舞等方面更加規範，因此過去開蒙戲，從崑班借鑒良多。將
上述四個說法整理如下表：

〔註75〕 袁世海口述、袁菁整理《藝海無涯》（北京：中國青年出版社，1985），頁46。
〔註76〕 高盛麟〈藝無止境〉，周笑先編《高盛麟表演藝術》（武漢：武漢出版社，1998），
頁20。

表2：崑弋班與京班崑腔開蒙劇目列表

行當	齊如山	傳字輩 [註77]	崑曲辭典	富連成
老生	對刀步戰、搜山打車、別母、渡江	（包括老外）越壽、賣書納姻、見都、訪鼠測字、勸農	麒麟閣‧激秦、三擋	仙圓、天官賜福、富貴長春
小生	**梳妝擲戟**、起布、雅觀樓、回獵、*拾畫叫畫*、看狀、對刀步戰、亭會、喬醋	**梳妝擲戟**、琴挑、獻劍、樓會、拆書、茶敘、拜施、分紗	琵琶記‧請郎、花燭 官生：琵琶記‧賞荷、長生殿‧小宴 連環記‧起布；白兔記‧出獵、回獵	*拾畫叫畫*、梳妝擲戟 武生：探莊、夜奔、蜈蚣嶺、寧武關
正旦	夜課、認子（慈悲願）、女詐、養子			
旦	**遊園**、**驚夢**、尋夢、挑簾、裁衣、鬧學、水鬥	進美、採蓮、說親回話、梳妝跪池、學堂、遊園、小宴等	南西廂‧佳期 時劇‧打花鼓	鬧學、**驚夢**、思凡
淨	**跳靈官**、**跳財神**、**跳判**、**跳皂隸**、嫁妹、火判、劉唐（短打）、鬧莊（穿箭衣鐵勒奴）、*花蕩*、挑袍、刀會、負荊	刀會、北餞、花蕩、三闖、嫁妹、山亭	西川圖‧*花蕩* **跳魁星**、**跳加官**、**跳財神**	火判、醉打山門、嫁妹、功宴
丑	**跳魁星**、**跳財神**、跳皂隸、排衙、拾金、活捉、*下山*、佛會、盜甲、問探、訪鼠、講書、落園	盜甲、誘叔別兄、掃秦、*下山*、羊肚。 副——照鏡、議劍、獻劍、狗洞、樂驛	玉簪記‧偷詩之進安等 **跳魁星**、**跳加官**、**跳財神**	祥梅寺、*下山*、借靴

　　依齊如山所列出的崑曲齣目和袁世海口述的富連成的崑腔開蒙戲中，目前在戲校中在開蒙戲階段教學的只剩下老生《天官賜福》、武生《探莊》、《夜

奔》、《蜈蚣嶺》、旦角《思凡》、《驚夢》、丑角《下山》等，崑腔戲的比例在當時便逐漸降低，京班繼承的崑腔戲，以崑曲的唱念板眼、身段嚴謹訓練學生，另也有市場考量。一是短期可以登台，觀眾也喜歡看的劇目、二是學會該行當具備的技巧，在皮黃戲中也能「他戲方可迎刃而解」。換句話說，這些被當做開蒙戲的劇目，是該行當的典型人物。在這個的人物造型，服裝、扮相、使用的切末，具備該行當的一切基本。在生、旦行中，學的是該家門的主戲都是身段繁重的，形塑演員舞台形象第二天性的基礎課程。這個基礎包含該家門的必備身段、唱腔板式等一切的基本訓練，並不是挑選一個在唱念做表上，表演單一的戲。透過反覆不間斷地練習與糾正的過程，直到學生表演達到標準不走樣。先學的開蒙戲要能掌握行當的形象要求，所以開蒙戲往往不是一個簡單的戲，戲曲由外而內的訓練方式，在什麼都不懂的情況下，也可選一個表演上難度不小的角色。這個「難度」，是在行當家門的表演中，最基礎的，也就是老先生口裡一個循序漸進的基本，有了這個基本，學下一個劇目時，教與學都能達到事半功倍的成效。

有了這個基礎後，再依照難易成度，按部就班的教學。有些開蒙很難在短期間上台，各行當之間分配角色學同一劇碼或許是因應的法則。淨、丑行專學劇目，偏向短期可以上場的劇目，多半指開場的扮仙戲，如《賜福》、《跳加官》、《跳魁星》、《跳財神》等，這些都是討吉利的開場戲，除了《天官賜福》之外，吉祥戲的曲牌只是場面伴奏，沒有真正唱曲，身段也相當簡易。

三、開蒙「刻模子」

一般形容演員剛開始學戲模仿師父的一招一式稱之為「刻模子」。「模子」是製造器物的標準型器。「紅模子」是紙上印有紅色文字，讓習字者以墨筆描書的範本。形容戲曲演員學戲如同「刻模子」，指的就是學像老師、複製老師的一招一式。是學生學習的最初歷程，舞台演出的基礎奠基。基礎打的好，之後學什麼都容易上手，而且不容易忘記，也就是準確、嚴格的標準。開蒙階段老師怎麼教，學生只得照樣學習，學不會、走不對就會吃板子，挨棍子，以防跑樣，建立起學習的態度，也規範戲劇表演的內涵。開蒙戲的教法是不斷的重複練習，直到身上、腿上、嘴上像反射動作一樣，千錘百鍊出一招一式的規範使得身段定型不走樣，對舞台地位亦相當熟悉。藉由口傳心授「刻模子」的過程，還必須將場上的「准步數、准尺寸、准地方」學的透徹，此

為戲中最重要的規矩〔註78〕，到哪對戲和誰合作都能輕易上手。此時講究不是演員的創造力，而是模仿與領悟，若能表現到令師父滿意的標準，已屬難得。教師在刻模子的過程，對學生不能絲毫放鬆，每一個指令、每一項動作的標準都沒有模糊地帶，模子必須是個好模子，而不是隨意模仿的對象，口傳心授在這個懵懂的學習階段尤其重要。

京劇表演的內涵與傳承，從師徒制、科班制等延續至今，過去許多口傳心授的內涵，無論是劇本的出版，影音的發行，演員表演精義的論述被紀錄／記載，教材不斷地被具體化，影音和影像的流竄，早已稀鬆平常，當代要學習京劇表演或是京劇演唱，透過「錄老師」教授，行之有年。然而，京劇的傳統，仍保留了師徒相授的實質教育，透過老師學習，才能知其然更知其所以然，尤其在正規的京劇教育中，雖不致有強烈反對科技器材的幫助，在啟蒙時期，若沒有良好的開始，打下正確的基礎，只怕終身難成名家，或有「一身毛病」。上海崑劇團小生演員蔡正仁師從俞振飛學習京崑戲的，指出學戲必須跟老師學的重要性：

> 有些演員就滿足於把動作學會，那就算是會一個戲了。他們不懂得老師教，跟看錄像學戲很不同：跟著錄音是可以照著唱，但為何這句要這麼唱，到那句卻要做什麼改變，有什麼要求，這些可是他們所不知道的。傳承之重要是因為它是口傳心授！是老師把自己幾十年的經驗、體會教給學生，使學生能「茅塞頓開」，避免走歪路，這些是錄音、錄像無法解決的。老師教學生，是手把手的教，無論是教的人，還是學的人，都要下大工夫，才能把戲傳下去。〔註79〕

教材的書面化或數位化，和傳統劇目的流失一樣迅速，傳統戲傳承必須透過「人」的實際繼承，學生像是老師的「錄影機」，學會戲，戲才被保留。2010年11月16日京劇成功入選「人類非物質文化遺產代表作名錄」，從「非遺」觀點，保存「活態的民族文化」，人就是核心〔註80〕。鄭培凱以〈女彈〉一例指出：

〔註78〕齊如山《京劇之變遷》〔1935〕（瀋陽：遼寧教育，2008），頁103。

〔註79〕陳春苗、古兆申整理〈崑曲的今日與明天：六大崑曲劇團負責人訪談〉，收入鄭培凱主編《口傳心授與文化傳承》，頁99。

〔註80〕黃明華〈紹興蓮花落的傳承現狀與保護對策〉，浙江師範大學浙江省非物質文化遺產研究基地編《非物質文化遺產研究集刊第五輯》（北京：學苑出版社，2012。），頁175。

元雜劇的一些東西現在還留在舞台上，今天北崑仍能演出的一些東西就是元雜劇裡面的。像《貨郎旦・女彈》，就是從元朝一直流傳至今的，但是如何記譜、記身段，以文獻記載或通過錄像傳承這些藝術，卻是現在才開始的。更重要的是，身段、唱法要經過師徒的藝術心靈溝通，口傳心授，耳提面命，才能達到高明境界。很可惜，現在蔡瑤銑沒有傳授這齣戲，而他最近病重了。這樣的一齣戲，從公元十三世紀傳到廿一世紀，到現在只有一位藝術家會表演他，而這位藝術家又沒有再傳給徒弟，因此，我們目睹一個珍貴的東西在廿一世紀時幾近消失。爲什麼說幾近消失？因爲還好有一盤錄像帶。錄像是廿世紀末才出現的東西，所以這也是一個幸運；不過錄像帶是不可能將心傳的部分傳遞下去的。〔註81〕

蔡瑤銑女士（1943～2005）已經仙逝，〈女彈〉不可能透過她親傳下來，回首四大名旦，拜了師，授藝實爲另有其人，「只有狀元徒弟，沒有狀元師父。」意指眞正的狀元，是沒有時間當老師授業的，要學梅派，幾乎不可能向梅蘭芳親自學戲，而是轉向魏連芳、徐蘭沅，包含王瑤卿等，由梅蘭芳身邊的二旦、配戲的小生或老生、傍梅蘭芳的琴師等，近身相近的演員或合作者教授梅派戲。〈女彈〉戲還在當年幫蔡瑤銑伴奏笛師、配戲演員的腦海中，與其說沒人能教，更可能的原因是沒有能「吃下戲」（指各方面功夫已達到此劇水準）條件的演員。而這樣的學習方式，並不是指在開蒙階段的學習法。

口傳心授，有它的必要性和準確性，也有它的侷限性，因此，有一個好老師，相當重要，李漁覺得一個好老師除了技藝精湛之外，還需從書中求知識，才是完整的明白戲理，《閒情偶寄・演習部・授曲第三》：

人問：「既不知音、何以製曲？」予曰：「至於『講解』二字，非特廢而不行，亦且從無此例。有終日唱此曲，終年唱此曲，甚至一生唱此曲，而不知此曲所言何事，所指何人，口唱而心不唱，口中有曲而面上身上無曲，此所謂無情，與蒙童背書，同一勉強而非自然者也。雖腔板極正，喉舌齒牙極清，終是第二、第三等詞曲，非登峰造極之技也。欲唱好曲者，必先求明師講明曲義。」〔註82〕

〔註81〕鄭培凱〈中國文化與人類文化遺產〉，鄭培凱主編《口傳心授與文化傳承》（桂林：廣西師範大學出版社，2006），頁186。
〔註82〕〔清〕李漁《閒情偶寄》（臺北：明文書局，2002），頁78。

《閒情偶寄・演習部・教白第四》

> 賓白中之高低抑揚，緩急頓挫，則無腔板可按、譜籍可查，止靠曲
> 師口；而曲師入門之初，亦係暗中摸索，彼既無傳於人，何以轉授
> 於我？詎以傳訛，此說白之理，日晦一日而人不知。人既不知，無
> 怪乎念熟即以為是，而且以為易也。
>
> 此一二人之工說白，若非本人自通文理，則其所傳之師，乃一讀書
> 明理之人也。〔註83〕

《梨園原・明心鑑》也說道：

> 夫除恙者，非除人染病之恙，乃除梨園藝病之恙也。人病用藥療之，
> 藝病豈可不求療治之法。求療治之法如何？必須於書中求之。〔註84〕

文人對於藝人技藝精進的方式，名師需從書中求之，來指導學生成為登峰造
極之人，則亦有訛誤，關於此點，筆者在演員訪談過程中發現一實例，現在
演的《昭君出塞》一劇，昭君出場的上場詩，源自李白〈王昭君之二〉：

> 昭君拂玉鞍，上馬啼紅頰。今日漢宮人，明朝胡地妾。

經過幾代藝人流傳，有了各種版本，如《綴白裘》《青塚記・送昭》：

> 昭君跨玉鞍，上馬啼紅血；今日漢宮人，明日北地妾。〔註85〕

毛世來藏本《漢明妃》：

> 昭君扶玉鞍、上馬啼紅頰，今日漢宮人，來朝胡地妾。〔註86〕

中國京劇戲考網站《戲考》版劇本：

> 昭君扶玉鞍，上馬啼紅血，今日漢宮人，明日北地妾。〔註87〕

2009年國光劇團赴莫斯科演出，由魏海敏主演的《昭君出塞》演出字幕：

> 昭君扶玉鞍，上馬啼紅頰，今日漢宮人，明朝北地妾。〔註88〕

以上版本都僅有些微差異，筆者詢問劇校丑行、旦行學長、學姐學此戲的經

〔註83〕〔清〕李漁《閒情偶寄》，頁84。

〔註84〕〔清〕黃旛綽等著《梨園原》，收入中國戲曲研究院編《中國古典戲曲論著集
成（九）》（北京：中國戲劇，1982），頁13。

〔註85〕〔清〕錢德蒼編選《綴白裘・六集・卷三》《青塚記・送昭》，汪協如點校《綴
白裘》第三冊（北京：中華書局，2005），頁172～173。

〔註86〕此處採北京市藝術研究所編纂《京劇傳統劇本匯編》第四冊（北京：北京出
版社，2009），頁199。

〔註87〕中國京劇戲考網站 www.xikao.com，瀏覽日期：2011/12/18。

〔註88〕此以當時彩排字幕，彩排時地：2009/7/15，臺北國光劇場。

驗時〔註89〕，卻出現了稍大幅度的轉變：

> 昭君扶玉鞍，上馬提紅鞋，今日漢宮人，來朝胡地妾。

對藝人來說，上馬「提紅鞋」搭配前面「昭君扶玉鞍」，是一個連貫性的動作，「紅頰」與上口〔註90〕之後的「紅鞋」（音：xia）音很相近，老師教他們時，還帶有提鞋身段，因誤會而衍生出新程式的例子不勝枚舉，產生類似訛誤的變化，在於口傳心授的特質無受到文本記錄的文字化，如遇到只強調複製，忽略了考證，藝人並不知原義始末，那麼這種情形便很難避免。民國以後，梅蘭芳、程硯秋等名角，讓文人介入編劇、說戲的行列，不但在新戲上創出新意，對老戲的詮釋以提供實際的意見。從書中求，借助文人之力的明師，是口傳心授學習之外，表演晉升的一條明路。

京劇圈的傳統觀念，認為演員在舞台上「不行了」（意指靠演戲搭班掙錢）才轉而擔任教職。因此，拜了名師，更要求教明白的老師，前者是沾光，後者才是實授。但沒有繼承人演出，劇藝和劇目量減少的情況，還是令人擔憂。劇目的失傳，是因為沒有傳人。沒有傳人的因素很多，可能是沒有適合的人選學習，劇中技藝精髓學習者無法學會，可能是劇目的「原汁原味」缺乏知音，久了被時代淘汰，漸漸地也失傳了。關於非物質文化遺產的研究中明言闡釋：

> 非物質文化遺產的傳承主體，是指民間文化藝術的優秀傳承人，即掌握著具有重大價值得民間文化技藝、技術、並且具有最高水準的個人或群體〔註91〕。

> 非物質文化遺產自其產生之日起就以口傳心授、言傳身教為主要傳承方式。這也是他在歷史長河中易於被埋沒的主要原因。〔註92〕

表演者們雖非永遠重複前人的創造，演出成品不可能永無變化〔註93〕，因為不同的「人」本身已經具備「不同」產生變化的因素，但一招一式的基礎功

〔註89〕 訪談謝冠生、劉嘉玉，2009/7/13，於國光劇團。

〔註90〕 上口字，京劇音韻術語。指某些字特定的讀音，一般認為是受到「湖廣音」的影響而形成。部分參考上海藝術研究所、中國戲劇學協會上海分會編《中國戲曲曲藝詞典》（上海：上海辭書，1981），頁115。

〔註91〕 王文章主編《非物質文化遺產概論》（北京：文化藝術出版社，2006），頁347。

〔註92〕 王丹彤〈非物質文化遺產可持續性傳承方式探索〉，浙江師範大學浙江省非物質文化遺產研究基地編《非物質文化遺產研究集刊第五輯》（北京：學苑出版社，2012），頁140。

〔註93〕 孫玫《中國戲曲跨文化再研究》（臺北：文津，2012），頁61。

法，開蒙透過刻模子的複製，是世代延續的活傳統。這個延續對象也不是隨機，必須具有優秀被傳承者的天賦，開蒙業師必須是一個十分懂得如何教／授／傳，給學生正確、規範，掌握準確的技術、有益之後學習的，正經八百的教學者。過去科班的開蒙劇目有些已經在舞台上幾乎失傳，不再演出，有的不受現代觀眾歡迎，或是劇目過於冷門，難以打入藝術消費市場，仍保留做為教學劇目之列，這類劇目目前也正在面臨失傳危險，如《天水關》、《御果園》等，可能只留下了唱腔，而這些唱腔存在著最基礎、適合作為初學者入門的好教材，完整劇目卻未必復見。

第四節　研究方法與研究範圍

　　容世誠《戲曲人類學初探：儀式、劇場與社群》一書中，對於書名取為「戲曲人類學」，有個文化人類學理論系統做為基礎，廣義地泛指一種從人類文化行為，特別是儀式行為探索中國戲劇的研究進路〔註94〕。在開蒙教學的教育現場，雖非儀式，也不是「原生態」，師生相授的學戲情況，教材劇目使用的選擇，則和史書、藝人傳記描述的學藝回憶，相去不遠，也可視為廣義的「人類文化行為」。「非遺」研究中提到：

> 非物質文化遺產中，有很多東西確實是屬於藝術創造乃至藝術傑作，當時的藝術家通過這些藝術作品形象地表達了他們對世界的態度和認識、評價，形象地揭示反映當時生活的狀況，社會活動、社會關係。通過這些非物質文化遺產中的藝術作品，我們可以形象地看到當時的歷史事件、人的生活狀態和生活方式。藝術創作方式、藝術特點和藝術成就。〔註95〕

若從廣義的人類文化行為、非物質文化遺產研究的觀點切入，京劇教育的傳承，於教學現場的觀察和參與，也是一種人類表演傳承「活的」現在進行式，根據田野考察資料，配合文獻材料，思考和歸納（宗教儀式劇），京劇表演傳承的性質和模式，可以算是一種「形象地看到當時人的生活狀態和生活方式（學戲狀態和學藝方式）」的藝術傳承與保存，而不會因時代變遷或變化，教

〔註94〕容世誠《戲曲人類學初探：儀式、劇場與社群》（臺北市：麥田，1997），頁21。
〔註95〕王文章主編《非物質文化遺產概論》（北京：文化藝術，2006），頁113。

材基於打更有效率的基礎的考量，可能出現非老戲的新選擇，卻不會使用充滿時代感的新編戲做爲開蒙戲。歷代藝人所學和所教的劇目，師承和班社，變化緩慢，不同的班社，在劇目挑選上，也具有「共識」，既然「人」爲載體，人是活的，藝術便是活的，「活」的東西就不會是一成不變。教材選材的改變或被替代，是因爲浩瀚的京劇劇目中還許多相近作品，「開蒙戲群組」出發點是以有利京劇初學者表演內涵打基礎的考量，其重要的參考值，是前人的經驗，這些戲似乎具有某種「科學性」，從富連成初期任教到中國戲曲學校成立後，曾任校長的京劇教育家蕭長華，一路經歷老科班的培養模式，到新式教育學校，便重視與時俱進的選擇劇目做爲良好的教學之用，並已經開始注重教材的編選。蕭長華言：

> 中國戲曲技藝的「傳（承）」與「（接）受」有一個特點，就是通過「戲」──老師通過教戲把技藝傳授給學生，學生通過學戲把老師技藝繼承下來。因爲，戲曲中的各種技藝：唱、念、做、打、舞，以及老師運用這些技藝創造人物的經驗，都是融會於戲裡的。學下來就能夠拿到台上去用，練好基本功，是爲了到台上用得更準確、更優美、更得心應手。幾十年來，一直沿用這樣的方法。……如何選擇、對待教學劇目的問題，就成了我們今天應該充分注意的問題了。〔註96〕

「傳」與「受」離不開「戲」與「技」，從科班到學校，「開蒙戲群組」有一脈相承的關係，藉由資料和種類蒐集，探析初階學習劇目的共通特性，因此也說明了，爲什麼戲曲不能只有學習單項的表演「元素」，還必須完整繼承劇目。在人類學中的觀察法在和歷史研究法從中比較分析。人類學是研究人性與文化的學科，具有兼容自然科學和人文社會學科的跨學科特徵〔註97〕，均可借鑑於本研究之中。

一、研究方法

在劇目的材料上，歷史文獻中以：

（一）藝人傳記的取材：諸多京劇藝人傳記，開篇都是自己和京劇結緣

〔註96〕蕭長華述、鈕驃記《蕭長華戲曲談叢》（北京：中國戲曲出版社，1980。）頁25。

〔註97〕莊孔韶主編《人類學概論》，北京：中國人民大學，2006。頁30。

的始末以及初學京劇的歷程，其中不乏對開蒙戲的說明和學開蒙戲的經過。如梅蘭芳《舞台生活四十年》、《高盛麟表演藝術》、《粉末春秋——蓋叫天回憶錄》、李洪春《京劇長談》……等，這些京劇大家皆對開蒙學習有或深或淺的敘述，成為筆者收集開蒙戲的劇目群資料與開蒙學習方法的文獻參考。其他如京劇史、科班史、形成京劇劇種的徽劇、漢劇和崑劇史等研究，和相關藝人記述與工具書，列為重要參考書目。（二）劇目分析：將以所收集之開蒙劇目的「最大公約數」（演員以此劇開蒙多者），探討劇目的表演內涵、唱念板式、身段功法，傳承流變，哪些班社、學校習慣以哪些劇目開蒙，這些劇目的共通性為何，做為初階劇目的學習，裨益未來學習哪些劇目。藉由劇目的直接分析，為身段譜和對劇目的了解，做一先備知識探討。

在觀察與田野調查中，透過：

（一）專業人員的訪談：本論文研究以訪查京劇專業從業人員、京劇科班出身之演職員、京劇科系專業教師等，做為田野訪談的主要對象。由於京劇傳播幅員甚廣、中港澳台各地皆有專業京劇團或培育機構，本論文研究期間難以一一訪查數量甚劇的劇團及學校。因此將利用各種接觸專業人員的機會，以開蒙劇目的收集，做為劇目隨機的量性統計。

專業從業人員以筆者所在的臺灣地區做為深入的訪談，針對1949年來臺京劇藝人與臺灣本地培養之京劇人才為主要對象，輔以京劇的發源地北京、具有地域性強烈京劇特色的上海，從臺灣老中青三代人傳承與教授的開蒙劇目，研究近百年由科班到劇校開蒙戲的轉變如何，以現在兩岸四劇校的教學劇目做一探析。

其中，再以二十一世紀三地的代表劇校，如臺灣戲曲學院、中國戲曲學院附屬附中、北京市戲曲職業學院、上海戲劇學院附屬戲曲學校等，進行教師與學生的訪查、實地教學的觀察、與劇目課程規畫綱要和實際劇目教學的安排等，探討二十一世紀現代化戲校的開蒙劇目，承襲和變異的原因。

上述訪談研究之結果再與清中葉以後至民初之藝人相關記載之文獻，做開蒙戲的直向爬梳。

（二）演出記錄、表演紀錄和教學現場的觀察

一個開蒙戲往往蘊藏該行當家門所需要的重要功法，包含身段、走位，文行的板式、唱腔，武行的武功招式等。藝人間口傳心授的教學，老師怎麼教，學生怎麼學，在教戲劇目的順序和教法上，是當初怎麼學，後來怎麼教，

一代代的傳承。以接近身段譜紀錄比對，除了將該行當典型的人物形象的表現手段，哪些是必要身段、重點唱腔，哪些是發展過程的增減，有的老師在自我理解的過程，也會發現更適合做爲開蒙戲的劇目，或可能比他初學劇目更具備有行當完整功法，學習劇目先後順序的排比，亦可從身段譜的記述中了解開蒙戲的善的成因。

　　在教育研究方法中，有調查研究法，包含觀察法和訪問法，「觀察可稱爲科學研究的第一等方法」，用以研究者透過觀察可了解全盤現象、氣氛與情境〔註 98〕。本研究從教育觀點，於現代戲曲學校的從業人員和教學現場觀察，以田野訪談、現今的京劇藝人與藝師、學生，京劇演員如何從零開始訓練，從初坯到台上的名腳，以開蒙戲爲切入點。京劇教育的傳承模式，或許可以做爲非物質文化可持續性的傳承方式的一種探索可能。

　　（三）劇目分析

　　前文言及張育華將演員形塑腳色的方法步驟，謂之「演員造型術」〔註 99〕。這是從訓練演員的角度來分類，可以和王安祈所提出戲曲演員的人物形塑，是演員透過行當（流派）再展示劇中人的人物形象做一呼應〔註 100〕。正因這種技術和程式性的原因，歷代藝人已經累積一套頗有系統教育方式，張氏分爲循序漸進的三個進程：「基礎造型」、「性格造型」、與「裝扮造型」。〔註 101〕

　　　　「基礎造型」意指剛入科練基本功階段，以雜技的方法訓練演員的

　　　　「腰功」、「腿功」、「頂功」，紮實的「幼功」基底是「基礎造型」階

　　　　段的主體目標。〔註 102〕

這是一個演員在完全沒有基礎下，先鍛鍊身體，以技巧性動作爲主，在教育中的實踐是入科基本功，具體的項目是各式腿部延展拉筋技法、腰部柔軟度的開發，和肌力訓練等等。「性格造型」是學童進入「分科」階段。張氏將這一階段分爲「聲音造型」、「動作造型」兩大內容。

　　　　實際就是所謂「四功五法」的雕塑要義，唱與念，聲音表情的性格

〔註 98〕中國教育學會《教育研究方法論》（臺北：師大書苑，1987）。頁 7。

〔註 99〕張育華《戲曲表演之功法——以崑京表演藝術爲範疇》，頁 261。

〔註 100〕王安祈《當代戲曲》說明京劇演員的表演模式：以「演員→腳色（各行當的表演程式）→流派（流派宗師表演個性與氣質風格）→劇中人」的流程，長期以來已成爲京劇表演的模式。（臺北：三民書局，2002。）頁 65。

〔註 101〕張育華《戲曲表演之功法——以崑京表演藝術爲範疇》，頁 261。

〔註 102〕張育華《戲曲表演之功法——以崑京表演藝術爲範疇》，頁 262。

化；做與打，是身段體態的性格化。……行動貫串原則的各式方法、將人物活動狀態予以「情緒化」。「四功五法」的造型內涵，可說融「聲音造型」、「動作造型」、與「情緒造型」等三位一體，以形塑腳色的性格形貌。〔註103〕

形塑角色的具體面貌，為學習者能達到張氏所言「三位一體」的具體作為，就是教材的選擇，傳統戲的劇目就是教材來源，也就是本文中的開蒙戲，這一教材必須包含行當的，「三位一體」的功法要義。從劇目挑選適合初入科分科階段，以紮實功底為主要考量，進而到「性格典型」和「裝扮造型」，訓練過程是表演內容先拆解再綜合的學習型態。

「性格典型」為基礎來形塑腳色的「聲音」與「動作」形象，仍以鍛鍊技法為核心，「動作造型」，係指塑造各類腳色動作表情，與武打技術身段的舞動規範，其必然依靠純熟堅實的技術基底，將形體功夫演練形式鏤刻入骨，才能進而體現人物情感面貌，因之，特別注重以動作身段來詮釋戲曲人物形象的一系列造型功法，常又被統稱為「做工」。〔註104〕……也包含融演員將這些演繹手法化入對人物通透理解，並能真摯傳遞其內蘊精神的實踐能力。〔註105〕

所謂的「裝扮造型」，意指戲曲演員透過服飾、妝扮、穿戴之特殊設計，使演劇科範與技術功法縝密結合，統整成為生動傳遞人物情感的表演形象。……這種「裝扮造型」與其他戲劇藝術最大殊異處，是其不僅止於戲劇扮演意識的誇張效果，無論是面部化妝的濃墨重彩，抑或為強化造型姿態的各種裝束，無一不是加諸演員表演負荷的沉重束縛。鮮少人知道在光鮮亮麗的裝扮背後，演員的身體承載了比平日練功、習法更為嚴苛數倍的生理與心理的雙重試煉。因為其造型獨特的妝扮手法，也是表演者必須克服的一門技術考驗。〔註106〕

開蒙戲可說是「性格典型」中的入門要義，必須藉由具體劇目，達成「妝扮造型」的目的，使身體熟悉表演裝束技術的訓練手段。歷來的開蒙戲就是完成上述張氏言及的各種造型的目的之統合。其教學範本，有常規的選擇邏輯，

〔註103〕張育華《戲曲表演之功法——以崑京表演藝術為範疇》，頁267。
〔註104〕張育華《戲曲表演之功法——以崑京表演藝術為範疇》，頁269。
〔註105〕張育華《戲曲表演之功法——以崑京表演藝術為範疇》，頁270。
〔註106〕張育華《戲曲表演之功法——以崑京表演藝術為範疇》，頁273。

有分項的表演訓練側重，亦有完整的訓練評估，劇目有四功分項的戲碼，也有唱念做打多元並存的綜合功法的劇目，儘管所帶給學習者的訓練目的不盡相同，必須透多樣的涵蓋面不同的劇目，才能完成基本的功法訓練，即「每一個表演形象的完善確立，都是醇煉的技術功法，化入演歌舞天性的成熟體現。這是一個具備科學思維的培訓系統，是經由歷代梨園伶人根據實踐目標所歸納的具體步驟。」〔註107〕這個「科學思維的培訓系統」，就是歷來開蒙戲的邏輯和延用。本研究從開蒙戲的具體項目和劇目中，藉由張育華的「基礎造型」、「聲音造型」、「動作造型」、「裝扮造型」的分類，藉以分析表演的學習內涵。這些開蒙戲為何成為培訓系統的主要教材，分為開蒙功和開蒙戲，藉由開蒙戲教學看學習者實際訓練到的基礎功法。

分析開蒙戲的內涵，等於是分析劇目本身的劇藝內涵，其分析的過程並不因為做為開蒙戲而有太大差異。所歸納之功法，並不是只套用在開蒙戲劇目中，尤其本工家門戲的討論，通常演員的表演分析，多以同一劇目、不同演員，或同一演員，不同時期演出，可得出每次不同的表現結果。而開蒙戲不講流派，在劇目分析上，不見得適用一般的表演分析，雖然就劇目劇藝內涵的功法分析，同一劇目大多是相似且雷同的，但也可看出該劇目對演員養成所具備訓練內容為何，什麼是基礎階段應該學會的行當本工技法，透過實際劇目如何達到訓練演員的目的，以及進階學習的效能。

二、研究對象、研究限制與研究範疇

京劇的基礎並沒有因時代、地域的轉變而改變，目的是演員必須掌握表演功法技術才能從事舞台演出。開蒙戲的教材選擇，源自於科班藝人的經驗進入新式教育之後，有課綱、課表、教材教法的西式教育理論觀念，對京劇演員開蒙戲要學甚麼戲，多年實踐的結果，從口傳心授的教學，逐漸具系統化，成為課綱中的必學劇目，在各地劇校也逐漸有自己的傳承習慣。京劇本同源無關政治，經過六十年來，兩岸在大環境的改變下，同樣將京劇專業教育內入正式教學體系，因此在教學設計上，可以互為參照，亦可相同溯源。

在京劇教育未進入現代化學校體制之前，鼎盛時期演員來源多元，開蒙戲的學戲順序比起家學演員和私塾請老師，在科班中更加講究，形成一套行之有年的學戲系統。因此著重於科班出身的演員和當今專業京劇學校畢業

〔註107〕張育華《戲曲表演之功法──以崑京表演藝術為範疇》，頁280。

生，由現在的戲校學子的學習情況，和文獻的互文對照，整理回溯京劇開蒙教育的脈絡。

　　爲了能使論文更加聚焦，研究對象設定以科班／戲校出身演員爲主要對象，並以富連成建立的科班教育制度爲主要的參照系。既然，京劇演員出身以科班視爲正途〔註 108〕，在有著爲數者眾的專業背景下，科班演員要比家傳淵源的演員在劇目學習更具系統。而富連成科班是中國歷時最長、培養最多演職人員的京劇教育機構，經歷過老派京崑梆三下鍋、京劇成熟鼎盛的藝術時期、解散後仍是只要有京劇的地方就有富連成人的存在，富連成對京劇整體發展的影響是無庸置疑的。至今富連成的前輩都是年過七、八旬的老先生，是京劇界的資深人員。因此，科班教育主要描述富連成常規的教育模式，必要時再輔以其他科班的資料作爲參照。

　　臺灣早期有三軍劇校和復興劇校，師資爲第一代來臺京劇藝人親授，爾後開始由劇校的師哥帶著師弟，本土培育之演員也進入教學現場成爲教師，時代相近的大陸文化部，成立戲曲改進局戲曲實驗學校、中國戲曲學院前身，將科班著名教師和新文化工作者融於一體，以貫徹共產黨的教育方針和文藝方針〔註 109〕，從舊式教育經驗中研發新時代的戲曲教育課程，建立新型的戲曲教育學校。爾後臺灣本培育之藝人漸能獨當一面，大陸來臺藝人逐漸退出舞台，教學主力亦由本土第一代演員接棒。臺灣京劇教育亦面臨萎縮，三軍劇校合併爲國光藝校，復興劇校將文武場面從京劇科獨立爲劇樂科，亦視爲京劇教育的轉型。而對岸文革以後，中國戲曲學校升格爲學院，是戲曲高等教育之開端，以中國特色社會主義理論統領學院發展〔註 110〕，關於戲曲教育的新課程和新教材，都由中國戲曲學院承攬研究，爲中國戲曲教育辦學政策有著示範性作用。

　　戲曲教育現代化已有六十年以上的歷史，受到越來越趨於完善的教育體制的限制與影響，老科班的教育方式在體制上已經逐一消失殆盡，唯有開蒙階段，仍然保有老科班式的傳承法則，包含開蒙戲的選用，並研發各式書面教材，如劇本集（含曲譜、身段指示）、毯子功、基本功、把子功、龍套、曲牌等文本教材，兩岸都有專書發行，可做爲口述資料的文獻參照系。

〔註 108〕么書儀《程長庚、譚鑫培、梅蘭芳：清代至民初京師戲曲的輝煌》，北京：北京大學出版社，2009，頁 130。
〔註 109〕杜長勝《中國戲曲教育現狀與改革發展研究》，頁 100。
〔註 110〕杜長勝《中國戲曲教育現狀與改革發展研究》，頁 101。

三、研究困難

　　開蒙戲劇目的分析幾乎等同本工家門戲的劇目分析。分析開蒙戲的內涵，等於是分析劇目本身的劇藝內涵，其所歸納的功法，並不是只套用在開蒙戲劇目中，尤其本工家門戲的討論。通常演員的表演分析，多以同一劇目、不同演員，或同一演員，不同時期演出，可得出每次不同的表現結果。而開蒙戲是不講流派，在劇目分析上，不見得適用一般的表演分析，就劇目劇藝內涵的功法分析，同一劇目大多是相似且雷同的，但也可看出該劇目對演員養成所具備訓練內容為何，什麼是基礎階段應該學會的本工程式，透過實際劇目如何達到訓練演員的基礎以及進階劇目學習的效能。

　　劇校只是一個階段，開蒙更只是入門的一小步，演員的成長之路，是一條永無止盡的追尋，每個階段都有不同的學習內容和學習方式，不可能一步登天，舞台是朝生暮死的藝術，同一劇目，同一演員，每次演出都不盡相同，平庸之輩和傑出藝術家之間的差別相當驚人〔註111〕，經由具代表性的藝術傳承人，藝術才會源源不絕的往下傳。也就是說，必須遇到「對的人」在天賦上具有傳承實力的繼承者，對於戲曲本身才能有繼承又開創的新藝術生命。開蒙戲的劇目本就不是一個簡單的戲，易學難精，本工家門戲是演員窮極一生追求表現極致的目標，研究如何唱好，如何唱出箇中滋味，在演藝路上用來奠定自己表現，在每個階段都可以向不同老師學習本工戲，每回不同演出都能有不同體會，只是在開蒙時就必須學會這些戲，也透過這些劇目訓練／加強演員學習如何表演的意識。

第五節　論文架構

　　本論文分為兩大部分、七個章節，討論京劇開蒙教育及開蒙戲教材選用。

　　第一章為〈緒論〉，說明論文緣起、文獻回顧、論題釋義、研究方法與研究範疇及本論文架構。第二章〈科班中的開蒙教育〉以富連成為主要對象探討科班開蒙教育：梳理自二十世紀初富連成科班成立以後的所建立教育模式，富連成科班歷時四十四年的京劇教育，十九世紀的京劇科班有承襲，及科班基礎教育的運行模式，以實際的內容分析，為後世京劇教育有著實質的內涵傳承；第三章〈現代劇校之開蒙教育與教材〉，以 1950 年代以後的現代

〔註111〕孫玫《中國戲曲跨文化再研究》（臺北：文津，2012），頁 59。

化京劇教育，以臺灣戲曲學院、中國戲曲學院、北京戲曲藝術職業學校和上海戲校的教育狀況做一概述，京劇教育納入正規教育體系後，至今有六十年以上的歷史，當今的專業劇團，幾乎終結過去京劇演員的多元來源的途徑（如家傳子弟、業餘票友等），現代京劇團的專業京劇從業者，都是劇校培育的，六十年來的京劇教育模式，實質傳承科班教育方式，再與學校體制不斷磨合，本章爲討論其所產生的質變做一梳理。後三章以開蒙劇目的實際教材，針對各劇目的實際內涵，爲何達到「以戲促功」的實質效力。第四章〈生行開蒙戲遞嬗〉，分爲三節，以行當爲主，將劇目分期做一爬梳，從武生、老生、小生的開蒙劇目的變遷，劇目訓練內容爲主要討論；第五章〈旦角開蒙戲遞嬗〉，以旦角劇目爲著眼點，探討這些劇目爲何被選用爲開蒙教材，對旦角演員的表演功法的實質訓練爲何。第六章〈淨角、丑角開蒙戲〉，爲淨丑開蒙戲列舉，以劇目類型作爲分類，分析各劇目訓練演員的功法與程式爲何，以劇目類型作爲分類，哪些表演重點，必須透過劇目加強完整學習。現代劇校有的則以「段活」做爲訓練的開始。第七章爲〈結論〉，依本論文所討論教育體制的變遷和開蒙戲的教材史做一總結，及後續可進行的研究。

　　本研究探究京劇演員的培育過程與教材選用。京劇流傳幾代人的開蒙戲培養出的人才，是開蒙戲內涵具有「科學性」最佳例證，也是京劇教育做爲人類表演藝術傳承史的活例。希冀本論文對開蒙戲的梳理，對當代京劇演員養成有所助益、爲京劇教育的教學方法和教材編撰有一參考可循。

第二章　科班中的開蒙教育

　　京劇演員的來源多元，向來重視師徒制，各種培訓演員的方式略有不同，大略不出師徒傳承教學的影子，手把手的打下劇藝基礎，一個學生的成就，代表著師父的顏面，更甚代表著班社的榮耀。京劇演員養成大致有四種出身：科班、手把徒弟、家學淵源、票友。上溯及到清代戲曲演員的來源，約可分為四個途徑：科班、堂子、私家和票房，伶人們多把科班視為正途〔註1〕，最被圈內人肯定。於教學體制而論，科班的出現，象徵是京劇成熟的一大標誌〔註2〕。關於教學體制的回顧可見張育華〈戲曲表演功法之傳藝方法〉以「教學體制與傳承發展」，將戲曲演藝專才的培養管道分為三類：師徒制、科班制和學校制〔註3〕。在進入科班開蒙教育的討論之前，以上述京劇演員出身訓練的四種管道略作介紹，文後以科班開蒙戲之實際情況為主要討論。

　　票友，是因興趣學戲，從業餘轉而職業，「下海」成為專業演員；手把徒弟，依張發穎關於手把徒弟的描述：

> 所謂手把徒弟，即某一在技藝、業務上有成就的伶人，自己立上堂號，除了搭班演出而外，還在家教一兩個或三四個徒弟。因一些名角當初來自多來自蘇州、安徽等地，在京住久安家，不免便有人介紹小孩，讓他們拜師學藝。〔註4〕

〔註1〕 么書儀《從程長庚到梅蘭芳：晚近京師戲曲的輝煌》（臺北：國家出版社，2012）。頁51。

〔註2〕 北京藝術研究所、上海藝術研究所編著《中國京劇史》，頁210。

〔註3〕 張育華《戲曲之表演功法——以崑京表演藝術為範疇》，頁163～171。

〔註4〕 張發穎《中國戲班史》（北京：學苑出版社，2003），頁316。

手把徒弟即爲「投師學藝」，由徒弟在師父身旁手把手的接受師父傳藝，在未有科班的年代，學藝主要的方式一是投師，一是隨著職業戲班學藝。清代，手把徒弟其實是「賣身學藝」。師父自行招收幾名弟子訓練，買來窮苦人家的小孩或是孤兒，訓練徒弟成爲自己的生財工具。徒弟需立下「關書」，如同一賣身契約，上面言明授藝年限，雙方的責任義務等。

> 凡學藝期間一切病痛死走逃亡師父概不負責，學藝七年後出師，須
> 爲師父白唱戲兩年……〔註5〕

師父對待徒弟如同自己的財產，日夜與師父生活在一起除了學藝，需要幫師父做各式各樣瑣碎的雜活，任勞任怨任打任罵，出師之前的演出收入也歸師父所有，毫無自由可言。若遇到不人道的師父，非但身心被虐，也不一定能學到幾齣戲〔註6〕。有科班之後，未進科班學戲而拜師學藝的，即歸爲手把徒弟的學藝形制。筆者親自訪談孫永平、何佩森兩位老師，便是於1950～60年代，拜師學藝進而成爲專業演員的〔註7〕；「家學淵源」自清末的京徽班子，更多爲梨園世家，家裡自行教育或延聘梨園名師教導，即是所謂的「家學出身」：

> 由家長出資聘請一些善於教學的知名演員，爲自己的子弟傳授技
> 藝，在傳授過程中邊學邊演。教師既負責傳授基本功，也專門在某
> 一齣戲上爲學生下功夫，以演出劇目做爲教學的對象。一戲磨三年，
> 精益求精。有的人不僅跟一個教師學，在另一劇目上又跟另一個老
> 師學，這樣，他在不同劇目上就成了不同流派的掌門人。〔註8〕

家學在教師上，能依據目博取眾家之長，學習名家經典名作。李少春就是在家練功，延聘名師，終成名角的典型案例。李少春的父親小達子，一心把兒子打造文武全才的角兒，重金禮聘文戲教師陳秀華、武戲教師丁永利來教戲。當時北京有富連成科班，中華戲校等都是辦學有成的專業培訓機構，李桂春卻認爲在家學習思想上不受束縛，想學什麼就學什麼，看什麼好就學什麼，

〔註5〕 程永江《我的父親程硯秋》（長春：時代文藝出版社，2009），頁32。

〔註6〕 如上註。程硯秋的岳父果香菱在學藝期間，全憑師傅心情。「伺候師傅滿意了，可能教你整齣戲」，也曾因受不了虐待吊頸自殺。見程永江《我的父親程硯秋》，頁32～33。

〔註7〕 孫永平現任中國戲曲學院附中小生組老師，幼年於山東煙台的學藝，現年約七十來歲；何佩森幼年於天津拜師學藝，工老旦，於天津戲校任教已退休。

〔註8〕 裴艷玲〈我怎樣成爲一個演員〉，于臻《舞台英雄——裴艷玲的演藝世界》，頁56。

博采眾家之長。原因出自李桂春在科班時覺得科班的框框和影響很厲害，另一個考慮是科班總是挨冤枉打〔註9〕。當今有「人間國寶」之稱的裴艷玲，也是家學淵源，由嚴師嚴父教導，功沒有少練，戲也沒有少學。

　　科班是專門從幼兒的培訓起的訓練機構，相較於「手把徒弟」和「以班帶班」的教育模式，按張發穎的說法是繼家庭戲班和招手把徒弟之後，規模較大的培訓後繼伶人的方式，即所謂的小班〔註10〕。《中國京劇史》將「科班」以教育性質為主，正規化、教育程序和分工系統化，視為京劇藝術成熟的標誌〔註11〕，是戲曲教育體制的一大進步，可說是集戲曲教育體系化之大成者。它包含了手把徒弟「一日為師終身為父」倫理關係，所有的學生都視為徒弟，老師們自然是師父，而教師和學徒的成員數眾多，課程和生活也更具規範，從練功起到學戲，有著一定的教程，團體生活恪守的規矩，如熄燈時間、吃飯禮儀……等。清代北京便有著為數不少的科班，如：崧祝成科班、三慶科班、小榮椿科班、小福勝科班、小恩榮科班、久合成科班、金奎科班、喜（富）連成科班……等，大多是一個具有戲班營利性質，並在自己班裡招募孩子，培養「小班」。科班的運作大致相去不遠，以喜（富）連成科班規模最大、歷時最久，也具影響力。二十世紀初和富連成同期的科班有：玉成班（後改名小吉祥，田際雲創辦）、長春班（陸華雲創辦）、鳴盛和班（水仙花郭際雲創辦）、三樂班（李際良創辦）、斌慶班（俞振庭創辦）、福清班（朱幼芬創辦）、榮春社（尚小雲創辦）、鳴春社（李萬春創辦），這些科班長則十年，短則數年〔註12〕。么書儀《從程長庚到梅蘭芳：晚近京師戲曲的輝煌》言及：

　　　　清代科班的運作方式大體相同：兒童進入科班需要有人介紹、家長
　　　　與科班簽寫賣身契式的「關書大發」、科班之中由教師量才分配行
　　　　當、有教師專門負責教授武功和唱功、以體罰做為資基本的督促方
　　　　式、做科期間由科班衣食看病，收入也歸科班、一般需要七、八年

〔註9〕　許錦文《文武全才李少春》（上海：上海人民出版社，2012），頁31～32。
〔註10〕　其「小班」之說法出自《潘之恒曲話》：「郝可成小班」。小班成為科班，型式和意義上都非常都十分接近，意指專業培訓伶人的教育機構，至今還沿用此說法。在民間戲班中演員年齡小、一邊教戲、一邊演出的科班仍稱小班（見傅謹《戲班》北京：北京大學出版社，2009，頁163）。張發穎《中國戲班史》，頁321～322。
〔註11〕　北京藝術研究所、上海藝術研究所編著《中國京劇史》，頁210。
〔註12〕　葉龍章〈喜（富）連成科班始末〉，中國人民政治協商會議北京市委員會文史資料委員會編《京劇談往錄》（北京：北京出版社，1985。）頁56。

出科，……有完整的文字資料的流傳至今的富連成……這個科班出
現的時間雖然較晚，但是它歷史比較長久……它的組織和社中設施
多採舊制，運營方式比較傳統，也比較成功，在四十四年（清光緒
三十年～民國三十七年1904～1948）悠長的歷史之中培養出一代代
優秀的名伶，所以我們可以把它看做是舊時代科班的代表〔註13〕。

由葉春善承辦、牛子厚出資的「喜（富）連成」科班〔註14〕，為京劇史上為
時最長的私人學校。創立於清光緒三十年（1904），辦學理念：

「個人不為發家致富，只為傳留後代戲班香煙，一心為了教好下一
代人才，川流不息地把梨園事業接續下去。」〔註15〕

葉春善在創社之時曾說：「二十年後甭管哪個班子，只要沒我的學生，就開不
了戲！」〔註16〕富連成至今百年，歷史驗證了當初的話語，凡是有京劇班子
的地方，就有富連成人在。其教育宗旨以

「弟子有一藝之能；培養教育梨園後一代，永續香煙〔註17〕；絕不
誤人子弟、量才施教。」

於對京劇教育有莫大貢獻。學生依「喜、連、富、盛、世、元、韻、慶」排
行，老師教戲認真、訓練嚴格，注重實務演出，科班武戲陣容整齊，新戲、
本戲風格獨特，在北京劇壇名聲響亮，遂成為正宗京劇「京朝派」人才培養
的搖籃，以出人著名。

富連成教育的成功，從出科學生有不少流派創始人可以看出，如馬連良、
筱翠花、裘盛戎、葉盛蘭、葉盛章等，皆是獨自挑班的名角；梅蘭芳、周信
芳等京劇宗師，也曾帶藝坐科進入富連成學戲。民國三十七年（1948）富連

〔註13〕 么書儀《從程長庚到梅蘭芳：晚近京師戲曲的輝煌》，頁57。
〔註14〕 「喜（富）連成」科班，於草創初期名為「喜連成」為牛家出資，1912年由
沈家接辦，遂更名為「富連成」科班（見龍章〈喜（富）連成科班始末〉，頁
6。坊間關於富連成之專書，如《富連成三十年史》、《京劇的搖籃富連成》、《鳥
瞰富連成》等，皆以富連成為名。本文依循此例，論述以時間較長的「富連
成」或「富連成」稱之，亦涵蓋喜連成時期。
〔註15〕 高玉璞《牛子厚與中國京劇事業——北京富連成訪談錄》（長春：吉林文史出
版社，1994），頁85。
〔註16〕 朱文相〈觀今宜鑒古溫故可知新——重讀《富連成三十年史》感言〉，《中國
京劇》2001年1月，頁48。
〔註17〕 唐伯弢《富連成三十年史》頁209。葉龍章〈喜連成科班成立的經過〉《京劇
談往錄》，頁57。

成宣告解散〔註 18〕，歷四十餘年，前後培育九百餘名京劇人才。因富連成非商業戲班子，是以教學爲主，學生演出收入也僅是爲了維持科班開銷，從早期的「梆子、二黃兩下鍋」到京劇全本皮黃戲的出現，歷經京劇繁盛時期，成爲京劇舞台的支撐力量〔註 19〕。

　　陳凱歌導演電影《霸王別姬》中的科班情景，便是依富連成爲雛型。因此，富連成已經成爲中國京劇科班的一個代名詞，一個訓練人才的高標準範例，探討京劇教育絕不能忽視的一個科班。富連成立下的許多精神典範和實際運作，也延續成爲後世辦戲曲學校標準。如教學嚴格、量才授業。對待學徒，無論親疏一律平等。學藝立下關書不收學費，學生吃穿住全由科班供給，發「小份」（小額零用金），出科滿師但憑良心，明定要求學生養成端正的品格與敬業的職場倫理……等。

　　因此，現代戲校畢業的學生延用過去班社的習慣用語，仍習稱是「科班出身」〔註 20〕，如入學稱爲「進班」或「入科」，在學期間稱「坐科」，畢業稱「出科」，在劇團工作稱「搭班」。

　　今日現代化的戲校，全天住宿、大多有國家補助學雜費、公費就讀或有獎助金，如同科班招生未取分文學費一般，以傳承、發揚國粹爲主要任務。學戲方式的進度安排，也是戲校排課的重要參考值，在京劇專業教育上，仍受科班觀念影響，注重師承、有師兄弟制等。本文在探討科班中的開蒙教育時，以富連成現有的文字資料，及現在的富連成子弟和富連成子弟的後人，旁以其他科班藝人的學藝狀況，勾勒當時科班學藝的情景。

第一節　科班的基礎教育

　　科班的學員眾多，對學生生活和學藝規劃的安排相當嚴謹。每日排得滿滿，七年中，也有各個階段的學習目標。富連成對新入科的學生，學習進程的安排是：先練武功、先跑龍套、學唱同場曲、以崑曲開坯子、再分行當。這段時間大約是半年至兩年，依學生的資質時長不等，由老師們對學生各方面細細觀察，就各個階段的教學內容述之。

〔註 18〕 葉龍章〈喜（富）連成科班成立的經過〉，《京劇談往錄》，頁 25。

〔註 19〕 北京藝術研究所、上海藝術研究所編著《中國京劇史》中卷，頁 652。

〔註 20〕 「科班出身」已成現代常用語彙，凡經過專業正規訓練或教育，並從事該專業之工作者，皆可自稱之，未必專指戲劇用語。

一、入科選材

梨園老話說：「祖師爺賞飯吃。」指的是演員在表演上的天賦異稟，各方面條件均佳，學習悟力又高，同時又有好的機運。這些天賦條件包含生理上的嗓音的音色、筋骨的柔軟度，外在上的扮相樣貌、身高個頭，內在音感的聽力、學習速度和領悟力等等，涉及各個層面。要尋找天賦條件完美適合當京劇演員的人才並不容易，大多數的演員都是有遺憾的。但是學戲當「角兒」天賦又十分重要。因此，在進入科班學戲之前，外在測驗生理條件，成為入門的關卡。科班的孩子很小就學戲，對於成熟的生理狀態，不好預測，梨園世家子弟，因為血緣和家庭薰陶之故，通常家人有比較好的判斷孩子是否有成為專業演員的「本錢」。若完全零經驗的小孩子要進入科班，在沒有醫學儀器輔助的年代，會設立一些考試項目，來檢測學生的生理情況。

富連成「盛」字科武生李盛斌，經廣和樓戲園的蕭多瀛介紹入科〔註21〕，他回憶當初進科班的情景：

> 我順從地走到他的跟前，蔡榮貴捏捏我的手，又捏捏我的胳膊，又把我的腿搬起來懾悠幾下，又扶著我的肩膀，讓我往後躺。就在蔡先生擺弄我的時候，葉老先生、蕭老先生等老師們都盯著看，最後只見蔡榮貴先生像他們微微點頭。……我以探求的眼光，正愣愣的看著老師們〔註22〕。

除了胳膊、腰、腿，還必須喊喊嗓子、唱著歌兒，聽聽音色和音準的情況。就是這樣簡單幾下，憑著經驗豐富的老師，慧眼看出學生是不適合走這一條辛苦漫長的從藝之路。富連成的學生入學，均要有東家、社長或社內成員有相當友誼的介紹人，其入學考試：

> 首先觀察形象、體型、健康情況，試唱一兩段。外行不會唱的，由老師領唱一兩句，教他試學。不會學唱，只好叫他喊喊「一」、「啊」、「吚」幾聲，然後讓他跟老師念幾句話白，看他發音是否正確，以及口型怎樣；還叫他唸幾句尖團字，看他口、齒、舌有無毛病。最後再看他腰腿是否靈活，由老師示範幾個動作，讓他學學看。〔註23〕

〔註21〕唐伯弢編著、白化文修訂《富連成三十年史（修訂版）》（北京：同心出版社，2000），頁169。
〔註22〕霍大壽主編《京劇名家李盛斌》（北京：中國戲劇，2000），頁99。
〔註23〕葉龍章〈喜（富）連成科班成立的經過〉，《京劇談往錄》，頁38。

過去科班選材嚴謹，是以外貌、骨骼、嗓音等天賦特質來評估，和學生的興趣、性向並無關連。若是梨園世家的子弟，科班裡的老師對其父執輩有一定的了解，否則，在挑選學生時，也需要看父母的身高、外型，預測小孩子將來生理發展狀況。測驗腰腿的靈活，這是舞台展現的現實，指的是柔軟度的開發，若發現學生這一方面天生「硬骨頭」，幼功難練，後面撲打滾翻都在此基礎之上，將影響下一步的學習。而通過考試時的模仿過程，大致可知孩子在學習上的領悟力，是否能夠學的快、學的精、學的深。科班過去皆需要保人才能入科學藝。怕的是學生吃不了苦，半途出家，枉費栽培。

二、練武功

　　唱念做打，唱為第一。但從人類生理發展的角度，訓練身體的腰腿開發，是科班首重的。開蒙時期，先練學生的腰腿功夫，嗓子反倒其次，只是注重咬字發聲的原理練習。富連成時期，科班的部分營運經費是依靠學生演出賺取票房收入，運作上要能維持各個行當齊全，排演各式各樣的劇目，尤其是大型人多的戲碼，並非以特定名角為號召，是科班演出的優勢。學文戲者必須具備武戲的功夫，學武戲者也必須文戲的唱段。學生在未分科前，無論行當先練武功，幼功的內涵，練腰腿、圓場、身段也比練嗓子更急迫。

　　　　新生入科之始，依照社規，無論何人，都先練功，看其腿力如何。
　　〔註24〕

　　　　科班中無論何人，初入科時，例須跑龍套。〔註25〕

　　　　新入科學生不論文武，都必須從毯子功開始練起。每日早晨必須練
　　　　兩個小時的毯子功。然後才分出行當吊嗓的吊嗓、練武功的練武功。
　　〔註26〕

以上三段出自富連成社訓和富連成科班每日生活日程，道出進入科班學習，須先練武功和先跑龍套。武功指的是毯子功和腿功。科班裡的孩子，招收年齡從六歲到十歲不等〔註27〕，為的是人體生理發展，在幼年發育時期肌肉與筋骨的可塑性，尤其腰和腿的柔軟度。毯子功是培養演員的第一步，上牆耗

〔註24〕葉龍章〈喜（富）連成科班成立的經過〉，《京劇談往錄》，頁40。
〔註25〕高玉璞《牛子厚與中國京劇事業——北京富連成訪談錄》，頁94。
〔註26〕高玉璞《牛子厚與中國京劇事業——北京富連成訪談錄》，頁327。
〔註27〕葉龍章〈喜（富）連成科班成立的經過〉，《京劇談往錄》，頁39。

頂（簡稱牆頂），是武功的開蒙，然後練筋斗，腰、臂、上肢的肌耐力與翻各式筋斗的訓練。因爲訓練和表演均在毯子上進行，所以稱爲「毯子功」〔註28〕。男女行當的訓練內容亦有所不同。剛開始拿頂、下腰、甩腰等，過筋斗先練虎跳、小翻，難度慢慢增加。

> 毯子功無論文的和武的都練。首先是「耗頂」。用「耗」字是因爲拿起頂來。由先生看著，從一數到百，要耗著麼長時間。早晨三把頂。
> 耗頂後是下腰，接著是過筋斗。〔註29〕

「頂」是毯子功的基礎，一般稱「拿頂」或「耗頂」〔註30〕，是輔助性筋斗，在舞台上牆頂不能單獨使用〔註31〕。手在下、腳在上，先是靠牆倒立著，要求抬頭出脯、併腿、前腳掌（繃腳面）著牆、塌腰。甩上牆後，計時耗頂，無論是從一數到百，或要耗一炷香，時常是更隨老師心意的時間長度，藉此鍛鍊出臂力與腰部的肌耐力。靠牆拿頂越來越穩定之後，要耗的是腳離開牆的支撐力，稱爲「空頂」，然後用手練習像腳一樣的走路，稱爲「爬頂」，如《昭君出塞》的馬伕有此技巧。這些都是跟「頂」相關的毯子功，耗的時間也會隨著要練習的項目越多而逐漸縮短，這樣身體上的習慣性和所有的運動項目一樣，在剛開始的耗的時候，感覺非常痛苦，隨著肌肉的長成，對動作的熟練度和和肌耐力的增加，越來越能得心應手。除了拿頂，毯子功的內容包含下腰、虎跳、蹺子、小翻、蛇腰、蠻子，男孩練高筋斗，如：出場（蹺子提）、前蹦（前空翻）、單提（後空翻）、腰裡變……等，女孩練甩腰、前橋、後橋、雲裡翻……等。男孩不宜耗腰太久，腰練的太軟翻不好大筋斗〔註32〕。京劇的筋斗，從牆頂開始到大小筋斗和桌上桌下，大約有兩百種之多〔註33〕。

　　基本功必先從「雲手」開始，雲手是戲曲身段最基本的動作。台上角色「一戳一站」、「一動一轉」都是以雲手的動作來變化的〔註34〕。雲手大概可

〔註28〕余漢東《中國戲曲表演藝術辭典》（北京：中國戲劇，2006），頁196。

〔註29〕高玉璞《牛子厚與中國京劇事業——北京富連成訪談錄》。

〔註30〕「拿頂」俗稱「大頂」、「倒立」、「手倒立」。是毯子功中最重要的基本功之一，各行當不可缺。可以幫助演員增加兩臂和肩部柔韌性，提高倒立後手臂支撐力，使呼吸與血液循環、內臟器官能逐漸適應人體倒立後及翻轉中的生理反應狀態。見余漢東《中國戲曲表演藝術辭典》，頁183。

〔註31〕古峰《戲曲筋斗練習方法》（上海：上海文藝出版社，1980），頁7。

〔註32〕曹駿麟《艷舵八十》，頁24。

〔註33〕古峰《戲曲筋斗練習方法》。頁2。

〔註34〕余漢東主編《中國戲曲表演藝術辭典》「雲手」條：雲手是戲曲身段最基本的

以拆解爲四個動作的組合，運用包含拳式、掌式、步式，配合眼神、亮相，練習腰、脖、腿、膀子的用勁，看似複雜的內容，難以向學童解釋，靠的就是口傳身授，實踐的內涵就是「刻模子」。老師做一遍，學生跟著做一遍，一遍又一遍現身說法的實務示範﹝註35﹞，教師不斷調整學生的一舉一動，等到學生動作記熟了，眼神做對了，爲了要讓他每次做雲手時，高低位子，手眼協調都在一塊，經由長時間的「耗雲手」，使得手能一抬一舉就到位。

　　腿功，從腿的柔軟性練起，也是俗稱的拉筋。「壓腿」（耗腿、吊腿），將腿抬高九十度慢慢增加爲一百八十度，「撕腿」從一百八十度到兩百度，過程常痛的學子呀呀尖叫，幅度慢慢增加，越大，腿筋就越痛。稍做過度舒緩後，必須踢腿，分爲正腿、旁腿、片腿、十字腿四種，分別踢向頭頂不同的方位，加上跨腿正腿，跨腿片腿等變化，將大腿後側的每條筋都拉開，訓練爆發力和肌肉耐力，才能進階練習其他手眼身步法組合性較多的動作。

　　「耗」是訓練演員形體固定的最佳方式。戲曲導演阿甲曾說：

　　　「肌肉要思維化」……讓肌肉敏感、細緻到能解人語，能傳感情，

　　　具有高度的理解力與表現力。﹝註36﹞

那麼，「耗」便可視爲演員「肌肉思維化」的一種記憶經過。童蒙時，未必能理解，跟老先生學來的老師也未必能分析，老一輩的方式就是以「耗」解決。讓學生對肌肉有定位的記憶，當肌肉自由的做出解構上的認知，就能做出藝術上的美感。要維持美感，就離不開「耗」功。從一分鐘增加到一炷香，耗出了汗，耗出了定型，耗出了肌耐力，也就是耗出了功。如同前上所述拿頂的經過。

　　戲曲功夫甚麼都可以藉由「耗」來訓練，「耗腿」、「耗山膀」、「耗前弓後箭」、「耗頂」、「耗腰」、「耗蹻」……等，毯子功的拿鼎、下腰，耗出的是柔軟度與手臂肌力，基本功的腿功與膀子，朝天蹬、劈岔，雲手、山膀，都是一樣，最後耗出的是演員強大的意志力。養成了身段形體、舉手投足都在一定規範之中，對於舞台使用到的功夫，必須練到運用自如。

　　「耗」功可說是戲曲演員由外而內的精神訓練，在形體上也許是爲了穩

動作。台上角色「一戳一站」、「一動一轉」都是以雲手的動作來變化的。頁71～72。

﹝註35﹞ 張育華《戲曲表演之功法──以崑京藝術表演爲範疇》，頁184。

﹝註36﹞ 徐城北《品戲齋夜話》（北京：中國戲劇，1990），頁22～23。

定度而耗，卻是為了實際演出的狀況而設定，練就盡量不喝水、不喘息的身體狀態，在台上任何一刻都能氣定神閒，化身為角色般，從幼年期間便藉由耗功慢慢薰陶當演員之不易。

　　基本功還有許多跳、蹦、翻、滾、速度的技巧。有了基礎的身段與耐力，「耗」會以後是「練」穩。挑戰的是身體的極限，尤其那些可以數數的功夫，如毯子功的各式筋斗、基本功的踢腿、鷂子翻身、旋子、飛腳、撲虎等，數量上倍數增加，或許演出時沒有時間讓演員翻一百個小翻，但練習的時候若能穩定的挑戰一百，那麼台上必定能漂漂亮亮翻三十個，而腿一踢就是腳尖在額頭前，準確又完美，從訓練的角度來看，可以「數數」的動作，在數量上的增加，越來越穩便是質量上保證了〔註37〕。為了萬無一失的表現，演員必須勤練，其精神內涵為「練死了、演活了」，但初入科孩子因為年齡小，對於練功及耗功懵懵懂懂，必須藉由教師的嚴格督促，規範每一個動作步驟。

　　腿功和腳下功夫又所不同，而腿功是腳下功夫的基礎。腿功帶有武功性質，而腳下功夫指的是走台步（又稱為走腳步或舞步）和跑圓場，舞台上穿上戲鞋，每走出一步，皆是台上人物專用的步伐。程長庚教授徒弟用功、認真，在科班中教腳步是：

> 把走法教與學生，學會後再分生旦淨丑等，各為一班，使最好學生領頭，每班每天都要走一兩個鐘頭，教師在旁監視，哪一個走的不好，立刻糾正，如此者要走一兩年的功夫。〔註38〕

舞台上演出，沒有「腳底下」或「腳底下沒勁兒」，是沒資格吃戲飯的，戲諺云：「先看兩步走，再看一張口。」可見腳步基礎的重要。學習過程並不能讓基礎不穩的學生悶著頭苦練，而是要有老師在一旁注意學生的一舉一動，有問題立刻糾正，方能不讓學生養成壞習慣。

　　一板一眼的刻模子學習，並不能保證學生都能學會，「打」似乎是一種立即見效的好方法。舊科班把「教戲」叫「打戲」，好像學戲和挨打是一碼事〔註39〕。

〔註37〕訪張逸娟「個人學藝經過與教學經歷」其中在規劃學生基本功訓練的過程，可以數數的功法，如飛腳、翻身、踢腿、旋子……等，張老師提及每個動作重覆的數量疊加的必要性，數量的增加是為了朝向優質的質量保證。訪談時地：2014/3/7 於北京中國戲曲學院。

〔註38〕齊如山《京劇之變遷》〔1935〕（瀋陽：遼寧教育，2008），頁119～120。

〔註39〕侯喜瑞口述、張胤德整理《學戲和演戲》（北京市：戲曲編導委員會編輯，1961），頁4。

一切功夫都是打出來，俗稱「梨園大獄」一點也不過。師父們基於「學不等
於會，會不等於對」、抱著「不打不成器」的觀念教育弟子，弟子將師父的話
奉為圭臬，不敢反抗，更有說法是「一打要你會、二打要你對、三打要你不
會廢」，多麼地順理成章啊！有時學生一被刺激或一被激勵，在學習翻滾跳蹦
等技巧時，一鞭子下去，原本不會翻的也會翻了，只能走十個的便能走二十
個了，唱不對的腔也唱對了。這種「激勵法」其實是保護學生，避免因練特
技不謹慎，造成的運動傷害。以「過桌飛腳」來說，若不提氣、可能坐在桌
子上，或者磕在桌子邊上，可是教的時候，並不講什麼部位的「用勁兒」（肌
肉出力的方式）、「起范兒」（開始的預備動作）、提氣之類的細細解析，而是
過不了桌子，屁股就挨一籐桿。學生自己琢磨，也就能慢慢過桌了〔註40〕。
對於訓練速度的筋斗也很有效。如跑虎跳，師父以一根藤棍為持「抽人」的
動作，你的速度比藤棍快，抽空打不著人，要是慢一點，正巧打在胯骨軸上〔註
41〕。毯子功翻小翻時，經過老師「操功」，學生還是若找不到挑腰的勁頭，在
翻的時候，一板子打在上背的部位，痛感所帶來的神經警覺，即可讓學生逐
漸找到挑腰的方式。

　　打，更有警惕的作用，科班中時常有「打通堂」的情形，一個人犯錯或
一個人失誤，全班陪著挨打，要大家有一種生命共同體的精神與感情存在，
相互警惕。這種反應，在教育理論中，即有學者認為：

> 個體在人際互動中，不須靠直接的經驗，照樣可以獲得學習。四歲
> 的妹妹見到六歲的哥哥因過失受父親責罵，他將會學到不犯同樣的
> 過失。懲一警百，講一勵眾，這是教育上最普通的道理。

> 學習不完全是在控制情境下自動產生的。學習的情境是環境決定
> 的。準此推論，同樣情境之下必可產生同樣的學習。〔註42〕

在同樣的情境，必可產生同樣的學習，打戲的學習情境，便是讓學生不斷自
我警惕的環境。曾有動物學者發現，動物在飽受驚嚇的情況下，記憶會特別
深刻〔註43〕，這樣的恐嚇多少發揮了激勵學生的作用，但有時也有反效果，

〔註40〕蔣健蘭、劉乃崇《袁世海的藝術道路》（北京：中國戲劇，1994），頁25。
〔註41〕蔣健蘭、劉乃崇《袁世海的藝術道路》，頁25。
〔註42〕張春興《教育心理學：三化取向的理論與實踐》（臺北：臺灣東華書局，1996），
　　　　頁190～191。
〔註43〕參考勞倫茲著，游復熙、季光容譯《所羅門王的指環——與蟲魚鳥獸的親密
　　　　對話》Konrad Lorenz, *Er redete mit dem Vieh, den Vögeln und den Fischen*，關於

學生因為過於害怕，反而腦中一片空白。此舉一例：程硯秋從榮蝶仙學藝之時，為練踩蹻打把子，因為心情緊張怕挨打，反而更找不到訣竅，結果挨了更多的板子〔註44〕。但無理地打戲終究過於不人道，現代社會已經不再採用。必要以「打」嚇阻的教學方式，只是以「板子」的提點，傷的只是皮肉而不是筋骨，在練功中避免學生走歪路或是嚴重的運動傷害，是保護與激勵學生的方法。

三、跑龍套

　　有了舞台形象的基本認識和經過基本功訓練後，登台練習便從跑龍套開始。龍套，戲劇中沒有角色名、為數眾多的群眾角色，稱之為「龍套」〔註45〕。富連成坐科生活明言而定：「科班中無論何人，初入社例需先跑龍套。」〔註46〕在馬連良相關的傳記提及：

> 新入科的孩子，甚麼都還沒有學，連龍套都不能跑。……由老師教
> 武功基本功、把子功，教一般戲裡龍套的「站門」、「挖門」…「二
> 龍出水」等。〔註47〕

筆者詢問富連成「元」字輩的孫元坡先生的開蒙戲時，戲稱自己進班的開蒙戲就是「龍套」〔註48〕。什麼都不會的時候，連龍套這樣小的角色都不能扮演，必須等到基本功有一點基礎後，方可登台。

　　在科班，龍套是演員起步的重要開蒙，而且是成「角兒」之前的必經之路，從舞台邊上了解舞台行為，對整個戲劇排場的認識，很多東西就是從中「看會」的。龍套在舞台上有序多固定程式的套路，演繹各種情境。除了龍套，包含上下手、四英雄、四將官等。龍套要學習「曲牌」群唱曲及龍套專用的程式，諸如特定走位的術語用法，「站門」、「歸裡」、「八字」、「一條鞭」、

〈動物的語言〉一章中，有鳥類受在極端危懼情況下，所學到的語句是深深
印在腦海中。(臺北：天下文化，1997)，頁120。
〔註44〕程硯秋〈我的學藝經過〉收入潘耀明《中國戲劇大師的命運》，北京：作家，
2006。頁99。
〔註45〕「龍套」泛指沒有角色的群眾演員。原意指「文堂」：四人一堂，穿龍套衣、
舉龍套旗，有專職的龍套演員須熟悉各劇目中的站位及隊形變化形式，齊唱
各劇目的中既定的曲牌。見余漢東《中國戲曲表演藝術辭典》，頁53。
〔註46〕唐伯弢《富連成三十年史，修訂版》(北京：同心出版社，2000)，頁57。
〔註47〕遲金聲《馬連良》(長沙：湖南文藝，1987)，頁10。
〔註48〕訪談孫元坡老師「富連成開蒙學藝經過」，2010年1月16日，於孫宅。

「挖門」、「一翻兩翻」、「合龍口」、「扯四門」、「查門下」、「二龍出水」、「鷂子頭會陣」…等〔註49〕，無論多著名的頭牌演員，當年在科班都必須扮演龍套上下手，對場面上術語理解，來自舞台的實際經驗。從龍套曲牌當中，亦可學到每種曲牌不同的性格與場合的運用，因爲種種程式的熟悉與套用，使得過去京劇的演出型態，排戲常是用「說」的：一組人馬到了後台，管事的主排一「說」今天的戲如何，是哪家、哪個演員的路子，登台的人都必須瞭若指掌，並不實際排戲，演出時直接「台上見」，也不會出大差錯，靠的就是演員自「龍套」演起、每次在舞台上實踐的累積，就連「戲包袱」般的主排、導演人才，當初都是從這「邊上站」出身來的，因其看的戲多，了解各種類型的排場，自然懂得戲就多了。

　　除了襯托戲劇千軍萬馬的場面之外，跑龍套的內涵，並不只是一個站在舞台邊上無關緊要的角色。在富連成，葉春善對學生說：

> 你們要一邊站著，一邊仔細學習主配角的一些唱念做打，身段、形
> 象。就是你們當時唱不了正戲，把學到手的印到腦子裡，每個戲都
> 會了，遇到機會，讓你們出演，哪個都難不住你們。學哪行的要注
> 意學習哪行，到時我一定考你們，背不出來可是要挨打的。〔註50〕

葉春善每天一個個問學生，除了考問唱念做打方面，還要問鑼鼓經，不單是唱段裡的，還有鑼鼓經的用法，學生最好樣樣背熟。跑龍套也是教學的傳承：讓師哥帶著師弟，非教會不可，師弟跑龍套後，師哥回到專門老師的課室中練功。這一做法不但在事後學戲更有效率，跑龍套時間長的同學，反而會的多。

　　科班爲了培養對戲劇生態有全面了解的人才，從多方面著手，其中跑龍套是最直接的一種方式。扮演龍套能夠在舞台上多有觀照，了解舞台地位、觀察重要角色的表演，聽懂文武場的節奏、板式與旋律，也透過這些驗證，教師們可觀察每個學生適合演的行當特質，之後才進行分科選行的階段。

> 入科半年後，由老師按其體態、資質、容貌、喉音進行決定，甄別
> 其學生、旦、淨、丑哪一行當。

〔註49〕舞台龍套調度術語。詳解見余漢東主編《中國戲曲表演藝術辭典》，頁612～627。
〔註50〕葉龍章〈喜（富）連成科班成立的經過〉，《京劇談往錄》，頁60。

由社長及教授按其體態、資質、容貌、喉音，定其應學之門類。〔註51〕

學戲，行當是師父決定的，天賦是祖師爺賞賜的，角色是師長分派的，「如飾劇中某角，或正或配，均由教師指定。」

其學戲之程式，先由教師將「提綱」掛出，如某人飾某角，先念詞，然後上口，習腔，拉身段。〔註52〕

這是坐科學戲成長的歷程，先練武功，先跑龍套，先唱曲牌，觀察出學生資質後，然後才分科正式學戲。

四、崑曲開坏子

「坏子」原指陶瓷器用原料製成初形，而尚未入窯燒過的半成品〔註53〕。「開坏子」是陶器進行製作的一開始，梨園行人習以「開坏子」形容演員開蒙學戲的開始階段。馬連良傳記提及正式學戲以前的教程：

科班將學習崑曲列入對學生「開坏子」的必修課。是因為崑曲載歌載舞，板眼（節奏）、音韻、音準要求嚴格，它是學習京劇的必修課。〔註54〕……有些戲裡，龍套還得合唱如【泣顏回】、【五馬江兒水】、【風入松】等曲牌，學生也得學會，除此之外還得學《天官賜福》的崑曲，至於定行當、正式學戲，都得幾個月以後了。〔註55〕

袁世海的回憶錄《藝海無涯》：

崑曲載歌載舞，板眼節奏、音韻、音準要求嚴格，是學習京劇的必修基礎課，各行角色都不例外。〔註56〕

崑曲是京劇不可或缺的一部分，更常是拿來訓練京劇演員的好劇目。京劇形成之初，因演員的背景不同，帶入徽班、漢班、崑班，甚至是地方小戲等不同劇種的劇目。而京劇科班中對演員的入門教育通常是以崑曲啓迪，最早可溯源至清代道光年間程長庚的四箴堂科班。程長庚徽班出身，開蒙先學的崑曲〔註57〕，具有深厚的崑曲功底，要求學生先學崑曲後學皮黃，包括龍套、

〔註51〕 唐伯弢《富連成三十年史（修訂版）》，頁 56。

〔註52〕 高玉璞《牛子厚與中國京劇事業——北京富連成訪談錄》，頁 94。

〔註53〕 教育部重編國語字典修訂本 http://dict.revised.moe.edu.tw/ 瀏覽日期：2014/6/30。

〔註54〕 高玉璞《牛子厚與中國京劇事業——北京富連成訪談錄》，頁 327。

〔註55〕 遲金聲《馬連良》，頁 10。

〔註56〕 袁世海口述、袁菁整理《藝海無涯》，頁 46。

〔註57〕 齊如山《京劇之變遷》（瀋陽：遼寧教育，2008），頁 119。

衣箱、台桌都要學習〔註 58〕，其他如陳德霖、錢金福等崑班出身的演員後來投入京劇演出及人才培育的行列，此一教育模式遂成爲科班典範。時至今日，此傳統仍保有於中國戲曲學院〔註 59〕、臺灣戲曲學院等學校京劇科系。

　　崑曲爲百戲之母，無論身段、曲牌都規範嚴謹，提供中國眾多劇種養分，現今的崑曲繼承乾嘉傳統、姑蘇風範〔註 60〕，其內涵則是陳芳〈試論崑劇表演的「乾嘉傳統」〉一文所言：

> 講究的是崑山水磨調所演唱「字清、腔純、板正」，做表注重繁縟細膩、嚴絲合縫、逼眞傳神，正是「唱到哪裡、指到哪裡」，……崑劇表演既有的典型──是關於「尺寸幅度、腳步章法、發聲轉韻」等四功五法的深刻內涵，即所謂「崑劇典型」，係自清代乾、嘉以來從演出「定式劇目」開始，擁有固定的折子劇名、指涉固定的表演基型，就已自成體系。……於表演技術亦體會精深，不論是曲白之音韻、五聲、尖團、文義，或身段情緒所應拿捏之眼神、發音、運氣、動作細節等，俱已記錄成書，並作爲演員代代相傳的表演指南。〔註61〕

崑劇折子戲使得各行當家門有了本工戲的絕活，「本工戲」出現，顯示了崑劇舞台在折子戲演出實踐中「依行分戲」的成果，形成固定表演模式後使得某折子戲成爲某行當演員的必習劇目〔註 62〕，開蒙戲就是從本工戲劇目中沿襲而來。用崑曲開蒙，是訓練學習者有著字清、腔純、板正的規範。京劇中保有許多崑曲劇目，包含曲牌、基本功套式，以崑腔做爲開蒙戲除了可溯及程長庚的教育理念，另一個以崑曲打底的主要原因，便是因其精緻且具有深刻內涵的表演形式，一招一式、一字一音，所有的動作都需要音樂腔調結合，且與鑼鼓呼應〔註 63〕，所以成爲戲曲表演身法的圭臬，「有聲皆歌、無動不舞」這是京劇發展過程中較爲缺乏的〔註 64〕，仰賴著崑曲的借鑑和移用。

〔註58〕劉亮〈論程長庚的育才藝術〉，金芝主編《長庚精神照後人》，頁 250。

〔註59〕見洪惟助主編《崑曲辭典》「中國戲曲學院」條，頁 1010。

〔註60〕陸萼庭《崑劇演出史稿》（臺北：國家出版社，2002），頁 263。周傳瑛《崑劇生涯六十年》（上海：上海文藝出版社，1988），頁 26。

〔註61〕陳芳〈試論崑劇表演的「乾、嘉傳統」〉，《戲曲學報》創刊號（2007 年 6 月），頁 211～212。

〔註62〕王寧《崑劇折子戲研究》（合肥：黃山書社，2013），頁 181。

〔註63〕齊如山《五十年來的國劇》（臺北：正中書局，1962），頁 23。

〔註64〕早期京劇中唱、念、做、打於同一排場中，幾乎是分開進行，齊如山《五十年來的國劇》云：「因皮黃彎轉方硬，（在唱中）不易添入」，直至他爲梅蘭芳

同場曲意指舞台上群眾齊唱之曲。《崑曲辭典》「同場」條：

> 曲唱術語，指場上演員的同聲齊唱。由於與通常情況下的獨唱、對唱形式形成鮮明對比，同場曲往往被作爲一種舞台表演手法，用以描寫環境，渲染氣氛，揭示人物心理，甚至以第三者口吻評論劇中人物和情節，常常取得好的藝術效果。〔註65〕

同場曲是科班學生和第一次所接觸到專業唱曲。《長生殿・定情賜盒》的曲牌常做爲崑曲同場曲之入門。〈定情賜盒〉在崑劇中稱爲「排場戲」，主要是生旦的唱念以及宮娥、太監在演唱同場曲時的場面調度〔註66〕。京劇科班的同場曲源自崑曲，曲牌的意義上相同的，但在使用上只是音樂程式的挪用：

> 曲牌音樂的程式性，可以用「一曲百唱」或「一曲百奏」，來形容。
>
> 即是先有了「一曲」的基本調，再結合表現新內容的需要。〔註67〕

一曲百唱，也就是曲牌的音樂氛圍、曲辭內容，如果和台上情境相符，便可連曲詞都不修改的完全應用於劇中。如《長生殿・埋玉》中的【粉孩兒】描述唐明皇帶著楊貴妃入蜀避難，大隊宮女、太監繞滿舞台，形容的李氏皇朝逃難的窘境，但在京劇中以「乾牌子」可唱可不唱的方式，出現在《八大錘》、《響馬傳》裡頭，從而帶出「器樂曲牌的基本調具有音樂主題的意義」〔註68〕。

這些同場曲是龍套用的合唱曲，龍套並不是生旦淨丑行當的分行，沒有固定演員專學，戲班子的龍套屬「雜行」，各班社都有的班底的演員，也稱爲「底包」。《崑曲辭典》「雜」條的基本要件：

> 雜應群場角色的演員必須熟悉各種群場舞台調度的位置、隊形和熟記
>
> 各種同聲齊唱的「同場曲牌」。武戲還須有翻打跌撲的功夫。〔註69〕

因此同場曲是雜行的基本要件，演員在小時候和同學就是互相配合，沒有主要角色時必須幫忙演雜扮角色，一是奠定基礎，二是從基層角色當起，「跑龍套」或「跑宮女」及「零碎活」的編配角色。

京劇中的同場曲牌大多是嗩吶伴奏，有時只是單吹奏，並不演唱。原來都出自於崑曲劇目中套曲的曲牌，京劇舞台上則是單獨使用，以烘托氣氛之

編寫《天女散花》、《嫦娥奔月》等戲，才有舞式動作。頁23。
〔註65〕洪惟助主編《崑曲辭典》，頁466。
〔註66〕洪惟助主編《崑曲辭典》，頁333。
〔註67〕馮光鈺《中國曲牌考》（合肥：安徽文藝出版社，2009），頁51。
〔註68〕馮光鈺《中國曲牌考》，頁51。
〔註69〕洪惟助主編《崑曲辭典》，頁565。

用，未必與劇情直接連貫。而這些曲牌到了融入京劇後，更加具有強烈的程式性色彩，分門別類使用，如行軍樂、行圍打獵、喜慶、宴會場面、哀樂、神鬼戲所用音樂等，一聽到曲牌旋律，便有如生旦淨丑行當的具有符號印象般，即能知道這場是甚麼景況的情節。這些「曲牌」的曲調旋律和所表現的內容、情緒與相關的劇目、內容、劇情、場景相吻合，因此為京劇吸收〔註70〕。曲牌的唱詞幾乎原封不動，但依據場景氛圍的需要，曲牌配以鑼鼓經用嗩吶吹奏，從而豐富、加強了曲牌的表現力。〔註71〕

基本學唱的曲牌有：

【泣顏回】羽檄會諸侯，運神機，陣擁貔貅，需要同心戮力，斬權臣，拂拭吳鈎。（嘆）蒙臣冕旒，起群雄，雲繞誇爭鬥，看長江浪息風恬，濟川人自在行舟。源於《連環記·起布》

【朱奴兒】蟠螭斾，雲中搖漾；飛豹旌，風外飄揚。虎將猙獰豪氣狂，馬如龍掣斷絲韁。遙望五雲帝鄉，指日裏，歸吾掌！源於《鐵冠圖·亂箭》〔註72〕

【北泣顏回】驅隊出西郊，逐驊騮任踢哎咆嘯，（五六）貔貅簇擁，人如虎生翼英豪。旗旛躍日，（五六）韻悠悠畫角連珠炮。撲咚咚緊搥鼉鼓，布圍場滿塞弓刀，布圍場滿塞弓刀。源於《鐵籠山·草坡》

【出隊子】連營分隊，前纛高張朱雀旗，弓刀簇擁列戎衣。萬騎城南戰勝歸，試問三吳豪傑有誰？源自《浣紗記·回營》〔註73〕

【北醉太平】長刀大弓。坐擁江東。車如流水馬如龍。看江山在望中。一團簫管香風送。千群旌斾祥雲捧。蘇臺高處錦重重。管今宵宿上宮。源自《浣紗記·打圍》

【出隊子】三公之位，自小登科占大魁。只因前日夢驚疑，使我心

〔註70〕 萬鳳姝等編《京劇音樂百問、京崑曲牌百首》（北京：中國戲劇出版社，2000），頁572。

〔註71〕 萬鳳姝等編《京劇音樂百問、京崑曲牌百首》，頁572。

〔註72〕 《鐵冠圖·亂箭》中曲牌做【朱奴犯銀燈】，參考自中國城市戲曲研究會電子化文獻目錄 http://wagang.econ.hc.keio.ac.jp。瀏覽日期：2014/3/19。

〔註73〕 出自梁辰魚《浣紗記》第七齣〈通嚭〉，《綴白裘》之《浣紗記》出自〈回營〉。參考自中國城市戲曲研究會電子化文獻目錄之《六十種曲》http://wagang.econ.hc.keio.ac.jp。瀏覽日期：2014/3/19。

中如醉癡，靈隱寺修齋虔誠懺悔。出自《精忠記·掃秦》〔註74〕

【五馬江兒水】虎將親承鳳詔，（爲）妖胡黨未消，且自揮戈躍馬，奮武揚驍，破蠻戎，如削草，戰馬咆嘯，旌纛飄飄，只爲封妻蔭子，豈憚辛勞，祁連再無胡騎擾，風急雁聲高，江空日影搖，水遠山搖、水遠山搖，金勒馬嘶芳草。出自《鳴鳳記·辭閣》〔註75〕

【二犯江兒水】紛紛水宿，哎，齊簇簇紛紛水宿，魚蝦蟹驚友，鬧垓垓爬跳躍去來游，似蛟龍在江上走。看白浪似珠球，威風千丈游，躍舞江頭暗戀中流，齊奮起來爭鬥，安排劍矛，早整頓安排劍矛，江聲怒吼，都把那禿驢詛咒，活生生拆散了鳳鸞儔。出自《雷峰塔·水鬥》。

【八聲甘州歌】揚威奮勇，看愁雲慘慘殺氣濛濛，鞭梢指處，鬼神盡覺驚恐。三關怒衝千里震，八案雄兵已成空。旌旗飄，劍戟叢，將軍八面展威風，人似虎馬如龍，佇看一戰便成功。源於《鐵籠山·揚兵》

【粉孩兒】匆匆地棄宮闈，珠淚灑，嘆清清冷冷，半張鑾駕。望成都只在天一涯，潛行來漸遠京華。五六搭剩水殘山，兩三間空舍破瓦。出自《長生殿·埋玉》〔註76〕

以上曲牌都是學跑龍套前先學唱的曲牌。京班學唱的同場曲牌，和原傳奇的唱詞版本也有出入，性質也不同於崑班的拍桌台，同場曲目的大班教學，和崑班選擇的曲牌也不近相同。崑劇傳習所拍曲：

〔註74〕〈掃秦〉爲元代孔文卿《東窗事犯》第二折，明代《精忠記》傳奇將此折劇情融入〈誅心〉出中，《綴白裘》五編做《精忠記·掃秦》。實則崑劇演出的〈掃秦〉大體同《東窗事犯》第二折，但開頭的【引子】則取自傳奇《精忠記》。見洪惟助主編《崑曲辭典》「東窗事犯·掃秦」條，頁197。原詞爲「三公之位。自小登科占上魁。只因前日殺岳飛。使我心中如醉癡。靈隱寺修齋懺悔。」但《振飛曲譜》已經是文中版本。俞振飛《振飛曲譜》（上海：上海音樂，1991）。頁41。

〔註75〕原詞爲「虎將親承鳳詔，妖胡黨未消。且自揮戈躍馬，奮武揚驍。破強寇，如削草。戰馬咆哮，征導旌搖。意欲封妻蔭子，豈憚心勞？祁連再無兵騎遶。風喉雁聲高，江空日影搖。水遠山遙，水遠山遙。金勒馬嘶芳草。」見《六十種曲》。

〔註76〕原詞爲「匆匆的棄宮闈，珠淚洒。嘆清清冷冷，半張鑾駕，望成都直在天一涯！漸遠京華，五六搭剩水殘山，兩三間空舍崩瓦！」《振飛曲譜》中已是上述唱詞，俞振飛《振飛曲譜》（上海：上海音樂，1991），頁291。

> 首先教拍板，要拍的齊、無雜聲，才進入拍曲，均拍「總綱」——
> 各人不分腳色行當，均按腳唱段從頭至尾一一拍唱……其開蒙戲主
> 要是學拍合唱多的「同場戲」，如：《上壽》、《賜福》、《長生殿·定
> 情、賜盒》、《琵琶記·請郎、花燭、賞荷、賞秋》、《浣紗記·越壽、
> 回營、打圍》、《牡丹亭·勸農》、《邯鄲夢·仙圓》等。〔註77〕

崑班刻意挑選演員多、舞台排場大的劇目，讓學員可以把握全劇，熟悉劇情，
熟悉每個出場人物，對今後自己扮演的腳色大有幫助〔註78〕。而富連成的學
生先學曲牌，然後學龍套才學戲，現在已是傳統，影響後來學校制時，也將
這一類直接納入課程科目，單科進行教學。

五、主角配角一概全學

　　富連成訓練學生為全才，除了出科代表富連成這塊「金字招牌」外，也
希望學生專精的一技之長，成為養家餬口之用，即便當不了大名角兒，也能
在戲班子找到相關的職位勝任，例如當排戲先生、場面、後台、管事，或是
班底等，都需要有全面的戲班文化認識的人才，絕不致於坐科後無用武之地。
秉著這樣的理念，對學生的培育也就更全面。

> 在科的孩子，從無主次之分，每一行當，不論文武崑亂，主角配角，
> 一概全學。〔註79〕

幼童坐科以培養為演員為主要方向，劇中大小角色一律全學，要背身段鑼鼓
點，甚至要知道全劇的龍套上下場序、所唱曲牌等等，要求是「抱通本」，學
習本行當，其他行的也要會〔註80〕。爾後的劇校、旁及其他劇種，依然以此
法教學，如近代崑曲傳習所亦是一齣戲需學總綱，不是只學自己的行當角色。

> 老先生教戲總是教總綱，不光教單片兒（單篇），而且非但教戲，必
> 定教鑼鼓，教吹打（包括粗細吹打）。〔註81〕

崑劇傳習所的「傳字輩」演員，在學戲時先拍曲，曲拍熟後才教唸白，基礎
打穩後，開始學戲，全場人物皆學，不但有助於理解自己所要學的主要角色，

〔註77〕 桑毓喜《幽蘭雅韻賴傳承：崑劇傳字輩評傳》（上海：上海古籍出版社，2010），
　　　　頁8～9。
〔註78〕 桑毓喜《幽蘭雅韻賴傳承：崑劇傳字輩評傳》，頁9。
〔註79〕 高玉璞《牛子厚與中國京劇事業——北京富連成訪談錄》，頁327。
〔註80〕 章詒和《伶人往事：寫給不看戲的人看》（臺北：時報文化，2006），頁211。
〔註81〕 周傳瑛口述、洛地整理《崑劇生涯六十年》，頁26。

也能在必要的時候「救場」，在剛開始學戲時便發給學生一套「傢伙」，包含一枝笛、一付鼓楗子、一片小鑼片、一個運通等〔註82〕，可以增加學生對音高、音準、心板的掌握，也為倒嗓或散班留了後路。和富連成班訓：

> 你們既入咱科班學戲，我一定叫你們都能養活家口，還要你們把玩
> 意兒傳留後代。

是一樣的道理。

京劇名角挑班制曾經風行很長一段時間，名角兒是戲班子的招牌，也是主要收入來源，雖然科班希望每個學生都能挑班成角兒，但受於先後天的藝術天賦限制，時機運氣、大環境的時局變動等各項因素，人人挑班並不現實。科班大小角色都學的課程設計，除了在行內能有碗飯吃，也培養學員的團隊精神，人人從基層學起，希望學生成大牌之後，不但技術功夫玩意兒好，品性更要好。

戲曲表演的訓練不同於西方現代劇場的訓練，表演主軸乃建立在一套嚴謹的戲曲程式上。

> 若私下無功而妄想得大名者，未之有也。〔註83〕

因此一個演員若沒有基本的條件、深刻的功夫，是不可能成為一位好的戲曲演員。而京劇科班生需先練武功，每天睜眼就是練功、喊嗓，期待能成為名角兒。從跑龍套角色開始獲取舞台經驗，除了專精在自己所學的行當上，不論大小角色一律全學，習慣上用崑曲開蒙做為學習京劇的先導基礎，成為好演員的先決條件是幼功的紮實度，要讓「功等戲」，不能讓「戲等功」（意指有了基本功再學戲可事半功倍）。引導學生自動自發的練功，也是科班環境造就人才的一大因素，練「私功」，成了課餘時間進步的不二法門，老師盯得緊，學生也很難怠惰，為了少挨打，勤練讓老師對成果驗收滿意，是必須的。

六、歸行

新入科的學生，在上行當課的時候，至少有一半以上時間練習行當基本功，老生要練腿、勒頭、走腳步、喊嗓子；武生練腿、練小跟斗、跑圓場、喊嗓子；小生練腿、勒頭、走腳步、跑圓場、喊嗓子；旦角練蹻、勒頭、走

〔註82〕 李貞儀《近代崑劇藝術的傳承——「傳」字輩與當代崑劇藝人的傳承關係研究》（新竹：國立清華大學歷史研究所，2005），頁21。

〔註83〕 〔清〕黃旛綽《梨園原》，中國戲曲研究院編《中國古典戲曲論著集成（九）》（北京：中國戲劇出版社，1959），頁23。

腳步、跑圓場、喊嗓子、練眼神……等等，內容看似相近，要求的行當氣質卻完全不同，時間久了，你不認識的一個學生，從走過來的樣子就能判斷他所學的行當，八九不離十。

老師們慧眼識材，觀看富連成的學生小傳紀錄中，很多學生幾乎都轉過行當，並不是一開始就確定，從跟各類型的老師學藝，歸工歸行的經過非常長時間的觀察才決定的。以「喜」字科來說，李喜泉先隨范福泰學二黃老生，又學秦腔青衣花旦〔註84〕；雷喜福先從羅燕臣學武生後改掃邊老生〔註85〕；趙喜奎先學從蕭長華學小花臉，後改學文武花臉〔註86〕；陸喜材先學銅錘花臉，後改開口跳〔註87〕。演員分科歸工，並不是一次到位，而是透過種種觀察，因此，為什麼強調京劇教育是因材施教，在於不斷觀察學生的學戲情況與逐漸展現的天賦氣質，慢慢地往合適自己的行當學習，這才是因材施教的實際作為，而不是讓學生齊頭並進，也不是一昧只學頭路角色，「掃邊」和「硬裡子」的演員，對戲班而言同等重要。

戲曲的行當幾乎造就從業的演員在生活中也具有舞台形象的影子，不只是功法的內化，更是舞台形象的人物內化了，台下的個性也深受影響。唱老生的沉穩、唱武生的走路總是昂首闊步、唱青衣的慢條斯理、唱小花臉的多是冷面笑匠。幼功的訓練，眼神、體態、步伐，舉手投足、個性，時間一長，內在、外在行當功法和形象，都成學習者自身的一部分。

第二節　入科開蒙戲

前上所述，科班中有既定的開蒙程序，京劇的主體是劇目的呈現，透過劇目實踐習會的舞台技巧。開蒙之後的每一階段都應該是邊學邊演，邊演邊學。那麼，教師必須透過學生實際的劇目展演，來發現學生的天賦。包含外型的條件和功架的展示。這個劇目通常具備人數眾多，足以讓全班一起登台，可多人同飾一角，唱念做打的綜合性劇目。

〔註84〕唐伯弢《富連成三十年史》〔北平：藝術出版社籌備處，民國二十二年〕，劉紹唐、沈葦窗主編《平劇史料叢刊》，臺北：傳記文學，1974。（出版時地下同）頁126。
〔註85〕唐伯弢《富連成三十年史》。頁132。
〔註86〕唐伯弢《富連成三十年史》。頁141。
〔註87〕唐伯弢《富連成三十年史》。頁144。

　　記載中，並未看到資料有「入科開蒙戲」的說法。本文的「入科開蒙戲」，指的是學生進科班未分行當前，或行當大類劃分（生旦淨丑），老師一起教全班的劇目。這和崑班中拍同場曲、富連成中「大小角色一律全學」的觀念相符，或可說是延續。這時的開蒙戲學的未必是家門本工戲，而是全班同時學的劇目。入科開蒙戲已經跳出只有跑龍套、學唱同場曲的範圍，進一步有扮演角色的機會。劇中生旦淨丑俱全，群眾角色又可多可少，往往能將同一期的學生在一個劇目中一起同台演出，和單一行當的專門劇目不同，因此本論文中將入科開蒙戲單獨立論，以學唱曲牌時的《天官賜福》為主要討論。現代化劇校以後，唱念開打練習以《五花洞》為主，《五花洞》的討論留待下章劇校開蒙戲論述，本節以《天官賜福》為例。

　　所謂的家門本工戲〔註88〕，指的是該行當主角或重要腳色的劇目，各行當家門均有自己的本工戲及開蒙戲，這些開蒙戲即是本工當行之劇，且是為了之後「他戲可迎刃而解」，才是開蒙戲之用意、「按部就班」的法則。今日科班在假分科期間，學的主要是該行當的基本功及入科的開蒙戲。過去有關開蒙戲的論述，都著重在家門本工戲的經驗，而忽略《天官賜福》一類的劇目，就算有提，也視為本工開蒙戲之一〔註89〕，忽略它做為全體同學開蒙的啟蒙價值。

　　第一個戲通常是《天官賜福》。根據《崑曲辭典》「開蒙戲劇目」與《崑劇傳字輩》、周傳瑛《崑劇生涯六十年》〔註90〕所記載，《天》劇是戲班子的吃飯戲。崑劇傳習所將開蒙拍群場合唱曲《天官賜福》，京劇科班富連成將《天》劇排在能演戲目中的第一，從許多富連成出科的藝人傳記也提到，進班未學戲時先學此劇曲牌〔註91〕，並且全班首次舞台亮相，多是以《天官賜福》開場打頭陣。上海戲劇學校「正」字科，也由此劇的崑曲開場戲入門〔註92〕，筆者就讀國光藝校國劇科時首次接觸到的戲曲音樂也是從此劇入門，全班第一次登台亦是此劇。

〔註88〕參見洪惟助主編《崑曲辭典》「本工戲」條，頁1117。

〔註89〕如袁世海口述、袁菁整理《藝海無涯》中提及：「老生要學〈仙圓〉、〈天官賜福〉……。」頁46。

〔註90〕桑毓喜《崑劇傳字輩》。頁16。周傳瑛口述、洛地整理《崑劇生涯六十年》，頁24～25。

〔註91〕唐伯弢《富連成三十年史（修訂版）》，頁233。袁世海口述、袁菁整理《藝海無涯》，袁世海敘述進班第一天便與鄭正芳先生學《天官賜福》，頁46。

〔註92〕編委會編《中國戲曲志‧上海卷》，頁492。

　　《天官賜福》屬於「開場戲」〔註93〕、節慶戲，或稱《大賜福》，有時簡稱爲《賜福》全劇唱曲牌。逢年喜慶、新到一地、開鑼登場等種種情況都時常演出，科班中有新成員登場，亦會先推出此劇，可祈福討吉利、又可全班同台。因爲演出頻繁，必須於短期間訓練學員即可登台，應付各種場合。各地方戲曲幾乎都有相似情節、人物的劇碼，如臺灣的北管扮仙戲仍以崑腔曲調搬演。

　　《天官賜福》雖以老生扮天官爲主，但筆者認爲除了天官之外，各個角色也可看做有別於本工戲之開蒙，視作全體學生的入科首登台之作。《賜福》雖不是最重要的家門開蒙戲，對學生而言卻是精神的啓蒙，亦是教師從中觀察的學生資質的時機，登場的神祇天官（老生）、張仙（老生）、南極老人（老生）、五穀牛郎（小生）、天孫織女（青衣）、增福財神（淨）、登科五子（娃娃生、武生）、點斗魁星（淨）〔註94〕等。曲牌，是全班已經都會的；身段，個別角色由若干同學一起學，等到正式演出前不久，老師選出其中一人做爲該角色的詮釋者，其他同學則扮演仙女、眾雲童等雜扮活，讓全班能傾力合作完成。科班與私塾不同，除了培養「站中間」（指主要腳色）的「站邊上」（指龍套、邊配角色）的也同樣要會，龍套、配角，一樣有其專業的目標需學習。

　　透過此劇實際的排演過程，學生能通盤的瞭解舞台上的行爲，除了唱念做打之外，當你站上台，就必須有舞台的形象，科班不只是要培養唱頭牌主角的明星型的人物，更要培養學徒能成爲一名面面俱到的演出者。《天官賜福》可說是從精神上啓發學生，主要強調的是小兵也能立大功與整體團隊觀念〔註95〕，同時傳達應有戲德的作爲，並且符合上述先跑龍套的原則。

　　《賜福》人物共有：賜福天官、送子張仙、南極老人（仙翁）、五穀牛郎、天孫織女、增福財神、五子、魁星、二仙女、眾雲童等。學校教曲牌的老師通常本身是文場笛師〔註96〕，教群場曲牌是對著全班依序教唱，老師唱一句、

〔註93〕 開場戲，崑班每次演出在鬧場以後，例有開場戲，所演節目固定不變。先是〈賜福〉或〈上壽〉。若是首次開臺，必演〈大賜福〉，全班角色均須出場。洪惟助主編《崑曲辭典》「開場戲」條，頁1074。
〔註94〕 劇本參考：周亮節整理《國劇劇本──天官賜福》（臺北：國立復興劇藝實驗學校，1986）。
〔註95〕 教育部社會教育司編印《劇藝學校國劇科課程標準》，頁488。
〔註96〕 鄭正芳先生爲富連成笛師。筆者開蒙習此劇曲牌亦由笛師白其龍對全班教授。

全班跟著唱一句，教唱【醉花陰】、【喜遷鶯】、【刮地風】、【水仙子】、【煞尾】五支曲牌，等到學生對曲子完全熟悉後，才開始分配角色。天官、仙翁、張仙由老生扮演、牛郎是小生、織女為青衣、財神和魁星為花臉、五子從武生組挑選，而實際上是娃娃生，囊括生旦淨丑各行當。分科老師啟蒙，先教口白、再從出場、身段、對戲等分組學習，演出前不久，從若干同學中選出其中一人扮演，老師們會想辦法讓所有學生都被派遣角色，甚至可在【刮地風】曲牌唱完後，可適時增加其他相關賜福人間的神祇〔註97〕，其他沒有飾演有名字角色的同學都是雲童。雲童手持雲牌，象徵諸位天神在雲端上對人間賜福，這是全班同學第一次上台演出，全員動用，主排老師對雲童唱曲牌時的種種走位、雲牌隊形變化的排場相當講究，幾乎要把這段時間所學到的基本功都運用上，尤其是跑圓場。若是四堂龍套的雲童們邊跑圓場邊唱曲牌，有一個跟不上或是跑圓場時因為繃直腿跑顯得特別突兀，都不是好的表現。

　　筆者在戲校的時候，學唱曲加排演的過程大約半年到九個月（期間包含其他基本功的訓練），才正式上場，當做演出開鑼戲第一個折子。由於是小學生第一次當場，唱詞身段雖不複雜，排練無數還是可能會忘詞、走錯；演出的氣氛和排戲不一樣，會有觀眾在台下叫好鼓掌，以及全身彩扮——臉上有妝、身上穿的、頭上戴的，每一種情形都令學生十分緊張，在在考驗著他們對舞台的臨場反應，算是短期間的成果驗收。雖是初學，在舞台上的山膀、圓場、腳步、聲音的洪亮，甚至光在台上站三、四十分鐘間，也是一種練功方式，能否支撐住，正是觀察學生的好機會，未來適合什麼行當及各方面的潛力，也可從中看出端倪。故整場演出是很隆重的。拍曲先學《天官賜福》原是崑班的傳統，京班承襲，至今不變，成為科班教育中團體的開蒙戲。

第三節　富連成的開蒙戲劇目

　　上述是富連成科班學員一進科班的生活，從選材就必須注重是不是從事舞台工作，進科班先練基本功，唱曲牌、跑龍套、戲中大小角色均學，最後才是歸行與定行的，進而學習行當表演藝術。《富連成三十年史》師生小傳，

〔註97〕求教國光劇團主排王冠強先生（2010 年 1 月 14 日於臺北國光劇團）。但筆者尚未找到其他文獻或演出資料佐證此說法，而依排場結構看來，演出最適合於此段落增加神祇出場、擴大篇幅。

已經特別描述學徒學藝情形的開蒙戲，當時關於演員紀載，多著錄演員師承
與擅演劇目和精湛表演的形容，做為以教育培訓人才機構的富連成而言，為
其做傳的唐伯弢，更加關注學生在科的學習情況，記錄師生小傳時，已從教
育觀點記錄學生的師承與學習劇目的狀態，因此《富連成三十年史》，不少以
「開蒙」記述學生師從與學戲情況，以班社史而言，該書可視為開蒙戲所用
劇目的一個紀載參考的重要範本。筆者依書中出現「開蒙」所記的劇目與師
承，整理出下表：

表3：富連成開蒙劇目表格

依《富連成三十年史》(光緒三十三年至民國二十二年（1907～1933）) 師生小傳整理
※劇目後的數字代表教師同一劇目教授不同學生的重複次數

教授行當	教授	教學劇目	受教者
	蕭長華	老生：金馬門、捉放曹、舉鼎 老生：法門寺、桑園會 小生：飛虎山-李存孝 旦：打刀、打灶王、小上墳、打槓子、小過年 淨：法門寺——劉瑾 丑：賣餑餑2、小過年-老爺、五花洞、四進士	孫盛輔（老生） 張連福（老生） 趙連升（小生） 孫盛文（淨） 趙喜奎（丑） 傅富銘（丑） 高世泰（丑）
花臉 兼教老生	葉福海	花臉： 探陰山2、打龍袍、御果園、白良關 五台山、專諸別母、蘆花蕩2、捉放 二進宮、洪羊洞、穆柯寨-孟良	孫盛文 張連寶 陳喜盛 趙喜奎
老生 兼教花臉	蔡榮桂 1872	二進宮、托兆碰碑、失街亭 大回朝 龍鬪、取滎陽2 樊城長亭2 鳳鳴關、伐東吳、溪皇莊、戰太平	張連福 張連庭 張盛祿 曹連孝 朱連順
老生	王喜秀	賣馬2、九更天、打漁殺家2 王帽戲。上天台、取城都、金水橋、打金枝 定軍山 雙觀星、奇冤報、捉放、托兆碰碑	關盛明 趙盛璧 沙氏鑫
老生	閻喜林	黃金台	樊富順

老生	雷喜福	黃金台、醉寫 打金枝、上天台、取城都 魚藏劍、二進宮 賣馬、定軍山、打漁殺家 天水關——姜維	劉富溪 王盛海 張盛餘 趙盛璧 李盛佐
老生	張連福	取城都2、天水關、硃砂痣、轅門斬子、四郎探母、失街亭、金水橋、捉放曹 上天台、御碑亭、二進宮2、武家坡、趕三關、浣紗記、賀后罵殿	遲世恭 沙世鑫 劉世勛
老生	張盛祿	渭水河	
淨	沈春奎	鍘包勉2、大回朝、魚藏劍、嘆皇陵2 捉放曹2、反五侯2	馬世嘯 陳世峰
淨	孫盛文	淨：取洛陽、失街亭	沈世起
武戲	羅燕臣	武生：大神州 武旦：泗洲城、搖錢樹、青石山、奪太倉、東昌府 武淨：青石山——周倉、大鬼	雷喜福 趙喜眞 尙喜玉 鍾喜久
武戲	姚增祿	白水灘-青面虎、演火棍-焦贊、摩天嶺-星星膽 界牌關——羅通、花蝴蝶-姜永志	馮連恩 趙連升
武戲	楊萬卿	武淨：白水灘——青面虎 武生：白水灘——十一郎	駱連翔 何連濤
旦角	蘇雨卿	三娘教子、桑園寄子、祭江、探窯、二進宮 硃砂痣、南天門、宇宙鋒 五花洞	程連喜 陳盛蓀 傅世奎
小生 花旦	蕭連芳	岳家莊 鐵弓緣3、掃地掛畫3、董家山、查頭關	孫盛雲 李世芳 毛世來 傅世雲
花旦	金喜榮	打刀2、打灶王、鴻鸞禧2、賣餑餑2 打槓子、小過年	于連仙 尙富霞
青衣	李連貞	彩樓配2 硃砂痣2	李世芳 毛世來 傅世雲

　　本表依《富連成三十年史》富連成師生小傳所整理。小傳的內容包含基本資料（姓名、籍貫、現年、家世），如何進入科班（幾歲入科，誰是介紹人、

未進富連成之前是否曾在他社學藝、或曾就讀小學等），開蒙從哪位老師，學什麼戲，學藝經過（所學劇目之師承、改行當之經過等），在班中的合作對象（主配戲者），劇藝表現（如擅演劇目，能戲多寡、表演特色，受觀眾歡迎之程度等），出科年歲等。依據出現下列敘述者，才納入開蒙戲劇目群的討論範圍，約有六十名師生。劇目後面的數字，代表教師教授的次數出現超過一人以上，如孫盛文、張連寶的劇目中都有《探陰山》、李世芳、毛世來、傅世雲三人都從蕭連芳學《鐵弓緣》、《掃地掛畫》，表格中便不重複列舉。

　　本表依小傳的描述中出現「初從○○○學藝，開蒙學○○○」，例如：

　　　　張連庭：初從葉福海學銅錘花臉，開蒙學《大回朝》之聞太師。〔註98〕

或是「初從○○○學藝」直接列出劇目：

　　　　教授孫盛文：初入該社教授從葉福海、蔡榮桂二君，學銅錘花臉。《探
　　　　陰山》、《打龍袍》、《御果園》、《白良關》等劇。後從蕭長華，學架
　　　　子花臉。如《法門寺》之劉瑾、《三國志》、《戰宛城》、《陽平關》之
　　　　曹操、《普球山》之蔡慶。〔註99〕

或「開蒙從○○○學（行當／劇目）」：

　　　　羅盛公：開蒙從金喜棠學小花臉。如《賣餑餑》之大解子、《五花洞》
　　　　之武大、《奇冤報》之趙大、《樊江關》之中軍、《荷珠配》之安人。

　　　　〔註100〕

　　　　劉世勛：開蒙從張連福學《二進宮》、《取城都》。〔註101〕

　　　　曹世嘉：初隨老生教授張盛祿學開場戲，如《渭水河》、《清河橋》。

　　　　〔註102〕

　　　　李世芳：開蒙從李連貞學青衣《彩樓配》，從蕭連芳學《鐵弓緣》、《掃
　　　　地掛畫》、《董家山》、《閨房樂》、《翠屏山》。〔註103〕

從小傳表格中，富連成的開蒙劇目相當多齣，而改行當後所學的開蒙戲，大多也和初學者同，雖然並非每位演員都有出現開蒙時期的描述，但依眾多教

〔註98〕唐伯弢《富連成三十年史》。頁160。
〔註99〕唐伯弢《富連成三十年史》。頁130。
〔註100〕唐伯弢《富連成三十年史》。頁196。
〔註101〕唐伯弢《富連成三十年史》。頁200。
〔註102〕唐伯弢《富連成三十年史》。頁205。
〔註103〕唐伯弢《富連成三十年史》。頁203。

師所教授的之劇目，即便未出現「開蒙」字樣，以「能戲」中所列之劇目，仍可看出何者爲教師常用之開蒙劇目。而開蒙戲本就具備該行當表現之特點與重點，亦是該行當的代表劇目，若以開蒙所學的「第一齣戲」之概念，已難以求證。但以開蒙戲爲「俱備該行當之基本表演規範，或綜合基本功之呈現」的概念，「開蒙」、「初習」、「初從○○○習藝，擅演（劇目名）」的描述便可成立，而且重複出現的劇目比例也提高，大致可看初開蒙戲目的輪廓，本表即是依此歸類整理而出。

　　以富連成做爲當時科班教學的一個縮影，當時教師教授的開蒙劇目，連帶到今日現代劇校的教學，無論是教材劇目挑選或是教育模式，都可在富連成找到對應的例子，如以劇目而言，《黃金台》、《二進宮》、《賀后罵殿》、《彩樓配》、《硃砂痣》、《泗州城》等，在訪談對象和教學劇目大綱中，仍保存在於現代演員的開蒙戲之列，便可說明科班開蒙戲的傳承。

　　這批開蒙劇目可看出以下幾個現象：

一、開蒙戲是本工家門的「主戲」或「對兒戲」，文戲具有大段唱腔，武　　戲具有基本功的綜合性。

二、這些戲是當時常演劇目，也是名角兒的代表作。

三、當時劇壇以生、淨戲爲主，旦角是配角。

四、因材施教的多樣性、每個人的開蒙戲幾乎不同，而且靠各種劇目達　　到不同的訓練目的，戲是一批批學的，每齣戲有單獨的某項特點，　　通過學戲才能學到表現和應用手法。

五、四大鬚生、四大名旦興盛之前的流行劇目，新的流行劇目出現之後，　　這批老派戲有部分被取代，有部分因內容利於訓練基礎被保留，並　　且在流派劇目興起後，京劇正宗的標準還在發展與變化中。

　　這些現象也是京劇發展史中的歷史成因，四大名旦崛起之前，京劇以老生掛頭牌，舞台上的劇目多是歷史大戲，生、淨戲居多。以這批劇目看來，生淨以唱功戲開蒙，多是生淨對兒戲或生角主戲，旦角多是二路活，丑、花旦以玩笑開蒙居多，若以開蒙戲是訓練該行基本功法進階的學習項目，京劇舞台擅長的三國、水滸戲中，男人的世界，女人只是配角。旦角戲開蒙戲《三娘教子》、《桑園寄子》、《祭江》、《探窯》、《二進宮》、《硃砂痣》、《南天門》、《宇宙鋒》、《五花洞》，蘇雨卿由「連」字科教到「世」字科，這些劇目多是和老生配戲，到後期除了陳盛蓀的《宇宙鋒》與《五花洞》，其他都是以老生

為主，同時也是當初京劇舞台上的常演劇目。花旦和丑角的開蒙戲多是玩笑戲，如：《賣餑餑》、《小過年》、《五花洞》、《打刀》、《打灶王》、《小上墳》、《打槓子》。武戲傳統是，武戲教師武生、武淨、武旦、武丑通教，借由練功的過程，將武打基礎落實，以《白水灘》為例，武生、武淨之主戲，武旦、武丑傍演，教師連教戲、說戲、帶排戲，除了主要角色，傍戲配角，以及全體武場的調度安排、統籌，通常也是武戲教師所負責。

　　老生主戲：《桑園會》、《金馬門》、《打龍袍》、《御碑亭》、《武家坡》、《趕三關》、《浣紗記》、《托兆碰碑》、《失街亭》、《樊城長亭》、《鳳鳴關》、《伐東吳》、《溪皇莊》、《戰太平》、《賣馬》、《九更天》、《打漁殺家》、《上天台》、《金水橋》、《打金枝》、《定軍山》、《雙觀星》、《奇冤報》、《黃金台》、《醉寫》、《打金枝》、《天水關》、《硃砂痣》、《轅門斬子》、《四郎探母》、《賀后罵殿》、《舉鼎》、《法門寺》；生淨戲：《捉放曹》、《取城都》、《二進宮》、《洪羊洞》、《魚藏劍》，淨角和旦角開蒙戲學的是配老生的活兒居多。淨角劇目：《探陰山》、《御果園》、《白良關》、《五台山》、《專諸別母》、《蘆花蕩》、《大回朝》、《龍鬥》、《取滎陽》、《渭水河》、《鍘包勉》、《嘆皇陵》、《反五侯》、《取洛陽》。這些劇目是當時做為基礎教材的習慣，大多是人物形象較為正面，不同劇目具有不同的身段功法，以唱功而言，透過大量的唱功戲，板式相同的唱段，訓練出學生紮實的唱功，包含對旋律的熟悉，氣口的掌握，氣息的長短，嗓音的適應，韻味的詮釋等，眾多劇目的學習，才能夠應付演員隨時被「點戲」的本錢，必須對戲中一切有相當程度的熟練。《富連成三十年史》的劇目統計，約有三百三十齣本戲加折子〔註104〕，坐科八年的尖子能戲在三、四百齣以上，一般學生也有一、二百齣〔註105〕，按依這樣的學戲量，開蒙階段要學的基礎劇目，約在十齣戲之內，並不算多，但足以應付未來大量排／演的需要。密集的學戲與排演，是真正的磨練演員的開始。而學了基礎戲之後，才能化成自己的演出在舞台上呈現，這些開蒙的基礎劇目，則具有以上的作用。

　　本表的列舉，做為後章行當開蒙戲回溯的依據，從這批劇目看開蒙戲要訓練學生的基本能力為何？而這個基本何以成為日後學戲的基礎，劇目析論以之後各行當的章節舉例說明。

〔註104〕唐伯弢《富連成三十年史（修訂版）》，頁233～237。
〔註105〕章詒和《伶人往事：寫給不看戲的人看》，頁166。

第四節　小　結

　　就像文字是書寫的基本單位一樣，是所有語文學習最基礎的部分〔註106〕。以技術、程式導向的京劇表演藝術，亦有開蒙時期應培訓的基本能力，以便日後學戲，基本功的練習，是從戲中拆解功法訓練，再進一步，便是以開蒙戲紮下基本功的綜合訓練，因此開蒙戲可視爲基本功的延續，是基本能力統整的基本教材，在此論點之下，本文可視爲京劇基本教材劇目的研究。教材選擇，雖然受到當時流行劇目的影響，但是有些劇目在京劇成熟後的這一百年來，幾乎總是「榜上有名」，選用這些劇目，今日現代戲校，編列學習劇目時，這些劇目成了不可抹去的重要教材。京劇的教材觀，從富連成的劇目看來，科班的劇目逐漸地系統化，從多而廣邁向少而精，某些戲重複成爲各個世代的開蒙戲比例增高，不是因爲單一劇目本身的內涵使得劇藝訓練變得豐富，而是從眾多劇目擷選淬鍊的結果，而在開蒙戲中淡出的劇目，同樣也淡出劇壇，幾乎消失。依這些開蒙劇目選擇中，亦可發現基本功技巧淺在原則原理性的成因，似乎有著一種共同性，這個共同性也就是引入學生進入京劇表演學習之門較佳管道。

　　本章以科班教育的開蒙戲爲題，不可忽略科班中於學習分行開蒙戲之前的基礎教育。因此透過富連成科班時期開蒙教育內容的歸納，幼功的培訓內容，從選材開始，到先練武功，跑龍套、學唱曲牌、無論大小腳色通學，最後才進入分行分科。登台的實踐，進科班的第一個階段，逐步實施，常用的劇碼是生旦淨丑俱全的《天官賜福》，在學生唱念做打的表現上，可看出個別天賦如何，爲下一階段正式分科學戲做準備。富連成分科開蒙的劇目，除了是行當家門本功戲，亦是當時劇壇的流行劇目與常演劇目，從現實層面的考量，這些劇目越早學會，越早登台，越能爲科班帶來實質效益，原本廣而多的戲，越到後期越趨於固定化，受到外在流行影響的因素少了，而是趨向於這些基礎劇目的實用性與價值，開蒙戲逐漸形成一種系統化的「戲群組」，這批劇目以本工家門戲爲主，授以該行當規矩的基本功法，藉由這些劇目，對引領初學者進入京劇殿堂，成爲規律性的進程安排，於京劇教育史上是一種進步。本章未能進入劇目的細節討論，將由下章現代化劇校之劇目，看劇目的繼承關係，行當劇目章節中對各行當開蒙劇目進一步析論。

〔註106〕吳宜貞《國小五年級學童認字概況及其相關變項之探討》（臺南：國立臺南師範大學國民教育研究所碩士論文，1997），頁1。

第三章 現代劇校之開蒙教育與教材

　　清末民初，社會思潮已受西方影響，教育亦然。過去，私塾童蒙背書，幾個朝代以來，常用《三字經》、《百家姓》、《千字文》等學生做為識字的教材。仿西法設學堂才有選教材編課本的觀念產生〔註1〕。民國初年，文人與京劇藝人交涉甚廣，在劇本、劇情，藝術表現都有別於老戲的表演風格，教育也出現有別於舊式科班的學校出現。這股思潮在教育上的突破，包含收女子的專門科班、學生課程有一般的文化知識，有別於「科班」的「學校」教育。

第一節　科班到學校的過渡

　　1916 年田際雲創辦的崇雅社科班，是京劇形成以後北京第一個專門招收女演員的科班〔註2〕，兼授京劇與梆子，梅蘭芳的夫人福芝芳即出身此班。1919年，歐陽予倩創辦之南通伶工學社，宗旨為「培養一般有知識之伶人」與「從事改良戲劇」，招生時即有「專業條件」和「文化水平」測試，具有初小至高小程度。已經將戲劇教育的內涵「科目化」，除了舞台表演外，開有國文、算數、歷史、地理、英文、音樂、藝術概論，以及學習莎士比亞、易卜生、托爾斯泰等文學作品。

　　京劇教育以學校之名成立，最早可溯及 1912 年上海榛苓小學，其免費招收伶人子弟入學，以文化課為主，也教京劇〔註3〕，但並非專門培養京劇藝人

〔註 1〕　鄧康延《老課本新閱讀》（香港：天地圖書有限公司，2011），頁 285。
〔註 2〕　蘇移《京劇二百年概觀》（北京：燕山出版社，1995 三印），頁 205。
〔註 3〕　上海榛苓小學，最初稱為榛苓學堂，清光緒三十三年（1907）由潘月樵，夏

之機構。1930 年北平中華戲曲職業專科學校，創辦人李煜瀛〔註4〕，校長焦菊隱引入西式教育辦理戲校，設有文化課：國文、歷史、外語（英、法、日）、地理、算術等，及中國戲劇史、音韻學、文藝理論、藝術概論、音樂基礎知識、西洋音樂原理，有一套完整的教學制度，在當時是很先進的〔註5〕，採中國科班之長與歐美戲劇學校特點〔註6〕，焦菊隱言：

> 戲曲學校開設的課程具有雙重性：是根據科班學徒制的原則和按照科學的方法安排的。學制爲七年。

> 使傳授給學生們的技巧與傳統學徒制培養出來的演員們的技巧一致。〔註7〕

該校廢除體罰、不拜祖師爺、首開男女合校之先例。穿制服、學習話劇，培養學生自編、自導、自學能力和創造能力。該校共歷時 11 年，1941 年結束。

京劇發源地北京 1950 年代，成立中國戲曲學校，是第一個戲曲教育高等學府。中國戲曲學院是中國國家指標型的戲曲教學基地，以京劇爲主，1950 年創立之初爲中國文化部戲曲改進局戲曲實驗學校，1955 年定名爲中國戲曲學校；1954 年，臺灣第一個京劇學校——大鵬國劇訓練班，附屬在國防部軍中劇團之下。從 1950 年代至今京劇已有六十餘年現代化教育的辦學經驗。

「現代化劇校」一詞，見於《國劇職業學校課程科目表》〔註8〕，內以「現代化的國劇學校」載明「現代化劇校」和過去科班不同之處，除了包含完整的京劇學習，亦將國民基本教育的課程內容納入國劇職業學校中。據此本文以「現代化劇校」蓋括 1950 年以後的劇校教育。

第二節　臺灣劇校的承襲與變遷

《臺灣京劇五十年》將民國三十七年（1948）「顧劇團」來臺，視爲「臺

月珊創立。見編委會編《中國戲曲志・上海卷》（北京：中國 ISBN 中心，1996），頁 484。

〔註4〕　焦菊隱《焦菊隱文集第一卷》（北京：文化藝術，1986），頁 215。

〔註5〕　王金璐〈回憶中華戲曲學校〉，《京劇談往錄》，頁 67。

〔註6〕　蘇移《京劇二百年概觀》，頁 207。

〔註7〕　焦菊隱《焦菊隱文集第一卷》，頁 215。

〔註8〕　張光濤、曹駿麟整理《國劇職業學校課程科目表》（臺北：國立復興戲劇實驗學校印行，1981），頁 6。

灣京劇的奠基者」〔註9〕，1949 年國民政府遷臺後，京劇被尊為「國劇」，各軍中劇團陸續成立用以娛樂當時軍民，也讓來臺的京劇工作者有發揮所長的棲身之所。王安祈歸納京劇在臺灣奠基的意義有三：

（1）顧正秋所領導的「顧劇團」在「永樂」持續五年演出。

（2）軍中劇團相繼成立，網羅在臺京劇藝人。

（3）京劇教育在臺的開啟。〔註10〕

1954 年，大鵬劇隊將徐露列為第一期生，正式開啟臺灣京劇教育之頁。爾後陸續成班、成校的軍中培訓單位，最多時曾多達五所學校，1957 年王振組成立私立復興劇校，至 1968 年改隸屬於教育部，成為第一所被納入正規教育的戲曲學校「國立復興劇藝實驗學校」；1985 年國防部下的三軍劇校奉命歸整為國光藝校國劇科，1995 年回歸教育體系，同年，三軍劇團也歸屬教育部國立國光劇團。1999，復興劇校與國光藝校合併升格為「臺灣戲曲專科學校」。時至今日，這些學校經過多重改革，2006 年升格為臺灣戲曲學院，納入高等教育體系。2012 年臺灣文化部成立，國光劇團隸屬國立傳統藝術中心轄下，為直屬文化部的國家級劇團。現今任職的教員、演員，大部分都是在臺灣受學校體制的京劇教育出身。

一、臺灣京劇學校建立

1948 年顧正秋率領「顧劇團」來臺，打下「永樂五年」的輝煌戰績，塑立「京朝派」在臺灣京劇正統地位，後因國共分裂，滯留於臺灣，加上當時將隨部隊來臺的京劇伶人，在各軍種成立附有康樂性質的國劇隊，爾後成立「小班」——培育演員的訓練機構，奠基臺灣京劇發展的主力，依序為小大鵬（1954 年）、小陸光（1963 年）、小大宛——大宛訓練班（1965 年）、小海光（1969），及非軍中體系的復興劇校（1957 年）。軍中體系小班成立雖早，實際上就是以「科班」模式，栽培小孩，招收年限六歲到十二歲不等，沒有嚴格法規。

小大鵬 1955 年從第二期生開始，立案為「空軍大鵬戲劇職業補習學校」，1959 年改組為「國劇訓練班」，1963 年改制為「大鵬戲劇實驗學校」〔註11〕，

〔註9〕　王安祈《臺灣京劇五十年》，頁 2。

〔註10〕　王安祈《臺灣京劇五十年》，頁 32。

〔註11〕　王安祈《臺灣京劇五十年》，頁 59；網路資料〈薪傳——傳統戲曲在軍中〉，http://www.rocmp.org/viewthread.php?tid=16437，瀏覽日期 2014/4/24。

同年，陸光國劇隊成立「陸光幼年班」（小陸光），1979 年改制爲「陸光戲劇職業學校」〔註 12〕。小海光成立於 1969 年，1979 年改制「海光戲劇職業學校」〔註 13〕。小大宛僅是隨班習藝，並無對外招生，也沒有正式學歷，只訓練了少數人才〔註 14〕。民國 1968 年復興改爲國立，1978 年的小大鵬、小陸光、小海光，經教育部立案，改爲「劇藝實驗學校」〔註 15〕，各小班不再只是隨班附讀或是補習班的性質，在法源上才有依規，發有正式學歷文憑。

當時的師資來源主要是第一代來臺京劇伶人，不少出自北平富連成、榮春社、中華戲曲學校、上海戲劇學校等正規科班，亦有不少鑽研頗深的票友。他們一邊於軍中劇團演出，一邊在學校擔任教學排戲。王安祈將此一時期視爲臺灣京劇由「奠基期」至「發展全盛期」〔註 16〕，亦是臺灣京劇教育的開端。書中對上述劇隊及劇校有詳文專著。隨著政治情勢轉變、大眾文娛多元，軍中設立劇團體制面臨尷尬，戒嚴、兩岸開放等大時代環境驟變，觀眾喜好不再只有聽戲，京劇在臺灣再度出現隱憂。1970、1980 年代，臺灣本土栽培出的演員面對新世代的潮流趨勢，用他們這一代看京劇的眼光製作京劇作品，離開國營體制，如郭小莊成立雅音小集，吳興國成立當代傳奇劇場，京劇在臺灣轉型蛻變，然而京劇觀眾和專業人才仍然持續流失。

此後臺灣京劇教育面臨兩個轉變。一是減縮——各個小班裁撤或併班。民國七十四年（1985）三軍劇校合併爲國光劇藝實驗學校，劇藝學校僅存國光藝校和復興劇校兩所。不久後，教育部即訂定「劇藝學校國劇科課程標準」（1989），由社會司監管，劇校教育彷彿獲得認證一般。體制上似獲得政府重視，但劇校合併減班，招生逐年銳減，傳統文化不敵大環境迅速沒落。1995年三軍劇隊解散，國光藝校改隸爲教育部，同時成立國立國光劇團，回歸文教體系。四年後（1999）國光藝校與復興劇校併爲臺灣戲曲專科學校，2006年升格爲臺灣戲曲學院，劇藝學校擠身高等教育之門，從若干小班的隨班訓練，併爲臺灣唯一戲曲高級學府。

二是分流，過去文武場（京劇的伴奏樂隊）都是和演員一起訓練不另立班級科系，甚至是學生因身體受傷或倒嗓（嗓音受損不能演唱），不能繼續在

〔註 12〕王安祈《臺灣京劇五十年》，頁 70。
〔註 13〕王安祈《臺灣京劇五十年》，頁 79～80。
〔註 14〕王安祈《臺灣京劇五十年》，頁 75。
〔註 15〕張光濤、曹駿麟整理《國劇職業學校課程科目表》，頁 27。
〔註 16〕王安祈《臺灣京劇五十年》，頁 32。

舞台上表演,退而轉向京劇相關的專長。1988 年復興劇校將文武場單獨成立「劇藝音樂科」,成立學院後(2006)改為戲曲音樂系,再細分各劇種別,戲曲音樂獨立培養和發展,不再只是單純的伴奏性質。雖然是更專業的分工,但對京劇本體而言,劇樂科學生對「戲感」(舞台節奏)掌握不如原本在京劇科中,時常有演出默契不佳的情況發生。檢場、衣箱、容妝等舞台、服裝、道具管理,也另設劇場藝術科系。因音樂文武場面、後台箱管人員培育不在本文範疇,暫不討論。

二、教育部《劇藝學校國劇科課程標準》

關於戲曲演員童蒙階段之教學少見系統式的論述,多是演員們回憶式的文章,許多不成文的規矩不見記載,僅藉著口傳身授流傳於藝人之間,臺灣教育部的《劇藝學校國劇科課程標準》的頒佈〔註 17〕,可做為一個京劇教育進程範本的討論。

民國七十年(1981)文建會成立不久,力圖振興京劇發展,訂定「國劇推展計畫」,其中有加強人才培育一項,促教育部「統一劇校教育目標與設施標準、制定國劇專業課程學習」,民國七十八年(1989)教育部頒布「劇藝學校國劇科課程標準」,依照教育法和教育方法,針對國劇科單獨設置專用規章,召集國光藝校與復興劇校兩校老師及專家學者訂定,依照憲法明訂出教育目標、實施要領、課程標準等,依此準則規劃教學時數、科目,並分組說明內容與實行方法,採八年一貫制,由小學五年級招生至高中畢業,同年進校的新生開始試用,民國八十年(1991)正式實施,終結過去劇校招生年齡與修業年限的隨意與混亂〔註 18〕,使得劇校教育的具體內容在口傳心授之外有本依循。

在此之前,復興劇校曾印行《國劇職業學校課程科目表》,由曹駿麟、張光濤編印,內以課程設計的原則是「符合國家的立國精神與文化傳統」、「遵

〔註17〕 以下文中論述部分簡稱為「課程標準」,引用書中內容則用《課程標準》。

〔註18〕 大鵬劇校成立初期(1959,國劇訓練班)為五年公費制,所招學生七歲至九歲不等。小陸光(1963,陸光國劇幼年班),坐科六年實習一年。小海光(1969,海光國劇訓練班),九年一貫制,八足歲入學,七年畢業,實習兩年。非招生期間,或非入學年齡,仍有許多的插班生可以進校。以上資料來源:王安祈《臺灣京劇五十年》,頁 178。郭小莊戲劇世界 http://yayin329.com/〈網站緣起〉,瀏覽日期:2011/1/12,及演員訪談而得。

循國家教育宗旨與教育政策」等〔註19〕，國族主義下的教育宗旨，職業學校應以培養戲劇專才爲主，而五年的國民基本教育之課程，應在劇校中完成的課程權衡與實施，提出建議。專業課程安排上以基本功、把子功、毯子功，分科，場面、曲牌、衣箱與容裝等，每個年級的「三功」詳細列有該學的技法，「分科」的各行當與各劇目安排的擇取，可視爲課程標準訂定參考之前身。

「課程標準」訂定後，劇藝學校的教綱和時程同一般學校一樣，列有明確的功課表，各科目按表操課，但教育的方法和內涵，仍然延續科班精神，尤其術科，也就是演員技藝表演這一塊，仍舊實行科班的訓練方法。有幾點可以說明：學習項目的進程——先練武功、先跑龍套、先唱曲牌等、「打戲」並未禁止、師哥帶師弟練功（學長制）、拜祖師爺傳統等。戲曲教育的系統完備度，未如西方古典音樂教育有系統可尋，也不如中國傳統蒙學教育有常用課本參考，主要是未被明文紀錄，教學和學習方法都是口傳心授的。因此「課程標準」的訂定，歷經在臺的諸多京劇藝人研究後的結晶，在劇目教學難易度的安排上具有重要參考值。劇校在學制上也延續科班精神，是全公費生。舊時科班不收學費，由孩子演出爲科班賺取費用，平衡開銷，要立「關書」——簽訂學藝合約，所以招收的多是貧苦孩子或梨園世家，一來是讓弱勢兒童有一技之長可謀生，二來是認爲這些孩子比起富裕人家的小孩，更能耐得住學戲生涯苦不堪言的訓練過程，否則不需「如遇私逃須兩家尋找」。傳統社會的觀念中，生活環境過得去的、家境不錯、有聲有望的人家，一般是不願意小孩進科班吃苦的，也有損門面。今日劇校公費招生的考量，不只有如此原因，時代不如以往，京劇已是需靠政府力量來維持命脈的藝文活動，公費就學或許在某些層面是更具吸引力的鼓勵性質，家長也願意小孩及早習得一技之長，早期還有實習制度，畢業後能進入劇團，間接的進入劇校也有了就業保障。

劇校課程明訂標準化，其一目的可能在於讓每位學生受公平教育，但藝術天賦每個人不同，戲曲又是口傳心授的極致表現，進度上難以齊頭並進，以往科班因材施教，針對學生資質做適合的教學，因此「尖子」學員（天分特別突出的學生），實行個別的因材施教，戲目學的多，演出機會也多，未來成角兒挑班的光芒畢露，都是勢在必行，這些演員也往往是「科裡紅」，代表學校演出時已有觀眾號召力，畢業進劇團也容易成爲台柱。三軍劇校時期，

〔註19〕張光濤、曹駿麟整理《國劇職業學校課程科目表》，頁6。

就有許多此類的小演員，如徐露、郭小莊、鈕方雨、王鳳雲，朱陸豪、胡陸惠、魏海敏、葉復潤、唐文華……等。這種非營利目的、保留了科班教育的思維和型制的學校制度，實際上以劇校之名行科班之實，可暫且稱爲「集體專業培訓機構」，京劇演員自劇校畢業，「科班出身」的說法，也一直沿用至今。

課程觀念是由西方引進，在《教育概念》提到：

> 課程一詞源自拉丁文 currere，意指跑馬道或馬車跑道，含有進所遵循的路線之謂，引伸到教育領域來，課程便是師生在教育過程中教與學的進程。……課程涉及師生實際的教學內容，歸納課程的定義，可分成四大類：科目、經驗、目標、計畫。〔註20〕

西方的教育，課程是依人類生理、心理的發展，設計各項心智的學習課程內容，所有的科目難易設置，是從發展心理的狀態安排，如皮亞傑的認知理論，認爲教學過程必須基於學生的認知結構，教材選擇必須配合學生的認知能力，如果教材不能使學生產生同化，這種教材是無意義的，反之，如果教材完全被學生完全同化，則學習無法產生〔註21〕。當教育概念實施在現代劇校的規劃上時，只是將京劇科班的教學內容細分，分出若干「科目」，如曲牌課、龍套課、基本功課、把子功課、毯子功課，分組劇藝課，現在課名改爲「主副修」等，所學的內容是成熟古老的藝術，京劇教育時長八年，橫跨人類發展的兒童期、青少年期〔註22〕，到邁入成人階段之前，都在同一個教育場所。但劇校是承襲科班受訓方式，而非專爲兒童設計一套符合其心理發展能夠理解的課程內涵，教學內容雖然非隨性的安排，是以老先生們從科班訓練的過程轉化而成，分類、研訂內容，進而開發相關教材使之完整，都是參考科班經驗傳承而來。從訂定課程標準之初，先把京劇科（過去臺灣稱爲「國劇科」）學生所學的東西一一劃分、歸類和命名，再把學習進程和學習時間長度做總體規劃，該學的劇目進程應如何安排，京劇教育在體制上建立依循的章程，逐漸規範化。除了術科上，關於京劇常識，有各個科目專業學科，使劇校生在學理上也有相關先備知識。因應課程標準的科目，復興劇校自民國六十八

〔註20〕黃光雄主編《教育概論》，（臺北市：師大書苑，1990），頁341～343。
〔註21〕賈馥茗等編著《教育心理學》（臺北縣：空大，2001五版）。頁302。
〔註22〕參酌臺灣教育體制，將人生發展分爲產前期、嬰兒期、幼兒期、青少年期、壯年期、中年期、老年期八個階段。見賈馥茗等編著《教育心理學》（臺北縣：空大，2001五版），頁31～69。

年起，整理數十餘京劇劇本及出版各階段的系列教材，如《戲曲故事》、《劇本研讀》、《國劇概論》、《國劇衣箱》、《國劇臉譜》、《鍛鍊國劇唱功的基本知識》、《曲牌》、《龍套》……等，至今臺灣戲曲學院，繼續研發各種教材製作，如《京劇丑角基本功初階教材》、《戲曲毯子功初階教學技巧》、《京劇劇藝基礎訓練》……等。但「課程標準」附有國民中、小學研讀的一般學科。設立學科並非臺灣劇校創舉，1930 年代北平中華戲曲專科學校，焦菊隱引進西式辦學，已有文化課程。教育部《劇藝學校國劇科課程標準》中的普通學科，也是偏向一般常識性的國文、數學、社會、自然、英語、歷史、地理、公民、軍訓護理等。因為練功學戲佔大多時間，課本仍選用一般普通中小學之教材，是為讓所有國民公平享受國民義務教育應有的受教權，課本內容和劇校生平日所接觸到的戲劇課程，授課時數和普通中小學實在差太多，課程實行的進度也無法和一般中小學相比，引不起學生學習興趣，實質效用有限，若以京劇教育人才的課程設想，未研發符合劇校的教學內容，實為此「課程標準」一大缺憾。

　　過去記載的教育法，總是籠統的說戲曲是「口傳心授」、科班「打戲」教育，但此一現象不只在科班如此，許多手工藝技術類的行業，也不用紙筆紀錄，藉著師父領著徒弟，口傳心授、身教言教的一點一點教下去，拜師傳統至今仍有許多行業可見。能被紀錄下來的，或許是因為文人的介入，藉由他們觀察所知所得，躍然於紙上。而戲曲現代化跟上時代的做法之一，是將科班教育的科目化，用教育理論的觀點，進行課程的規劃。這樣的規劃不是空穴來風，內涵上是依憑著過去科班的教學教法。前文所及，歐陽予倩於 1919 年即引進科目的排課方式成立戲劇學校、焦菊隱辦戲校之時就是吸取了西式學校的辦學特點，但兩者在教戲方面，都沒有拋棄科班的經驗〔註23〕。

　　既然按照現代教育體制作業，那麼，課程標準如何訂定？戲曲又如何和現代教育接軌與融合？一般而言，課程目標由教育部訂定，由負責單位將具體的材料發展出來，供師生採用。

　　　　課程標準的主要成分是總綱及各科課程標準。在總綱裡規定了學校
　　　　的教育目標、教學科目時數及實施通則。各科課程標準中，規定了
　　　　各教學科目的教學目標、時間分配、教材大綱及實施方法。〔註24〕

〔註23〕 王金璐〈回憶中華戲曲學校〉，《京劇談往錄》，頁 73。
〔註24〕 黃光雄主編《教育概論》（臺北市：師大書苑，1990。）頁 341～343。

戲曲教育的特殊性和唯一性，訂定者、執行者和教授者，都是同一批人，他們受老科班教育出身，沒受過西式教育理論的訓練。面對學生的差異狀態，課程標準的實踐，還是存在許多彈性調整空間，專業分工和小班制，因材施教。這是教的部分，更重要的是學生能學進去多少。怎麼樣才能讓學生學到老師教授的全部，藝術教育不是齊頭並進的，不是科目訂出來，就完全能夠執行，因此，依照科班的教育模式訂定，有時顯得過於理想性。

　　「課程標準」既然都是「內行」（指專業科班出身的京劇從業人員）制定，是委員們集思廣益，將科班中各行應會的劇目、應有的基礎，各個階段應進行的教學，按部就班的規劃。過去雖然沒有發展心理學編制課程的觀念，實際操作上，其實已經有類似的教學進程安排，先是入科時的基本、把子、毯子功內容，各行當由哪劇開始教學，初級、中級、高級的學生學習劇目，《劇藝學校國劇科課程標準》所訂的劇目選擇，實際上就是一種「教材教法」的概念，什麼戲做爲初級學生的開蒙戲，進階又學什麼，高階到畢業前，應該學到什麼樣的劇目，現代劇校教育則具體落實爲「課程標準」，是兩岸第一本詳文訂定的範例，亦可視爲傳統一輩老先生們經驗的結晶，委員們多是第一代來臺的京劇教育者，同時經歷過科班和現代化教育的變遷，也斟酌教育現場的觀察而訂定此本，當時花費許多心力討論。後因制度、師資、學生情況等因素，在劇校中的實際操作可能未盡理想，卻不可單一視爲官樣文章看待，因此一「課程標準」訂定後，總結過去僅於流傳藝人們或老師們自由心證個人的學習經驗，「課程標準」以留下一個以教學劇目出發的定本參考。按照課程標準所訂出的每個劇目需學習的課程目標，換言之，只要能達到學生在該階段應學習到教學目標的劇目，都是教師可斟酌參考使用的劇目，若以此觀點，即可說明爲什麼開蒙劇目會替換更動的原因。在此之前，《國劇職業學校課程科目表》先詳列劇目，後再以四選二或二選一等方式，標註於後，供教師施教參考之。〔註25〕

　　現在臺灣戲曲學院的教務處網站〔註26〕，能查詢自民國九十四學年度至一零二學年度，各科系各學部的課程標準，列有課程名稱與授課時數，主副修（分科）亦在其中，但已經沒有明列該科目學習的內容，無法從課程標準

〔註25〕詳見張光濤、曹駿麟整理《國劇職業學校課程科目表·劇藝篇》，頁 134～182。
〔註26〕列有九十四學年度至一零二學年度課程標準，http://b002.tcpa.edu.tw/files/11-1002-721.php，瀏覽日期 2014/2/27。

看出今昔劇目教學的比對，因此《劇藝學校國劇科課程標準》的參考值更加顯著。這套《劇藝學校國劇科課程標準》距今將近三十年前訂定課程標準，在課程安排、時數分配上，在今日科技化、電子化，教材日新月異的學校環境下，以「京劇」學習傳統內涵的部分，內容循序漸進的劇目安排的實施下，保有傳統觀點，同時又能服務現代劇校教育。

第三節　中國戲曲學院附屬中等戲曲學校京劇表演科

中國戲曲學院附屬中等戲曲學校京劇教育概況〔註 27〕。中國戲曲學院1950 年創立之初為中國文化部戲曲改進局戲曲實驗學校，1955 年定名為中國戲曲學校，文革過後，1978 年升格為中國戲曲學院，1985 年成立附屬中學（論述中簡稱「國戲附中」），使戲曲的基礎教育和高等教育能接軌。國戲附中京劇表演科，至今已有六十餘年以現代教育方式的辦學經驗。

國戲附中京劇表演科，對中國各省開放招生，每年招收大約四十至五十名學生，2014 年京劇表演科約有三百名學生。1950 年中國戲曲學校成立之始，文武場便從京劇中分流獨立，為音樂科，培養劇樂伴奏人才。在課程安排上已將所有的傳統訓練內容科目化，專業術科的科目：毯子功（腰功、頂功、跟斗）、基本功課（腿功）、把子功、身段課（簡稱為毯、腿、把、身，為四種基礎課）及劇目課（行當課）。

學校課程為因應現代社會，京劇科的訓練方法，不斷地再調整。第一是學術科的比例。從最早的術科比例佔八成，學科僅有兩成，「文化課」（學科）只是為使學生具有基本文化國學常識，2014 年學術科比例接近是各為五成，學校宗旨中「新一代戲曲藝術人才」，除了政治思維的思考，最明顯的措施就是對學生學科的要求，中專（接近臺灣的高職學歷）畢業前夕，學生在「專業」（術科）上「過關」（取得大學入學資格）後，將全力衝刺學科的加強，補習加強學科以求通過基本的學力測驗，否則表演方面再好，也難擠進學院窄門，雖然門檻不高，但對以術科為重的劇校生而言，還是有難度，尤其是英數理等科目，學生在這類學科上通常沒有積極的學習表現。第二是修業年限。京劇表演科的修業年限歷經八年制、七年制，目前招生為初中一年級的

〔註27〕 本文概況介紹主要訪談自中國戲曲學院附中現任副校長施翔、前任校長張逸娟所得，訪談時間：2014/3/3、3/5、3/7，訪談地點：中國戲曲學院附中（陶然亭校區）、中國戲曲學院（萬泉寺校區）。

學生，修業六年，畢業取得中專文憑。入學招生大多是已經有學過一點京劇的學生（曾在學前班、業餘才藝班學過戲，或是小學的社團，或有學舞蹈才藝的經驗，或是梨園世家子弟），零表演基礎的學生已經不多。也因如此，學生一年級入學時，除了基礎科目之外，已經實施行當劇目課，也就是開始學戲。但在招生裡想上，正規的開蒙時間，還是招收九歲、十歲的孩子最好，因為這一時期的小朋友，身體腰腿柔軟度還能開發，嗓音也尚未面臨到青春期的變聲問題，八年制則是讓學生在劇目數量和演出經驗有足夠的積累。

京劇表演科每學期以學一齣戲為基礎的主要目標，再搭配其他學習配角等二路、三路活兒，若是學生資質不夠，一個學期仍學不完一齣戲，必須利用寒暑假自行加強，否則開學後依舊得跟上新劇目的進度。

第三是訂定教學計畫。依中國培養藝術人才的指導方針，京劇表演科訂有教學指導性計畫，包含研討人才培養方案、訂定教學大綱、教學計畫、實習計畫，一一落實在教學上。

教學體制，相對注重師徒關係與口傳心授的京劇傳承有許多限制，撇除傳統社會師父將徒弟視為財產，任意打罵，奪其自由等不人道的惡意行為之外，學校教育在教學時段的安排，受到既定的政策執行時，如招生的年級、學習的年限、課程的時間……等，教學上面臨了新的挑戰。為解決戲曲教育特殊性，國戲附中在現存的體制下，尋求彈性的做法和補救措施的因應。如開辦學前京劇才藝班。由於戲曲人才訓練幼功有著生理限制的特殊性，招收初一的學生，有的生理條件已經過於成熟，並不利腰腿功的訓練，而在學前班招收三歲半到十二歲的兒童與少年，條件不錯的學生，便勸其考入學校，走專業演員之路，一來參加才藝班的學員多是對京劇有興趣，或是在學前班培養出他們對京劇的興趣，將來對京劇事業比較有憧憬也能堅持；二來學生能在學前班具備基本基礎，腰腿訓練的開發時間適中，不至於入校之初便為時已晚。即便如此能解決幼功訓練的不足，初一的學生一進學校，首先遇到的問題便是「倒倉」，在男生身上尤其明顯。大部分的男孩子，在這段生理期間，學習唱、念、發聲十分辛苦，說話發音往往不能自主控制，硬喊硬練，把嗓子練壞、練橫，學習成就感相對低落，若是變聲期過長，還可能面臨轉行的選擇。過去科班在倒嗓期間，多讓男孩練功，少用嗓子，等到變聲期過，若是真不能再找到適合的發聲，才需要考慮改行當，現在這個問題，提前至學生一入校就可能面對。

　　培養表演人才的同時，師資的培育也受到注意，2007 年在表演系之下，設戲曲形體教育專業，學生畢業後發給合格戲曲形體教師證，師資輸入包含京劇及京劇以外的地方劇種，教授「毯（子功）腿（功、基本功）把（子功）身（段基本功）」基礎課程。

　　1960～70 年代，文化大革命時期，大陸全國的學校教育幾乎停擺，中國戲曲學院招生等到 1970 後陸續恢復招生。當時，傳統戲是大禁忌，除了中國戲曲學院，全國其他的戲曲學校都停止招生。做為示範性的中國戲校是唯一還在招生的戲曲學校，1972、1973、1974 和 1978 年分四批招生，這期間的京劇表演班學生，在學校開蒙先學的是「革命樣板戲」，而不是傳統老戲。樣板戲沒有行當，但以接近老生、青衣、銅錘花臉和老旦的表演做為基礎訓練。文革期間，學校裡採取的是「零件教學法」，有別於老戲的「成品教學法」。所謂「零件教學法」也稱為「元素教學法」，是將戲曲中的重要技巧拆解，成為「元素」，而這些元素是現代戲中的可用技巧，要求的也是現代戲人物的表現精神，和過去老戲含蓄內斂的表現氣質，已經相去甚遠，英雄人物必須突出「高、大、全」的完美形象，表演風格誇張；「成品教學法」，指的是以成熟、完整的戲目，實施全劇教學，從中把該劇用到的技巧，在戲中慢慢磨練出來，即為傳統的「以戲促功」。因此，1970 年代的學習劇目和唱段，也是學現代樣板戲的內容，講究的是現代戲的吐字歸音。以國戲附中的副校長施翔為例，1972 年入校先學的老生，由富連成的王世續老師教授，開蒙戲是《智取威虎山》「朔風吹」唱段，在教學上著重發聲、咬字、歸韻，而沒有區分尖團字。直到四年後（1976 年），老戲可以上演，他們也才能開始學習老戲，當時，施翔因變聲原故改學武生，第一齣學的老戲是《武松打店》，師從劉福生。每位學生也依當時的學習狀況，教師擇適合劇目教學，即使是同一行當，分為若干群組分授不同劇目。這大概是京劇史上唯一沒有用傳統老戲開蒙的特殊時期與教學方式了。

　　國戲附中目前的劇目課教學法，在傳統科班的基礎上，劇目的科目化，分為主課與副課，落實全面的人才培養，主副修每週共十節，六節主課、四節副課。大行當又分為若干組，徹底實施小班教學。主課的主要行當，武行當的加強唱功，文行當則可練身段功。如花旦開蒙《小放牛》、副課是練身上的《扈家莊》、或是練唱的《女起解》；武旦先學《打青龍》，副課則學《二進宮》；淨行的開蒙《二進宮》、副課《蘆花蕩》……等，學戲項目由學校安排。各組小班教學，如一個班級中，學老生、青衣、花旦人數通常較多，約每三

名學生為一組，各組的開蒙戲，則由授課教師決定。如老生的開蒙戲群組中有《二進宮》、《上天台》、《賀后罵殿》、《大保國》、《黃金台》、《魚藏劍》、《三擊掌》、《蘆花河》、《武家坡》，有的組學《二進宮》、有的則學《大保國》，主要是依據老師的強項教學，但不外乎以上劇目從中擇取。

文武行當的開蒙教學進程也不一樣。文行當在第一學期教一齣戲打唱、念和功法基礎，第二學期即可學新戲，但武行當（武生、武旦、武淨、武丑），必須以一整學年教一齣戲打下身段的基礎。由於劇目課的時間相當短暫，每次僅有兩節課，因此上課時不再練相關的行當基本功，而是直接教戲，「以戲帶功」。文行當要求唱念功法準確，武行當則直接學戲。

現代學生文化學習的廣泛，平分了過去的術科時間，可說是拉長的專業培養的時程。需要靠很多的課後時間彌補專業科目課程上的不足。國戲附中對學生教育的宗旨是「普遍培養、重點提高」，在畢業前實施「填平補齊」教學。「普遍培養」：每位同學都必須跟上老師所教的進度，學的慢者必須私下加功，學的快者學生，學校重點培養，另外找經費請教師，在課餘時間給學生說戲加強學生各方面的技能以及劇目量的積累。學生畢業之前，增強學生實力，補強學生差異，中專的最後一年（六年級）的教育政策，其中一項是「填平補齊」教學。這一年學生準備自己的畢業公演，擇一自己有把握的劇目，由老師再細說，加強表演的細節，這是學生求學與求職的重要公演，也是檢驗學生成果的必經階段。另外，針對身段課沒學到的套路、或是不足的技巧等，這也是最後補強的機會。如在學文戲者在這五年中，從未學到「起霸」、「趟馬」，這一年必須加強學習，把這些功法程式學會，而已經會的則要鞏固提高。

在一個理想的教育理念下，以學校的立場，自然希望學生個個能出頭，成為優秀的京劇演員。對於藝術教育，成功演員的要件，更多時候是天賦導致。經過學前班和開蒙階段的觀察，大多都能將學生放在比較正確的行當學習，也能挑選適合人才進入戲校，若真有不宜學習者，在教育立場上，也會督促其達到畢業標準，並不從就學期間淘汰學生，反之，紮實學生其他相關技能，以便從事相關行業，如當基礎課程的教師。

第四節 北京戲校和上海戲校

本章以臺灣京劇發展做為主要闡述，以臺灣戲曲學院做為主要觀察對象，輔以大陸指標性的中國戲曲學院做一參照系，另以同在北京的北京市戲

曲學校、和上海戲校的參觀訪查，做一統整性的概況，以了解目前兩岸三地專業京劇教育的大致情況。

一、北京市戲曲藝術職業學校京劇教育概況

北京市戲曲藝術職業學校前身為北京市私立藝培戲曲學校，成立於 1952年，1951 年 7 月，北京京劇公會代表會議決定籌建戲曲學校，推舉蕭長華、王瑤卿、梅蘭芳、郝壽臣等人組成董事會，1953 年由北京市政府接管，更名為北京市戲曲學校（簡稱北京戲校）。首任校長為郝壽臣，接任者馬連良，現荀派傳人孫毓敏任名譽校長。北京戲校在 1958 年起已實施分流教學，將京劇表演和京劇音樂分別招生，文化大革命時期，學校作業停擺，1980 年，恢復北京市戲曲學校建制〔註 28〕。2002 年成立學院部，正式舉辦全日制高等職業教育，2006 年與北京市藝術研究所合併。近年整理出學校常用的大批劇目作為傳承教材，出版《京劇教學劇目精選》1～12 輯、《京劇表演專業劇目教材》等，以學校教師實際授課本整理，並以流派宗師表演風格傳承為使命，輔以身段、扮相、教學重點，於教學的進程安排，均有專業建議，如《二進宮》一劇，標明了該劇在學校的傳承情況，是繼承郝壽臣、王少樓和華世香的授課本，也說明了此劇做為開蒙戲的重點，以及教學中需注意細節等。是以教學現場為出發編輯的劇本集。在教學上的施教原則以「全面發展、重點提高、因材施教、各得其所」，以及「循序漸進、由淺入深、教練結合、學練結合」〔註 29〕等宗旨適才培養。京劇科前三年，亦採取「歸行而不定行」的觀察期，分科教學以主副修實行，以利學生多方學習。

二、上海戲曲學院附屬戲曲學校京劇專業

（一）學校概述〔註 30〕

上海市戲曲學校（非 1939 年許曉初所成立的上海戲劇學校），成立於 1953

〔註 28〕 中國戲曲志編輯委員會《中國戲曲志‧北京卷》，北京：中國 ISBN 中心，1999。頁 805～806。

〔註 29〕 中國戲曲志編輯委員會《中國戲曲志‧北京卷》（北京：中國 ISBN 中心，1999），頁 805～806。

〔註 30〕 參考上海戲劇學院附屬戲曲學校校慶辦公室編輯《姹紫嫣紅開遍——上海市戲曲學校五十週年紀念冊》，上海：海洋國際出版社，2004。頁 8～15。《中國戲曲志‧上海卷》，頁 493。

年，由中共中央籌建「華東崑曲演員訓練班」，1954 年招收崑曲演員班與越劇演員訓練班，1955 年在崑、越兩個演員班的基礎上，增設京劇、滬劇、淮劇、評彈、戲曲音樂五個班級，爲多劇種、綜合性的中等專業學校〔註31〕，隸屬上海市文化局，俞振飛曾於 1957 任該校校長。文革期間，學校招生作業停擺，直至 1976 年恢復招生，俞振飛、周璣璋先後任校長，增設兒童劇演員班、木偶演員班、藝術管理班等。2002 年併於上海戲劇學院，爲附屬戲曲學校。

各科系並非年年招生，以京劇表演班爲例，每隔三至四年招生一屆，每次招生人數約五十名。學制七年制，現今中國將戲曲專業院校統一爲六年制，上戲附中維持招收小四的學生，畢業取得中等專業學校（中專）文憑。同樣地，學生到了六年級時面臨升學高考，若要申請學院部，必須通過基本的學力測試標準，才能錄取。因此六年級上學期舉行畢業公演，下學期學生多爲升學考試的學科做準備。

（二）京劇科施教情況概述〔註32〕

京劇表演專業的入學後先練半年的腰、腿、把子基本功，才進行分科。先分爲幾大類進行，如生角（依老生規範）、旦角、老旦、花臉及小花臉等行，學習該門類的唱、念、腳步、雲手等。半年後，依學生臉型、體態、嗓音等細分行當，而在入學考試之時，針對學生的身體素質進行體檢，要求測骨齡〔註33〕，利用醫學儀器，預測學生的發育身高，演員過高或過矮，都不利舞台表現，由其是女孩子，旦角演員在舞台上的形象，除了各方條件之外，「個頭」太重要了，現今可藉由醫學幫助。

男孩遇到倒倉時，正是武戲加強的時候，這個階段用來打下武戲的身段基礎。

學生在學戲期間，便針對各樣的獎項比賽努力。比賽是爲了提高學生的技藝而設，藝術也在競爭中出現優劣。由於表演的時間受到限制，整個戲的表演會受到壓縮，在劇目課也花大量的時間在比賽的項目中排練，容易造成學生演出後，只熟悉這個精華版本，對於全劇的其他細節則有偏失。

〔註31〕 上海戲劇學院附屬戲曲學校校慶辦公室編輯《姹紫嫣紅開遍——上海市戲曲學校五十週年紀念冊》（上海：海洋國際出版社，2004）頁 9。
〔註32〕 訪談上戲附中京劇老生教師楊淼〈上海戲校京劇教育概況〉，於上海戲校，2014/3/11。
〔註33〕 訪談上戲附中京劇老生教師楊淼。2014/3/11，於上海戲附中。

第五節　現代戲校開蒙劇目

　　現代戲校已經具有課程觀念，在戲曲以口傳心授為主要授課方法的同時，也名列各種教材教法的內容，各校設計和規劃學生各年級、各程度應學的具體項目，其中，京劇表演承傳，必須透過實際的劇目的學習，因此，在學校體制下，便有具體的劇目規劃。本節以臺灣教育部「劇藝學校國劇科課程標準」所名列的國中一年級和二年級的劇目，與北京中國戲曲學院附屬中學「六年制京劇專業劇目教學大綱」做一對照。這些劇目是在做教學規劃時，既承襲了科班傳統，依照歷來常用的戲碼，以及現代學生學習的時數、實際能夠合作登台演出的綜合性考量。

一、臺灣教育部「劇藝學校國劇科課程標準」設立的國一分科劇目

　　1981 年由張光濤、曹駿麟為復興劇校國劇科整理之《國劇職業學校課程科目表》，是根據每個行當的基礎經驗，羅列出以下劇目做為教學的進程。

表 4：《國劇職業學校課程科目表》提出的第一、二年級的分科劇藝劇目建議

	老生	小生	武生	青衣	花旦	武旦	老旦	文淨	武淨	文丑	武丑
國一	大賜福 黃金台 渭水河 百壽圖 （擇一） 五台山 戰樊城 長亭會 山海關 （擇一）	岳家莊 羅成叫關 （擇一） 鴻鸞禧 石秀探莊 （擇一）	上學期 僅練功 下學期 神州擂 淮安府 白水灘 賣弓計 （擇一）	彩樓配 花園贈金 （擇一） 鴻雁捎書 三擊掌 三娘教子 （擇一）	小放牛 五花洞 （擇一） 鴻鸞禧 查頭關 （擇二）	上學期 僅練功 搖錢樹 其他配 戲	望兒樓 遇太后	大回朝 探陰山 雙李逵 （擇一） 青風寨 鍘美案 上天臺 五台山 （擇一）	分長靠 短打 長靠 金沙灘 界牌關 短打 白水灘 神州擂 （擇一）	渭水河 打麵缸 （擇一） 鴻鸞禧 釣金龜 （擇一）	僅練功 練白，未 標明具 體劇目
國二	天水關 賀后罵殿 南陽關 魚藏劍 斬黃袍 （擇二） 趕三關 御林郡 馬鞍山 龍虎鬥 戰北原 （擇二）		金鎖陣 金雁橋 武文華 石秀探莊 （擇一） 兩將軍 羅四虎 三岔口 花蝴蝶 （擇二）	賀后罵殿 蘆花河 戰蒲關 女起解 （擇一） 平貴別窯 武家坡 大登殿 春秋配 （擇二）	拾玉鐲 頂花磚 打麵缸 （擇一） 雙背凳 荷珠配 打櫻桃 春香鬧 學 （擇二）	盜仙草 到寶庫 其他配 戲	打龍袍 釣金龜 遊六殿	遇太后 打龍袍 御果園 （擇一） 白良關 除三害 碰碑 取洛陽 （擇二）	長靠 兩將軍 短打 淮安府 武文華 （擇一）		九龍盃 打瓜園

上述劇目對教育部《劇藝學校國劇科課程標準》的規劃有一定影響，在這些劇目群組中，以從教學現況的實際面考量，以二擇一、四擇二等方式挑選適合的開蒙劇目，進行建議。爾後教育部《劇藝學校國劇科課程標準》頒布之時，劇目列表除了打功底的劇目之外，更多以能夠演出的配戲狀況來分配個行當的劇目。

教育部《劇藝學校國劇科課程標準》，分科項目中，行當十一行，從國一到高三，共六個年級。在國一階段，明訂各行該學習的劇目如下表。

表5：《劇藝學校國劇科課程標準》行當劇目學習表（國一）

	老生	小生	武生	青衣	花旦	武旦	老旦	文淨	武淨	文丑	武丑
國一	五花洞 黃金台 魚藏劍 武家坡 大登殿 賀后罵殿 鴻鸞禧	黃金台 花園贈金 彩樓配 打麵缸 頂花磚 鴻鸞禧	搖錢樹 武文華 摩天嶺	花園贈金 彩樓配 武家坡 大登殿 賀后罵殿 探陰山	五花洞 打麵缸 鴻鸞禧 頂花磚	白水灘 五花洞 搖錢樹	釣金龜 遇太后 大登殿	黃金台 五花洞 魚藏劍 遇太后 探陰山	白水灘 五花洞 武文華 摩天嶺	彩樓配 五花洞 黃金台 打麵缸 釣金龜 頂花磚 鴻鸞禧 摩天嶺 探陰山 遇太后	白水灘 摩天嶺 搖錢樹
國二			白水灘 花蝴蝶 蜈蚣嶺 探莊						蜈蚣嶺 花蝴蝶 二龍山		花蝴蝶 二龍山

表格只是劇目的呈現，未含練行當基本功的部分，分科教學的時段，很大一部分是在練行當基本功。上表盡量將同一齣戲排在同一排，但並未顛倒原書呈現的順序，從表格劇目的安排和重複性，不難看出是以演出做為考量，同學之間要能互相搭配演出，避免缺角色的狀況。如《五花洞》老生、花旦、武旦、文淨、武淨、文丑排在第一齣或第二齣，即說明全班搬演此劇的重要性。

這些劇目和老先生的說法與實際經驗相去不遠，大致承襲過去科班開蒙的習慣，而這些劇目的彈性，依照學生的資質和老師長才，常有劇目互換的調整，或是因材施教，給學生說不一樣的戲碼。從分行當到劇目，表列的系統化，其實都不單一。

（一）預備性分科演出劇目——《五花洞》

以《五花洞》為例，原只是花旦組開蒙劇目，在「課程標準」的訂定下，

已出現在上述的六個行當。筆者於第二章《天官賜福》爲科班的入科開蒙戲，《天官賜福》既是全班第一次登台，又能達到多數人同台的目標，臺灣的戲校，全班齊演《天官賜福》後，接著一起演出的皮黃劇目通常是《五花洞》。而在實際執行面，以《五花洞》做爲觀察學生行當分配得當與否的演出劇目，戲校並將這一觀察期稱爲「假分科」時期。

　　京劇專業的基礎是練幼功。分科後各行當還有專屬的功夫，稱之爲「行當功」。等到對「戲」有概念之後，開始分科：教師視學生身材、扮相、嗓音各方面條件，來分配適合的行當，鍾傳幸描述當時全班一字排開，被點名出列的學生現場拉山膀、喊嗓子，由各科老師和科主任商量挑選學生，形容此像是《哈利波特》霍格華茲的分類帽〔註 34〕，而正式確定行當前的一個觀察期就稱之爲「假分科」（假定性、暫時性的分科）──初步的行當學習，可視爲學生性向的探測期。「假分科」也由科裡資深的劇務老師出面決定學生的組別，依五官、臉型、嗓音、甚至身高，功夫學習程度來判別，大致像「來什麼活兒」的（意指適合的行當），先到該組給跟老師學點基本身段，也跟著學戲。過去科班也有類似的過程，以富連成來說，入學程序明文規定。

> 學生經人介紹入學後，需於相當之時期內，經各教授審查其資質，是否有學戲之資格。如各教授認爲毫無可取之材，則通知介紹人將學生領回，倘有可造之資，則由社中與家長訂立契約（俗稱「寫字」）。
>
> 〔註 35〕

這段期間，經過一些行當基本功訓練，學一些開蒙戲，再做評估，等到判斷出學生有適合的行當，才會讓學生正式入學。這樣的觀察期，爲的是學生假使沒有適合當演員的條件，即所謂「祖師爺不賞飯吃」，誤人子弟不說，也浪費了老師的心血。入錯行、分錯行當亦然，假分科的作用即是類似此審查資質的判斷，入科後約六個月，有了武功基礎，憑著平時上課的觀察，先到該組學習，大約六個月過後（一學期），再依學生學習情況做調整，有的人可能一開始就學對行當，有的人則是處處摸索，直到中學才找到合適的組別，甚至畢業前轉組的情形也是有的。

　　假分科的實踐，主要是透過學演《五花洞》。《五花洞》劇情講述：荒旱

〔註 34〕 鍾傳幸〈一個坤生的自白〉，《婦研縱橫》，2004 年 10 月號，總 72 期，頁 17。
〔註 35〕 〈富連成學生入學之程序〉，唐伯弢《富連成三十年史（修訂版）》，頁 233。
　　　　 馬龍《我的祖父馬連良》（北京：團結出版社，2007），頁 9。

之年，武大郎與潘金蓮欲往陽穀縣投靠武松，途經五花洞，洞內的蜈蚣、蠍子、癩蛤蟆、壁虎和毒蛇修練成精，見凡人夫妻有趣，化做他二人模樣大鬧一番，雙方真假堅持不下，便至縣衙告官，請縣官胡大砲主持公道，包拯、張天師路過此地，覺得妖氣沖天，喚來天兵天將，終於掃蕩群魔。此劇原本只是武、潘搬家途中潘金蓮與驢夫眉來眼去的小戲〔註36〕，唱【吹腔】，咸同年間春台班青衣胡喜祿所創演，由該班花臉張喜所改，因胡喜祿、王長桂扮相一樣，遂有此戲〔註37〕。安排兩旦角一真一假，原本頭路青衣演真金蓮，經王瑤卿演活假金蓮後，假潘金蓮遂成為頭路青衣的活兒〔註38〕，也可以多人扮演，因人數劇名稱為《四五花洞》、《八五花洞》。

　　《五花洞》一劇人物角色繁多，包含旦角潘金蓮、文丑武大、縣官、老生張天師、銅錘包拯、武生大法官、五大妖分別由武淨、武丑和武旦分飾，每個角色又可若干人演出，加上雜扮的驢夫、龍套、武行等〔註39〕，也是傾全班之力不可的戲，亦是劇團聯演、義務戲、歲末同歡、反串較勁的劇目之一，過去以梅、尚、程、荀合演《四五花洞》並灌有唱片，最為津津樂道〔註40〕。

　　前文所述，假分科時期屬於學生性向的探索期，此時全部旦角組一同上課（老旦因用大嗓跟老生相近，反而跟老生組上課），由老師觀察他們大概適合的行當，其他功法之應用也更甚《天官賜福》。

　　潘金蓮花旦念京白、【數板】，唱段只有四句【西皮慢板】、【十三咳】及一段【二六】，唱念不算難，在假分科的時間，由帶班老師全班一起在腿功「耗腿」暖身拉筋，以及「耗蹻」的時候，邊進行唱念教學。身段上潘金蓮持扇、拿驢鞭上下驢、整冠、提鞋等旦角基本程式，最重要的還是蹻功，後面武戲大開打時也不許卸下，非常考驗旦角之腿力。潘金蓮全程綁蹻，武大郎、胡

〔註36〕《五花洞》由地方小戲《搬場拐妻》流變為京劇之樣貌，參考王安祈〈京劇戲班將小戲擴充為大戲的實證〉一節，《為京劇表演體系發聲》（臺北：國家，2006），頁293～298。

〔註37〕齊如山《京劇之變遷》，頁56。

〔註38〕王瑤卿〈我的幼年時代〉，《戲劇月刊》，頁392。

〔註39〕劇本參考：國光劇團劇本資料庫《掃蕩群魔》及國光劇團喜劇京典歡樂百分百《五花洞——掃蕩群魔》，採中國戲曲學院版修改之。前者網站資料www.kk.gov.tw，瀏覽日期：2011/1/9，後者演出日期：2010/12/31，地點：臺北國家戲劇院。

〔註40〕參考京劇老唱片《四五花洞》1932年1月11日長城唱片2面，http://oldrecords.xikao.com 瀏覽日期：2011/1/9。

大砲必須全程走矮子步，京白流利，念【數板】，做表生動靈活。

劇中張天師唱【嗩吶二黃】、淨扮包拯唱【流水】，其餘是【西皮搖板】的散句。在教育部《課程標準》明訂《五花洞》的學習內容是：張天師的雲帚運用及坐姿、與包公對白做表；潘金蓮蹻功、上下馬、摔馬姿勢，拾錢整冠、扇子等；包拯的穿蟒台步、迎接真人、使用照妖鏡身段，胡大砲的吹鬍子等〔註41〕。最後一場妖怪們和神將的武戲大開打，是全班學員此一階段武功訓練的檢視，這個武戲的排演過程，和成熟演員的排法不同。武戲開打往往是依演員條件安排，可長可短，可大可小，武戲的精彩度，決定在演員所會的功夫有多少。小五小六階段所學的把子功套數，大致有「小五套」槍第一套、刀第一套，徒手把子及槍花、刀花等，有些程度好的班級，有教到安排簡單的出手。基本功有翻身、跨虎、和弄豆汁等、毯子功女生能走前後橋、男生能翻小翻、撲虎……等。沒有分配到有名字的角色的同學，依行當扮演神將或妖怪，全班一起登台可以降低單挑大梁的恐懼感，一起在舞台上，教師也容易看出這個班上每個人的天賦所長之處。

由於孩子的登台經驗不多，這個排戲過程和大班演員用「說戲」的排法也不同。傳統戲曲的排戲階段，大多是術語的世界，老師或主排用「說程式」來完成，而不用一趨一步的把地位走准或示範身段，因為劇中角色是演員本身已經會的，排的是各角色互相對戲的部分和群眾，所以成熟的演員搭班排戲，能夠台上見，就是靠著對程式套路（包含龍套的排演程式）的熟練度，一說就能上。

而在開蒙初登台的階段，老師排戲手把手的帶著，大班教學，眾多學生一起行動，自然對學生的觀察僅能是初步判斷。排演的過程中，教師一一教會學生許多專有名詞，如走到九龍口亮相，哪邊是九龍口、哪邊是台中，那哪邊亮相，開打的時候要注意什麼，如何和鑼鼓點文武場配合，每一種套路如何銜接。雖然演出過程可能自顧不暇，老師並不是讓學生孤伶伶的在台上面對，而從每次排戲時會在一旁「把場」〔註42〕，緊盯著舞台上發生的一切，

〔註41〕教育部社會教育司編印《劇藝學校國劇科課程標準》，頁 24、155、207、273。
〔註42〕「把場」戲曲排演術語。演員初次登台演出，師長擔心其經驗不足，怕出舞台事故，特地在上場門或下場門為其提示演出中應注意事項，實際上是為演員壯膽，故稱「把場」。把場除了上述作用外，還有直接為主要演員服務的意思。一般由經驗豐富的師長擔任，現在由舞台監督擔任。見余漢東《中國戲曲表演藝術辭典》，頁 649。

緊張度和學生是不相上下的。

　　開蒙階段排演人手眾多的戲，讓所學應用，能增加學生的成就感，明白功夫不會白練，經過實際上台，學生較能體會辛勤付出是有代價的。《天官賜福》唱曲牌是全體一起，可互相壯壯膽，到了《五花洞》已增加許多個人獨秀部分，卻各角戲份平均，使學生漸有獨當一面的能力。

　　入科的開蒙戲，多以人多，能展現此時所學為主，教師幾乎全班一起教學，或只有大項分類，與分科開蒙戲以該行當之專屬戲目，專有功法，已有不同。而分科開蒙更加講究學生的基礎訓練，大部分行當的老師也是個別專屬的。

　　「課程標準」是 1980 年代以後設置的，在臺灣還有群戲開蒙的傳統，但筆者做研究的這兩、三年期間（2012～2014），隨著教育部對小學的課程設置，使劇校專業課程安排，需在一般普通小學科目之外的時間妥善運用，因此劇校假分科的做法逐漸淡出，學生並沒有在未分科之前學習劇目，僅在初小練基本功時，以喊嗓和學唱段，加以功夫表現，和學生的興趣與性向，直接進行分科。同台演出《五花洞》也就不再開蒙階段實施了，取而代之的是前兩年基本功、把子功、毯子功和部分唱念學習成果展，而非全劇演出。

（二）以旦行劇目的流變觀察為例

　　前者由「課程標準」的具體規劃和戲校教學的實際現場，《五花洞》做為入科開蒙戲之二，以花旦為主，但演出完成是全班合演、行當豐富的劇目。延續旦角的脈絡觀察，在訓練旦角的開蒙戲，表演集中以旦角為主的折子戲。這一類劇目人物不會太多，具有旦角唱腔的基本腔格，用以訓練學生對行當功法的掌握。

　　臺灣開辦京劇教育後，三軍劇隊的附屬小班和復興劇校，這批臺灣第一代訓練出的旦角演員們，在開蒙時期，所學的旦角劇目，便包含了青衣戲、花旦戲、武旦戲，由不同的老師為學生紮下不同的基礎。演員們自然有各自分行的訓練側重，但學習旦角基礎時，這些劇目大都是旦角同學們一起學的。以現任臺灣戲曲學院分科教師的旦角老師中，青衣花旦組白明鶯（畢業於復興劇校）、胡台鳳（畢業於陸光劇校）、王鳳雲（畢業於大鵬劇校）；武旦組楊蓮英（畢業於大鵬劇校）、李華齡（畢業於陸光劇校），入學年代大多在 1959～1970 年間，在開蒙時期，具都先練蹻功等旦角基本功，劇目有《五花洞》、《三擊掌》、《泗州城》，武旦組開蒙時期，也和青衣、花旦組的老師學唱念做

表，青衣花旦組的也和武旦一起練腿、練把子，實踐了文戲有武戲的底子，武戲有文戲的底子，這個傳統至今保留於劇校中，更是爲了日後演員生涯全面發展做預備。

表6：臺灣劇校旦角教師學戲時的開蒙戲如下表〔註43〕

旦角教師	開蒙行當	開蒙劇目	開蒙老師	教學劇目
楊蓮英	武旦	泗州城	王永春	泗洲城、盜寶庫
李華齡	武旦	搖錢樹	穆成桐	搖錢樹、盜草、打青龍
胡台鳳	青衣花旦	三擊掌	趙原	蘆花河、二進宮、坐宮
白明鶯	青衣花旦	五花洞 宇宙峰	丁春榮	鴻鸞禧、女起解、春秋配、大登殿

上述老師們未有專工刀馬旦的，在劇校基礎分工，亦無刀馬旦一行，如同沒有專工花衫行的。這兩種行當的表演是依照劇目類型的型態，每個演員在原來青衣花旦、武旦的基礎上，唱念做表等各方面都有能力表現刀馬旦戲時，進階學習綜合性的《穆柯寨》、《大英杰烈》等，有的可能是武旦基礎，有的是青衣花旦基礎，武功具備一定的良好水平，對專工一門的演員而言，無疑是一種挑戰〔註44〕。

以上四位旦角老師，他們都是跟第一代大陸來臺的演員學戲，現任戲曲學院的教學至少都有二十年以上，因爲老師們自身學戲緣起和多年教學經驗，現在教的開蒙劇目中有重疊、亦有變化。

早期臺灣的劇校學藝，旦角都是青衣、花旦、武旦兼學，但演出時僅能登台演自己本行當的劇目，培養全才旦角的功底，讓學生唱有青衣基礎、做有花旦基礎、打有武旦基礎，各項側重，也是「定行而不歸行」的施教理念，

〔註43〕本表據訪談教師整理。王鳳雲老師因進入大鵬劇校時，已經學演過許多劇目，因此未列於表中。

〔註44〕徐蘭沅描述前輩旦角演員，主要分青衣、花旦、武旦。閨門旦和刀馬旦，可算兩小宗。因爲閨門旦的路子與青衣是相通的，刀馬旦和武旦的路子也是同樣的，刺殺旦的戲，已經分別爲青衣、花旦兩門裡了。徐蘭沅口述、唐吉紀錄整理《我的操琴生活：徐蘭沅口述歷史》，（北京：中國戲劇，2011），頁49。刀馬旦重唱、白、武功，武旦眾武功、出手，高宜三《國劇藝苑第一輯》，頁35～36。關於刀馬旦和武旦的討論見第五章第四節，訪問楊蓮英2014/2/12；訪問李華齡2014/2/24，於臺灣戲曲學院內湖校區。

在具備這三個行當的基礎之下，能發現學生天賦在哪一方面比較突出，若將來有其他因素，改行其他旦角行當，至少行當基本功的基礎不曾少練，尤其是武旦演員更容易因練功受傷等生理條件，而面臨改行的抉擇。這是沿襲科班的傳統，在紮基礎時，讓學生有多方功底，各不偏廢，也是為了因應各種扮相、類型的人物，表演上的綜合訓練。

實際上，青衣花旦的學生在開蒙時必須通學，如臺灣戲曲學院白明鶯老師旦角課堂上，從花旦開蒙，天天練蹻，再學青衣唱功、水袖，然後學唱、練旗鞋、鳳冠戲，兩年內的課程規劃有花旦做表與蹻功、青衣唱功、水袖、還有旦角的鳳冠與旗裝戲；筆者學藝期間，雖然旦角區分青衣組或花旦組，每隔一陣子兩組學生的老師也會互換，甚至到刀馬旦組練功，讓學生學得更全面，學生是通學再歸行；而淨角組和丑角組，沒有分文武，必須通學，先學文戲唱念，練基本功，再學武戲架子。而每一時期的學生仍會依學生數量和或明顯的特殊天分，有不同的安排。

二、中國戲曲學院附中

中國戲曲學院附中的教學綱要，不完全以整齣劇目教學為主，而是為了訓練學生某種功法，由劇目中挑選精華的片段練習，最明顯的例子是刀馬旦和小花臉〔註45〕，以文丑來說劇目有配合老旦的《釣金龜》、配青衣的《女起解》、和花旦對戲的《小放牛》，這些劇目也是文丑的重頭戲，做為主要劇目教學，同時考量演出時的互相搭配性。除此之外，有訓練韻白、數板、唱腔等專門的段子。如練習韻白的《審頭刺湯》之湯勤念白、京白是《淮安府》的李興兒、《法門寺》之賈桂、劉媒婆，劇中小花臉有大段念白，包含數板，唱腔是接續《釣金龜》的《哭靈》，或是直接向以唱功為主的老生組學習唱法，《哭靈》中的小花臉唱段，基本就是老生唱的要求。武丑練習武功基礎，至少需兩至三年以上，才能將演武戲的技巧練到一定程度，在此之前，武丑需學習文丑劇目，紮唱念基礎，因此以《九龍盃》選場和身段唱念都十分繁重的《小放牛》、《海舟過關》，具備全面的表演功法，觀察每位同學練功情況，以選擇適合的劇目。同樣地，武生組練唱也去老生組學、武淨組練身上功架的是〈蘆花蕩〉和〈探莊〉。花旦和武旦也必須練唱功戲。

〔註45〕刀馬旦的舉例與討論見第五章第四節。

表7：中國戲曲學院附中京劇表演劇目教學第一年學習劇目整理表〔註46〕

	老生	小生	武生	青衣	花旦	武旦	老旦	文淨	武淨	文丑	武丑
一年級／初階劇目	二黃：二進宮上天台賀后罵殿大保國黃金台西皮：魚藏劍三擊掌蘆花河武家坡	一年級沒有，先學老生或武生二年級岳家莊董家山宗保巡營拾玉鐲紅鬃烈馬羅成叫關	主課：石秀探莊林沖夜奔武松打虎武家園（武文華）乾元山蜈蚣嶺選修：青龍棍昊天關上天台魚藏劍黃金台	二進宮三擊掌賀后罵殿大保國彩樓配武家坡	小放牛拾玉鐲賣水春香鬧學小上墳櫃中緣選修：扈家莊虹霓關女起解二進宮彩樓配	打青龍打孟良扈家莊選修：二進宮三擊掌春香鬧學	釣金龜遇皇后望兒樓	銅錘：二進宮大保國探皇陵上天台遇皇后大回朝渭水河架子：雙李逵太行山黃金台美良川	上天台姚期姚剛二進宮蘆花蕩頭場邊武文華探莊欒廷玉	釣金龜女起解小放牛盤（按：應爲盤關）打城隍念白：韻白-審頭刺湯京白-淮安府或法門寺片段與數板唱腔：哭靈打龍袍鎖五龍或和生組上大課	一上：與文丑同上觀察學生另練武丑基本功選擇劇目因人而異一下：九龍杯選場小放牛海舟過關

再以旦角為例。做為青衣的築基礎戲，《彩樓配》、《武家坡》、《賀后罵殿》、都在歷代藝人開蒙戲之列，兩岸皆然，但就實際訪查，開蒙的前兩年就能學到這些戲並不多見，會以穿插的方式進行，《二進宮》則是大陸演員，青衣、花臉、老生共同開蒙戲比例最高的，除了唱功訓練之外，更有登台合作的考量。臺灣「課程標準」青衣劇目是《花園贈金》、《彩樓配》、《武家坡》、《大登殿》、《賀后罵殿》、《探陰山》，這些都是青衣主戲，前面四齣數「王八齣」的王寶釧戲，全劇【西皮】，若是掌握這四齣戲的唱腔，對青衣的【西皮】各種板式的掌握，就不成問題。《賀后罵殿》是和老生的對兒戲，非程派演法的版本〔註47〕，《探陰山》是和花臉的配戲。這一類劇目都是老派的開蒙戲，不受流派劇目影響，和第一代老師們所用的劇目也不近相同，可上溯至王瑤卿、

〔註46〕 本表依中國戲曲學院附中京劇表演專業六年制劇目教學大綱草案（2010年整合稿）整理。
〔註47〕 關於《賀后罵殿》的討論，見第五章。

－90－

富連成科班所用的開蒙戲。再看張光濤、曹駿麟整理《國劇職業學校課程科目表》的建議劇目，除了上述劇目，分布在前兩年的應學劇目之外，《女起解》、《三擊掌》、《春秋配》等也列在劇目列表之中。花旦劇目《五花洞》、《打麵缸》、《鴻鸞禧》、《頂花磚》都是京白戲，重做表、需踩蹺，武旦組《白水灘》、《五花洞》、《搖錢樹》。和中國戲曲學院附中的劇目《二進宮》、《三擊掌》、《賀后罵殿》、《大保國》、《彩樓配》、《武家坡》，差異不大。因此，京劇教育的基礎，沒有地域和時代限制，必須學會這幾齣戲，對該行當的程式和技巧便有一定的掌握，而王寶釧、賀后、李艷妃都是青衣典型，這些人物的劇目，便是學習青衣的入門，也是說，會了這幾齣戲之後，便建立了初學者對青衣表演的總體有了概念和基礎。而在開蒙時，不會太偏某一種表演類型，而是必須兼具旦角中各類型扮相的學習，從不同劇目中的做不同基礎訓練。

第六節　小　結

本章以 1950 年以後，京劇教育進入現代化教育的體系之下，從臺灣京劇教育，由三軍劇校、國光藝校、復興劇校至今臺灣戲曲學院的變遷做一歷史回顧，再以大陸最高戲曲學府中國戲曲學院附中、北京戲校、上海戲校目前的京劇教育現況，做一兩岸戲校的介紹。

臺灣至 1981 年後文建會成立，1989 年訂定了「劇藝學校國劇科課程標準」，京劇教育才正式獲得官方教育體系的認證，而京劇從業人口和觀賞人口的萎縮，也是不得不承認事實，因此這一定本具有戲曲以口傳心授傳承之外，實際於劇校之教材規劃的重要參考價值。本文按此一定本，和臺灣戲曲學院實際使用開蒙劇目，與中國戲曲學院附中之開蒙劇目，做一比對，歷來開蒙劇目做為基礎教材，是不輕易變更，因為這些劇目具有「他戲迎刃而解」基本樣式，但隨著體制改變，因應教學時數，學生特質，劇目的理想安排和實際現況總是有落差。各行當的劇目變化，將在後三章以行當劇目的評析，做進一步析論。

第四章　生行開蒙戲遞嬗

　　歷經百餘年，口傳心授是戲曲主要的傳承法，訓練過程按照的「順序」，早有不成文、卻是有法則的一套循序漸進的傳統。歷來「學戲」的系統觀察，開蒙戲的劇目挑選，隨著藝術生命的流動，劇目也隨著時代有所更替，時至今日，在劇校學戲已有一套常規教學用的「基礎戲群組」，和師承有極大關係，大部分這些戲碼和教學目標都是相同的，唱、念、做、打、舞各方面，挑選讓學生能快上手，難易適中，又能掌握行當功法表演的劇目。

　　本章以老生、武生、小生做一開蒙戲的進程討論。京劇以老生為主要行當，其教學方法與教材選擇最具系統化；武生開蒙戲何以崑腔戲居多，之後演變到以皮黃戲開蒙；做為綠葉性質的小生開蒙教育與老生又有何不同的教學歷程論述。

第一節　老生開蒙戲的教學現場

一、老生開蒙戲的回溯

　　京劇老生在京劇舞台具有領導性的地位，在傳承人和傳承劇目及傳播幅度，影響力都是最大的。演員培養的過程，老生也被當做學習京劇的入門教材。李洪春《京劇長談》依武生、武老生、文老生，列出生行組的開蒙戲，可做為二十世紀初開蒙戲概念的一個參考值：

　　　　武生開蒙必須是《石秀探莊》，然後是《蜈蚣嶺》、《打虎》、《夜奔》、
　　　　《夜巡》、《答番兒》、《鬧海》、《乾元山》、《十字坡》、《鴛鴦樓》、《神

州擂》、《武當山》、《淮安府》、《戰潼台》、《攔江》、《打御》、《伐子都》、《雅觀樓》等，待這些戲都學會了，才能學其他的短打、長靠戲。

武老生開蒙戲是，《秦瓊表功》、《截江奪斗》、《打登州》，然後是《傳槍遞鐧》、《麒麟閣》、《絕燕嶺》、《倒銅旗》、《三盜呼雷豹》、《雄州關》、《兩狼山》、《金龍鎮》、《洞庭湖》、《三河縣》。如果把《秦瓊表功》和《三河縣》學好了，武老生的做、念、打就不成問題。

文老生開蒙戲「三擋」《擋亮》、《擋幽》、《擋曹》，因爲這三齣都是高腔，唱娃娃調，所以小孩開蒙戲必須是這三齣，然後再學《金馬門》、《秦甘羅》、《馬芳困城》、《舉鼎觀畫》、《戰樊城》、《雍涼關》、《戰北原》、《失空斬》、《七星燈》等。〔註1〕

這樣的安排，並不是教條的，而是經過演員的舞台實踐，得出的先後順序，這樣的先後學才不會在身上落下毛病，學武生是這樣，學老生也是這樣。〔註2〕

李洪春（1898～1990）出身長春科班，開蒙學的武生，曾拜王鴻壽專攻紅生戲。長春科班於光緒三十年（1904）成立，教師們受慈禧太后賞識、清廷供奉，京崑都教。李洪春1905年進長春科班學戲，上述劇目即爲二十世紀初期在科班中該學的開蒙戲。在當時，武生必須將這十八齣戲、武老生這十三齣戲、文老生這十二齣戲，做爲一個基礎戲群的數量，之後學其他戲方能「迎刃而解」。歷代前人實驗的累積，得出這些開蒙劇目，從表演上分析，便有跡可循。但這一批劇目很大一部分現已少在舞台出現，有的幾乎是絕跡的狀態，而承襲的概念，倒是可以從之後的開蒙劇目看出端倪。做爲唱腔基礎的文老生戲開蒙，以「高腔」、「娃娃調」做爲入門。老生「三擋」，聲腔都是【西皮】，文中的「高腔」、「娃娃調」應係指調門較高音域的唱段，適合給童伶、尚未變聲期的男孩子做爲唱腔上的啓蒙，而非某種劇種或單指某種聲腔。這和周信芳曾論以娃娃生戲做爲入門的出發點，觀念是相近的：

本來初學學生，應當先學幾齣娃娃生的戲。就是《三娘教子》、《桑園寄子》、《硃砂痣》及《鐵蓮花》等一類的戲。練踢腿、走台步、

〔註1〕 李洪春述、劉松岩整理《京劇長談》。頁10。
〔註2〕 李洪春述、劉松岩整理《京劇長談》。頁13。

拉雲手，把尖團字分清楚，然後才能學習大戲。（娃娃生戲學會了，才能學大人唱的戲，故叫大戲）。師父教徒弟大戲，也要選擇兩齣【二黃】、【西皮】的【快、慢板】和【二六】、【搖板】，做功、話白、文武兼全的戲，細搓細磨、指導訓練。〔註3〕

周信芳（1895～1975），六歲學藝，七歲登台，藝名「麒麟童」，學習譚派老生，爾後發展自己的藝術風格，世稱「麒派」。娃娃演娃娃生戲，一方面是給初學者壯膽，另一方面，就是掙錢。劇中的童伶表現的好，總是更惹觀眾憐愛〔註4〕，在幼童時期，孩子具有天生的稚氣，未變聲的娃娃聲，音調高，本嗓也能輕易配合青衣唱到小嗓的調門。《三娘教子》薛倚哥、《桑園寄子》鄧元、鄧方這類的童子生戲，唱念要求是接近老生、老旦的真聲唱念，還能顯出童音〔註5〕，也因需要用真聲唱高腔，用「娃娃演娃娃」再適合不過，因此歷經演娃娃生戲，是許多演員初登舞台的第一步。這個規律在票房學戲也不例外。知名影視演員孫越，五歲時隨著父親去票房，大人見他到處跑「礙事」，讓他學戲，頭一齣先學《三娘教子》「小薛義（按：常見版本為「薛倚」），在學中，懶把書念。」的【二黃原板】吊嗓子，覺得他唱得不對味，又教他《黃金台》門官，【數板兒】玩〔註6〕，說明娃娃生戲是給娃娃學戲開蒙的觀念；麒麟童是七歲登台演娃娃生，劉奎官在家由父親練功，八歲登台，演的是《教子》薛倚哥、《汾河灣》薛丁山、《桑園寄子》的娃娃〔註7〕。這一類小娃娃生戲除了有唱念的基礎，主要是訓練登台的膽子。此類娃娃生戲並沒有歸到小生行當，而是科班中訓練小孩演劇的一種方式，劇中的小孩是用真音演唱，非小生的真假嗓音的唱法，唱腔也是接近老生腔。

　　李洪春提及的劇目，代表光緒末年對於開蒙戲群組的一個觀念，劇目各種老生人物類型舞台形象均有囊括，除了具備這些劇目的基礎，也增加學戲

〔註3〕　周信芳〈怎樣理解和學習譚派〉，《周信芳文集》，（北京：中國戲劇出版社，1982），頁283。

〔註4〕　封杰《京劇名宿訪談續編》，頁140。

〔註5〕　「娃娃生」：扮演未成年的兒童。有特殊的唱念要求，不能像小生一樣用混合聲（真假嗓），必須接近老生、老旦的真聲唱念，還要顯出童音，表演應帶有天真和稚氣。沒有專職演員應工，一般由旦行中的小旦兼演或未變嗓的小演員扮演。《京劇文化詞典》，頁29。

〔註6〕　孫越《如歌年少》（臺北：麥田，2014），頁11。

〔註7〕　劉奎官口述、趙鳳池記錄、黎方整理《劉奎官舞台藝術》（北京：中國戲劇出版社，1982），頁6。

的速度，以這些劇目訓練達到掌握了老生、武生、小生表現手法的基本技術後，更進一步是藝術性的要求，而這些劇目藝術表現上十分規矩，即便演不好也不會學到壞毛病。

　　本節嚐試以狹義的開蒙戲定義、老生演員第一齣學的戲碼，來看學戲打磨的教學如何進行。據李元皓《京劇老生旦行流派之形成與分化轉型研究》，老派的老生開蒙戲，曾整理自《立言畫刊京劇資料選編》等各演員傳記書目、十九世紀至廿世紀初自程繼仙以降至李宗英等三十六人老生演員的開蒙戲〔註8〕，這批演員出身複雜，有自家學、科班或票友下海者，以數目統計，三十六人中開蒙戲重複比例最高為九次的《天水關》，其次是《黃金台》共有六次，僅有五人以崑腔開蒙：程繼仙〈彈詞〉、〈仙圓〉……等五齣，余叔岩《乾元山》、《探莊》、《蜈蚣嶺》，譚富英〈仙圓〉、〈彈詞〉、李洪春、馬連良《探莊》，共五個劇目。皮黃劇目依板式分類：【西皮】戲：《金馬門》、《擋亮》、《取成都》、《打金枝》、《黃金台》〔註9〕、《慶頂珠》；【二黃】戲《二進宮》、《搜救孤》、《一捧雪》、《審頭刺湯》、《問樵鬧府》、《困曹府》、《御林郡》；【西皮】【二黃】兼備：《文昭關》、《天水關》；【二黃】【反二黃】兼備：《碰碑》。其中《天水關》、《二進宮》、《取成都》、《文昭關》是程長庚的代表作，《碰碑》、《失街亭》、《捉放》、《珠簾寨》是譚（鑫培）派戲，越到後期以譚派戲開蒙越多〔註10〕。這個現象除了說明譚派逐漸取得老生正宗的地位，也說明開蒙戲會受到時代風潮影響，在相同板式、表演內容形態接近的前提下，開蒙劇目隨著教者的評估，也會與時俱進。「三擋」便只能以廣義的開蒙戲稱之。

　　以富連成的開蒙劇目來說〔註11〕，在「喜」、「連」頭兩科老生的開蒙劇目，出現最多的是《二進宮》，當時富連成的老生教師，除了蕭長華各行當通教之外，老生教授是蔡榮桂和葉福海，兩人都兼教銅錘，劇目還有《取成都》、《捉放曹》等唱功戲，直到雷喜福教「盛」字科老生時，才出現《天水關》在開蒙劇目之列。

　　筆者接續李元皓所統計老生演員的開蒙戲表格，以及《中國京劇》雜誌編輯封杰，近年出版的《京劇名宿訪談》、《京劇名宿訪談續編》，兩書共收錄

〔註8〕　關於李元皓對生行開蒙戲的討論請見《京劇老生、旦行流派之形成與分化轉型研究》。頁133～140。

〔註9〕　按《黃金台》全劇【二黃】，應屬【二黃戲】。

〔註10〕李元皓《京劇老生、旦行流派之形成與分化轉型研究》，頁138。

〔註11〕見表格「富連成三十年史，教授劇目表」。

85 位老藝術家之訪談，部分提及當今老藝人開蒙劇目，下表從書面或訪談的藝人中，依演員出生年對老生的開蒙戲做一整理，封杰二書中所訪談的藝人，筆者很難一一親自拜訪，因此該書的訪談紀錄，和筆者親自訪談的京劇演員，可做爲近代演員的一個銜接。

表 8：藝人傳記及訪談老生演員整理之開蒙劇目表

學戲者	開蒙劇目	師承
李金棠	黃金台	陳少五
李金聲〔註12〕	擋亮、醉寫、舉鼎觀畫、六出祁山、度白簡	李春福
趙雲鶴〔註13〕	南陽關、木蘭關、陽平關	張少甫
汪正華〔註14〕	徐庶走馬薦諸葛	陳斌雨
李慧芳〔註15〕	太白醉寫（由崑曲改編）、舉鼎觀畫、硃砂痣、魚藏劍	李玉龍
葉復潤	黃金台	張鳴福
曲復敏	轅門斬子、魚藏劍	張鳴福
安雲武	黃金台	王少樓
吳澤東	二進宮	中國戲校 1959 年入校
李寶春	二進宮、魚藏劍、探莊	
王鶯華	黃金台、魚藏劍	張鳴福
鄒慈愛	黃金台、魚藏劍、失空斬、四郎探母	張鳴福
高彤	魚藏劍	
盛鑑	魚藏劍、黃金台、捉放曹	張鳴福
由奇	坐宮、上天台	趙菊陽
高美瑜	黃金台、戰樊城、魚藏劍、烏盆計	

上表筆者自藝人傳記及訪談演員中所整理，1920 年代到 1980 年代出生的演員，正好接續李氏表格的演員出生時間，有大陸當代名宿、京劇教師和演員，戰後來臺京劇演員及曾就讀臺灣劇校的學生，現於京劇界或演出或教育

〔註12〕封杰《京劇名宿訪談》，頁 128。
〔註13〕趙雲鶴十五歲拜師張少甫學《黃金台》、《捉放曹》、《搜孤救孤》，封杰《京劇名宿訪談》，頁 52～53。
〔註14〕封杰《京劇名宿訪談》，頁 257。
〔註15〕封杰《京劇名宿訪談》，頁 122。

或行政等崗位。老生的開蒙劇目計有:《黃金台》、《轅門斬子》、《魚藏劍》、《戰樊城》、《捉放曹》、《烏盆計》、《坐宮》、《徐庶走馬薦諸葛》、《太白醉寫》、《舉鼎觀畫》、《硃砂痣》、《擋亮》等十二個劇目。

這份戲單中,《黃金台》是許多老生的開蒙劇目比例最高的,十三位老生演員中,《黃金台》出現七次,《天水關》幾乎沒有出現,僅在兩位非老生的演員一位花臉、一位小生開蒙曾學過此劇〔註16〕,《天水關》的主要人物老生諸葛亮反而沒有。

《天水關》前【二黃】後【西皮】,身段並不繁重,後半場的【西皮】全在坐位上交代,《黃金台》全劇僅【二黃】,現留存最早的全劇錄音是譚富英1958年上海天蟾舞台演出實況〔註17〕,完整的影像錄影則有《胡少安京劇藝術專輯》中收錄〔註18〕。劇本集有收錄於《中國京劇流派劇目集成》第一集馬派劇目〔註19〕,北京戲曲藝術職業學院《京劇教學劇目精選》第十一輯的教材〔註20〕。

表9:《天水關》、《黃金台》唱腔板式與人物扮相表

	天水關(諸葛亮)	黃金台(田單)
唱腔板式	引子 二黃慢板 二黃原板 二黃搖板 西皮導板接流水 西皮搖板 西皮快板 西皮原板	二黃導板、迴龍、二黃原板 二黃搖板

〔註16〕 小生孫麗虹老師、花臉朱錦榮老師。

〔註17〕 馬連良錄音、張學津配像《中國京劇音配像精粹——黃金台》(天津:天津文化藝術音像,出版,1996)。

〔註18〕 《天水關》胡少安飾孔明、高德松飾姜維,劉慧芬飾劉禪。(中國電視公司錄影節目)。胡周韻華《胡少安京劇藝術專輯·第十六輯》(臺北市:出版者不詳,2004)。

〔註19〕 中國京劇流派劇目集成編委會《中國京劇流派劇目集成第一集》(北京:學苑出版社,2006),頁1～31。

〔註20〕 劇本收入北京戲曲藝術職業學校主編《京劇教學劇目精選(拾壹)》(北京:北京戲曲藝術教育金會),2006。

人物扮相	八卦巾、黲三髯、八卦衣、厚底靴	方翅紗帽、黑三髯、穿藍官衣、玉帶、厚底靴 後改：黑高方巾、寶藍素褶子、黃絲縧、背香袋，拿馬鞭。

　　以唱腔板式而論，《天水關》更適合做為開蒙戲，其【西皮】、【二黃】板式俱全，慢三眼、一板一眼、散唱的板式都有，唱腔的變化較《黃金台》多，上場有引子、定場詩、自報家門等程式，學了以後，對於老生說白、唱腔的基本概念，比較全面，成為打下老生唱功基礎戲，卻因時代汰換，情節過冷，今日舞台並不復見，亦未列於教學名單中，現在擔任老生教員者本身的開蒙戲學習經驗沒有《天水關》〔註21〕，現依自己所選的劇目教學，相似的唱腔學法，只好在其他戲中一一補足，重要身段也隨之消失。因此，以下以《黃金台》做為開蒙戲教學的內涵分析。

二、從《黃金台》看開蒙戲的教學實踐

　　《天水關》逐漸淡出京劇舞台後，《黃金台》成了大多老生戲的開蒙首選。《黃金台》本事出自《東周列國志》，明有《金台記》傳奇，清人《黃金台》傳奇。又名《田單救主》、《伐齊東》。馬連良在老本《黃金台》的基礎上，增益首尾，取名《火牛陣》。老戲《黃金台》全劇含〈搜府〉、〈盤關〉兩個段落。故事敘述田單設法與佞臣伊立、鄒妃周旋，救出太子田法章。戰國時代，齊王寵愛鄒妃，沉迷於酒色，不理朝政，大權掌握在太監伊立之手。鄒妃、伊立，聯合陷害太子田法章，誣陷太子戲弄鄒妃，齊王怒斬太子，命伊立執法。消息傳到田法章耳裡，乘夜逃出宮闈，碰巧遇到在外巡街的田單，並藏於田府中。伊立尋找不到太子，搜查田府，田單聞信，急將太子改扮易裝為婦人模樣，偽稱田單的妹妹，混了過去。兩人漏夜逃出關外，關吏再三查問，田單施以小惠給守關者，終於脫逃……

　　《京劇劇目辭典》記載多位老生、花臉擅演此劇〔註22〕，以譚叫天、金秀山合演最為出色，近代臺灣則是哈元章、孫元坡為代表。因不見初學者初次演出版本可供參考，本文選用分析的版本為國光劇團 2011 年 2 月 12 日國光劇場演出之〈搜府〉，鄒慈愛飾田單、黃毅勇飾伊立、孫麗虹飾田法章。此次

〔註21〕 如臺灣戲曲學院老生教師曲復敏，開蒙戲為《轅門斬子》、《魚藏劍》；上海戲曲學院老生教師楊淼為《二進宮》。
〔註22〕 曾白融《京劇劇目辭典》【黃金台】條。頁 95～96。

演出爲北京名伶安雲武來臺教授劇目，因此另參照安雲武於北京京劇院的演出版本及譚富英之錄音〔註23〕。身段紀錄引號內爲戲詞、括弧內爲身段與老生爲主唱念做爲主要分析，其他行當爲輔，戲詞並不全錄，未提及戲詞以／（術語爲蓋口）蓋過。詳見本節末。

這戲的唱腔和身段其實都不複雜，由身段譜可看出，要求多是老生的基本步伐、基本抖袖、基本拶髯的動作。偶而出現動作稍大的翻水袖、甩髯口、大墊步和抬腿、踢燈，不算太多，站相、抖袖、拱手、台步和圓場成了劇中出現最頻繁的身段。〈搜府〉老生戴紗帽、穿藍官衣、厚底靴、端玉帶，就是一個正工老生的形象，厚底、水袖是老生的基本配備，不一樣的扮相，身段的細節就有不同的講究〔註24〕。《黃金台》囊括【二黃】的板式有【導板、迴龍、原板、搖板、散板、碰板、三眼迴龍】，【二黃】的基本腔調全部包括。情緒的做表多是驚、疑、鎮定，「思索眼」轉眼珠，內斂的冷笑、大笑，和小生、花臉的對戲，一來一往掌握戲劇節奏，就在身段和唱念做的練習。

「復」字輩老生葉復潤，從小一分行當就學老生。談起開蒙的過程他印象深刻，當時由鳴春社出身的張鳴福開蒙，第一齣戲《黃金台》便學了十一個月。劇校的孩子要先念好國語（普通話），才能學念戲詞。老師說一句，他跟著唸一句，把每個字都用國語念好，然後老師才加入上口字和尖團字，還不上韻，並且不能抄戲詞。上韻念白時，必須看著老師的口型念出字音，講出鑼鼓點子，學唱時過門也要說出一起背，連「尺寸」都得記下〔註25〕，因此這個過程特別緩慢，身段程式都是從頭教起，一點一點細摳，強調絲毫不許走樣〔註26〕，每字每句都記熟，才上韻學唱，念誦的過程中，一面記詞，同時穿著厚底、戴著髯口，勒上頭，一站不動三小時後才能稍做鬆懈〔註27〕。唱念學得差不多時，開始學戲走地位。光出場，每天至少來回十幾次，直到每次出場都表現老師滿意爲止，才繼續往下學。小孩子會累會偷懶，老師手上拿著戒尺，盯著他們，不知不覺堅持了很長時間過後，戲中的一切好像成

〔註23〕 CCTV 11 中央電視台戲曲頻道播出，網路瀏覽 http://v.youku.com/v_show/id_X OTc0NjQyMDg=.html，瀏覽日期 2013 年 4 月 20 日。

〔註24〕 訪談安雲武「如何學習與教授《黃金台》」，2011 年 3 月，於臺北國光劇團。

〔註25〕 尺寸，行話。指京劇表演上唱念做打的節奏速度……，藝術功力則是尺寸具體處理的藝術保證。見黃均、徐希博《京劇文化辭典》。頁 15。

〔註26〕 李元皓《京劇老生、旦行流派之形成與分化研究》，頁 129。

〔註27〕 訪談葉復潤「開蒙戲的學習歷程與劇目」，2010 年 8 月，於臺灣戲曲學院京劇團。

了反射動作。年過九十歲的李金棠老師，中華戲曲學校「金」字科學生。幼時由陳少五開蒙，向李老問起《黃金台》時，嘴巴上說這八十年前學的戲，而且很少演出，兒時記憶已經淡忘，卻能直覺的念出【二黃導板、迴龍、原板】的唱詞。一天三小時、一連十一個月，由老師盯著不斷反覆的練習過程，這個戲唱念做表就像刻進骨子裡，隨時一翻開腦袋的檔案夾，不管幾歲都還記得，開蒙的過程確實是每個演員難以忘記的經歷，在老人家身上得到印證。

安雲武幼時坐科北京私立藝培戲曲學校（今北京戲校），入科開蒙戲即得王少樓及郝壽臣兩位大師親傳〔註28〕。王少樓出身梨園世家，父親王毓樓亦為著名武生，少樓十三歲即追隨余叔岩，是余派弟子「三少四小」之一〔註29〕，曾被視為余叔岩最理想的接班人。腳步（台步）是一名演員在舞台上最重要的功夫，每天要練幾十遍圓場，走無數圈腳步，一個人物若在台上步子碎動紛亂，很難展現人物的精神，走腳步的訣竅絕對不是只有外在的「形」似。安老師猶記當初王少樓教學，為了讓學生走好腳步，光是「亮靴底」這一動作，鉅細靡遺的從腳底板開始分析，一般人以為腳步只是邁步向前，從外在很難看出箇中緣由，於是王老只穿襪子，讓學生看清楚腳掌與拇指的肌肉如何牽動，如何連帶影響穿厚底之後的表現，讓學生揣摩，進而走出漂亮的台步法。

這便是「刻模子」的過程，老師教戲的細節，不一定是人物內心戲，而更多的是關於形體原理的解說，無論理解與否，「學像老師」往往是幼童進步的一個標準，透過口傳心授，反覆練習，不用抄戲詞也不會忘記，了解戲中的規矩便在這樣的過程建立。這也是為什麼幼童沒有經歷過複雜的人生，在舞台上扮演人物時，有時也能揣摩出八九分神似，是透過模仿老師的語調、表情、聲音表現、和身段一招一式、憑藉對鑼鼓點、音樂的熟悉度，對場上「准步數、准尺寸、准地方」記的牢靠。

《中國京劇流派劇目集成》收錄馬派《黃金台》劇本，記有這段序言：
> 《黃金台》是老生演員（亦包括花臉演員）必學的劇目之一。選擇它做「開蒙戲」，不是因為它有什麼精彩絕技、高難度表演，而是因為《黃金台》包含了唱念做舞這幾門基本功夫，而這些功夫的運用，

〔註28〕訪談安雲武「黃金台的學習與教學」，2011年3月2日，於國光劇團。
〔註29〕「三小」為孟小冬、有小譚之稱的譚富英及小小朵楊寶忠；「四少」是李少春、吳少霞、王少樓、陳少霖。

> 又是簡約精練、中規中矩、不事雕琢，落落大方。從某種意義上說，
> 這比摔一個轉身幾百度的跟斗、翻幾個高八度的唱腔要更難一些。
> 難，就難在它不以特殊技巧討俏，而是寓繁於簡，在平淡處見驚奇，
> 於規整中顯功力。演《黃金台》，演好了，成為大家，演得差些，不
> 會入歧途、走彎路。戲曲教育讓老生以《黃金台》「開蒙」，昭顯教
> 育家的一片苦心。〔註30〕

此文說出開蒙戲的一大要素：「演好了，成為大家，演的差些，不會誤入歧途。」因此，開蒙戲的挑選，為什麼歷來甚少變動，除了具備基礎之外，就是怕學生誤入歧途。基礎的穩固，主要還是在老師殷勤教導，隨時緊盯，隨時因學生的生理心理各方面的變化調整每個劇目的學習進程，不能貪多求快，寧願一個戲學穩了再進行學下一個，也不能囫圇吞棗般的含混帶過，學了越久越磨越紮實，往後學戲才能事半功倍，否則終究難以學有所成，若是在落下難以改正的毛病，學戲更加吃力了。

三、張鳴福老師教「復字輩」

張鳴福老師在教「復字輩」老生組時，也並非統一教授固定的開蒙戲，男學生和女學生教的劇目並不同。張老師教葉復潤開蒙戲是《黃金台》，教了整整十一個月，之後學《搜孤救孤》。教曲復敏是《轅門斬子》之後學《魚藏劍》，《黃金台》曲復敏也跟著學。張鳴福是從學生生理發展的考量，男生和女生條件不一樣，女生沒有經過「倒倉」變聲期，孩童時音細且高，趁此時的嗓音條件學高腔戲，練出又寬又高的嗓子，在男孩倒嗓期間只能慢慢地喊嗓、練身段的同時，老師繼續教曲復敏許多唱功戲，當時的那個階段，學到的戲比男生多。

受到張鳴福老師影響，《黃金台》常排列在臺灣老生教育開蒙劇之列。除了復字輩的葉復潤，現在國光劇團的老生演員、小大鵬出身的王鶯華，海光劇校招進的鄒慈愛，國光藝校的盛鑑等老生演員，都由是張鳴福開蒙的，開蒙戲都是《黃金台》，張鳴福的學生從事教學時，也先以此劇為學生開蒙，筆者所讀的國光藝校第六期（1994 年），亦是如此。

老生是京劇重要行當，劇團中的要角。在京劇教育中，老生組的脈絡傳

〔註30〕趙曉東《〈黃金台〉前言》，中國京劇流派劇目集成編委會《中國京劇流派劇目集成第一集》（北京：學苑出版社，2006），頁 2。

承，明顯很有秩序列，格外謹慎嚴謹，就如同舞台上的人物，性格總是正義又充滿正氣的好人。所以京劇老生的傳承，相較於同屬生行的小生，更加系統與規範，是一招一式、一字一音被老師盯出來的，小生組在開蒙時，偏向慢慢薰陶走向漸漸穩定教學。

文附：《黃金台》田單身段紀錄

國光劇團 2011 年 2 月 12 日國光劇場演出，鄒慈愛飾田單、黃毅勇飾伊立、孫麗虹飾田法章。

　　第一場。田單內唱【二黃導板】「聽樵樓打四更玉兔東上」，兩衙役掌紅燈上場，田單端帶徐步上場，九龍口端帶亮相，上一步，下右袖、雙拱手，接唱【迴龍】「為國家秉忠心晝夜奔忙」，過門中，眼神向左看，左腳邁步亮靴底、右腳邁步亮靴底，再上左步，至台中，唱【原板】「西涼國（左手指）欠三載（右手比三，手心朝內）未把貢上（左手端帶，右手指前方）」，走向台口右方，唱「獻鄒妃與伊立（右手食指指向右前方）來見大王（拱手）」，過門中走回台中，唱「我主爺（拱手）見鄒妃（眼神看左手，右手捋髯，左手食指向左前方）龍心歡暢（右手撫胸畫一小圈），每日裡貪酒色（左手比『酒勢』，右手捋髯）不理朝綱」，雙手攤手，往左邊上兩步，左手捋髯，右手指，接唱「他前番害國母（拱手），（音樂過門走回台中）無端命喪（攤手搖頭），眼見得錦家邦（眼神從右看到左，右手從左平擺到右）付與汪洋（雙手從中心往外畫一小圈手指微動）。」在台中，捋髯，【收頭】中亮相，手捧髯口下端，自報家門「下官，田單。」放髯口，雙拱手「齊王駕前為臣」，手端帶「官拜巡城御史」，「今有世子　（右手捋髯，左手前指）　連夜逃出皇城（兩手肚前擺手），為此親自巡查，左右（看左看右，撫髯），（右手劍玦指前）掌燈。」胡琴起，下右袖唱【二黃搖板】「叫人來掌紅燈御街之上」，左手指前，右腳上步轉身向下場門，走三步，回身接唱「若有那面生人（右手舉過面掌心朝臉）細問端詳（左手前指）。」緊接著小生上場，小花臉向老生稟報：「啟老爺，小人拿住犯夜的啦。」老生端帶回話：「怎麼，拿住犯夜的了？／回衙有賞。」換另一衙役稟報，老生面露狐疑臉色，回：「你也拿住犯夜的了？（左手向下指小花臉）／也有賞。（右手捋髯）」小花臉三度討賞，老生臉色一沉：「嗯。夜靜更深（左手向下指小花臉），哪有許多犯夜之人？（右手攤手、左手端帶）掌燈，待你老爺觀看（左手往前指，點兩下迅速收手。）」左腳邁步，

靠向田法章，右手將小生擋臉的左手壓下。小生見老生：「唉呀！卿……」老生向左手臂攤髯口、右手翻袖高舉：「禁聲！」看小生再看向左，抖髯口抖手，腿略蹲，踢小花臉手持的紅燈籠，亮相看小生。右手牽小生左手，抬左腿商羊腿攏腳面向下場門，圓場下。

第二場，田單牽田法章【水底魚】上場，至台口回首張望，右手平舉，護小生姿，至台中抬左腿進門，見老旦，與老旦背對觀眾，左手平舉，念：「千歲醒來。」小生唱【二黃散板】「適才逃出皇宮院」，老生向小生拱手行禮，念：「千歲。」轉身面朝觀眾，右手攤手，左手扶帶，轉面向小生，右手捋髯。小生接唱「只見卿家在面前。」老生叫板：「千歲。」下右袖抖袖，面向小生，拱手，接唱「問千歲因甚事逃出宮院（右手攤手面朝台口）？——的對微臣（攤掌托髯指自己）細說根源（面向小生，拱手行禮）。」小生唱「伊立鄢妃胭粉計（老生立定），要害小王命殘生。」老生徹兩步，舉左手捋髯，抬右手向前邊點邊指：「好奸賊！」左手撫髯，下右袖、上袖，端帶站好，接唱「恨奸賊把我的（右手從內捋髯，『我』的意思）牙根要斷，苦苦地害殿下所謂哪般？（攤雙手）」老生站定。家院上報：「啟老爺，伊立帶領校尉前來搜府。」老生右手指家院：「再去打探」，家院下。老生上左步，右手翻袖，【叫頭】「千歲」，抖袖，走向小生：「伊立帶領校尉前來搜府（攤手）這便如何是好？」小生念：「卿家，你要搭救於我。」老生與小生翻袖相抱，下袖拭淚，拍掌攤手、抖手，退後兩步，搓手，【亂錘】左右手交替邊抖手邊抬手，在面前繞胸思考狀，轉身向台口，左腳墊步，站定，右手擺置腰間成自然狀，轉眼珠，【撕邊】起【叫頭】、右手回挑髯、拱手：「千歲。」右髯撥回，走向小生：「可扮作臣妹模樣（右手朝下指），瞞過一時再作道理。」小生：「我乃金枝玉葉，豈能扮作婦人模樣。」老生右腳撤步，雙手朝小生做推掌狀：「事到如今只好如此，乳娘攙扶千歲改扮起來。」

右手揮去意，收掌，向上場門望，回身向台口，擺手亮相：「唉！」背轉觀眾，立定，唱【二黃導板】「水不清皆因是魚兒攪混」，撤右腳，轉身，右手翻袖，左捋髯，抖右袖，立定站好，校尉、伊立過場，老生轉回台前，雙下袖、上左腳，端帶站姿，接唱：「我朝中出了個賣國（朝前指）奸臣，回頭（往左邁兩步）便把（回身）千歲請（拱手哈腰）。」回身、整袖、站定。小生接唱：「金枝玉葉扮婦人」老生向前，右手壓下小生左手，看其扮相，看定，抬右手擋臉，搖頭。小生念：「卿家，看小王扮的可像？」老生撤步、右手撥

髯看、點頭：「扮的倒像。千歲，可會婦人家行走？」「小王不會」老生右手請老旦狀：「乳娘教導千歲。」小生：「婦人家行走必須要這樣走。」老生右手搥左手掌，【大鑼三擊】「著著著。」端帶站定。家院報上：「啟老爺，伊立已到門府。」老生上一步，拱手：「有請。」背拱讓小生老旦上場門下場。背觀眾，整袖。校尉花臉上。老生端帶回身，撩袍上步抬左腿出門，花臉唱【二黃搖板】唱罷，老生向前迎接，拱手行禮：「公公。」兩人挖門進，伊立接唱後，兩人歸裡。田單下右袖，為伊立的上座撣塵狀，一揮兩揮，花臉接詞：「不敢當。」老生「當得的。」笑狀：「請。」換花臉撣座狀，老生阻止之，牽手至台口：「不敢當。」抬手大笑，左手擺出請狀，歸裡，兩人坐下。老生眼平視，拱手：「不知公公駕到，未曾遠迎，當面恕罪。」行禮作揖狀。花臉回話，老生答：「豈敢哪！（挑髯口、拱手）豈敢！（叫起來）」兩旁校尉做「喔」聲。老生右手抒髯，環顧看右看左，抬手背拱狀，手自然放在腰部：「公公，夜靜更深（右手由左擺至右），帶領校尉，來到敝衙，為了何事？」一攤手／拱手：「下官不知／公公請講。」花臉白口「……我想世子他【大鑼一擊】（老生震驚亮相、抒髯【撕邊一鑼】傳眼珠）……定在你府。」老生微笑狀，拱手答話：「想朝中（右手攤向外）出了這樣的大事，你我（左手比向花臉和自己）同為大臣，就該上本（拱手）保奏的才是呀。」花臉：「這個！」老生擺左手「哪個？」／「公公保過本了？」拱手請狀，「也罷。待下官差人（右手平擺、掌心點三下）四下巡訪，有了世子的下落，獻與公公，也就是了（攤雙手）擺向花臉。」／撩袍、翹腿，手放膝上「要怎樣的講法呢？」頭略晃，帶笑。／冷冷地大笑，【撕邊一鑼】拱手略偏左側，多謝公公美意，只是世子他（左手抒髯、右手指，亮相）花臉接詞：「在這呢？」老生眼看花臉，右手自外搖手：「不在敝衙也是枉然。」眼神略低「當真不在／果真不在。」花臉抓老生左手起身「田大人」，老生作揖，你說世子不在你府，咱家我就要……老生「公公，你要怎樣？」「我就要搜」。左手起一蓋兩蓋，右手上翻袖，左手下翻袖，左腳墊步，亮相，全身抖狀【大鑼一擊】，兩下袖抖起：「當真要搜／果然要搜？」擺手問狀「好！請搜」（面向觀眾，高拱手，左側。）花臉「校尉的／兩廂搜來。」老生手放下，站定，背轉過身，至台中。小生、老旦上，花臉「起過了。」兩人回身，花臉抓老生手至台口，放手，老生作揖聽言狀。花臉「……你順咱家的手兒瞧。」老生左手背手、右手抒髯，由左看向右看到小生：「我道是誰（指向小生）。原來是乳娘同小妹，小妹同乳娘

啊！（雙手交疊於前，左墊步，左肩輕撞花臉肩膀）笑，哈……」回台口，雙手仍交疊在前。花臉搭詞，老生向花臉作揖：「不敢。正是小妹。／小妹禮貌不周，衝撞公公，那還了得（攤手）／（作揖）不見也罷／一定要見」老生向小生老旦處擋手「要見就見。」小生老旦同下。老生跨右步、右抬手一擋，跨左步左抬手兩擋，站定。／捋髯，上右步「天高無路焉能上得去呀？（右手揹手左手捋髯）／地厚無門下不去了。／是啊。（想撞、攤手）他往哪裡去了哇？」站定。花臉：「田大人」，老生：「公公（作揖）／不敢（作揖）／（上一步）越發不敢（作揖）」淨：「告辭。」兩人回身朝裡拜揖，老生左腳上步左轉，至台口為花臉扶馬狀。花臉上馬，老生站一旁作揖，手端帶，朝下場門拱手作揖，目送花臉下場。

老生往下場門，抬左腿撩袍上前，右腿墊步，右手撫髯，左手劍指朝裡小畫圈，看「好奸賊」下右袖抖袖，回身唱【二黃散板】「一見奸賊出府門，不由田單（左手捋髯指自己）咬牙根，（右手一拍）二次再把千歲請」左腳上步，走至台口，抬右腿進門，走向場面邊上。小生上接唱「奸賊可曾出府門？」老生：「千歲！【倉】那奸賊言道，要多討校尉再來搜尋（攤雙手），這便如何是好？」「卿家搭救小生。」老生翻雙袖攙小生起身，拍手、搓手、繞頭，想方法狀，至台口右腳一墊步，捋髯，左右一看兩看，右手捋髯【叫頭】「千歲」，攤右手比「你我君臣不如扮做燒香還願模樣（右手往外擺）混出城去，再做道理（右手劍指，手腕朝下小繞）。」小生：「就依卿家。」老生：「乳娘收拾收拾，你也逃回原郡去吧。」與小生同退兩三步，下右袖小雲手翻袖，左轉身，右手在上，左手撩袍，左腿商羊腿抬腿，放腿，腳步下場。

第二節　武生開蒙戲──開蒙戲由崑腔到皮黃的一個觀察

在京劇鼎盛時期，形容一個傑出的演員是「文武崑亂不擋」，意指好演員必須能武能歌、能唱崑曲、也會皮黃，到每個班社都有足夠的劇目，能應付各樣的演出，才是一個合格的好演員。崑曲的唱念做規範嚴謹，唱念要求字清、腔純、板正，做功一招一式、舞台地位都有嚴格講究，這些規範也保留在京劇中，從崑腔戲入手，就成了京班的一個傳統。用崑曲開蒙，可上溯至程長庚的三慶科班，延續到富連成，此標準至今不變。也因此崑曲中的唱念

做打是京劇演員打基礎的根基。梅蘭芳在自述的回憶錄《舞台生活四十年》
提到：

> 在我先祖的時代，戲劇界的弟子最初學藝都要從崑曲入手。我十一
> 歲第一次出台，串演的就是崑曲⋯⋯。為什麼從前學戲，要先從崑
> 曲入手呢？這有兩種原故：（一）崑曲的歷史是最悠遠的。在皮黃還
> 沒有創制以前，早就在北京城裡流行了。觀眾看慣了它，一下子還
> 變不過來。（二）崑曲的身段、表情、曲調非常嚴格。這種基本技術
> 的底子打好了，再學皮黃，就省事得多。因為皮黃裡有許多玩藝，
> 就是打崑曲吸收過來的。〔註31〕

梅氏言語道出，先學崑再學京由難入簡，未來學藝便能事半功倍，一個演員
持有幾折崑曲劇目為代表作，這才算得上好。崑曲中嚴格的身段、表情、曲
調相結合，載歌載舞的表現，相較京劇是更為豐滿的藝術表現型式，這樣學
習讓演員開蒙時有好的規範。

　　過去富連成科班也以崑曲的同場曲和崑曲戲做為開蒙戲，生旦淨丑都有
專屬行當的崑腔開蒙劇目，曲牌更是跑龍套飾演群眾角色的必須要會的。而
梅蘭芳所處的時代，也因觀眾的觀賞習慣，出於現實的考量，京班必須有崑
曲劇目才能同時吸引觀眾的目光，戲班既能生存，崑曲在北京保留於京班中，
不致完全消亡，是市場取向。崑班藝人進入皮黃班帶入的影響，吸取崑曲規
範成為京劇規範，也是以崑曲開蒙的原因。徽班藝人也因受到崑曲影響，在
京劇、梆子兩下鍋的年代，就強調崑曲開坯子的重要性。又因：

> 在京戲裡，夾雜在唱功裡面的身段，除了帶一點武的，邊唱邊做，
> 動作還比較多些之外，大半是指指戳戳，比劃幾下，沒有具體組織
> 的。崑曲就不同了，所有各種細緻繁重的身段，都安排在唱詞裡面。
> 嘴裡唱的那句詞兒什麼意思，就要用動作來告訴觀眾。〔註32〕

一語道出京劇和崑曲的差別，有一段很長的時間，京劇的文戲，處於「聽戲」
階段，青衣演員可以在台上「抱著肚子死唱」，不注重身段表演，只重視演員
的嗓子，唱腔韻味，台下觀眾唱念做打，實際上只重「唱」，或再加上念，聽

〔註31〕梅蘭芳口述、許姬傳、許源朱整理《舞台生活四十年——梅蘭芳回憶錄》（北
　　　　京：團結出版社，2005），頁26～27。
〔註32〕梅蘭芳口述、許姬傳、許源朱整理《舞台生活四十年——梅蘭芳回憶錄》。頁
　　　　313～314。

覺重於視覺感官，而崑腔劇目在某種程度上補足了當時皮黃戲這方面的不足。

那麼，京劇所要學習的崑曲規範是什麼？崑曲沒有發展出獨特的個人流派，在李元皓的研究中，以腔調、聲腔、唱腔爲例舉出：

> 「因字生腔」的崑劇是曲牌發展的極致，聲情與詞情的整體設計嚴格；在聲情方面，演員的嗓音、笛子的調門、曲牌的腔調都是固定的；在詞情方面；每字每腔都有相應的動作表演，同台演員亦有呼應的身段，在如此一體成形的表演設計是「密不通風」的，唱腔的人爲運轉少有演員個性化的發揮空間。〔註33〕

崑曲身段和心、口相應，沒有什麼個性化發展空間，因此台上的規範性，比起京劇嚴格許多，對於初開始接觸演戲的幼童，崑腔劇目能夠訓練規範化的肢體身段之外，崑曲因載歌載舞，表現時需要極好的體力來支撐唱做同時表現的氣力，又使觀眾具有美的感受，從唱念做打舞各項功法而言，都對學習者紮下身體的表現有很大幫助。

京班中承襲崑曲開蒙的傳統，最早得於道光年間程長庚的四箴堂科班。程長庚本人徽班出身，開蒙先學的崑曲〔註34〕，所開辦的科班，要求學生先學崑曲後學皮黃，就是出自本身學戲的經驗。當時許多崑班出身的演員加盟京班演出，便保留了以崑班的開坯子的傳統。雖著京劇成熟，音樂板式的豐富、表演風格趨於統一及完整，以崑曲戲當做開蒙戲越來越少，取而代之的是【西皮】、【二黃】，而且每種行當身分的分類，隨著表演重點不同，開蒙戲的劇目也隨之改變。

從訪談演員整理出的武生開蒙劇目〔註35〕：《白水灘》、《探莊》、《三岔口》、《花蝴蝶》、《夜奔》等劇，十八人《探莊》出現九次，《白水灘》十三次，小生、老生沒有先學《探莊》的。從前一百年到這一百年，十九世紀至二十世紀，兩相比較，《黃金台》和《探莊》的出現比例最高。生行演員若再往前追溯，《探莊》也是譚鑫培的開蒙戲〔註36〕，大多生行，包含男角的淨、丑也以《探莊》開蒙，前面高盛麟的傳記提到，「凡是生行沾了「武」的，如文武老生、武生、武小生等，都必須先學崑曲折子小武戲如《石秀探莊》、《林

〔註33〕李元皓《京劇老生、旦行流派之形成與分化研究》，頁62。

〔註34〕齊如山《京劇之變遷》〔1935〕（瀋陽：遼寧教育，2008），頁119。

〔註35〕演員名單與開蒙劇目，詳見本書附錄二。

〔註36〕譚鑫培初入金奎班的開蒙戲是〈探莊〉、〈夜奔〉、〈蜈蚣嶺〉、〈打虎〉。周傳家《譚鑫培傳》（石家莊：河北教育，1996），頁29。

沖夜奔》等……。」今日只在武生組仍見《探莊》開蒙，各組崑腔開蒙戲的比例逐漸降低，生行的各個家門也不再以相同劇目的步驟（如《探莊》）開蒙，而是老生、小生、武生各自有屬於自己的開蒙戲。筆者嘗試推論，當京劇越來越成熟，各行當的表演所需要的特殊技巧越來越專門，行當越分越細，各功法典型人物囊括類型越來越多時，開蒙戲才有所變更。

一、從《探莊》看開蒙戲的保留與轉變

　　崑曲劇目在京班佔有一定的比例，許多崑班的傳統也保留在京班。至今沾上「武」的家門，仍用崑腔戲開蒙。以下就生行在科班時期的崑腔開蒙戲探討。

　　初入富連成的小男孩都是老生開蒙〔註37〕，指的只是男角──生淨丑三個行當，在未細分之前，都先學老生。老生是京劇舞台的主要行當、形象端正的代表，進入科班分行當前，男角同時上課，開蒙劇目也就相同，因此在探討生行的開蒙戲，可將這三個行當未分組時常用的崑腔開蒙戲合併討論。

　　武生、老生、小生一起上課打基礎的劇目，是崑腔中帶有武功、唱做兼具的戲，不單只是一個一個技巧基本功的練習，而是戲劇組合的開始。崑曲的高度程式化身段，可幫助初學者展現人物，即便不是從人物內心出發，透過各個程式技巧，小孩子們的演出依舊可以有模有樣的展現人物風華。

　　京劇武生及猴戲有許多是曲牌劇目，從原來的崑曲演法加以「京劇化」，如〈武松打虎〉、〈挑滑車〉、〈乾元山〉、〈淮安府〉、〈扈家莊〉、〈水鬥〉、〈蘆花蕩〉、〈鐵籠山〉、〈雅觀樓〉、〈通天犀〉等，猴戲如〈水濂洞〉、〈弼馬溫〉、〈安天會〉等，都是唱曲牌子。這些武戲載歌載舞、身段工架繁重，並非場面大翻大摔大開打的局面，重於對肢體的要求〔註38〕，對程式動作的了解。因為這些唱做的複雜度，〈探莊〉、〈夜奔〉、〈蜈蚣嶺〉的京劇化，可追溯至北派京劇楊隆壽，許多短打武生戲都是源自於他〔註39〕，其所創的小榮椿科班對葉春善辦富連成有重大影響。從富連成科班時期到今日戲校，這些劇目仍是開蒙戲首選，不但被保留在武生組，也是小生、老生、花臉在幼年學習的劇目，尤其〈探莊〉〔註40〕。

〔註37〕王安祈《臺灣京劇五十年》，頁495。
〔註38〕李元皓《京劇老生旦行流派之形成與分化研究》，頁139～140。
〔註39〕《中國京劇史》下卷，頁1711。
〔註40〕如譚鑫培初入金奎班的開蒙戲是〈探莊〉、〈夜奔〉、〈蜈蚣嶺〉、〈打虎〉。周傳

　　〈探莊〉依劇情來看，石秀的任務複雜，是個探聽敵情、膽大心細的間諜，並不容易詮釋，卻是三折戲中劇情比較討好的，身上穿戴也比較俐落。〈蜈蚣嶺〉故事說武松投奔至二龍山，路經蜈蚣嶺打抱不平事；〈夜奔〉是林沖連夜逃往梁山回憶過往種種的心路歷程，全場獨角戲，京班演此劇，加上徐寧、杜遷、宋萬等人物，壯大整折戲的排場，就這三個戲目而言，〈探莊〉的難度則略減一些。而在「刻模子」的過程，並不特別講究詮釋人物的意境，作用是訓練身上定型的基礎，邊唱邊舞的能耐。

　　若以〈探莊〉、〈夜奔〉、〈蜈蚣嶺〉等折子來分析，可探究這些開蒙戲的一些基本共同點，包含獨腳戲走邊上場、唱曲牌【新水令】、【折桂令】。以〈探莊〉來說，取材自《水滸傳》小說第四十七回，一說出自清代無名氏之《祝家莊傳奇》〔註41〕，至今單剩〈探莊〉一折〔註42〕，仍唱崑腔，又稱〈石秀探莊〉，講宋江率眾家好漢攻打祝家莊之事。情節敘述宋江欲率領大批人馬，攻打祝家莊，先命石秀與楊林前往祝家莊打探敵情，楊林扮做算命先生，走在大道之上被俘，石秀假扮柴夫模樣，行走小道，未被祝家莊人識破，後得鍾離老人指點，得知盤陀路脫困之法，離去祝家莊，回報宋江。《崑曲辭典》「探莊」條：

> 武生扮石秀，頭戴黑羅帽，加草帽圈、茨菇葉、絨球，身穿快衣，外罩藍布馬甲，打宮條，腰繫大帶，黑彩褲，快靴，先持棍上，後改換扁擔，進屋後放下柴擔、卸草帽圈。……〈探莊〉是崑、京武生演員打基礎的開蒙戲，石秀的一套持棍走邊，和後面的邊唱、唸邊舞的身段動作，既優美又規範工整，是訓練演員的好教材。結尾

家《譚鑫培傳》(石家莊：河北教育，1996)，頁29。余叔岩雖是在家學戲，由於出身梨園世家，文戲由吳連奎開蒙、武戲由姚增祿授以〈探莊〉、〈蜈蚣嶺〉打基礎。王庚生〈余叔岩〉，吳群力主編《余叔岩藝術評論集》(北京：中國戲劇，1990)，頁2。楊小樓入小榮椿科班由班主楊榮壽親自開蒙〈石秀探莊〉、〈蜈蚣嶺〉，魏子雲《京劇表演藝術家》(臺北：臺灣學生書局，2002)，頁4。馬連良初入富連成時由茹萊卿教授啟蒙戲〈石秀探莊〉，張永和《馬連良傳》(石家莊：河北教育，1996)，頁28。茹富蘭教葉盛蘭第一齣戲就是〈探莊〉，第二齣是〈夜奔〉，第三齣是〈八大錘〉。葉盛長敘事、陳邵武撰文《梨園一葉》(北京：中國戲劇，1990)，頁272。王冠強原為花臉演員，也曾在幼年習得此劇，2010年1月13日，訪談於國光劇團。

〔註41〕曾白融主編《京劇劇目辭典》，頁676～677。

〔註42〕而吳新雷主編《中國崑曲大辭典》，指出《祝家莊》留存〈探莊〉、〈射燈〉兩折。(南京：南京大學，2002)，頁142。

石秀和對手對打的一套「棍棒槍」，已作為把子套路，流傳於各劇種舞台。〔註43〕

但《崑曲辭典》並沒有武生條目，將此類小生行中的武戲，由武功底子較好的巾生演員應工〔註44〕，這裡又說是「崑、京武生演員打基礎的開蒙戲」，那麼，〈探莊〉也就可視為巾生演員的開蒙戲了，用以訓練身段之用，爾後武生從小生、老生分化成為獨立行當，此劇更是武生的看家劇目之一。

戲一開場石秀走邊持棍上場。「走邊」是一組合動作的程式，主要表現人物眼觀六路、耳聽八方、健步如飛地行走在荒郊小徑或崎嶇的山道上。表演形式要求演員身段乾淨俐落，主要動作有要鸞帶、正雲手、反雲手、踢腿、轉身、跨腿等身段動作和飛腳、旋子、掃腿、多種的鷂子翻身（如掏腿翻身、按地翻身、跨步翻身、串翻身等），跑圓場、弓箭步等，都是基本功訓練的技巧展示。等技巧動作組合而成。演員動作必須輕捷、矯健，主要表現人物眼觀六路、耳聽八方、健步如飛地行走在荒郊小徑、崎嶇山道上。多用以表現夜行、巡查、偵察、暗襲或趕路等特定情景。〔註45〕

武生走邊的基本要求：

踢大帶的技巧：要使大帶踢的又漂又帥，又用勁得宜。

飛腳：在走邊中是用來表現上坡、過溝、越障的。要做到「起法兒」快，打起來響、落地輕，快的表現是迅速，響的表現是敏捷利索地越過障礙，輕是表現夜行人動作的輕巧靈敏。

飛天十三響：表現夜行人敏捷地束衣、繫靴、收緊絲帶。

眼神：要引人入勝。〔註46〕

上述是走邊表現的重點，這樣一個人「跑滿台」的表演，必須照顧到舞台的每個角落，身段要與鑼鼓點做緊密的結合，透過技巧、眼神等各種表現，才能將石秀探祝家莊第一關的情景完整呈現。自出場三抬腿，展示的腿功是否夠穩，由單腿抬的高低、所撐的時間來評估，靠的大腿的肌肉力量，每一次抬腿都比前次更高更久，難度一次次增加。第一次雲手亮相稍作喘息，退步，先要棍花「皮猴」接著踢旁腿、雲手、鷂子翻身，動作一次快過一次，最後

〔註43〕洪惟助主編《崑曲辭典》，頁349。

〔註44〕洪惟助主編《崑曲辭典》，頁559。而吳新雷主編《中國崑曲大辭典》則已出現武生條，頁568。

〔註45〕洪惟助主編《崑曲辭典》，頁587。

〔註46〕萬鳳姝等著《戲曲表演做功十技》（北京：中國戲劇，1999），頁217～218。

在亮相中穩定。起身後，邁步雲手稍作緩息，準備下一組動作，然後相同方向反覆兩次，第二次增以飛腳，最後撩大帶三跨腿，走邊完成。念上場詩至唱【新水令】結束，都是一個人在台上，持棍舞之，下場以飛腳、旋子亮相下。再上，石秀擔上柴薪，上唱【折桂令】，發現走來走去都在原地，幸遇買柴的鍾離老人，接唱【前腔】，說明進莊賣柴之由，鍾離老人不疑有他，邀至家中宿夜，指點路徑，這一場石秀未持兵器，空手舞動，特別注重山膀、雲手的架勢，以轉眼珠表示石秀的思考狀態。最後，踢大帶揹手亮相下，更顯英雄威風。下一場祝小三回到家中，石秀竊聽他父子談話的過程，以撲翻下桌、飛腳過桌，顯示偷偷摸摸輕巧、隱密的身段，神不知鬼不覺偷下祝小三的白翎，讓劇情更有張力。祝小三下後，石秀唱【沽美酒】急欲救楊林，以十三響、飛腳、連續三個按地翻身亮相下，再拿藏在棍中的槍上，與鍾離老人爭執的過程中，丟下草帽圈、拔出槍來，與下手們槍對槍開打、和欒廷玉使「棍棒槍」把子套式，石秀逼退欒廷玉，耍單槍下場花，以拋槍、接槍、朝天蹬亮相下，整折戲到此結束。整折戲出現飛腳、旋子、各式翻身、踢腿、大帶、棍舞花數次，沒有良好的體力，是難以勝任演出的。

〈夜奔〉出自《寶劍記》第三十七齣，林沖的獨角戲。崑曲〈夜奔〉分為南派北派，南派的傳統崑曲以老生應行，戴黑三髯口，以唱為主，浙崑柯軍為代表；北方以侯永奎、侯少奎一派，受京劇影響，以武生應工，扮相是戴倒纓盔、著箭衣繫大帶，腰跨寶劍。崑曲的〈夜奔〉原來是「一場乾」的獨角戲型式，楊小樓聽了王瑤卿的建議，穿插【江兒水】、【駐馬聽】、【風入松】三支曲牌進去，擴大為十場的大戲，〔註47〕後面有林沖和徐寧的開打，不再一人撐全場，成為群戲，稱為「大夜奔」，也改動了林沖的扮相。〈夜奔〉京劇化已久，考量現代觀眾的觀賞性，《大夜奔》演全並不多見。《大夜奔》並不影響〈夜奔〉做為開蒙戲教材的功能，開蒙時期所學的〈夜奔〉，以林沖的五個走邊，從【點絳唇】開始、【新水令】、【駐馬聽】、【折桂令】、【雁兒落帶得勝令】、【沽美酒帶得勝令】、【收江南】及【煞尾】，每一支曲牌和身段的配合都必須達到嚴絲合縫，準綱準譜，並不能隨意更動和任意發揮〔註48〕，演員一人佔滿台，是表演和體力上的重大考驗，包含了呼吸、氣口和表演的

〔註47〕傳統京劇劇本參考華景德整理《京劇曲譜林沖夜奔》（上海：上海文藝出版社，1958）；《京劇教學劇目精選（肆）》，頁1～22。

〔註48〕邵鐘世主編《京劇教學劇目精選（4）》（北京：北京戲曲藝術職業學院，2006），頁3。

關係，手和眼神的掌握，特別是對腰腿功夫的要求，其實是易學難精的。梨園行一向有「男怕〈夜奔〉、女怕〈思凡〉」之說，就是說明〈夜奔〉之難。

在〈探莊〉中，服裝、扮相單純，把子功中僅有一套槍對槍及棍棒槍，〈夜奔〉林沖著箭衣大帶、腰掛寶劍，沒有其他演員在舞台上的交流，抱衣褲（英雄衣）和箭衣的要求也有所不同，箭衣戲更加講究身段的俐落，因為箭衣的貼身性，身段動作在台上沒有任何可以掩護身上不到位的表現，一舉一動全曝露在觀眾眼前，身段邊式與否，觀眾一覽無遺。上述《夜奔》的技巧要求，不若文字描述時如此簡單，即便有詳細的身段譜，也難學會，只能做為學了以後的提示性作用、以及對功法進階要求時的準則。

《蜈蚣嶺》武松頭戴蓬頭、手持雲帚、腰掛寶刀，前面有持雲帚走邊，已經多了一功，後面有刀對槍、單刀下場等對打套式，整個場面比〈探莊〉、〈夜奔〉更複雜，困難度也就越高，在人物扮相、所使的兵器不同，使得功法差異甚鉅，是越來越難，〈夜奔〉是武戲文唱，給學生練功用的，這戲本身的內涵很深，有的甚至能唱《挑滑車》，都未必能唱的了《夜奔》〔註49〕。這三折戲循序漸進的做為京劇武生開蒙戲，由簡而難，但亦可能依老師教法在順序上有所調製整，學習上不能忽略其中一折。以上〈探莊〉、〈夜奔〉、〈蜈蚣嶺〉所用到的基本功（各式踢腿、飛腳、掃堂腿、台步、圓場、雲手、山膀、掃堂、朝天蹬、跨虎、旋子、各式翻身、探海、射雁、岔），都在入科後兩年至兩年半左右的教學內容中〔註50〕，正好呈現基本功的訓練成果。〈探莊〉中的身段複雜度又較另外兩折戲來得稍減，扮相乾淨俐落，因行頭切末的道具使用，沒有另兩劇來的繁複，因此成為老生、小生、花臉等需具備武功基礎，卻非「武」為主要表現的行當之開蒙戲。

〈探莊〉、〈夜奔〉一類的劇目，雖然唱念多、身段繁重，乍看下，相對純唱功、純做功、純武打的劇目更加難學，但因為崑曲舞台講究的「準地位、準步數、準尺寸」，對初學習者而言，一招一式一念一唱「有準有譜」，比在舞台上乾做、乾唱、乾等，心理時間反應短，反而容易一點。因為無身段時，若要無身段，將舞台空白時表現的豐富飽滿，靠演員的經驗發揮，經驗不足，反而在舞台上顯得不知所措，〈探莊〉一類劇目，身段唱念「密不通風」，對

〔註49〕 林國源作、李柏君口述《尚派武戲香火：李柏君傳藝錄》（臺北：臺北藝術大學，2008），頁93。

〔註50〕 依教育部社會教育司編印《劇藝學校國劇科課程標準》參考，頁391～395。

初學者而言相對於「空白」時的發揮，身段繁重、準確，練功準備時是有著精準到位的明確目標，反而是比較容易掌握的。在學習過程中，厚實準確的教學，在舞台上才有良好的發揮，對演員而言，難的戲，有時並不是難在技巧的多寡，而是「靜滯的瞬間」站在舞台上心裏覺得「空」，不知如何在沒有台詞亦沒有身段下入戲。因此對演戲經驗還不夠成熟的學習者，看似難演又累的劇目，反而不用處理戲劇時間的空白。

　　崑弋班保留在京班的傳統其中之一，即是已經形成了系統的學戲。從《崑曲辭典》「開蒙戲」條〔註51〕，以及齊如山《京劇之變遷》的描述即可看出〔註52〕，過去京班開蒙必先學崑腔戲，這個傳統，可溯源自三慶班的程長庚。程長庚揉合崑徽，被認爲是京劇的正統〔註53〕，他的四箴堂科班要求學戲必須以崑曲爲根底，注意全面培養〔註54〕，葛獻挺曾專文梳理程長庚的四箴堂科班、楊隆壽的小榮椿科班和葉春善的富連成社，三者的關係一脈相承〔註55〕，爾後京劇遍地開花，出自此三個科班的人才遍布大江南北，崑曲開蒙成了京劇的傳統。京劇成熟鼎盛後，除了入科先學曲牌同場曲之外，開蒙戲以皮黃劇目的盛行越來越增加，梅蘭芳體認崑曲的沒落曾感慨：

> 梨園子弟的學戲步驟，在這幾十年間當中，變化是相當大的。大概在咸豐年間，他們要先學崑曲，然後再動皮黃。同光年間已經是崑、亂並學，到了光緒庚子以後，大家都專學皮黃，即使有學崑曲的，那都是出自個人的愛好〔註56〕。

崑曲越來越不流行，從先學崑曲再學皮黃，到崑亂並學再到出自個人愛好，學崑曲變成演員自我提升的必經之路，至今亦然〔註57〕，如裴艷玲以自身經驗說：

> 「我常聽年輕演員說，崑曲戲學了也沒用，不定什麼時候演呢？我覺得我身上這點玩藝，還都是透過學崑曲得來的。……想要造就好

〔註51〕洪惟助主編《崑曲辭典》【開蒙戲】條：「戲班藝徒學戲，各家門都有基本固定的開蒙戲。」頁550。
〔註52〕齊如山《京劇之變遷》北平：北平國劇協會，1935。頁38～39。
〔註53〕李元皓《京劇老生、旦行流派之形成與分化研究》，頁26。
〔註54〕劉亮〈論程長庚的育才藝術〉，《長庚精神照後人》，頁250。
〔註55〕葛獻挺〈四箴堂、小榮椿、富連成──談程長庚、楊隆壽、葉春善與科班教育〉，《長庚精神照後人》。頁230。
〔註56〕梅蘭芳口述《舞台生活四十年》，頁28～29。
〔註57〕見于臻編《舞台英雄──裴艷玲的演藝世界》，頁43。

演員、藝術家，就必須經過這條路──學崑，不學崑，出不了名。」學崑曲，在開蒙階段沒有馬上進行，而是在初學到一個程度，成為紮實基礎的必備學習劇目，未來提升技藝，也從崑曲取經，因此必須先有實際的崑腔戲學習經驗。此語也帶出開蒙戲會因當時流行氛圍而有所改變。

前文李元皓的表格三十六人中《探莊》出現三次，分別是余叔岩、李洪春和馬連良，以崑曲開蒙的比例降低被視為十九世紀崑劇的沒落和武生戲的興起有關〔註58〕，從廿世紀到廿一世紀，《探莊》曾是所有男角（生、淨、丑），開蒙時都要學此劇，隨著行當分工的細化，淨、丑漸漸以本工行當劇目開蒙，不再從《探莊》學起，而生行中老生、武生、小生，仍以《探莊》開蒙居多，越到後來《探莊》僅是武生組的開蒙戲，甚至逐漸被《白水灘》取代，開蒙戲由崑到京的過程，可視為京劇成熟的一種標誌。

二、皮黃武生開蒙戲《白水灘》

筆者所訪談採樣的科班／劇校學武生行當的演員或教師（詳見下表），從第一代來臺的京劇演員至 1990 年代畢業者，十五位臺灣武生中，有十位第一齣戲是學《白水灘》，第二齣戲才學《探莊》，僅有三位武生是第一齣戲學的《探莊》，在臺灣，武生多師承富連成出科的孫元彬、鳴春社出身的李桐春、李環春，其他如趙君麟、賈斌侯、郭鴻田、李柏君等，年輕一輩的武生由他們學生教授，師哥帶著師弟練功，或是師哥當老師的助教，開啟了學藝之路，在臺灣先學《白水灘》的傳統也就保留到現在。

開蒙要求一個「正」字，要的是一個大部分人物典型的標準，這些劇目還包含該行當家門重要身段，為以後學其他戲做足準備。《探莊》成為武生入門之劇的首選，二百年來一直保留至今，因其符合一個「正」的形象，人物性格不會過於特殊，過分特別的人物往往有獨特的技巧要訓練，都不適合開蒙學習。《探莊》符合具備開蒙戲的要件，《白水灘》的十一郎和《探莊》石秀，在武生形象上有著很接近的表演內涵。

《白水灘》係清人《通天犀》傳奇中的一折〔註59〕。故事敘述青面虎徐世英酒醉下山，醉臥青石板上，被官兵夏副將拿獲，重兵押解赴都，其妹徐佩珠率眾劫救，官兵皆非其敵。穆遇奇（十一郎）路經此地，見賊人追殺官

〔註58〕李元皓《京劇老生、旦行流派之形成與分化研究》，頁 54。
〔註59〕曾白融《京劇劇目辭典》。頁 705～706。

兵，不明究竟，協助官兵殺退徐氏兄妹〔註60〕。後接淨行的本工戲《通天犀》。由傳奇到京劇腳色名有了「音近訛變」的轉化，青面虎許起英變爲徐世英，其妹許飛珠變爲徐佩珠，十一郎莫遇奇變爲穆玉璣又成穆遇奇。可《白水灘》的十一郎向來只有武生組學，並不像〈探莊〉曾是所有男角行當的開蒙戲，也不在李洪春所列的開蒙劇目裡，在研究對象中，最早出現的是吳素秋〔註61〕，上溯到富連成的開蒙劇目中，武戲教師姚增錄、楊萬卿教「連」字科的駱連翔、馮連恩、馬連濤，即已有《白水灘》做爲開蒙戲的例子〔註62〕，臺灣的武生演員幾乎都是先學《白水灘》的。

《白水灘》十一郎甫出場身穿褶子，唱四句【西皮搖版】「豪傑生來運不通，沙灘無水困蛟龍。有朝一日春雷動，大鵬展翅上九重。」自報家門後，全劇以武打場面貫穿，唱念少之又少，此四句也是劇中唯一的唱段。劉仁傑與官府一陣廝殺，行至白水灘，青面虎被其妹埋伏搭救，十一郎因著「忍氣吞聲是君子、見死不救是小人」，立刻脫下褶子、踢下禮擔，幫著官兵打退青面虎。十一郎跳上桌子以示登高一看，台蠻下桌，耍棍下場，下一場大刀手與小抓地虎，青面虎、徐佩珠與劉仁傑廝殺的不可開交，十一郎突然殺出，與青面虎正面交鋒，是此劇精彩之處，著重的棍下場、雙刀槍、徒手把子功等，所有的情節在武打中進行，沒有文詞，以眼神、表情、手勢、把子交流，除了十一郎，青面虎也囊括了淨行的獨有功夫，如「打哇呀呀」、穿高厚底靴踱泥等，最後兩人打得難分難解，直到十一郎以「一杠子」打了青面虎，徐世英敗下回山，戲到此結束。

《白水灘》中不只一個武生應工的角色，劇中的劉仁傑也屬武生，排演時其他武生組的成員，幫著來大刀手等上下手武行，讓武生組學能在台上彼此觀摩。《探莊》和《白水灘》，兩個戲同樣做爲武生入門的基礎戲，十一郎和石秀扮相相近，皆屬於黑袴衣褲、腰繫大帶、頭戴草帽圈的短打穿戴，石秀戴羅帽、十一郎頭披甩髮、戴絨球、茨菇葉，一個身肩禮擔、一個肩挑柴

〔註60〕郭鴻田整理《國劇劇本白水灘》（臺北：國立復興劇藝實驗學校，1986），頁9。

〔註61〕封杰《京劇名宿訪談》，頁83。

〔註62〕何連濤：從武戲教授楊萬清，學武生，開蒙學搖錢樹之悟空，後學鐵龍山、白水灘、水簾洞、金錢豹、艷陽樓等。馮連恩：初從武戲教授姚增祿學摔打花臉。能戲以摩天嶺之猩猩膽、東昌府之郝文、嘉興府之大馬快、演火棍之焦贊、竹林記之余洪、白水灘之青面虎。唐伯弢《富連成三十年史》〔北平：藝術出版社籌備處，民國二十二年〕，劉紹唐、沈葦窗主編《平劇史料叢刊》，（臺北：傳記文學，1974），頁148、160。

薪，使用的兵器同樣是棍。京劇服裝扮相和表演內涵是區分不開的，著裝一樣的人物，所要求的表演功法也十分相似。

李春來改良十一郎的扮相〔註63〕，其短打戲翻騰撲跌功夫深厚〔註64〕，又經蓋叫天等武生名家的加工，十一郎的表演趨向定型。而《白水灘》的唱念不多，全劇以武功和武打推進情節，可看出京劇武生戲重武輕唱的走向，講究身架功夫、表情張力，人物內心及性格藉由武功和生動的做表詮釋。

表10：課程標準《白水灘》的學習教學目標和〈探莊〉主要身段比較表

劇目	探莊	白水灘
學習目標	走邊、跨虎、翻身、雲手、山膀、掃堂腿、搬腿、槍開打。	銀棍大下場花、雙刀下場花、打灘與青面虎棍對雙刀，跳躍棍下場。奪槍戰（扎槍）此劇專用，扎九脖。
唱腔	詩、新水令、折桂令、雁兒落、得勝令沽美酒	四句搖板、韻白

以《白水灘》做為開蒙戲，或許可以推測是《探莊》在扮相相近，排場相差不遠，在概念上轉移的選擇，並且是師承傳承下來的選擇習慣，臺灣現代劇校培養出的武生，自小大鵬第二期的張富椿，師承富連成孫元斌以來，開蒙學《白水灘》以降，復興劇校的郭鴻田老師亦是先教《白水灘》，一直到民國九零年以後入學的武生，開蒙戲《白水灘》幾乎成為傳統。武生開蒙由短打武生學起，穿袴衣袴褲、薄底鞋，接著學箭衣武生戲，開始練厚底、大帶，有了這些基礎後，才開練靠把戲。

短打武生是一個扮相俐落簡單、身段繁而不難，唱段少且不花，和《探莊》是武生一人在台上撐全局，文武並進的型式有所差異，京劇武生初期學藝階段，偏向武技巧的根基，唱念的基礎是相對非常薄弱。因此有些武生老師，主張練嗓子與白口，應從老生開始訓練，打下較佳的唱念基礎〔註65〕。過去，李桐春在鳴春社科班坐科時，嘴裡練的即是老生的底子，身上練的是武生，另一方面是怕萬一「倒倉」變聲後嗓子回不來，還可有另外一門技藝在身〔註66〕。

〔註63〕北京市藝術研究所、上海藝術研究所組織編著《中國京劇史》上卷，頁 413～414。

〔註64〕北京市藝術研究所、上海藝術研究所組織編著《中國京劇史》下卷，頁 1712。

〔註65〕訪張富椿老師「武生教學的開蒙戲」，2014/2/20，於臺灣戲曲學院木柵校區。

〔註66〕王安祈主編《臺灣京劇五十年》，頁 476。

　　筆者曾詢問小大宛出身，國光劇團擔任主排和導演的王冠強，關於京劇武生的開蒙戲，依序是從《白水灘》（十一郎）、《摩天嶺》（薛仁貴）至《花蝴蝶》（姜永志）〔註67〕，〈探莊〉、〈蜈蚣嶺〉已排在這些劇目之後。再學《摩天嶺》薛仁貴，繫大帶、耍大刀、舞寶劍，還要背弓走身上，唱段囊括【西皮】的大部分板式，也較十一郎的表演技法複雜，人物、場面也更壯大。

　　在開蒙時期，短打武生出現較多的皮黃劇目為《花蝴蝶》，一名《鴛鴦橋》、《盜玉馬》。《花蝴蝶》僅出現過三次，近年臺灣舞台各大公演幾乎不見蹤影，僅保留於劇校教學實習演出。大陸也少見全本的演法，演出的片段是不上包拯，以武戲開打為主，濃縮約 20～30 分鐘長的折子戲，以飾演姜永志演員的展示功夫為主〔註68〕。臺灣戲曲學院中學部直到 2013 年，仍有彩排全部《花蝴蝶》的紀錄〔註69〕，主角姜永志頭戴硬羅帽、身穿花袴衣袴褲，繫縧子大帶，頭場穿厚底，開打改穿薄底、戴軟羅帽。情節故事可參考「中國京劇戲考」〔註70〕。

　　這個戲唱念較《白水灘》多，使用的兵器也更多了，又有穿厚底的場次，武打場面更具層次變化，整體的對打要比《白水灘》更難一些。《白水灘》十一郎頭場持棍上場，篇幅不大，花蝴蝶出場是左手持玉馬（老的以扇子象徵），右手持馬鞭，外罩褶子，走一個長度不短，難度頗高的馬趟子，這個馬趟子運用鷂子翻身、踢腿、飛腳、跺泥、三甩鞭組成，要求身勢矯健、動作利索，

〔註67〕求教王冠強先生，2009 年 6 月 18 日於臺北國光劇團，。

〔註68〕如中央電視台戲曲頻道 CCTV-11 空中劇院「紀念李盛斌誕辰一百周年」的公演，由詹磊飾姜勇志。2009/3/26 福建大劇院。

〔註69〕李軒綸飾姜永志《花蝴蝶》，臺灣戲曲學院京劇學系學生彩演，2013/6/14。

〔註70〕姜永志，混名花蝴蝶，向來混跡綠林，武藝超群，風流自賞。惟生性好漁色，往往入人家閨閣，姦淫婦女。其中顧全名節喪失性命者，不一而足。與鄧家堡神手大聖鄧車，結拜為弟兄，最為親密。鄧車將慶生辰，姜永志潛往京都，盜取宮內桃花玉馬，以為鄧壽。回時費用乏絕，路經鐵頭鎮，見趙員外家，甲第連雲，意必富戶。黃夜竄入行盜，闖進趙女房內，見女姿容絕世，頓起淫念，強欲奸宿，女撐拒叫喊，姜永志遂殺趙女，搜括金帛，於床上插一花蝴蝶而逸。趙員外查看情形，知是強姦所害，痛女慘死，即拔取花蝴蝶，往開封府包公處控告，收狀之後，而內監適奉聖旨到，即為桃花玉馬被盜，著包公查緝，包公遂命南俠及五鼠，扮作僧、道、囚徒、解差分路探訪，在旅店中遇見歐陽春，始知花蝴蝶之名姓。眾人商議停當，遂同入鄧家堡，借祝壽為名，登堂時蜂擁捉姜永志。姜永志知勢不敵，逃至鴛鴦橋，思欲覓水而逸，不料蔣平精通水性，伏於橋下以候，姜永志遂成擒焉。中國京劇戲考 http://scripts.xikao.com/，瀏覽日期：2014/2/21。

極見圓場和腰、腿功力，加上穿上厚底難度增加，要表現策馬疾行的樣子，這部分是對身上的要求。在【西皮搖板】後，自報家門，緊接唱，下場，將趟馬完整結束。之後的場次和展昭與蔣平，有各式對打，武打套路有槍把子、劍套子、徒手把子，水戰生擒姜永志。《花蝴蝶》在開蒙戲群組列有遞減現象，原因探究，劇中表演著重在武打套路與筋斗翻滾，如擰旋子、下高（如三張桌翻下），或是「汗水」（單手頂）等高難度技巧，和《白水灘》同質性相近，更不易速成，若是依功夫展現爲主，這一類劇碼是「讓功等戲」，凡演員具備劇中之條件，再以展現自己長才爲主，甚至現說可以現「鑽鍋」（現學現演之意），現代老師少專門教授《花蝴蝶》，正式演出中也不常推出此劇，若是視學生條件擇才教學，學了《白水灘》後，再以《探莊》練身上邊式，爾後再學《花蝴蝶》，從技巧的使用上，從「技」邁向「藝」的層次進步。這三折戲的難易度相近，但唱段逐漸增加，排場形式各有不同，藉由紮根的練習熟悉各種功法在不同的場合運用，也是一種實力的累積。

　　開蒙階段，武生組另要配合武旦組的劇目學戲，如《搖錢樹》之哪吒，《打青龍》之青龍，從中可以學到基本的槍架子。

　　其他武生組的開蒙戲群組裡，尚有《乾元山》、《三岔口》等短打武生劇目，甚至是黃天霸的戲，「武生一開始就要紮下派頭，要從難戲入手」王永春如是說〔註71〕。王永春幼時從武生沈富貴學，雖然學的是武丑，當時沒有武丑老師，就由沈富貴教戲，武丑走的都是葉盛章的路子。沈富貴給全堂說《惡虎村》便於全班完整統一的協作演出〔註72〕。黃天霸著抱衣抱褲，前戴硬螺帽、穿厚底，開打時去褶子，戴軟羅帽，穿薄底，開蒙時就把「八大拿劇目」學遍了，他教學生時也是從「八大拿」教起。黃天霸是短打武生的扮相，是武生中的重要角色。

　　早期老先生們的初習開蒙劇目亦有出現紮靠戲。如李桐春老師《戰馬超》〔註73〕，和臺灣劇校及書中記載的開蒙劇目相差甚遠。《戰馬超》雖屬武生紮靠戲中的開蒙戲，學靠把戲之前一般要有箭衣戲的基礎，如《鳳凰山》（《薛禮救駕》帶《薛禮嘆月》）、《神亭嶺》……等，才學《戰馬超》。《戰馬超》是李門本派的劇目，其兄李萬春曾以此劇唱紅北京、上海。李桐春口中學的第

〔註71〕詢問王永春老師。
〔註72〕封杰《京劇名宿訪談續編》，頁96～98。
〔註73〕封杰《京劇名宿訪談》，頁112。

一齣戲是指科班當時請來專門的教戲先生所學的第一齣戲，當時的幾位師兄弟都是跟大哥李萬春學會的〔註74〕。過去科班環境，讓藝徒日夜浸淫在「戲」的氛圍中，在還沒學戲之前，可能就已經會了許多唱段和表演，只是未經琢磨、尚未登台實踐，和今日劇校學生在入學前，可能完全不知道京劇是何物的情況相距甚遠，開蒙戲的教授，更加步履維艱。

這些劇目和《京劇長談》列出武生開蒙劇目有十六齣，許多劇目已不見今日京劇舞台，其中也包含短打、長靠等類型，現在武生並無以長靠戲開蒙的。武生基本功從短打練起，至穿箭衣厚底，再到長靠，依服裝扮相所練的架式和身段重點，即便穿上大靠練基本功，一樣是搬腿、踢腿、翻身、蹦子、跺泥、以大靠這一服裝型式的要求，同樣的動作難度加大數倍，如翻身要求靠旗掃地、動作靈活俐落。再練基本功之時，要求的不是這些動作會就好，而是要達到「精」，將功法運用能夠隨心所欲的程度，進而以精湛的武藝表現劇中人物的瀟灑，訓練過程中也是演員尋找自己適合的表演類型的探索。

第三節　以小生開蒙探討開蒙戲系統的變異

一、從曹復永的個案談起小生開蒙教學的情況

從訪談對象看來，小生的開蒙劇目不但顯得比較多元，老師也很多。筆者先以曹復永老師的個案談起。曹復永畢業於復興劇校第一期「復」字科，在學期間先學老生，因為耳朵掛不住髯口，而被分到小生組，草創科時，尚未請到專教小生的老師，故先「寄」在武生組練功，「跟著學」《探莊》、《陸文龍》，而非小生行當戲。正式第一個開蒙戲是從師老生組張鳴福老師學《黃金台》小王田法章，和小花臉周金福老師學《荷珠配》。其他和花旦配戲就由花旦老師教，和青衣配戲就由青衣老師教。直到學校請來北平中華戲校出科的陳金勝老師，小生組才算成立，曹復永也有了依歸，也因為這樣，陳金勝覺得曹復永有點基礎了，開蒙便教《轅門射戟》。曹後來從劉俊華學習《羅成叫關》、《岳家莊》等以小生為主的戲。曹復永的開蒙不像葉復潤有個順向單一的脈絡，只跟著張鳴福老師一人學戲，而是哪一組的同學需要小生配戲，該組的主教老師（或主排老師）便幫曹說戲，學校有了陳金勝和劉俊華兩位老師之後，曹復永才學了其他的小生主戲，如《群英會》、《監酒令》等。即使是排《黃金台》這樣的

戲，需要小生演員和花臉演員配合時，也不在老生組中擇一搭配，而是由老生組教師（張鳴福），替小生組的學生說戲，和《白水灘》武生、武淨兩門通抱的情況不同。唱「中間」的主角，通常也要能「說旁邊」的配角，不只演員如此，教師更是如此。同是用小嗓，青衣花旦和小生，卻容易出現這種反串現象。在梅蘭芳、尚小雲、荀慧生的《西廂記》劇照中，就是由尚小雲反串張生；臺灣戲曲學院青衣花旦組，在王鳳雲老師的任課班級中，演出《遠山含笑》小生亦是由旦角組中的擇一同學反串小生安華〔註75〕。但開蒙的孩子沒有準心骨，一旦反串，可能會終身走樣，失之毫釐差之千里，在大小嗓之間的轉換、在身段上差異，有沒有髥口區別，對初學者都有重大影響。

下表可見小生的開蒙戲劇目所囊括的腳色類型：

表 11：訪談小生學習者與教學者的開蒙劇目與教學劇目

學戲者	開蒙行當	開蒙劇目		師承
齊和昌〔註76〕	小生	探莊		狄春山
曹復永	小生	黃金台 荷珠配 轅門射戟 羅成叫關、岳家莊		張鳴福 周金福 陳金勝 劉俊華
孫永平	小生	美人查關、雅觀樓	教學劇目：羅成叫關、鐵弓緣	煙台手把徒弟
孫培鴻	小生	羅成叫關 岳家莊、黃鶴樓		陳盛泰
孫麗虹	小生	黃金台、鴻鸞禧、拾玉鐲、天水關、岳家莊 靠把戲：穆柯寨	教學：黃金台、探母・巡營 《穆柯寨》楊宗保起霸	馬榮利
萬裕民	小生	黃金台、打麵缸、金玉奴、拾玉鐲、岳家莊	教學：金玉奴、春秋配、拾玉鐲	陳金勝、馬榮利
喻國雄	小生	岳家莊		馬榮利
張旭南	小生	岳家莊		馬榮利
羅依明	小生	汾河灣、探母巡營		馬榮利、孫麗虹

〔註75〕臺灣戲曲學院青衣花旦組課堂觀察，訪問王鳳雲老師。2014/4/10。
〔註76〕封杰《京劇名宿訪談續篇》，（北京：商務印書，2013），頁29。

　　《黃金台》同時也是小生和小花臉的開蒙戲〔註77〕，應是配合演出需要，教育部社教司《劇藝學校國劇科課程標準》中，老生、花臉、小生將《黃金台》列爲第一劇目〔註78〕，便可知道爲了實際的演出需求，同學間要能互相搭配，小生的開蒙之劇《黃金台》的田法章被列其中，但曹老師的田法章卻不是由小生組的老師教授，而是跟張鳴福老師學的。如此學開蒙戲的過程，恐怕就不像葉復潤老師那樣有著連學十一個月的經歷，也沒有一開始細說各個身段的要求，被老師反覆琢磨身段唱念，劇校以功帶戲的教學，讓曹老師在現有的基礎上，先學小生的配角戲或對兒戲，再學主戲時，老師能依學生狀況擇劇而教。因此老生、武生有著明顯正統的傳承，開蒙戲是配戲腳色的小生與花臉（甚至丑行與老旦），這些在劇中爲老生、青衣配戲的行當，則排在配老生戲之後才開始學。

　　這樣的情形，早在科班時就有類似情況，初分科在其他行當中，漸漸發現有適合小生、老旦的人才，才轉行當。所以開蒙時，學的還不是小生或老旦的腳色。這是學生的部分，若師資不足時，小生或老旦若尚不演學習主戲，則由其他教師暫代教學。如富連成五科（「世」字）以前，還沒有專任老旦的教師，老旦戲都由蕭長華教授〔註79〕，等到現代戲校中，此情形已不復見，各科都有專門教師教學，以學生資質爲出發，觀察其才能。如中國戲曲學院附中的課綱，甚至註明前兩年分科小生可以暫緩，等到學生三、四年級後，再從其他組找出適合學小生的人才。以前小大鵬，武旦還沒請來岳春榮老師時，王永春老師兼教武旦，排武生和武旦戲〔註80〕。兼教或兼學的情形在很多行當是很常見，卻少見於在正工老生或青衣之中。

二、小生開蒙主戲──《羅成叫關》、《探母‧巡營》及小生基本功

　　中國京劇院退休的小生演員孫培鴻老師，1959年進入中國戲曲學校。在校由富連成出科的陳盛泰開蒙，開蒙習得《羅成叫關》。羅成故事本事出自《隋

〔註77〕訪談演員中老生李金棠、葉復潤、安雲武，小生孫麗虹，丑角謝冠生（解差），皆以《黃金台》開蒙。
〔註78〕教育部社會教育司編印《劇藝學校國劇科課程標準》，臺北：中華民國教育部，1987。
〔註79〕包緝庭著、李德生整理《京劇的搖籃富連成》（太原市：山西人民，2008），123。
〔註80〕訪楊蓮英老師。2014/2/12。

唐演義》，故事敍述蘇烈討戰、元吉欲除羅成定計陷害，以爲先行，單槍匹馬決戰蘇烈二十萬大軍，羅成槍挑刺死李天壽、劉永忠，不加封賞反受杖責，即命再次出戰，不准披甲攜糧，羅成帶傷上戰，力殺四門不得進城，北門遇義子羅春，羅成親自寫下血書，命其送往長安搬兵求救，自己獨力迎戰蘇烈大敗，拔劍自刎於淤泥河。羅成是小生重要角色，葉盛蘭當年與師兄王連平排成《全本羅成》，葉挑班成立「育化社」時，羅成劇本再請翁偶虹點睛，做爲劇團首演的「打炮戲」，展現他文武雙全的小生才華。羅成前紮靠起霸、中穿褶子、箭衣，《叫關》是羅成殺完四門回到北門遇羅春守城卻不得進入，割袍寫書一段，屬於老折子戲，過去德珺如、朱素雲皆擅演，幾經演變，唱做都已豐富許多〔註81〕。

　　《叫關》羅成扮相穿箭衣、馬褂，頭戴千金、甩髮，手持長槍、馬鞭，唱腔板式【嗩吶二黃導板、原板】，【二黃搖板】、胡琴【二黃導板】、【原板】轉【西皮娃娃調原板、流水】、【西皮搖板】等。藉由此劇訓練學生的嗓音，大小嗓的發聲，口齒清楚，分清尖團字，同時具有小生人物身分戲的形象要求。《叫關》是一個難度頗大的戲，一個人在台上走滿全場，箭衣戲比褶子更注重功架，沒有水袖、長袍可以掩飾身段不美的缺陷，加上一手拿槍一手持馬鞭，還要顧全頭上的甩髮是否美觀。小學生對羅成的英雄末路恐怕很難理解，但光要在舞台上兼顧手、眼、身、步、髮和唱、念，對初學者而言就必須多花練習時間。同《探莊》一樣，羅成出場，一唱一動作，雖不到崑腔戲的「密不通風」身段與唱詞緊密的結合，經典老戲，舞台上也講究準步數、準地位、身段邊式的訓練，主要透過此劇，學生可穩固小生唱腔基礎，以及英雄氣度的舞台風範。

　　《叫關》同《天水關》一樣，【皮黃】兼備，包含小生行當的基本唱腔，沒有花俏的高腔，《天水關》戲太冷，逐漸被時代遺忘，《叫關》現在還是舞台上的常演劇目，而且是每個小生必會的基礎戲之一。老的《叫關》本身就有諸多版本，無關流派。孫培鴻學的【嗩吶二黃導板、原板】唱詞爲：「黑夜裡悶壞了羅士信，西北風吹得我透甲如冰。」而曹老師的版本是：「黑夜裡只殺得馬乏人睏，西北吹得我透甲似冰。」據何時希研究姜派《叫關》的唱法，羅士信和羅成並非同人，悶壞了也不符合羅成當時兵敗的情景，改爲「黑夜

〔註81〕　《羅成叫關》演變脈絡可參考筆者碩士論文《京劇小生藝術研究──以葉盛蘭爲論述對象》，中壢：中央大學，2008。頁101～102。

裡殺得我馬乏人睏」〔註82〕，筆者並非要找各家各派的演法做版本考究，而是如此看來因爲師承的不同，即使同樣的劇目，教學的內容不會完全相同，開蒙要學的典範或習得的經典，從劇中的細節比較，「哪一個路子」，就知道出自哪個班社、誰教的學生。開蒙的傳承得力於師承，老師會什麼、由什麼戲開蒙，通常也會爲學生選用一樣的戲碼。在非老生的行當裡，學生學習時，雖然當初不是和專工小生的老師學，自己成爲教師後，會參照梨園老行規及自己的經驗選用適合的開蒙戲，小生的開蒙系統，是較晚才被建立成形。

《羅成叫關》一直是中國戲曲學院中專部小生開蒙戲，筆者參訪時，正由孫永平老師教授中專二、三年級的學生。學校採用 1963 年姜妙香的授課整理本，由黃定閱定、鈕驃校注的劇本爲底本，孫永平再依自己的演出經驗給學生修正念白、唱詞。

小生在京劇中常扮演綠葉型的角色，幫老生、旦角配戲。孫麗虹老師的開蒙戲《黃金台》田法章、《鴻鸞禧》莫稽、《拾玉鐲》傅朋、《天水關》小王一類的小角色〔註83〕，表演難度並不大，大多是爲了演出而學，孫麗虹爲筆者的開蒙業師，民國八十二年在劇校教學時，配合學校排戲先教《黃金台》，同期間以《四郎探母・巡營》楊宗保的【娃娃調】唱段，練習發聲，熟悉【娃娃調】的唱腔。宗保巡營本來只是一個過場戲，姜妙香從青衣腔演化編創成現在的【娃娃調】，自此《探母》楊宗保定是以劇團中的頭牌要角演出不可，「楊宗保在馬上忙傳將令」一段唱，成了小生【娃娃調】的基礎。【西皮娃娃調】是小生最重要的唱腔板式，無論抒情或敘述，用的又多又廣，每個人物的甩腔各有講究，開蒙學的【娃娃調】，如果不熟練不「瓷實」，一旦開始學其他劇目便可能「相串」，搞混了哪劇用哪腔，【娃娃調】的開蒙重要性不亞於武功。其中，老師在教學時的版本，把過門的小腔，也「唱進去」，而不做停頓。學唱腔的過程，拖腔往往是學生最有障礙的部分，需要經過多次反覆的練習，以【娃娃調原板】第一句「叫一聲眾三軍（眾兵丁）細聽分明」，在「明」字的拖腔上，幾乎每個音都跟著胡琴唱，每個音都能跟緊胡琴。而一些小過門的停頓，通常是氣口，如【原板】第三句「他要（哇）奪我主爺錦繡龍廷」，「奪」字前有一小過門，只佔一眼〔註84〕，但當時在學戲時沒有墊

〔註82〕何時希《一代小生宗師姜妙香》。北京：北京出版社，1994。頁 102～104。
〔註83〕訪談孫麗虹老師〈個人學藝與教戲經過〉，2010 年 8 月 24 日，於國光劇團。
〔註84〕〈巡營〉曲譜參考黃定編訂，張正治記譜《姜妙香唱腔選集》（北京：人民音樂出版社，1997），頁 122～127。

音「哇」而是以「要」字連唱帶過，也沒有保留過門，這個不花俏的唱法，是教學上的轉化，但並不是句句如此，有些地方把過門哼出來，結合拍板，讓學生熟記唱段的尺寸和氣口。「向前者一個個具有封贈」，是娃娃調的重要唱腔，往往是討彩的地方，原本姜妙香早先是調底的唱法，但翻高調面唱也已經行之有年，因為像楊宗保只是一個十四歲的小孩子，調底唱比較不符合人物，對初學者大小嗓尚不能掌握轉換得宜之時，低音唱下不去，腔學了唱不出來，容易「荒調」找不到調門走音，因此初學者必須將此劇唱調面，也對小嗓練習有極大幫助，高音如何使用丹田之力把音撐上去，又漂亮又好練出丹田發音的穩定性。

當時學校有固定的胡琴老師協助吊嗓，都是經驗豐富的老先生，如郭仁俊、黃俊、徐春甫等，老戲的段子幾乎不用看譜，剛開始學生把唱腔穩固下來，胡琴老師幫很大的忙，可以跟著胡琴唱，有些剛學戲的孩子拖音的句子容易搞混，胡琴的烘托給予學生極大提醒，或是帶著唱，等到腔已經熟悉，換胡琴跟著演唱者的唱腔尺寸，自己必須注意氣口，和胡琴的默契，也就越趨明顯。〈巡營〉身段不算多，楊宗保手持馬鞭、小圓場快步在【快長錘】上場，亮相後，走至九龍口，唱兩句【西皮搖板】「帳中領了父帥令，巡營遼哨要小心。」自報家門，接【導板】時，一般是左手掏翎、右手持馬鞭亮相直待【導板】結束，演出若以左手隻手雙掏翎子亮相最為討彩。【娃娃調原板】中「扯四門」，僅是走位變化，馬鞭也是最基礎的勒馬式，所以這齣戲的【娃娃調】基礎紮好了，對基本腔式熟悉，以後學其他【娃娃調】，都比較容易上手。〈巡營〉的身段、出場、走位不急著開蒙時學習。

小生的基本功法，涵蓋文武，首重腿功，耗腿、跨腿、踢腿、搬腿、三起三落、探海射雁，跺泥、碰地翻身等是每日功課，除了學生自己練習，老師非常注意學生每次練習的情況。剛開始，基本的耗腿過後，需幫學生「搬腿」，學生躺在地上老師將一腳膝蓋固定，另一腳勾腳面，從正面努力往額頭方向，拉長大腿的後側的肌肉，給與刺激，然後旁腿，勾腳面努力往耳朵方向靠近，也可以站著靠牆施作，練腿另一項還有「劈岔」兩腿在地上橫放成一字，先是學生面對牆壁，老師在後方將學生推進牆面，逐漸拉近兩胯與牆壁的距離，直到腹部貼到牆，甚至會在勾腳面處加上戲靴厚底，腿朝向背面而不是在眼前，雙腿已經超越一百八十度，有了這個腿的筋肉柔軟度的基礎後，才是力量的訓練，全程穿著厚底練腿。這個過程，脫離不了教師的輔助

與督促，沒有表演性可言，就是努力的先把腿的筋拉開。其他上述練腿的功法，都是由數量進行累積到質量的要求，一個多過一個，一次多過一次，和前面練基本功的情形相差不遠，武生、老生練腿的經過都差不多。小生的基礎本重武功，筆者學藝之時，全校小生組都是女孩子，開蒙老師也是女性，因此培養的過程中更加強調武功的部分，以武功訓練女孩子具有男子氣概。也許還不到把女生當男生操的地步，但沒有因為女孩子學小生而偏重文戲，反而以武功為重。再腿功練好了之後，組合身段首學起霸。起霸武將出征，進行戰前準備廣泛應用的表演程式，以烘托舞台戰鬥氣氛，展現人物精神氣概的表現〔註85〕，必須紮靠，靠身重達三、四公斤、靠旗也有兩、三公斤，在舞台上還必須勒著硬盔頭、紮著靠旗、踩著厚底，被形容是束縛演員的「三道栓」〔註86〕。小生中紮靠的戲有《穆柯寨》楊宗保、《銀空山》高思繼等，表演之所以難是因為行頭的限制。一開始，學起霸只練習套路功法，還不行紮上靠練，但必須穿著厚底，從出場亮相，到起霸結束自報家門，每天演練數回，大致兩年以後，才可能穿上靠練習。腿功的另一部分，是腳步和圓場。小生學走腳步，是從靠的腳步學起，一步一步訓練學生眼神的定位、腿抬高的位置、腳撇的角度，手舉的高度，如何握拳等，都有規範，每走一步，都必須耗上一分鐘，才能踏下一步。跑圓場除了耗山膀跑之外，有時也抬著槍跑，訓練身體的穩定度。

這些都是演武小生戲所要求的，在開蒙的時候，女孩學小生做打的身段功，是從武戲入手，雖然生理條件在訓練過程中可能受到影響，而如此反覆紮實的練出女生身上的力量，為的是在台上不會脂粉氣過重，比較能體會扮演的男性腳色。除了身段要求不能身子骨過軟之外，表現也要求陽剛。

而小生組的娃娃生戲，是岳雲這一類的腳色，戴孩兒髮、多子頭，穿箭衣、厚底，繫大帶。曹復永、孫麗虹、孫培鴻三位小生演員開蒙戲中都有《岳家莊》。《岳家莊》唱腔並不多，散唱的幾句【西皮搖板】，念白上場打引子，定場詩，念韻白，後面和老祖母與牛皋的對話，改念京白，要能表現出孩子的稚氣、像是要賴、驕傲等。戲不是真正的大武戲，主要練的是功架和岳雲的武器──耍瓜楞銀錘，表現岳雲心高氣傲的志氣，最吃功討俏的地方也是

〔註85〕 洪惟助《崑曲辭典》，頁587。

〔註86〕 指頭上勒著網子、身上勒著靠旗、腿上厚底綁著有三道束縛，也是演員表現的門檻，表演難度非常大。

耍錘和哭笑〔註87〕，雙錘的套路是為《群英會》的舞劍打基礎，有了錘架子的功夫，學舞劍更能得心應手，將來演其他娃娃生戲，有娃娃生的基本功法。近年劇校雖有以《岳家莊》為開蒙戲，也在學校內進行彩排演出，但正式公演甚少排此劇目，已屬於偏冷劇目，不是在校生必學的開蒙戲。當有新的更適合練功架練身段練唱的劇目出現，少見於舞台的戲，越到後來，沒有學生瓷實的學過繼承下來，將來到他們那一輩當教師之時，冷門戲默默地便可能在開蒙的傳承中除名，甚至失傳。

演出孩子的稚氣和英雄氣短哪個對幼童來說比較容易，並不是開蒙戲所做的考量，而是以訓練身段功架、熟悉唱腔念準咬字為主。兩種類型的角色，也都是小生演員經常面對要演出的。可是當一個戲的被打入冷宮後，往往劇中的特殊身段和技巧也跟著消失，《岳家莊》耍錘過於特殊，由於具有「該行當主要身段」，同時有利周瑜舞劍劍套子的學習，因此，實有成為開蒙戲群組之必要。

三、小生文生戲基礎的新創──以《憶十八》為例

京劇小生褶子生、扇子生戲，一向處於傍著青衣、花旦主戲的配戲地位，褶子生的身段表演具有載歌載舞的整體表現，直到1990年代才出現。

臺灣戲曲學院成立高教後，曹復永成為學院部的老師，近年喜歡教學的劇目改為《憶十八》。曹老師任教於戲曲學院大學部，對象並不是完全無基礎的幼童，但曹老師認為《憶十八》很適合給學生打基礎。《憶十八》並不是一個傳統老戲，約創作於1993年〔註88〕，有「川派小生」之稱的朱福俠創作的褶子生折子戲〔註89〕。靈感得自於越劇《梁山伯與祝英台·回十八》。故事緊接十八相送後，山伯得知英台乃是女兒身，又驚又喜直奔祝家莊訪英台，一路回憶。戲長約三十分鐘左右，沒有起伏的劇情，是一個獨角戲。劇中首創【南梆子導板】，唱腔以【南梆子】為基調，行絃接【西皮搖板】後轉【流水】，唱詞長達四十句，少數的夾白，形容山伯奔往祝家看到的景色和雀躍的心情。小生【南梆子】過去只有上下句的簡單變化，其唱腔化用了許多越劇唱法，

〔註87〕 何時希《一代小生宗師姜妙香》，頁53。
〔註88〕 安志強〈朱福俠大器晚成〉，《中國戲劇》1998年第4期，頁50。
〔註89〕 田大文〈京劇「川派小生」的祕招──評朱福俠《憶十八》的成功創造〉，《中國戲劇》1998年12期。頁44～45。

朱福俠曾向川劇名家袁玉堃習得二十多種扇子功〔註90〕，此處運用扇子的變化多達五十種左右，安置許多川劇水袖身段，融於「京味」，主要展現褶子生的扇子、圓場、水袖、唱念做表的功夫。《憶十八》給予觀眾視聽上的滿足，多樣的程式功法，補足小生褶子生表演發展的全面性，足以成為練習褶子小生基本功之劇。〔註91〕

孫培鴻老師現今於中國戲曲學院、中央戲劇學院等學校從事教學工作，學生來自四面八方，有京劇和各地方戲曲劇種的科系，和曹復永同樣面對的是大學生，也選用《憶十八》做為給學生打基礎之劇。《憶十八》被創作之後，大約十八年前（2000年），孫老開始在國戲附中給中學階段的學生說《憶十八》，讓學生練文戲功之用，並且每年教每年都有些微改變。他檢視自己過去教學，覺得「太幼稚了」〔註92〕，因應每年學生的狀況不同，唱腔、身段都不斷地再調整，使《憶十八》越來越豐富，面對大學生，更必須讓學生有實際上的收穫和創作上的啟發，不只有一招一式地讓學生模仿，每個身段調整的過程，從何劇目、何角色、何劇種如何借鑑，「為什麼這麼改」，成了教學的重點之一，以滿足學生學習需要和未來創造人物可能參考的歷程。

新編的《憶十八》水袖和腳下功夫，創造出褶子小生該有的基本功，《憶》劇實用的廣度，足以成為近年教師教基礎戲的首選，從創作至今已逾二十年，在概念上，和開蒙戲的作用相同，都是包含唱念做舞全部基本功。調查中還沒有以此類新編戲開蒙第一齣戲的例子，但已有設計文生的身段組合，幫助學生訓練文生功法，十分適合紮基礎，在兩岸大學部的戲曲教育中，都成為教學練功必修課。

第四節 小 結

《黃金台》做為老生開蒙戲，自麒麟童、譚富英至今〔註93〕，已是百餘年來的傳統，《探莊》百年來從生淨丑行當的開蒙戲到只是給武生組開蒙，現今武生部分保留《探莊》，部分選用《白水灘》。同一個劇校若是老生學《黃金台》，小生組、花臉組的開蒙也會是《黃金台》，有的是小生老師說戲，有

〔註90〕同上註。
〔註91〕黃琦《京劇小生藝術研究——以葉盛蘭為論述對象》，頁61。
〔註92〕孫培鴻語。2013年5月5日電話訪談。
〔註93〕李元皓《京劇老生、旦行流派之形成與分化研究》，頁52～53的表格。

的是老生老師代說。同樣的例子在武生組也一樣，武生的開蒙戲若是《白水灘》，花臉組和武丑組也會先學青面虎和抓地虎，以同學間互相配合演出的實際考量，這些人物也符合該行當的開蒙的基本要求，能規範學習，演不好也不會學壞。小生因在京劇舞台屬於小行當，非老生、旦角居引領地位，在劇校課目化不完備時，曹復永開蒙寄存在配戲的各組，依附在老生、花旦、青衣之間，在劇校規模日趨完整之後，這樣的情形幾乎不復存，小生組的專業師資越來越堅強，教學體系才建立齊備。以小生來說，紮基礎的概念課也隨著演員有了創新劇目，補足老戲中缺發唱作並具的戲，有了適合文生教學的折子戲出現。而開蒙劇目會隨著學生條件有所調整，同時同樣學老生的，劇目也未必相同，隨著行當表演劇目持續發展中，有更適合打基礎的劇目出現，開蒙戲劇目群中，也會不斷增減。

第五章　旦行開蒙戲遞嬗

　　本章節欲先從現代戲校切入，從臺灣戲曲學院和中國戲曲學院現今旦行教學劇目設置談起，再以教師教法和實際的教學劇目與教學過程做一探析，分析個別劇目的表演側重、唱腔功法，教學方式，以及該劇目做為開蒙劇目的背景調查。除旦行基本功之外，以花旦戲《鴻鸞禧》、青衣戲《二進宮》、《女起解》、崑腔武功戲《扈家莊》、崑腔身段戲《思凡》為主要討論對象，兼論旦角行當的劃分教學，溯及舊科班旦角開蒙戲的常用劇目。

第一節　旦角開蒙戲的回溯

一、青衣開蒙戲的回顧

　　依據李元皓將十九世紀末至二十世紀初的旦角演員之開蒙戲，做一採樣分析〔註1〕。十七位旦角演員中，以青衣戲開蒙，劇目分別是《彩樓配》、《三娘教子》、《二進宮》、《戰蒲關》、《祭江》、《孝節義》、《宇宙鋒》、《別窯》、《祭塔》、《硃砂痣》等；富連成青衣教師蘇雨卿，教授「喜」、「連」兩科，開蒙劇目計有：《三娘教子》、《桑園寄子》、《祭江》、《探窯》、《二進宮》、《硃砂痣》、《南天門》、《宇宙鋒》。依李氏之分析，這些劇目梅蘭芳崛起之前旦行的老派開蒙戲，王瑤卿、姜妙香、梅蘭芳、程硯秋、葉盛蘭、侯玉蘭、程連喜、陳盛蓀等，青衣除了以大段唱功戲做為紮基礎之用的，還有以為老生配

〔註1〕　李元皓《京劇老生、旦行流派之形成與分化研究》，頁392～394。表格依《立言畫刊京劇資料選編》、部分演員傳記整理。

戲的二路青衣開蒙戲〔註2〕，如葉盛蘭開蒙學《硃砂痣》，這個傳統延續到中華戲曲職業學校的「四塊玉」李玉茹，師從律佩芳〔註3〕，1930年梁秀娟〔註4〕，《硃砂痣》都在開蒙戲名單中，直到梅蘭芳成名以後，開蒙戲名單出現梅派代表劇目。青衣以配角做為開蒙戲，是在京劇形成初期不久的老路子，開蒙戲以配合老生演出為主。老派的開蒙戲上溯至徽班進京，當時戲班子徽漢崑弋梆都演，演員出身多元。徽班裡的青衣和花旦界線很嚴，青衣首重唱，花旦則專重做功與扮相〔註5〕。

> 青衣與花旦本是絕不相同的，因為青衣專飾節烈女婦，演時要處處鄭重，不失身分；花旦專飾俏鬟蕩婦，處處宜伶俐活潑，姿態自然。
>
> 青衣重唱而不重貌，但如毫無姿色，雖有絕好唱工，終覺吃力而不討好；花旦則完全相反，故易受歡迎。〔註6〕

戲壇上的藝術限制縱觀看來，「分久必合，合久必分」，之所以分合論述，是因為青衣花旦的演員戲路從界線分明，後來出現花衫行當，甚至融合武功劇目，往全才旦角的方向發展。從梅巧玲開始，慢慢地有了打破青衣、花旦表演的跡象。梅巧玲本工花旦，扮相不算好，但戲路寬，兼工青衣和崑旦，為王瑤卿、梅蘭芳等融青衣花旦於一爐下打下基礎〔註7〕。到了王瑤卿的時候，當時旦角演戲限制極嚴，青衣不能演花旦、武旦、刀馬旦不相混〔註8〕。王瑤卿由田寶琳開蒙，學《彩樓配》，爾後從謝雙壽習《祭江》，有紮實的青衣基礎，同時向錢金福學把子，整理刀馬旦戲，為旦角打破青衣、花旦、刀馬的表演行當侷限。全才旦角演員的出現和必然，這是分久必合。合久必分是在吸取眾家之長後，二十世紀末開始，演員找一個表演路線與風格的依歸，十分強調「歸派」，繼承某一個流派表演，1960年代中國劇團幾乎全歸為國有，各劇團行當流派傳人必須齊全，演員間更不能「踩線」，專研自己的流派藝術，可算是合久必分，但有些演員過於著重於劇目與風格特色上的複製，卻忽略了流派創始人的發展精神。

〔註2〕 李元皓《京劇老生、旦行流派之形成與分化研究》，頁394。

〔註3〕 李玉茹《李玉茹談戲說藝》（上海：上海出版社，2008），頁273。

〔註4〕 梁秀娟《手眼身法步》（臺北：遠流出版社，1983），頁7。

〔註5〕 北京藝術研究所、上海藝術研究所編著《中國京劇史》上卷，頁482。

〔註6〕 陳敬我：〈綠綺軒戲談〉，《戲劇月刊》第1卷第1期（上海：戲劇月刊社，1928年），頁3。

〔註7〕 北京藝術研究所、上海藝術研究所編著《中國京劇史》上卷，頁482。

〔註8〕 北京藝術研究所、上海藝術研究所編著《中國京劇史》上卷，頁494。

　　從旦角戲傳承的教育觀來看，以陳德霖到王瑤卿的教育理念的脈絡便很清楚。有「老夫子」之稱的陳德霖，教戲認為：

> 青衣先學《三娘教子》、《蘆花河》，能此二齣，則輕重徐疾，抑揚高
> 下得其大半，其餘各戲則不難迎刃而解〔註9〕。

當時老夫子便主張，演員依自己的條件，靈活掌握學戲的方式，不千篇一律，才能使古老的藝術流傳發展。可是以打基礎來說，《三娘教子》是【二黃】的基本腔，《蘆花河》則是【西皮】板式的基本腔。陳德霖是大青衣，擅長的多是青衣劇目，嗓子是後來練出來的功夫嗓，在青衣花旦壁壘分明的時代，陳德霖由青衣學唱出發【西皮】、【二黃】各有一基礎劇目。陳德霖以後，王瑤卿是一代旦角代表，到王瑤卿，在教戲觀念上，已不只是聲腔的考量，而是全才旦角的基礎。人人稱王瑤卿為「通天教主」，其教學為每個人找到戲路：

> 別瞧我有這麼些個徒弟，就等於有這麼些個猴兒，全在我這根繩兒
> 上拴著。我別瞧這個猴兒該怎麼拴才怎麼拴，認真了，是一個猴兒
> 一個拴法。即使是同一個戲，教給不同的學生，要求也不一樣，發
> 現學生的特點，又幫助學生認識自己的特點〔註10〕。

王瑤卿到中國戲曲學校任校長，立下「文的一齣《三擊掌》、武的一齣《扈家莊》，是旦行學生人人必修的『校戲』」。〔註11〕隨著時代趨勢，王瑤卿開蒙雖是青衣出身，有武功底子，自身能演青衣、花旦、刀馬旦等文武雙全的戲，有影響力之後，教學主張從劇目選擇上，便可看出旦行表演需具備文武基礎，不再是單一行當的考量。

表12：陳德霖、王瑤卿、梅蘭芳開蒙戲表

演員	劇目	教學開蒙主張劇目
陳德霖	崑腔戲	三娘教子、蘆花河
王瑤卿	彩樓配、祭江	三擊掌、扈家莊
梅蘭芳	戰蒲關、祭江、孝義節、彩樓配	

〔註9〕　陳志明編著《陳德霖評傳》（出版地不詳：懷柔渤海印刷廠，出版年不詳），頁7。

〔註10〕塗沛〈繼往開來一代宗師〉，史若虛、荀令香主編《王瑤卿藝術評論集》（北京：中國戲劇出版社，1985）頁272。

〔註11〕北京藝術研究所、上海藝術研究所編著《中國京劇史》，頁1716。

　　再從開蒙戲來看，從王瑤卿到梅蘭芳，旦角樹立新的規範，以梅蘭芳為首，新一代的旦角開蒙戲都是梅派〔註 12〕。取代老派從配角學起的路子。一如老生的譚派取代老派，也就找不到旦角開蒙先學崑腔戲的例子了。李元皓旦角開蒙戲表格中的十七名旦角演員，王瑤卿、姜妙香、梅蘭芳、程硯秋、王玉蓉、葉盛蘭、梁小鸞、言慧珠、侯玉蘭、張君秋、毛世來、白玉薇、王吟秋、黃玉華、陳永玲、李玉芝、張燕雲，其中稍微晚期的言慧珠、侯玉蘭、白玉薇、王吟秋、黃玉華、陳永玲等六位，以及以新派花衫戲開蒙的王玉蓉〔註 13〕，劇目出現了《貴妃醉酒》、《宇宙鋒》、《女起解》等梅派戲，《六月雪》、《賀后罵殿》等程派戲，梅蘭芳的影響無遠弗屆，建立了新的旦角表演體系，梅派戲成了許多教師的教學首選，新經典是旦角典範，也是京劇代表。但可以討論的是這些所謂的流派代表劇目，在開蒙時期，未必用的就是四大名旦的流派唱法。以《賀后罵殿》來說，早期《賀后罵殿》有源自梆子的【西皮】本和源於漢調的【二黃】本，經陳德霖所恢復者，為【二黃】本的演法，又經王瑤卿加工，惜以嗓敗，王瑤卿再為程硯秋指導此劇〔註 14〕，重設唱腔，由程硯秋唱紅後，便以程派名劇看待，老生趙光義必以言派演出。但在程派戲個人風格強烈，一般並不認為是大路子、基礎為主的初階學習的戲路。這齣戲教【二黃】聲腔為主。【二黃搖板】的唱腔有四個不同上下【叫頭】、【哭頭】後接【導板】、【迴龍】、【快三眼】，是唱腔訓練的重點，大段整齊的板式共十八句，每句的大小拖腔不一，【慢板】第一、二句大腔，常是學生的障礙，因為這段慢板只有兩句，上下句形式明顯，大腔雖難，若能掌握，將來對【二黃慢板】的大腔就不會害怕。這段唱不單是練習唱段氣口，還包含嗓音吊嗓子的發聲唱法。

　　在程硯秋唱紅之前，《賀》劇早就做為教學的開蒙劇目〔註 15〕。李元皓的研究中，將王吟秋、黃玉華以《賀》劇開蒙，視為程派戲代表作取代老派成為開蒙戲〔註 16〕，並將《宇宙鋒》以梅派戲視之，但回顧程硯秋從陳嘯雲學藝之時，開蒙戲早已有《宇宙鋒》，但可能就不完全以梅蘭芳的詮釋為基準，當時梅蘭芳影響力還未出現在開蒙教學中，老派的開蒙劇目中出現《賀后罵

〔註 12〕李元皓《京劇老生、旦行流派之形成與分化研究》，頁 391。
〔註 13〕李元皓《京劇老生、旦行流派之形成與分化研究》，頁 394。
〔註 14〕張偉品〈《罵殿》的穿戴及其他〉，頁 25～26。
〔註 15〕張春雷〈漫談《賀后罵殿》的唱詞〉，《中國京劇》2013 年 4 期，頁 52～53。
〔註 16〕李元皓《京劇老生、旦行流派之形成與分化研究》，頁 395。

殿》，應是王瑤卿加工過的【二黃】路子，而非程派唱法。包含臺灣第一代演員的養成教育中，在大鵬教旦角、鳴春社出身的劉鳴寶，陸光旦角教唱的韓媽媽，也以《賀后罵殿》打下唱腔基礎，無論旦角的哪個行當，都要學這齣戲的唱，每個人都得唱到滾瓜爛熟為止〔註17〕，演不演出則是另一回事。這就是打基礎學藝的過程，王瑤卿曾言：「戲不一定要演，但一定要會。」但現在臺灣戲校此劇已不在必教劇目名單之列。中國戲曲學院附中教的《賀后罵殿》便是依王瑤卿的路子教學，近年程玉菁的傳人李毓芳錄有王派唱法的教學錄音〔註18〕，明顯聽出唱腔唱法十分平直，僅有少數幾個難腔。

二、花旦開蒙戲的回溯

花旦的主要劇目，是和小丑的玩笑戲，如：《打刀》、《打麵缸》、《小上墳》。這一類的劇目功法上主要的展現是京白和蹻功。因此過去花旦的開蒙戲，也多是這類十分生活化的玩笑戲。在富連成科班的蕭長華、金喜榮所教授的花旦開蒙戲劇目：《打刀》、《打灶王》、《小上墳》、《打槓子》、《小過年》都是和小花臉同台的劇目。小大鵬前幾期的旦角教學〔註19〕，劉鳴寶依循科班傳統，需先練蹻功，花旦戲以《雙背凳》、《頂花磚》、《打麵缸》開蒙，青衣戲則是《春秋配》、《三擊掌》等，因此，旦角的基礎教育，是青衣花旦並行，依劇目性質為學生打下不同面向的基礎，其他行當亦有此現象可循。

玩笑戲特別注重表演性，花旦的念白、眼神、表情、氣息的配合與運用，唱腔充滿各式小調，不是板式規整的【西皮】、【二黃】，看的是演員表演功力。生活化的內容表演上看似容易，實際上對於劇本韻味的掌握更加困難，演員若功力不足，戲劇性便難以襯托出來，戲就顯得了無生趣，好學難演，做為開蒙戲的教材時，主要是讓演員掌握念白技法。功法相關討論請見丑角開蒙戲。

第二節　旦角的基礎教育——開蒙先學花旦

老派的青衣、花旦分工嚴謹，一個重唱、一個重做。到了四大名旦學戲

〔註17〕訪朱安麗〈個人學藝演出經歷〉。2010/8/24 於國光劇團。

〔註18〕李毓芳近年錄製不少王派教學錄音，部分劇目錄音時，博士班學友兆欣正在向李老師學戲。《賀后罵殿》的錄音可參考土豆網 2009/8/28 張貼文章，此版本從賀后【二黃】唱段起，http://www.tudou.com/programs/view/njHJ_kMKASE/。瀏覽日期：2014/3/14。

〔註19〕訪王鳳雲「小大鵬學藝經過」，2014/4/10 於臺灣戲曲學院內湖校區。

的時期，旦角表演在教育上，已經有了內在本質的轉變，青衣花旦兼學，功法通練，也就是「歸行而不定行」觀念上的落實。

高宜三曾依照秦慧芬向王慧芳的學藝經過，推測未細分青衣花旦之前，老先生們教旦角，是從花旦啓蒙〔註20〕。其考量一是念白、二是蹻功。念白上，從京白的咬字發音開始學起，對於口齒的清晰極有幫助；蹻功是如果幼年不踩，沒有經過長時間鍛鍊的過程，將來更是無法學的好、練的來的一項技術功夫，況且在當時武旦和花旦沒有踩蹻，是完全不被認可的。

踩蹻大約源自十九世紀初期，清代山西、陝西一帶最盛行小腳，此地演員模擬，以踩蹻表現舞台上的女子纏足。由秦腔演員魏長生帶上舞台，由梆子班保留於京班。用在武旦和花旦，青衣並不踩蹻。可分爲硬蹻、軟蹻，其中又有文蹻、武蹻與改良蹻等數種。由木蹻（木底）、蹻帶子（蹻布）、蹻鞋（套）及褲腿組成。蹻鞋，很不符合人體工學的表演手段，卻是演員不得不訓練的必經之路。梅蘭芳、程硯秋在開蒙時期都是從踩蹻練起。梅蘭芳曾憶：

> 我記得幼年練工，是用一張長板凳，上面放著一塊長方磚，我踩著蹻，站在這塊磚上，要站一炷香的時間。起初站上去，戰戰兢兢，異常痛楚，沒有多大工夫，就支持不住，只好跳下來，但是日子一長，腰腿就有了勁，漸漸站穩了。

> 冬天在冰地裡，踩著蹻，打把子、跑圓場、起先一不留神，就摔跤。可是踩著蹻在冰上跑慣了，不踩蹻到台上，就覺得輕鬆容易，凡事必須先難後易，方能苦盡甘來。〔註21〕

踩蹻是非常磨人心智的訓練過程，因爲最苦也爲難，又最不可缺的旦角功夫，所以一旦歸入旦行，不管是哪一種旦，都必須先練蹻功。程硯秋練蹻的歷程也十分接近，幼時從榮蝶仙做學徒的頭一年，必須踩著蹻連平日生活打水，幫師父幹粗活，都不能鬆懈〔註22〕。荀慧生是梆子戲花旦出身，蹻功更是不可免。梅蘭芳、程硯秋在學藝時期歸行至青衣，才不再踩蹻。

且角學戲從花旦開蒙的說法，也許可以在蹻功的練習上獲得印證，臺灣的京劇旦角訓練，仍保有這項傳統。

〔註20〕 王安祈《臺灣京劇五十年》，頁442。
〔註21〕 梅蘭芳口述、許姬傳、許源朱整理《舞台生活四十年——梅蘭芳回憶錄》，頁31。
〔註22〕 程硯秋〈我的學藝經過〉收入潘耀明《中國戲劇大師的命運》（北京：作家出版社，2006），頁99。

兩岸旦角教學劇目──從《鴻鸞禧》談起

《鴻鸞禧》又名《棒打薄情郎》、《金玉奴》、《豆汁計》。講述丐頭之女金玉奴愛上落魄秀才莫稽，最後被負心的故事。老戲因劇中有鴻鸞星照命，婚姻由天註定等迷信情節而得名〔註23〕。書生莫稽，在嚴冬風雪之中，飢寒交迫，倒臥在丐頭金松家門口。金松之女金玉奴，在家中倚門欲盼外出的老父，卻見莫稽倒臥雪中，便將莫稽喚進家中暫避風寒，並以豆汁為其果腹充飢。金玉奴見莫稽儀表出眾，心生愛慕，待金松歸家，表明心意，得父恩允，與莫稽結為夫婦。大比之年，莫稽進京赴試，得中功名，出任江西德化縣正堂。上任之時，嫌棄金松父女出身低微，趁赴任路途中行舟之時，將金玉奴推入江心，逐出金松。金玉奴落入水中被江西巡按林潤所救，問其根由，收為義女，並設下一計。德化縣歸林潤所管，對莫稽偽稱欲將其女許配結親，莫稽欲攀榮華富貴，欣然應允。洞房之夜，痛遭棒打，發現新娘即是金玉奴，後悔莫及……。

故事的結局有金玉奴不計前嫌，莫稽痛改前非，兩人和好如初的大團圓喜劇結尾，以及金玉奴不顧前情，與金松相依為命，莫稽遭摘官除職的悲劇收場。本事見《古今小說》第二十七卷《金玉奴棒打薄情郎》、清范文若《鴛鴦棒傳奇》。郭際雲、梅巧玲、小翠花、荀慧生均擅此劇〔註24〕。大陸1950年代，曹慕髡的《豆汁記》結局改為金玉奴父女棄莫稽而去〔註25〕，荀慧生1959年參加匯演，再加以重新創造，劇名為《棒打薄情郎》，劇中迷信情節拿掉後，以《豆汁記》命名，遂為荀慧生後來的流傳版本。

本文主要不在探討《棒打薄情郎》故事的流變，而是金玉奴在劇中的表演功法，做為花旦開蒙的教材，情節只演到頭場金莫結親為止的折子，而並非全本，教學時不包含後面的趕考、赴任、棒打等場次，目前兩岸花旦開蒙戲都保留這個戲碼。

之前臺灣戲曲學院旦角教師白明鶯，任教國一至國二兩年的學生，負責青衣花旦組的開蒙教學。白明鶯，復興劇校第六屆「傳」字科畢業，1970年入學坐科，其自身的學習經歷，幼時由丁春榮老師開蒙，第一齣戲學的是《五

〔註23〕 張逸娟〈樹立精品意識　恪求繼承發展──《金玉奴》教學體會〉，《戲曲藝術》1999年1期。頁81。

〔註24〕 曾白融《京劇劇目辭典》，頁886～887。

〔註25〕 陶君起編著《京劇劇目初探》（北京：中國戲劇，1980年二刷），頁323。

花洞》。劇校畢業後保送文化大學戲劇系國劇組，同時進入劇團，一年後留校擔任旦角老師至今，教學經驗二十餘年。當初在校學戲時，青衣與花旦便不分組，同班有八名旦角學生，首排《八五花洞》可讓旦角同學們一起上台扮演真假潘金蓮。演完《五花洞》之後第二齣戲學的是梅派戲《宇宙鋒》。訪談過程中，白明鶯分析自己的開蒙時的心路歷程，學《宇宙鋒》時非常辛苦，一是【反二黃】唱腔旋律難唱難記，不容易學起來，二是嗓子還撑不起應付【反二黃】的調門，三是做不出裝瘋賣傻樣子，「學的時候有點怕怕的」，達不到老師的要求，至今仍心有餘悸〔註26〕，因此不會在學生基礎未打穩時教授《宇宙鋒》。

《宇宙鋒》做爲《五花洞》之後的學習劇目，並非丁春榮首創，可溯及至程硯秋的青衣開蒙戲。榮蝶仙請了陳桐雲教程硯秋花旦戲，開蒙三齣戲是《打櫻桃》、《打槓子》、《鐵弓緣》；青衣請了陳嘯雲，開蒙學《彩樓配》、《宇宙鋒》、《別宮祭江》、《祭塔》〔註27〕。《打櫻桃》、《打槓子》是玩笑小戲，前者唱【吹腔】、後者唱【南鑼】，《鐵弓緣》幾乎沒有唱段，三齣戲主要都是練習蹺功和京白的劇目。言慧珠的開蒙戲也是《宇宙鋒》。時至今日《宇宙鋒》的唱腔、引子是旦角打基礎的好段子，但是做表上，尤其是對劇情的理解，並不是初學的小孩能夠負荷，非但不能理解人情戲理，對於裝瘋而非眞瘋的模仿，學童更是沒有體驗難以揣摩學來不易，現在《宇宙鋒》除了「唱、念」出現於中國戲曲學院的刀馬旦的口齒發聲訓練之外，幾乎未出現在旦角開蒙戲的名單之列了。由此可知，過去學開蒙戲是整齣戲教，而非摘錦教學，《宇宙鋒》的唱念、引子雖是青衣基礎，但身段劇情表演過難，對初學者而言難以負荷，只有其中的唱念，是極適合打下青衣唱念基礎的。

這十多年的教學以來，對初學旦角的國一、國二生的教學進程，在兩年中，哪些是一個旦角演員必會的基礎，如何透過「學戲」達到目標，白明鶯逐漸理出自己一套。她劇目教學依序是《鴻鸞禧》、《女起解》、《春秋配》、《大登殿》。

在學生的開蒙劇目中，第一齣先教《鴻鸞禧》。《鴻》劇的教學重點爲蹺功、京白、做表、眼神。課堂上的情況如下：學生每天上課必須先勒上頭，

〔註26〕 訪白明鶯〈學習開蒙戲與教學經過〉，2014/2/12，於臺灣戲曲學院內湖校區。
〔註27〕 程硯秋〈我的學藝之路〉（戲曲研究第二期，1957）《程硯秋自傳》（南京：江蘇文藝出版社，2012），頁5。

綁上硬蹻，耗蹻少至五十分鐘，接著踩蹻練各式旦角基本功，走腳步、跑圓場、花梆子、簡單的槍花亮相等等。四節分科課當中（分科課一次全部的上課時間，約三個半鐘頭）都不准「卸蹻」（脫下蹻鞋），兩年過程中從不間斷。耗蹻先在地板上耗、然後是平面的站磚，最後是立磚站。白老師強調：

> 學旦角的必須以蹻功啟蒙，這除了是傳統之外，也是幫助孩子培養
> 出旦角體態的好方法，因為現代孩子過於中性，即使都是女孩子學
> 旦角，也少了很多女性的陰柔婉約的一面，踩蹻可以幫助學生進入
> 旦角婀娜多姿的氣質，才會找到扭著走的感覺。〔註28〕

此劇並沒有蹻功的特技功法，如花梆子、踢腳尖等，訓練的重點是踩蹻的腳步和圓場，目標是要如同穿彩鞋一般能走能跑。梅蘭芳對於踩蹻的回憶，和今日臺灣劇校學生之訓練一般無二，臺灣沒有冰地，沒有在冰上練蹻的經過，是在表面平滑的地磚上進行。無論台上是否踩蹻演出，在開蒙時對演員的舞台形體都有很大的幫助，這也是白明鶯老師堅持一定要練蹻的原因之一〔註29〕。

　　白明鶯說《鴻》劇中的金玉奴，年齡十六歲，年紀和剛分科的國一、國二學生相仿，本意學生能夠較易體會劇中人少女情懷，殊不知對表演未開竅的學生，若不透過模仿表演身段和做表的要求，一不注意反而把小姑娘演成老太太，沒辦法演出天真爛漫的少女模樣。臺灣人的國語環境，本就帶有濃濃的臺灣口音，對於ㄖ、ㄌ、ㄋ，ㄢ、ㄤ、ㄣ、ㄥ的字音發音準確度很低。京白雖然和國語接近，相對韻白和地方白而言的北京方言，要求的是北京字音，沒有尖團字，但有上口字和重重的「兒話」音，音調和臺灣人說國語的習慣也不同。因此，透過此劇全劇京白，能在開蒙時矯正學生的發音咬字，起碼要達到字音標準的程度，再來講究京白的韻味，包含語調的學習，兒話音的練習等。金玉奴上場詩，念：「青春正二八，生長在貧家。綠窗春寂靜，空負貌如花。」在京白中，第一句的「正」字必須念上聲而非去聲，藝術化後，第二句「在貧家」是徹下來的念法，「家」字念輕聲，「綠」是「上口字」，音需念「路」（lu），「空負」配合鑼鼓點【搭乙】「貌如花」【台台台】，一字一小鑼。學生剛開始學習時，一邊耗蹻一邊念詞，老師不但用耳朵聽學生發音，眼睛注意著學生的口型，也讓學生熟習戲詞。再給學生走定位時，一邊念著鑼鼓點，一邊示範、一邊念詞，同時眼到手到心到，接著才讓學生跟著走幾

〔註28〕訪白明鶯「學習開蒙戲與教學經過」，2014/2/12，於臺灣戲曲學院內湖校區。
〔註29〕訪白明鶯「學習開蒙戲與教學經過」，2014/2/12，於臺灣戲曲學院內湖校區。

遍後，逐漸讓學生單獨練習。《鴻》劇唱段不多，【西皮原板】、【搖板】等，能學到基本的【西皮】聲腔，懂得聽過門，主要讓學生掌握蹻步、京白、穿褲襪的手勢，發聲位置和唱腔唱法，透過京白的練習，這是技巧功法的部分。沒有基礎的學生，在練唱過程中，老師在學生唱腔旋律熟習以後，對唱的拖腔韻味，要求的更細緻，以免聲腔曲調雖然唱對，卻可能像唱歌不像唱戲。表演上更希望學生找到詮釋小女孩忸怩作態的天真感，如何透過眼神傳達，表情豐富又自然，這個階段的訓練，主要是以老師的示範讓學生模仿，學生跟著老師學之後，再由老師一步一步糾正到位。教學的過程，老師絲毫不能鬆散，嚴格的緊盯學生，但學生表現未必能如預期。學校有期中考、期末考制度，就筆者在考試現場觀察〔註30〕，學生容易表現緊張而忘詞，唱腔荒調（走音）等情況，嗓音也如未經雕琢的璞玉，還在尋找發音的共鳴位置，生澀的表現，是初學者必經之路。因為是考試中，教師並不急於糾正，而是等到事後再一一評述，讓學生一點一點練習。

　　大陸的戲校，不似臺灣統旦角組統一教學，旦角一開始已細分行當，但不歸工，青衣、花旦、武旦分行的清楚，在適性的過程採主副修制，主修學的青衣劇目、副修可能是花旦戲，主修花旦劇目、副修可能是青衣或武旦劇目或崑腔戲，文武崑亂兼學，意義上仍源自科班兼學或通學的傳統觀念。自1950 年代，逐步進行「戲曲改革」包含改戲、改人、改制的全面實施，蹻功在形式上屬於「落後、庸俗、醜惡」的表演，是奴性、恐怖的形象，是侮辱自己民族、違反愛國主義的行動，依照「五五指示」廢除了旦角蹻功〔註31〕，舞臺上從此見不到踩蹻，踩蹻的教學當然也是不允許的，但教學劇目仍保有《金玉奴》。北京戲曲藝術職業學院（簡稱北京戲校）傳承的版本是榮譽校長孫毓敏的荀派演出本〔註32〕，並無踩蹻；中國戲曲學院附中於教綱上卻將前半的《豆汁記》設定在中年級階段，全部帶後面《棒打》情節的部份屬於高年級劇目課。做為初階教學，著重做功和基本功的表現，用於高段班強調的是用此劇引領學生對人物內心戲的探索。劇中最後一場的「棒打薄情郎」經荀慧生安腔編唱，唱【二黃、導板、原板、散板】，經其子荀令香和其女荀令

〔註30〕 白明鶯課堂期中考試，2014/4/10，於臺灣戲曲學院內湖校區。
〔註31〕 參見《中國京劇史》下卷第一分冊。頁 1522～1532。
〔註32〕 劇本收入北京戲曲藝術職業學校主編《京劇教學劇目精選（捌）》（北京：北京戲曲藝術教育金會，2006），頁 203～272。

萊，在原有基礎上，分別為所任教的中國戲曲學院和北京戲校的學生（如中國戲曲學院花旦教師張逸娟、北京戲校花旦教師孫毓敏），加工整理，呈現不同風貌〔註33〕。

關於旦角踩蹻對表演的變異，以中國戲曲學院附中張逸娟老師關於《小上墳》的教學為例，老版本的踩蹻演出，必須將一般旦角所用到的表演功法，練到如同與身俱來一樣，才算是功夫到家。《小上墳》充滿高難度技巧，如翻身、雙飛燕、雙腿躍起跪、小蹦子、臥魚等，需要有良好的腰、腿基礎。原本踩蹻的戲一旦不踩蹻，要如何發展更細膩的表演，甚至是比踩蹻更精彩，便是演出者的難題。張逸娟，1950 年代中國戲曲學校學生，專工花旦，師承趙桐珊等名家，曾任中國戲曲學校附屬中等職業藝術學校校長。十二歲在劇校那年（1960 年代），《小上墳》一劇由陳宜玲、汪榮漢教授，當時中國舞台已經廢除踩蹻，而授課教師認為，既不踩蹻，更該全面表現此劇「飛飛飛」的特色〔註34〕，已經融入許多舞蹈動作，比如有部分抬腿的動作、迅速的轉身、跨越幅度大的動作等，過去踩蹻表現的話，比較受到限制。當然，這樣的做法開始實驗時，讓此劇變的「不純粹」，但中國戲校的領導者，觀念較大膽開放，不為保守派非議，舞蹈化的身段要運用得宜，更添風采，張老師學習時已經是帶有舞蹈化動作的版本了。到了張逸娟擔任老師時，已經向不同的老師，學過幾個不同版本路數的《小上墳》，因自身對多種表演藝術均有涉獵，尤其學習許多舞蹈形式，經和整體的歸納後，掌握戲曲形式，從「無技不成戲」的角度出發，從舞蹈造型、技巧編排高難度、肢體語彙的豐滿度〔註35〕，若無紮實基本功無法演出，同時也成為學生練身段基本功紮基礎的好戲，

〔註33〕 見張逸娟〈樹立精品意識　恪求繼承發展——《金玉奴》教學體會〉「荀令香編創了一段【二黃碰板快三眼】轉【反二黃原板】唱段，使荀派派名作以一個更新、更美的面貌奉獻於戲曲教育事業。」《戲曲藝術》1999 年 1 期。頁81。孫毓敏〈試談《金玉奴》的表演〉談及「我和師姐荀令萊一起整理《金玉奴》劇本……。有些地方我做了新處理，尤其最後一場，我是以大段【二黃】新腔來結束全劇的」。北京戲曲藝術職業學校主編《京劇教學劇目精選（捌）》，頁 204。劇本另參考張逸娟、萬鳳姝整理、萬如泉記譜《金玉奴》，委會編《中國京劇流派劇目集成・十七》（北京：學苑出版社，2009），頁 1～79。

〔註34〕 《小上墳》又名《飛飛飛》，象徵整劇演員在舞台上跑滿場的樣子，表演上是腳如飛、眼如飛、手如飛。

〔註35〕 張逸娟〈繼承與發展《小上墳》教學體會〉，《戲曲藝術》，1998 年 4 期。頁78～80。

兩者是一體兩面的。《小上墳》經六零年代初學此劇、七零年代演出教授此劇、八零年代重整此劇，版本不斷調整更新，已經成爲張逸娟教學生涯的必授課劇目之一〔註36〕。

第三節　兩岸戲校青衣開蒙戲──從《女起解》與《二進宮》談起

一、《女起解》

《女起解》與《二進宮》前者是近年臺灣戲校的青衣開蒙戲，後者是中國戲曲學院附中、北京戲校的青衣開蒙戲。《二進宮》做爲開蒙戲，從老派劇目一直沿用至今，《女起解》則是從梅蘭芳崛起之後。前面提及《鴻鸞禧》是演員表演、念白方面的開蒙戲。教完花旦戲《鴻鸞禧》，第二齣戲白明鸞教《女起解》。梅派戲《女起解》主要是爲學生打下唱腔的功底。劇中【二黃】、【反二黃】、【西皮】的唱腔俱全，頭場的【二黃散板】與【反二黃慢板】，二場是【西皮流水】、【慢板】、【搖板】、【散板】等。

旦角演員未歸工青衣花旦之前，「唱」要學青衣劇目，「做」要練花旦功法，兩者具備才能教師會依學生的條件和狀況，擇戲教學，或有行當上的偏重學習，而不是單一歸行。青衣唱功戲的進程，是從基本的【西皮】、【二黃】、【反二黃】戲學起。這個基本，指的是唱腔上的基本。梅蘭芳的開蒙戲，先學的是【二黃】《戰蒲關》〔註37〕，然後【二黃】、【反二黃】均有的《祭江》、《孝義節》，再學【西皮】《彩樓配》〔註38〕。程硯秋開蒙的前三齣戲，是先【西皮】《彩樓配》【二黃】《二進宮》、然後【反二黃】《祭塔》，這三個戲各有【慢板】，都是五個腔〔註39〕，搭配其他如【搖板】、【散板】、【二六】等板式的混合運用，目的是讓學生對旦角唱腔的基本程式有一個基礎，學了這個戲的腔，日後學其他戲能夠舉一反三，甚至能從中創發新腔。若依這個標準，

〔註36〕訪談張逸娟。2014/3/7 於中國戲曲學院。
〔註37〕梅蘭芳口述、許姬傳、許源朱整理《舞台生活四十年──梅蘭芳回憶錄》（北京：團結出版社，2005），頁 21。
〔註38〕朱家溍〈梅蘭芳年譜未定草〉，《故宮退食錄》（北京：北京出版社，1999），頁 795。引自李元皓《京劇老生、旦行流派之形成與分化研究》，
〔註39〕程硯秋〈戲場上的音樂〉，《程硯秋戲劇文集》（北京：中國戲劇，2003 年），頁 402。

在現代演員不以劇目量取勝的年代，教戲時，教師們擇有【西皮】、【二黃】、
【反二黃】的《女起解》，便有跡可尋，但是學不完整三大聲腔中各自的【慢
板】基礎腔。關於先學《女起解》王瑤卿有個說法：

> 王瑤卿說青衣學唱，按聲腔分爲【西皮】、【二黃】、【反二黃】；接著
> 學帶身段的戲，首先應學《戲妻》、《武家坡》、是我先教梅蘭芳《起
> 解》後，我的學生都要先學《起解》……我以爲還是用原來的規矩
> 好。〔註40〕

當時，梅蘭芳已不是毫無基礎的科班生，而是追求藝術更加精進「轉益多師」
的時期，《起解》並不是梅蘭芳的開蒙戲，而是拜王瑤卿學藝之後，第一個教
的戲。王瑤卿不主張學生先學《女起解》，怕的是《女起解》都是扛枷，以後
身段容易僵化〔註41〕。但是梅蘭芳的成功經驗，人人都想複製，希望這樣的
過程也能讓自己有成功的捷徑，離邁向成功之路更進一步，向王瑤卿學第一
手的《女起解》，遂成爲向王求藝的首要任務，更希望也能發展出如梅蘭芳有
著屬於自己特色的表演風格。

在此略談王瑤卿的教旦角選用的開蒙戲。細數王瑤卿教過的開蒙戲，依
照不同時期和每個學生特質的出入和變化，統計有：《二進宮》、《三擊掌》、《彩
樓配》、《女起解》、《賀后罵殿》等劇，聲腔上有的先從【西皮】學起，有的
先從【二黃】學起，沒有一定的開始。《三擊掌》、《彩樓配》是鳳冠、宮裝戲，
唱【西皮】。戲諺有「男怕二黃、女怕西皮」之說法。旦角從【西皮】入手，
是由難入易。《二進宮》、《賀后罵殿》是【二黃】戲，包大頭、黑褶子，沒有
特別身段，標準青衣戲。《女起解》【西皮】、【二黃】兼具，直到梅蘭芳之後，
才成爲開蒙戲，但扛枷不利表演基礎。各劇探討，待本節後文一一析論。

《女起解》經由王瑤卿在唱腔上的改動，加上梅蘭芳唱紅後，四大名旦
的玉堂春各領風騷。齊如山《中國劇之變遷》：

> 《女起解》一戲，從前因總是接《會審》連唱，所以頭一場只有【原
> 板】四句，後經瑤卿將祭獄神添了一段【反二黃】，就永以爲例了。
> 可是因《起解》唱功已夠，於是大家就只唱一齣，不接連《會審》
> 了〔註42〕。

〔註40〕李元皓《京劇老生、旦行流派之形成與分化研究》，頁 409。
〔註41〕李元皓《京劇老生、旦行流派之形成與分化研究》，頁 409。
〔註42〕齊如山《中國劇之變遷》，北平國劇協會，1927。頁 6。

《女起解》由梆子移植，原本不夠一個折子戲的時間，經王瑤卿將「別獄神」一場改為【反二黃】後，幾乎成為定本〔註43〕，「唱功已夠」，也可視為開蒙戲的原因。中國戲曲學校第一期學生涂沛，師承王瑤卿，分析這段唱安插的作用以及被保留的原因：

> 這段【反二黃】很好的抒發了蘇三即將《起解》前的心理和感情。
> 蘇三受了冤屈，無力申訴只好祈禱獄神來保佑，他這種既希望於神
> 明的悲切之情，恰好從附有表現了【反二黃】腔調中抒發出來，因
> 此這段唱是根據揭示蘇三這一特殊心情需要而設計的，所以才能做
> 到唱（技）不壓戲，與全劇貼切和諧、渾然一體。〔註44〕

因為唱詞和人物心境貼切，唱腔板式亦符合人物心境。也因此《起解》在王腔梅唱的基礎下，經過時代的歷練，成為旦角的基本劇目，白玉薇開蒙所學的《起解》，也是有【反二黃】的新版本。白玉薇進中華戲曲職業學校之前，因喜歡京戲，拜在王瑤卿門下，其學戲進程：

> 頭一齣學《女起解》、第二齣學《罵殿》、第三齣是《法門寺》。然後
> 再學《六月雪》。王大爺開蒙都是教《女起解》的。〔註45〕

按王瑤卿自己的說法，在他教白玉薇身上可說是得到驗證，唱腔上【西皮】、【二黃】、【反二黃】的學習歷程，那時，白玉薇十二歲，王瑤卿約四十一歲，而當時王瑤卿給梅蘭芳說戲時，時年三十（1911），梅十七歲，距離《女起解》【反二黃】等新腔出現，至少已經過了十年以上，加上各大名旦均演，《起解》成了當紅劇目，原來王瑤卿反對《起解》當開蒙戲，十年過去了，似乎也抵擋不住這股熱潮，況且白玉薇當時尚未進入戲校，是因興趣學戲，不是按照科班學生的教法教，或許也有這一考量在內。《女起解》做為開蒙戲，可能就是從票友先開始。

　　從王瑤卿學戲的演員，若都先從《起解》學起，《起解》成了對成熟演員技藝提升的重要入門劇目，當這批演員進入教學體系後，便會以自身認為被琢磨的演法、較講究的唱腔，加上自己對表演的體會的綜合評估，再教學生《起解》時，心裡有譜，更有把握，對於學生的此劇的表現優劣與否，拿捏

〔註43〕齊如山〈《女起解》變遷〉，《京劇談往錄三篇》，頁418。

〔註44〕引自涂沛〈繼往開來一代宗師〉，史若虛、荀令香主編《王瑤卿藝術評論集》，頁262。

〔註45〕白玉薇〈我在中華戲校的前前後後〉，《京劇談往錄三篇》，頁73。

得更加精準。多位前輩的先例，《起解》越到現在，有越多演員以此開蒙。劇校所教的《起解》，是依梅派唱法，依據李元皓的研究，從王瑤卿到梅蘭芳，旦角已經樹立新典範：

> 這個新典範的內容主體就是四大名旦的流派藝術，而以梅蘭芳為代表。新一代的旦角的啟蒙戲都是梅派，出師之後都要歸派，多以四大名旦為依歸[註46]。

直到今日，臺灣戲曲學院白明鸞、胡台鳳、王鳳雲三位旦角老師，一致認為學生的基礎必須由梅派打起。梅派「大雅必淡」的典雅風格，成為一個在教學上的「大路子」，也是就是青衣的基本典型，且不再以二路青衣戲做為開蒙戲。梅派的風範，在教育中視為典範，表演上的一舉一動，這個規範，是以梅派的標準要求的，而不是王瑤卿路數。初中時青衣基礎學《女起解》，該劇也是許多旦角演員的開蒙戲，綜合的聲腔板式，可以集中在一個戲當中都學到，對於教學時間被壓縮的現代劇校環境，讓學生對板式的基本認識無疑更加便捷，等到打下唱腔、念白基礎，逐漸學習帶有水袖的人物，練習青衣水袖的基本身段。

二、《二進宮》

中國戲曲學院附中和北京戲校打基礎的開蒙戲都有《二進宮》。《二進宮》是頭路青衣演的戲[註47]，可溯及姜妙香、葉盛蘭、侯玉蘭的開蒙戲。姜妙香師從謝雙壽，《二進宮》卻是裘桂仙教的[註48]；葉盛蘭富連成坐科之時，青衣由蘇雨卿開蒙；侯玉蘭是中華戲曲職業學校的女學生，律佩芳開蒙，亦是《二進宮》[註49]。早被做為童伶演劇：

> 《二進宮》一劇雖為民初童伶常演之戲，然唱工非常吃重，青衣尤不易唱[註50]。

因為唱功繁重，不在孩提時期學演，日後若嗓音因倒倉等緣故沒有回復，難貼此劇，成熟演員演出就是亢嗓子、賣唱功的。《二進宮》做為開蒙戲，因為唱段的板式、耍腔、對口，對訓練演員很有幫助，在這一百年來沒有間斷過，

〔註46〕李元皓《京劇老生、旦行流派之形成與分化研究》，頁391。
〔註47〕王瑤卿：〈我的幼年時代〉，《劇學月刊》第2卷第3期（1933年），頁27。
〔註48〕何時希《一代小生宗師姜妙香》（北京：北京出版社，1994），頁5。
〔註49〕引自李元皓《京劇老生、旦行流派之形成與分化研究》，頁393。
〔註50〕張聊公：〈評陳德霖的表演〉（原出自《聽歌想影錄》），《陳德霖評傳》，頁80。

已經幾乎是學戲者入門首選，雖非人人皆先學《二》劇，但在基礎教學的重要性是不可抹滅的。

　　中國戲曲學院旦角戲，繼承的王瑤卿的表演路子與教學方法。1950 年代初王瑤卿任中國戲曲學校名譽教授及第二任校長，在樹立「新一代」（1949 年以後）京劇旦角演員正規堅實的基礎。《三擊掌》、《扈家莊》，立為旦行必修的「校戲」〔註 51〕。朱文相明言：

> 以中國戲曲學院的經驗為例，京劇老生開蒙以譚派、余派開蒙，旦角以王派開蒙為宜。這個規範性的標準，校內自稱為「學院派」。〔註 52〕

實際上，自 1950 年代王瑤卿的弟子于玉蘅任教師以來，旦角開蒙戲最常用《二進宮》打基礎，一個眼神、一個手勢、一抖袖、一個腳步，一招一勢都要合乎規格。比如：眼神往哪兒看？看到什麼地方？都有定規。該動則動，不准亂動，這些方面絕不能敷衍馬虎。于玉蘅每次教一個新的班級學《二進宮》，都重新備課琢磨：

> 教師備課不僅要備戲裡的內容，還須備戲外的東西。這主要就是還要掌握每個學生的具體情況。比如：戲裡有個高腔，有的學生上不去；有個身段，有的學生就是來不好，怎麼辦？這就得根據學生的條件，做些改動，而這種做法，也是王先生傳授給我們的，是允許的。〔註 53〕

教師的事前備課過程，並不為學生知道，在教法上，仍舊秉持說一不二。同時要想辦法幫學生度過難關，實際的課堂上，必先要求學生練，課後練、回家練，戲諺云：「若要人前顯貴，必要人後受罪。」學校教材逐漸穩定後，少有為每位學生專門設置不同的開蒙戲的特殊情況，非是絕對必要，固定的開蒙戲不會特別有依據學生條件做的變動，況且不是每位老師都有幫學生「變」的本事，這樣變動的情形，在開蒙時期還是很少見的。

　　中國戲曲學院附中秉著王瑤卿表演「遒勁挺秀，明暢雅潔、凝重渾潤、流利大方」的藝術風格樹立為中戲的特色〔註 54〕。在「王瑤卿對京劇藝術的貢獻及其戲曲教育思想研討會」中，奎生總結王瑤卿的藝術教育思想：「厚基

〔註 51〕北京藝術研究所、上海藝術研究所編著《中國京劇史》，頁 1716。
〔註 52〕朱文相〈劇目教學與功法教學〉，頁 45。
〔註 53〕曉溪〈終身之計，莫如樹人──訪京劇表演教師于玉蘅〉，《戲曲藝術》1987年 1 月。頁 77。
〔註 54〕北京藝術研究所、上海藝術研究所編著《中國京劇史》，頁 1716。

礎，寬口徑」和「因材施教」，注重基礎課和基本功。文章指出：

> 為學生打基礎，並不是什麼戲都可以拿來教授的，而要經過嚴格的
> 選擇。如蓋叫天的戲，絕對很棒，但卻不能拿來為學生「開蒙」，更
> 不能把它作為基礎課來教。作為打基礎的戲，必須易懂、好學、戲
> 路正，如《桑園會》等戲，就是打基礎的好戲。〔註55〕

王瑤卿對整個中國戲曲學院的教學風格，根據經驗，在觀念上由科班到戲校
已提出較為系統化的教育理念，注重「教什麼戲」、「由誰來教」、「如何教」〔註
56〕，講究戲路純正。國戲附中青衣一年級生的旦角劇目有：《二進宮》、《三擊
掌》、《賀后罵殿》、《大保國》、《彩樓配》、《武家坡》，王瑤卿曾說不宜先學《女
起解》的理論，課綱上三年級才上《女起解》。現在的實際教學上，國戲附中
青衣組，不只開一個班教學，而是將學青衣的學生，依學生數分為兩組，因
此同一年級的學生中，有學《二進宮》的 A 軌，同時還有 B 軌的《女起解》，
每組隨著教師的專長，學習不同的劇目，即使是同一班學生，開蒙戲也不同，
甚至到畢業兩組人員學到劇目都未必重複。

　　試將此類唱功戲劇目的唱腔和扮相列表：

表 13：唱功戲劇目的唱腔和扮相表

劇目	唱腔板式	白口／其他表演重點	扮相	演員／班社劇校
彩樓配	西皮慢板、西皮二六、西皮快板、西皮搖版	韻白、引子、詩	鳳冠、流蘇、宮裝	王瑤卿 程硯秋 李玉芝 課程標準 中國戲校 北京戲校 李光玉
二進宮	二黃慢板、二黃搖板、二黃原板、二黃快板	韻白	大頭、黑帔或黃帔水袖、彩鞋	姜妙香 葉盛蘭 侯玉蘭 北京戲校 中國戲校

〔註55〕陳友峰〈「王瑤卿對京劇藝術的貢獻及其戲曲教育思想研討會」會議記錄〉《戲曲藝術》2010 年 2 期。頁 124。

〔註56〕陳友峰〈「王瑤卿對京劇藝術的貢獻及其戲曲教育思想研討會」會議記錄〉《戲曲藝術》2010 年 2 期。頁 125。

三娘教子	二黃慢板、二黃碰板三眼轉原板、二黃原板、二黃搖板、哭頭	引子、詩	大頭、銀頭面、青褶子、腰巾子、彩鞋	姜妙香
戰蒲關	二黃慢板、二黃原板、二黃搖板	韻白		梅蘭芳
祭江	二黃慢板、二黃原板、二黃搖板、二黃導板、回龍、三叫板、反二黃慢板	韻白		王瑤卿 梅蘭芳 程硯秋 梁小鸞
硃砂痣 江氏	二黃搖板、二黃原板、	韻白		葉盛蘭 李玉茹
宇宙鋒	西皮原板、散板，反二黃正板	引子、韻白	大頭、甩髮，黑團花帔、青褶子；斜紅蟒，玉帶、腰包、彩鞋	程硯秋 言慧珠 白明鸞
花園贈金	西皮慢板、搖板、快板	引子	褶子水袖、梳大頭 鳳冠、宮裝	張君秋 課程標準 李光玉 朱安麗
女起解	二黃散板、反二黃慢板、西皮流水、慢板、搖板、散板	韻白	罪衣、罪裙、扛枷	白玉薇 黃玉華 劉苑 北京戲校 白明鸞教學 唐瑞蘭
賀后罵殿	二黃散板、三叫板、二黃導板、回龍、慢板、快三眼，二黃原板、散板	韻白	大頭、點翠頭面、黑帔或黃帔、腰包、小縧子、彩鞋	白玉薇（王瑤卿教）王吟秋 黃玉華 課程標準 中國戲校

				北京戲校 朱安麗 唐瑞蘭
三擊掌	西皮慢板、西皮原板、快板（接唱形式）、二六、搖板、散板	韻白、引子	鳳冠、宮裝；大頭銀泡、素褶子、白腰包、彩鞋	中國戲校 胡台鳳
春秋配	西皮搖板、西皮快板；二黃慢板、西皮原板、南梆子、哭頭、西皮散板	韻白	大頭、褶子、彩鞋	徐露 唐瑞蘭 白明鶯教學 北京戲校
武家坡	西皮導板、慢板、西皮二六、快板、搖板	韻白	大頭、素褶子、小縧子、彩鞋	課程標準 中國戲校
大登殿	西皮二六、西皮搖板、流水、西皮快板、十三咳、	王寶釧：韻白 代戰公主：京白	王寶釧：鳳冠、女蟒、彩鞋 代戰公主：旗頭、旗蟒、旗鞋	課程標準 白明鶯教學 唐瑞蘭
大保國	二黃慢板、原板、搖板、西皮原板轉快板	引子、詩	鳳冠、黃蟒、端帶	中國戲校
探寒窯	西皮搖板、流水、二六、三叫頭、慢板	韻白	大頭、素褶子、小縧子、彩鞋	北京戲校

　　前面白明鶯說的清楚，開蒙先教《女起解》是唱腔上的考量，一方面是劇中板式的齊全度，況且沒有水袖，學生不需要又顧唱又顧身上，且一人獨唱，不需要和另外的腳色配合，演唱上可以自己掌握，【西皮】、【二黃】、【反二黃】兼具，又是唯一的獨角唱戲。老派的青衣教法，圍繞在唱法而展開，

青衣學習【西皮】、【二黃】、【反二黃】的幾個大腔，就可以搭班登台應付〔註57〕，《女起解》，三種板式俱全，雖然沒有把所有板式中的大腔囊括，但對現在劇校壓縮授課時數的教學而言，無疑是一個便捷的選擇，使學生對板式、唱腔有基本認識。

《二進宮》純【二黃】，打下【二黃慢板】基礎，因此，開蒙學了《二進宮》，暫時不用學《大保國》，因為唱腔板式和情節都是十分相近，可是身段腳步上注重的差異性會很大。《大保國》身穿黃蟒端帶、頭戴鳳冠，過去青衣開蒙都選鳳冠戲，原因是練習青衣腳步，頂著有重量的鳳冠，才不頭晃腦的，落下毛病。這同老生一樣，老生開蒙，練習的也是穿蟒的腳步，先練習端正的大步子的邁步，手持玉帶保持「圓的」，不易走位，不會有稜角，由單步走到連步走，進而才學瀟灑氣息多、更生活化的褶子步法等。現代教學因時效因素，開蒙階段未先教《大保國》、《彩樓配》一類的鳳冠戲，挑選劇目主要是從唱腔層面著手，前面言及，當在學《起解》，唱的時候，學生是踩蹻耗磚的，在青衣花旦為分組之前，練習蹻功腳步，便比練走青衣腳步更顯得急迫。

《彩樓配》當開蒙戲由來已久，也是田寶琳教王瑤卿的第一齣戲。劇中人戴鳳冠、穿宮裝，全劇【西皮】，比較大的身段是上下樓的步子。近年來的較少見於舞台。《三擊掌》和《彩樓配》，除了劇校練習演出之外，一般對外公演，鮮少演出，可說是只存在學校裡的冷門戲〔註58〕，時至今日，漸漸地現在學生以此二劇開蒙的也越來越少，普遍以現在舞台還常演出的《二進宮》或《女起解》開蒙，隨著冷門戲在舞台搬演次數的迅速遞減，若在教學名單上也消失，戲的精隨和打基礎的重要涵義，逐漸被流行劇目取代。

另附白明鶯老師在現代教學前兩年的第三齣與第四齣戲的教學進程，做為說明。

白明鶯第三齣教《春秋配》，以張（君秋）派唱腔上有許多小腔，技巧變化增加，讓他們練抖音，唱念更重。而前面兩齣戲都沒有是沒有水袖的扮相，《春秋配》是典型唱功青衣，可練習到基本的水袖技巧。這三齣戲學完後，時間允許必教《大登殿》。《大登殿》中有兩個旦角，一是青衣、一是花旦，學生可比較兩種行當的表演差異。劇中代戰公主穿旗鞋，是旗裝旦的基礎，日後學《坐宮》便對此種扮相人物不陌生，王寶釧身穿女蟒、端帶，頭戴鳳

〔註57〕 李元皓《京劇老生、旦行流派之形成與分化研究》，頁 234、239。
〔註58〕 劉慧芬〈臺灣冷門京劇劇目演出記錄考察——以《國劇月刊》為據〉，頁 99。

冠，承前述青衣先學鳳冠戲的開始，到此時才進行。其他教戲以外的時間，每天都要耗腿、踢腿、圓場、吊嗓，練旦角基本功，還有練花梆子、蹦子、翻身、下腰等，許多是從《小上墳》摘出的動作，先練著，下個戲若時間允許教《小上墳》才能上手，否則，要學《小上墳》時再練蹺步、花梆子已經來不及。

而教學原則是學生的課堂學習態度，這比學到任何技巧更加重要。在上課時建立的制度，是說一不二的。每一節課要練的功，何時能休息，何時能出教室門、何時能喝水，都在規矩之內。而有一點，白老師和他學藝時的老師教學方法，做了比較大的改變。過去學生學戲時一起學，到了演出時刻，誰演甚麼戲都是老師決定，同學們時常有人心中不服，誰都希望自己是站台中間的女主角。於是，在分配腳色確定之前，班上會舉行一個小型的比賽，每個人都能參加，由同學們自己決定哪一位來演出什麼劇碼的劇中角色，並且說出原因，是否信服由此人擔綱要角，一方面，這樣派戲演出要比當初他的老師們公平的多〔註59〕，二方面也讓同學們互相觀察彼此的學習情況。

在這兩年，學生具備蹺功、唱腔、水袖、旗鞋的基本功底，四個戲中扮相不同、側重的訓練功法也不同，在移交給下一階段的老師之前，對青衣花旦各角色能有多樣的認識。白明鶯認為《五花洞》就是很好的旦角開蒙戲。當年學戲時每一班的旦角學生都很多，青衣、花旦組就是在一起學，《五花洞》可以一次上八個旦角，四個真潘金蓮、四個假潘金蓮，可降低學生初上台一人站中間，獨挑大樑的恐懼感，並且四人必須整齊劃一，要學習表演的默契。教師也容易從八人當中，誰的嗓子好，誰的做表好、誰的蹺功穩、誰的武功佳，做為之後歸行當的觀察契機。近一、二年白明鶯鮮少教《五花洞》開蒙，一是現在學生班級人數不多，一個班的旦角不過數名，二是在行政上組織眾多行當合演不易，實踐演出有一定難度，所以白明鶯雖認為《五花洞》適合開蒙，但目前的教學環境未必允許，並且由國小部的老師擔任此工作。過去劇校京劇科尚有《五花洞》做為入學開蒙的教學和演出。帶初入學小五、小六年級基本功的井玉玲老師，五年級學基本功，六年級大略區分，生旦淨丑，行當並不細分教學，帶著學生教《五花洞》的唱念，最後分科前讓全班同學總彩排，在進入國一之前已有登上舞台的經驗，算是初步的假性分科〔註60〕。

〔註59〕訪白明鶯〈學習開蒙戲與教學經過〉，2014/2/12，於臺灣戲曲學院內湖校區。
〔註60〕訪井玉玲〈學習開蒙戲與教學經過〉，2014/2/12，於臺灣戲曲學院內湖校區。

關於《五花洞》表演內容的探討，前文「入科開蒙戲」已有討論，此不贅述。劇校開蒙戲隨著學生減少、教學資源不足的情況，此類「大堆頭」，較易速成上手的開蒙戲，也隨著以舞台上人物較少，容易相互配合的劇目更替。

第四節　武旦與刀馬旦開蒙戲，兼論旦角類型與劇目教學

因為自梅蘭芳學藝時期，旦角已經鮮少用崑腔戲開蒙。前文提到梅蘭芳曾說「先學崑曲，再學皮黃就省事的多」，但到了光緒庚子以後，「大家都專學皮黃，即使有學崑曲的，那都是出自個人的愛好。〔註61〕」梅蘭芳八歲從朱小霞先學《二進宮》唱腔，九歲到姊夫朱小芬家裡學戲，開蒙教師是吳菱仙先生，第一齣戲學的是《戰蒲關》〔註62〕，兩齣戲都是全劇【二黃】唱腔，沒有「牌子」（曲牌）。梅蘭芳推崇崑曲對京劇演員的益處，自認演戲之路還是繼承祖父梅巧玲的傳統方向〔註63〕。旦角中，京劇成熟鼎盛之後，已難找到旦角單純以崑腔戲開蒙的例子。但《扈家莊》和《思凡》卻在旦角教學中以「副課」（副修）的形式，在學生學皮黃之外，用來打下唱念做打的基礎功夫。

一、旦角劇目教材分類的擇取

在論述哪些崑腔戲做為基礎戲教材之前，筆者認為有必要先釐清，現代戲校中旦角行當的劃分，哪些是行當的基礎，再來選擇基礎戲碼做為教學。因為在筆者訪談演員的過程和文獻的閱讀中，關於旦角分類有部分的重疊界定模糊的，影響到劇目和行當表演的關係，雖然訓練演員需從多方面下手，每個階段每種類型劇目，都是促進演員成熟的養分。但現代戲校既已有課程

〔註61〕梅蘭芳口述、許姬傳、許源朱整理《舞台生活四十年——梅蘭芳回憶錄》，頁26。

〔註62〕梅蘭芳口述、許姬傳、許源朱整理《舞台生活四十年——梅蘭芳回憶錄》，頁21。

〔註63〕梅蘭芳語：「我演戲的路子，還是繼承祖父傳統的方向。他是從崑曲入手，後學皮黃的青衣、花旦，在他的時代裡學戲的範圍要算寬的了。我是皮黃青衣入手，然後學了崑曲裡的正旦、閨門旦、貼旦，皮黃裡的刀馬旦、花旦，後來又演時裝、古裝戲。」梅蘭芳口述、許姬傳、許源朱整理《舞台生活四十年——梅蘭芳回憶錄》，頁32。

觀念設計學生學習內容，分類成為一種必然。受到分科目的影響，勢必也衝擊傳統科班完全透過對學生一舉一動的日夜觀察，適才而教教學觀，因此，筆者先對所認知和所調查關於旦角行當的認識做一討論，進而了解現代戲校中的旦行劇目教材的內涵。

　　旦角分類是青衣、花旦、武旦、刀馬、花衫、老旦。除了老旦飾演老年婦女，以大嗓演唱之外，其他旦角全是小嗓，唱、念、做、打，各有偏重。武旦和刀馬旦是旦角裡的武行當。在劇校教學的分科教學中，並無設置「刀馬旦」一行。1989 年中華民國教育部《劇藝學校國劇科課程標準》中，十組行當的分科課程，並無刀馬旦一工；北京戲曲職業學校的九組行當的分組，有刀馬而無武旦；中國戲曲學院附中的劇目教學大綱，則兩行當都有。老生、小生、武生，無論是專工的演員或劇目，都比較沒有旦角戲或旦角演員歸工情況來的有爭議性。前面言及，自陳德霖、梅巧玲、王瑤卿到四大名旦，很多腳色都是融合了青衣、花旦、刀馬的行當表演在一個劇目之中，有些戲，無法單純歸功於一個青衣、或是一個花旦演員詮釋，一個旦角演員要會的表演形式內容，也不僅止於青衣或花旦了。那麼，筆者試從學校的分工和劇目設置，談武旦和刀馬旦的分類，在進而探討開蒙戲的部份。

　　在齊如山《戲劇腳色名詞考》曰「刀馬旦」：

> 刀馬旦三字不旦崑曲裡沒有，原先皮黃班也沒有，這三個字大致始自梆子班中，皮黃班借來用的。他的性質與武旦本沒什麼兩樣，不過因為鮑金花、花碧蓮、張桂蘭；以及戰金山、草上坡，其他武戲的重女校，只能短打，不能騎馬，用長刀長鎗打仗，所以把奪太倉、泗州城、娘子軍、取金凌等戲，名之約刀馬旦。也就是說他能夠用大刀長鎗在馬上打仗就是了。演此角的說白唱功都不甚重要，但是打之外，姿勢亮相非好看不可。〔註64〕

「武旦」

> 崑曲中沒有這個名詞。所以義俠記中的顧大嫂用旦扮演，一丈青用小旦扮演。大致因為崑腔裡沒有武戲，所以沒有特設此角，皮黃梆子班才有的，也是因為後來排了些關乎政治的戲，才有此腳。現在此腳在戲班中，也算獨樹一幟的腳色了。總之，凡帶打的旦角都算

〔註64〕齊如山《戲劇腳色名詞考》，雙紅堂文庫，齊如山劇學叢書之三，1927。頁13～14。

> 武旦，比如奪太倉、泗州城、百草山，穆柯寨、反延安、七星廟、
> 演火棍、花碧蓮拿猴、打瓜園等等，都是武旦的戲。不過因爲穆柯
> 寨、反延安、七星廟、雙瑣山、馬上緣、扈家莊、金山寺、虹霓關、
> 十餘齣戲裡頭有些傳情的做工，所以都歸花旦唱了。但武旦的戲，
> 有一部份也叫刀馬旦。〔註65〕

齊如山對刀馬旦和武旦的分野，從崑曲的腳色名詞做探討，對於實際的表演
內涵涉略不深，僅做名詞的來源考證，「此角說白、唱功都不甚重要」，描述
上是比較像武旦重武打而不重唱念。而「武旦的戲，有一部份也叫刀馬旦」，
「戲裡頭有傳情的做功，都歸花旦唱了。」又像把武旦戲歸爲刀馬旦之說，
其實說明的並不清楚，也表示這兩者行當表演的重疊性與不可分性。陳墨香
〈說旦〉：

> 刀馬旦崑腔中無此門，自亂彈班成立之後，獨樹一幟，如穆柯寨，
> 虹霓關夫人，馬上緣，烈火旗，奪太倉，取金陵，這些戲都是刀馬
> 旦，可是如今以後二者爲武旦，上四者爲花旦，此都是因武旦花旦
> 兼演日久之故。〔註66〕

齊、陳兩人都先由崑曲腳色的配置，發現沒有刀馬一工，應從梆子戲而來。
現在一般性廣義的分類，刀馬旦是紮大靠的女將，而且沒有踢出手，不會出
現神怪角色，武旦戲有大打出手，且人物中多是有法力神仙或妖怪。兩者都
帶開打的武戲性質。刀馬旦唱念講究勝似武旦，近似花旦，更著重於花旦基
礎。《京劇文化辭典》中，簡單的以人物身分和表演來區分：

> 武旦多半在神話劇中扮演女神或女妖，這類腳色需表演特技「打出
> 手」，如搖錢樹的張四姊、泗州城的水母、青石山的九尾玄狐等。也
> 扮演領兵的女將軍和勇猛的女英雄，重翻撲、把子，如三戰張月娥
> （亦名紅桃山）的張月娥，武松打店的孫二娘等。此行以武打火熾，
> 身手利索乾淨取勝。

> 刀把旦多半扮演紮硬靠、戴雉尾的青壯年女將。表演上側重唱唸舞
> 蹈，武打不需激烈跌撲，講究工架姿態。造型基調是剛柔並蓄、舒
> 展健美、以氣度神情勝。經常扮演的人物有戰金山的梁紅玉、穆柯
> 寨破洪州的穆桂英、樊江關的樊梨花等。武旦、刀馬旦都表現武藝

〔註65〕 齊如山《戲劇腳色名詞考》，雙紅堂文庫，齊如山劇學叢書之三，1927。頁13。
〔註66〕 陳墨香〈說旦〉《劇學月刊》第一卷第四期。

　　嫻熟的女性，不同的是：1.武旦多演神怪戲，刀馬旦基本不演；2.武旦以穿打衣褲、改良靠為主，刀馬旦以硬靠為主；3.武旦以武打出手取勝，刀馬旦以工架念表取勝。在矯健挺拔之中不失女性的嫵媚婀娜多姿風采，則是武旦、刀馬旦的共同要求。〔註67〕

依人物扮相和表演內涵，很容易區分這兩行當的不同，為什麼會有這麼多可以串演的部份，則和基本功底的訓練不可分割。

　　因為劇目設置的模糊地帶，使得除了上述兩點大特徵外，大部分的武旦、刀馬旦戲，是兩者可以兼演。武旦多短打、要踩蹻、踢出手、耍鞭，刀馬旦，紮靠、重工架、唱念多……等。正因如此，學校的初階訓練，不設刀馬的劇目，也沒有刀馬旦行，因為演刀馬旦戲必須具備武旦和花旦的基本功底，才能進階學習刀馬旦戲。

　　在此引證楊蓮英的說法。楊蓮英，十九歲即擔任蘇盛軾的助教，武旦教學史已經三十餘年，在京劇圈已經學戲、演出、教學，服務了五十餘年。七歲即進小大鵬坐科五年，習武旦。十三歲時可以出科的時候，小大鵬從劇團隨班附讀的小班，改為大鵬劇藝實驗學校，楊老師進入大鵬劇校「又坐了一次科」，六年後十九歲畢業，取得劇校正式學業文憑。楊老師先是大鵬劇團的武旦演員，邊任蘇盛軾老師的助教，爾後在劇校擔任武旦老師直至退休。

　　筆者訪談楊蓮英老師回憶大鵬旦角的教學進程是這樣的〔註68〕：在他的學習歷程中，刀馬旦並不是一個開蒙時的行當。意思是一齣刀馬旦戲，有偏向武旦的演法，也有偏向花旦的演法，更準確地說是刀馬花旦或是刀馬武旦。青衣、花旦、武旦，基本功都是一起練的，文戲的要有武戲的基礎，反之亦然。楊蓮英老師和王永春老師練功，也和劉鳴寶老師學《鴻鸞禧》、《春秋配》、《賀后罵殿》，學是都學，但是，老師們是不可能派她上台唱青衣戲的。

　　以她來說，是武旦基礎的開蒙戲，頭五年學的都是武旦劇目。開蒙時從王永春老師學《泗洲城》、然後是《盜寶庫》（老的演法，和現在的《盜庫銀》不同），《盜仙草》（也是老演法，唱【流水】「嚇死了許官人」出場），接著是《朝金鼎》、《搖錢樹》、《紅桃山》、《百鳥朝鳳》，這些都是踩蹻戲，《泗洲城》有各式兵器的下場，《盜寶庫》的走邊，《盜仙草》走邊要拿雲帚、掛寶劍，《紅

〔註67〕黃均、徐希博《京劇文化辭典》，上海：漢語大詞典出版社，2001。頁31。
〔註68〕以下關於楊蓮英與旦角學習進程的論述，整理自訪談楊蓮英〈個人學藝經過與大鵬的旦角教學〉。2014/2/24，臺北內湖某咖啡廳。

桃山》必須踩蹻、紮靠開打。這是主戲的部分，中間穿插許多配戲的武旦戲，二路武旦從《二龍山》、《三岔口》、《四杰村》、《白水灘》，都是開蒙時期邊學邊演的劇目。而像《楊排風》認知上標準的武旦戲，是要具備花旦基礎才能唱的。眞正的武旦，演楊排風是不過癮的，因爲過多的念白太少的武打。

　　等武旦戲學的差不多後，要提升自己演藝的境界，必須朝向唱念做表更豐富的刀馬旦戲學習，如《穆柯寨》、《扈家莊》。眞正等到畢業公演的時候，自我要求高、或老師覺得各方面條件還行的武旦或花旦學生，常選擇的是刀馬旦戲。文行當者可以展現自己的武功功底，武行當者可展現的自己的說唱念白與表演，而不單純只是武打功夫出彩。以《扈家莊》來說，在大鵬《扈家莊》都是依照徐露演出的路子，而徐露的《扈家莊》是蘇盛軾所傳授，歷經多年傳統，《扈家莊》也成了大鵬旦角結業前的必學劇目了。

二、崑腔武功身段基礎──以《扈家莊》爲例

　　《扈家莊》本事出自《水滸傳》第四十八回，又名《奪錦標》。講宋江帶領人馬攻打祝家莊，扈家莊女將扈三娘，因幫助祝家莊與梁山作對，因此晁蓋下命眾家弟兄，攻打扈家莊。矮腳虎王英做爲先鋒，與扈交戰，不敵，被扈三娘擒獲，又打敗眾頭領。最後林沖出戰，終於擒獲扈三娘。

　　《扈家莊》成爲演員挑戰的基礎，不只在大鵬，前言所及，王瑤卿以《扈家莊》訓練中國戲曲學校的旦行演員，以此劇打下旦角的文武基礎。《扈家莊》爲崑腔戲，全套【醉花陰】（醉花陰、喜遷鶯、刮地風、水仙子，李逵唱尾聲），共四支曲牌，身段方面包含起霸、單戟舞花、下場、翻身、注重圓場功法，開打有快槍、雙刀槍等把子，重舞功、武打的同時，又要表現性格中的一個「傲」字〔註69〕，驍勇善戰、自負武藝超群，同時保有旦角的婀娜多姿，做爲打基礎劇目，同時可訓練學生的唱、念、做、打四功俱全，也因此《扈》劇的全面性功法展現，武旦演出強調武打部分，身上乾淨俐落，若是花旦功底演員演出，偏重做表唱念，而成了旦角必學的基礎戲。更從過去的中高階劇目，提前到初階劇目中即有此劇。或許因時效問題，放在一年級劇目學習《扈家莊》，是「以功帶戲」的方式，先將第二場扈三娘個人主戲的起霸、【醉花陰】曲牌，戟下場等，做爲練功用的身段基礎高標準。扈三娘頭戴蝴蝶盔、

〔註69〕北京戲曲藝術職業學校主編《京劇教學劇目精選（壹）》（北京：北京戲曲藝術教育金會，2006），頁213。

翎子、身著皎月改良靠、護心鏡（或彩球），腰掛寶劍【四擊頭】上場亮相，有許多雲手、翻身、掏翎子、圓場、蹉步，一個人在台上舞滿台，身上動作必須時而又脆又俐落、時而又柔又媚，盔頭上的大穗子和寶劍，也大大的增加表演的難度，在這麼多身段的同時，行頭必須維持「紋風不動」的樣子，不能隨著肢體的擺動，使得這些裝飾物干擾演出，影響人物形象，身體除了記憶這些身段、步法，還得負荷行頭的重量，和服裝形式有完美的結合，才能表現扈三娘的武藝超群，是演員可以練一輩子的表演功法。

　　試從三校的初階和部份中、高階的教學劇目列表探析，武旦和刀馬旦劇目的分類法。

表14：三校武旦、刀馬旦劇目列表

	國劇科課程標準武旦組	國戲附中刀馬旦組	國戲附中武旦組	北京戲校刀馬旦組
初階學習劇目／一年級學習劇目	白水灘、五花洞、搖錢樹、盜寶庫、盜仙草、二龍山、	扈家莊、虹霓關、朱痕記、悅來店、穆柯寨、廉錦楓、	打青龍、打孟良、扈家莊、擋馬、打焦贊、戰金山	青龍棍、打孟良、打焦贊
中高階、二年級以上劇目。	泗州城、百鳥朝鳳、三岔口、朝金頂、青石山、四杰村、十字坡、綠林坡、陷空山、紅桃山、打焦贊、打瓜園、扈家莊、竹林記、攻潼關、惡虎村、取金陵、蔣平鬧州	銀空山、棋盤山、戰金山、穆天王、刺虎、破洪州、失子驚瘋、佘賽花、楊門女將、昭君出塞、	紅桃山、武松打店、殺四門、青石山、虹橋贈珠、取金陵、竹林記、鉅大缸、借扇、金山寺	
其他		紅燈記、沙家浜		

　　由上表看出，行當名詞上，刀馬旦和武旦相當混淆，劇目規劃《搖錢樹》、《盜寶庫》、《盜仙草》、《打青龍》(《青龍棍》)、《打孟良》、《打焦贊》是楊排風劇目，實屬於武旦範疇，《白水灘》、《五花洞》、《二龍山》是二路武旦戲，老派的武旦開蒙戲，便是從二路活學起〔註70〕，配合武生組及群戲演出，在

〔註70〕訪問楊連英老師 2014/2/24。除了包含《白水灘》、《二龍山》，其他如《三岔

「課程標準」、國戲武旦組和北京戲校刀馬旦組及實際的教育現場，所選的劇目教材相去不遠，值得注意的是，國戲附中對於刀馬旦的教材安排，和老派的刀馬旦，有武旦和花旦基礎後，進階的劇目學習概念，而是將刀馬旦視為一個專門的行當，以該行當表演要求，設置劇目段落訓練，以便演出文武具重的旦角戲，有別於其他劇校和過去科班對於刀馬歸工的分法，國戲附中的刀馬旦行，一年級上學期皆以「摘取劇中重點唱腔、舞蹈片段為宜」的劇目重點教學法。紮唱腔基礎的唱段、念白、身段有：

西皮：《三擊掌》西皮慢板
　　　《武家坡》西皮二六
　　　《鳳還巢》西皮流水
　　　《宇宙鋒》西皮原板
二黃：《西施》二黃慢板
　　　《宇宙鋒》反二黃慢板
念白：《三擊掌》
　　　《宇宙鋒》引子和大段念白
身段：站姿、手勢、腳步：青衣、花旦角步、圓場；身段組合、單刀、單槍組合。〔註71〕

　　附中的刀馬旦教學，是少見在一、二年級紮基礎時未學「成品」──完整劇目的特例，這些紮基礎的唱念段子選擇，都是青衣戲，卻不是在青衣組上課，也不是主副修的概念，而是以片段的功法教學來達到刀馬旦的劇目綜合性強，基本訓練。上列出以紮唱腔、念白基礎，從中挑選各板式，有了這個基礎後，才開始學列在刀馬旦戲的劇目《扈家莊》、《虹霓關》、《朱痕記》、《悅來店》、《穆柯寨》、《廉錦楓》，文武並重的戲。折錦的訓練，本意是為了將戲中較難的片段先練，等到演出時機一到，其他基礎也穩固時，以加快學戲的速度。但上列劇目的片段，本質上也和「以功帶戲」立意不同，是綜合性的培養學生各方面技能所考量的集錦，從教材教法的觀點出發，以一做法已經突破科班傳習的模式。

　　臺灣戲曲學院京劇系中學部，武旦組分為初階與高階兩段，依年級國一、

口》的劉妻、《四杰村》的鮑金花等。
〔註71〕資料來源：中國戲曲學院附屬中等戲曲學校京劇表演專業（刀馬旦）教學大綱，內部資料由中國戲曲學院附中提供，2010年。

國二、國三由李華齡老師教授，高一、高二、高三由楊蓮英老師教授（2014年以前）。

　　李華齡老師畢業自陸光劇校第一期「陸」字科。習武旦，由武生穆成桐老師開蒙，穆成桐出身天津稽古社武生〔註72〕。華齡老師這幾年教學時，先教《搖錢樹》，後續是《盜仙草》、《打青龍》、《泗州城》，兼教《白水灘》和前列劇目大致相同，這些戲包含武旦專有「鞭技」、「出手」、手把子、槍法、棍式、尤其《泗洲城》後半開打幾乎是所有武旦技法的綜合，如大刀下場、槍下場、走跤、過包、背口袋、虎跳岔等，這些戲做為開蒙戲訓練時都必須踩蹻。若無法教完整齣戲，也將重要功法集錦摘出先練，將來有機會彩演，說戲的速度可更加快速。類似的情形，前述白明鶯的課堂先練《小上墳》身段，再如北京戲校老旦組張大環老師教授《釣金龜》，唱念，走腳步之外，劇中用到的跌跤步、杵棍步等必用身段，在課堂中讓學生慢慢練習，等到唱念熟悉了以後，戲就能合成演出了〔註73〕。現代戲校教學時間相當有限，練功、說戲，因材施教，和過去慢慢觀察學生，適性適才而教做法，必須更精準更壓縮的完成教育目標，打好基礎，而摘出功法「以功帶戲」的訓練做為基礎教育紮根，也成為趨勢。

第五節　旦角身段戲劇目淺析──以〈思凡〉為例

　　崑腔戲在旦角開蒙學習雖非主要，但依學生條件，資質領悟較好的班級，仍有在新入學的劇目中，將〈思凡〉列入副課的開蒙戲之一。

　　京班旦行崑腔開蒙戲，承前所舉的劇目有〈鬧學〉、〈驚夢〉、〈思凡〉。〈鬧學〉貼旦是主戲、〈驚夢〉閨門旦是主戲、〈思凡〉則涵蓋了閨門旦與貼旦的表演，唱做繁重，具有該行當的舞台形象，京劇中常演的崑腔戲保留了〈學堂〉、〈遊園〉，加上〈思凡〉三折比較受歡迎的劇目，表演上可訓練花旦、青衣和花衫的唱做，內中包含花旦的俏皮、青衣的沉穩，花衫唱做兼具的本質，戲校京劇專業和崑曲專業必教授劇目，也是旦角演員必會的基本戲。

　　〈思凡〉出自《孽海記》，傳奇未有此劇目，色空自始至終由一人演唱，旋律優美流暢，身段繁重，姿態多變，一人在舞台上約四十分鐘，手執雲帚，

〔註72〕高宜三《國劇藝苑：第一輯，國劇常識問答》（彰化：陽光出版社，1964），頁62。

〔註73〕訪張大環「老旦開蒙教學」，2014/3/5，於北京戲校。

是唯一的道具配合表演，旦角頭上戴道姑巾，身穿道姑衣，襯月白素褶道姑馬甲，腰束白裙、黃宮條，內繫湖色絲條，白彩褲，彩鞋。（唱至【風吹荷葉煞】卸去道姑衣、黃宮條）〔註74〕。梨園行俗諺「男怕夜奔、女怕思凡」，除了旦角一人到底的演法，過去還常見〈大思凡〉〔註75〕、〈雙思凡〉〔註76〕的特殊演法。梅蘭芳向喬慧蘭學崑曲，第一齣學的就是〈思凡〉，後在排練演出中，又得齊如山的指點建議。

〈思凡〉身段分析，錄影版本參考郭小莊電視錄影〔註77〕，郭小莊出身大鵬劇校第五期，為臺灣知名京劇旦角演員，其成立雅音小集推廣京劇，在臺紅極一時。其〈思凡〉學自梁秀娟、張善薌等當時在臺的戲曲名家〔註78〕，又經俞大綱的建議加工，在民國六十年代中視錄影留下紀錄。另參考梅蘭芳《舞台生涯四十年》中，學習〈思凡〉經過所記述的身段用語，文中引用身段不另加註〔註79〕。

〔註74〕 《崑曲辭典》，頁229。

〔註75〕 「大思凡」：《綴白裘》所載〈思凡〉，在色空到迴廊下閒步時下場，「場上鑼鼓，煙火。雜扮羅漢斛斗上，斛斗下」（內奏細樂，老旦扮觀音，小生善財、旦龍女、生韋馱上），觀音有【新水令】唱詞及說白。這時觀音坐台上，善財、龍女立兩旁，韋馱立正中，眾羅漢跳下，各參見，然後莊嚴坐下。色空再上場，接唱「遶迴廊……」至下場。這時觀音說：「善哉！善哉！趙尼凡心頓起，逃下山去，這孽報何日得了也！眾羅漢收拾莊嚴者。」眾下場，全齣完。按照上述演出者，俗稱〈大思凡〉。洪惟助主編《崑曲辭典》，頁229。

〔註76〕 「雙思凡」：崑劇特殊演出方式之一。尼姑思凡進入「目連戲」系列以前，是一個獨立的演唱段子，來源較遠。其詞曲的雛形最早見於明嘉靖刊本《風月錦囊》名為〈尼姑下山〉，開首的【引】和主曲【山坡羊】與崑劇本〈思凡〉尤為近似，可能弋陽腔、青陽腔都曾唱過，並一直在民間流傳中加工提高。大概在明末，崑班吸收該劇目加以崑化，定名為〈思凡〉，與和尚思凡的〈下山〉，銜接起來，標上《孽海記》的傳奇名目。……〈思凡〉演出上，南方坐城班和水路班有所不同，後者當小尼姑在廊下散步，唱【哭皇天】數羅漢時，全班上場疊羅漢；前者無疊羅漢，而有「雙思凡」的特殊演法，即由功力相當的兩位旦角演員同時上台演唱〈思凡〉。清末全福班早期常演，「傳」字輩中朱傳茗與張傳芳常演，此劇以左手執拂塵難度為高，張傳芳本工貼旦，故雙演時張站左位。《崑曲辭典》，頁1080。

〔註77〕 郭小莊參與中視電視國劇錄影時間大約是1969～1976年間。參考來源〈郭小莊的戲劇演年表〉，網路資源 yayin329.com/，瀏覽日期：2014/2/10。

〔註78〕 郭小莊口述、王惠萍整理〈我似乎嫁給了他！郭小莊和國劇的三十年情緣〉，1989-06-19《民生報》10版，影劇新聞。民生報訊〈崑曲名家張善薌病逝〉1980-01-30《民生報》09版，第九版。資料取自聯合報電子資料庫 http://udndata.com/library/，網路瀏覽日期：2014/2/10。

〔註79〕 梅蘭芳口述、許姬傳、許源朱整理《舞台生活四十年——梅蘭芳回憶錄》，頁

　　右手持拂塵，小鑼出場亮相，右手托腮，向左一看鞋，左下袖，左手問訊勢，右手把拂塵從背後甩過來，搭在左肩上。唱【誦子】：「昔日有個目蓮僧」，持雲帚手搭左手拱手狀，左右三番，走到台口，抬左腿，下蹲。「救母親臨地獄門」把拂塵從背後抽回，打頭上繞過，走向左台口，同時左手往下指地，兩番，拂塵往外甩，一小鷂子翻身，台口左手問訊式亮相。「借問靈山多少路」，一小圓場，由下場門往上場門台口，遠遠一指，望遠張望，兩番。「有十萬八千有餘零」徹步到台中，走向左台口，遠遠一指，右手比「八」字指。回到台中。「南無佛阿彌陀佛」先往左雙手合掌作揖，小鷂子翻身再往右，做相同動作，回台中，雙手合掌，微蹲。上步轉身，歸坐。「削髮為尼實可憐」，右手指鬢髮，左手抱拂塵尾。「禪燈一盞伴奴眠」，右手翻腕，比瞌睡式。「光陰易過催人老，辜負青春美少年」手比點式，「美少年」拂面式。坐著自報家門。

　　第二支曲子【山坡羊】「小尼姑年方二八」，「正青春被師父削去了頭髮」從椅上起身，嬌嗔地朝地擺晃拂塵，一甩雲帚，指頭髮，左腳微抬，坐下，戳手，不捨頭髮意〔註80〕，「每日裡在佛殿上燒香換水，見幾個子弟們遊戲在山門下。他把眼兒瞧著咱，咱把眼兒覷著他，他與咱，哎，咱共他，兩下裡多牽掛。」都是坐在椅上身段，眼手配合比劃。「冤家」起身，先往上角走回左台口，「怎能夠成就了姻緣」回到台中，比姻緣式。「就死在閻王殿前」，小圓場台中蹲下，「由他把那碓來舂，鉅來解，把磨來挨，放到油鍋裡去炸」退一步一蹲，一開一合，小戳步跳起蝶腿蹲下，雙手拿雲帚，過頭起作揖式。「阿呀由他。」甩雲手一開一合往下門，「則見那活人受罪（跑向上角）、哪曾見死鬼戴枷」徹步回到台中，雙手翻上比「枷」狀，雲帚下墜，擺左擺右。「哎呀由他」往上場門角，雙手開合，一踏步一蹲，三番，往左台口，指下地，「火燒眉毛，且顧眼下」手甩雲帚，眼隨手走，拭淚狀，三番。「想我在此出家，非關別人之事啊」。

　　道白叫起【採茶歌】「只因俺父好看經，俺娘親愛念佛」，說到「俺父、俺娘」拱手比尊敬指，先左而右，「看經」比翻經貌。起身「暮禮朝參」左手抓拂塵尾，翻腕，小臥魚式。「每日裡在佛殿上燒香供佛」朝上場門角比，拂塵先甩右，再甩左停在頭上，平擺，抬左腿，蹲下。「生下奴來疾病多，因此

　　314～326。
〔註80〕此二句原是坐在位上唱，此以郭小莊影像為主。

上把奴家捨入空門，爲尼寄活」這是小尼姑當初出家的原因，跟著唱詞比劃即可。下面的身段一步緊一步，「與人家追薦亡靈（上角，先戳步，走小圓場歸台中，手持雲帚高放於頂），不住口的念著彌陀（右手拿拂塵左手扯著馬尾，右手甩，左手比口，雙手合掌），只聽得鐘聲法號（向上場門角往左犄角指，圓場再指，小亮相），不住手的擊磬搖鈴（甩拂塵，左右一比一蹲，三番），擊磬搖鈴（雲帚畫圈，左右各一番），擂鼓吹螺。」雙手靠左邊，上下做擂鼓狀，轉身，把拂塵柄放在嘴邊作吹螺狀。要偏右一點，不能直對著嘴〔註81〕。「平白地與那地府陰司做功課，多心經都念過，孔雀經參不破。惟有那蓮經七卷是最難學，咱師父在眠裡夢裡都教過。」這段繞著圓場隨著詞意比劃（和梅蘭芳記述的不同），唱完坐下，接下坐唱九句，邊敲木魚邊念經。起身，念白「越思越想反添愁悶，不免到迴廊散步一回。」邊念邊走到台口，出門走一圓場，關門介，把最後兩句「繞迴廊散悶則個，繞迴廊散悶則個」唱完，下場。

再上，「來此已是大佛寶殿」（推門進介）「看，兩旁羅漢塑得來好莊嚴也」，這一空台要表現出滿堂羅漢的感覺，重要的是眼神所及要讓觀眾彷彿也同你一樣，見到那許多羅漢的形象。【哭皇天】，邊唱邊做要數七個羅漢，要把台上四個犄角、還有犄角正中的左、右、後，把七個據點完全跑滿台，前四個是步位，後三個是方向，都是拂塵、手勢、圓場和眼口合一的身段，動作較大的臥魚，小翻身等，穿插其中，跑滿台的過程非常飽滿，也非常考驗演員。以下曲牌身段因節奏性在此不一一贅述。【香雪燈】，共有十三句，對照著寫的。【風吹荷葉煞】曲子一支比一支節奏越來越快，身段也越來越緊迫，唱的腔和音節融洽調和，讓台下看不出有什麼呆板和慌張的地方，這個演員的功夫就算到家了〔註82〕。

〈思凡〉曲牌節奏頭尾的快慢懸殊甚大，後面快節奏要表現身段兼顧唱曲，時間相當緊促。色空手上拿的主要道具拂塵，身段離不開拂塵的表現，如果使的不靈活，拂塵容易攪亂了身上行頭，也慌了演員陣腳，要讓觀眾感覺到美，也是功夫之一。因此一開始學演此劇，可訓練學生在舞台上養成不

〔註81〕 梅蘭芳口述、許姬傳、許源朱整理《舞台生活四十年——梅蘭芳回憶錄》，頁317。

〔註82〕 梅蘭芳口述、許姬傳、許源朱整理《舞台生活四十年——梅蘭芳回憶錄》，頁325。

慌不忙的習慣，尤其是氣息的運用。〈思凡〉因唱詞多，動作幅度大，艱深的技巧雖然不多，氣息的運用調和，和舞台上唱念做舞分不開關係，如果氣息調勻得當，因為身段的複雜和唱念做結合的高難度，富有挑戰性，前述崑腔戲在唱念做舞的表現上，結合的「密不通風」，〈探莊〉、〈夜奔〉、〈扈家莊〉，是演員一人舞滿台的吃功戲，在舞台上沒有喘息的機會，對初學者而言「滿」並不是最難，動作唱段雖多，但孩子的學習力和記憶力也是最強的，「空」台上沒有身段動作唱腔的空檔時，要表現出人物精神內心的「滿」反而難度較大。此類劇目雖可能讓學生感到氣餒，但從正面角度，學生從學習的體驗上，體會如果功夫不紮實，在舞台上的憋扭難看的模樣，無法善用技巧詮釋人物時，便演不好這一類的角色，以督促學生把功夫練到家，在台上才能展現完美，尤其平日練十分，台上剩三分的嚴苛理論，更加能努力學習。一旦演員將〈思凡〉「吃下來」，之後學其它的戲都容易掌握好基本的表演原理。

第六節　小　結

　　現代化劇校京劇教育，旦角開蒙仍是為培養全方位旦角做基礎的紮根，包含花旦戲的念白與做功、青衣戲的唱功，刀馬旦戲的武功，必須經由多個劇目來完成各種功法的訓練，受到西方教育概念教材教法、課程的觀念影響，劇目做為一種教材選擇，具有科目設計，而旦角的分類有部分模糊重疊的類型，因此本文釐清科目的分類觀，再進行開蒙劇目的討論（以武旦和刀馬旦為例），並對現代化戲校前的劇目做一回溯。常用的劇目唱功戲《女起解》、《二進宮》，念功和做功如《鴻鸞禧》（包含蹻功），《扈家莊》之武功、打身段基礎的劇目《思凡》之身段功，以及舞蹈動作極多的《小上墳》等。開蒙教學劇目不以流派風格的傳承，因訓練內涵的相近，開蒙戲的可代換性，隨著歷史和社會環境的因素，劇目流行的程度而有異，此外教師對某劇目的熟稔度也有影響，歷經各代藝人的共時性，像是《二進宮》已成為教材劇目中的經典，幾乎是恆在的，而《女起解》因以綜合【西皮】、【二黃】、【反二黃】三種聲腔，亦具有青衣唱腔的基本腔，成為現代開蒙劇目的首選劇目之一；訓練完整唱念做表舞打合一的劇目，仍往崑腔戲中尋求，《扈家莊》和《思凡》則是最常被選用的劇目；花旦戲以《金玉奴》故事頭場之《鴻鸞禧》，強調訓練演員的念白與做表與基本的旦角表演，雖然功法不多，但是京劇做為高度

技術性的表演戲劇藝術，學戲最終的成果是站在舞台上才算完成，戲諺云：「千練不如一演」，學生透過實際的演出，更能知道自己優缺點，再次學練功時，更能加強自己不足的地方，能漸漸體悟表演的真諦。在開蒙學戲的小朋友，以刻模子模仿的單純，有時把劇中「形似」的部分學得栩栩如生，更能看出孩子的天賦性，反而到了青春期學戲的青少年，演起小女孩，卻失了天真。開蒙戲的教法雖然嚴格，但也必須考量學生的吸收能力，依白明鶯的例子，就是依據自身經驗，修正開蒙劇目的選擇，但出發點還是在紮實學生某些基本功法後，以利之後遇到相似類型的劇目學習，使學生能舉一反三。

第六章　淨角、丑角開蒙戲

　　提到戲曲教育的文章中，總是將戲曲演員開蒙比喻為蓋高樓打基礎，基礎越紮實，地基越穩，大樓可以蓋得越高越壯觀、反之，若地基不穩，大樓一定不堅固，容易歪斜，甚至需要重蓋。開蒙戲是京劇演員在基本功有一定基礎之後，進階的表演學習。一方面是對基本功學習成果檢視，一方面是延伸基本功的學習，更能發現學生基本功不足而能有努力加強的機會。

　　淨、丑行都屬於油彩花臉的行當，每個人物都有專屬的臉譜，人物個性藉由臉譜展現出來，但具有相同的基本要求。本章將淨角與丑角放在同一章，依史料或訪談中，科班歷代演員所出現的開蒙戲與教育部《劇藝學校國劇科課程標準》中一年級的淨角、丑角劇目，和訪談對象自身的學習經驗做一比對，從功法分析諸多劇目的表演特點，所訓練演員的哪些基本項目，再從其他演員和中國戲校與北京戲校的課程大綱中，以實際的開蒙戲觀察，歸納京劇淨角、丑角開蒙戲所訓練的基本功法和這些劇目的共通性，辨析這些劇目成為開蒙戲的原因。

　　《課程標準》雖然明訂出文淨組與武淨組、文丑組與武丑組，然而在學校分科開蒙打基礎之時，有許多基本功是共練的，因為武戲行當的基本功，和文戲密不可分，甚至武戲行當的基礎也是共同訓練。上海戲校丑角教師秦偉成在〈從文戲入手——談戲校武丑演員的啟蒙教育〉[註1]提到兩個武丑演員的例子，一是從外地引進到上海京劇院的武戲演員中，挑選了幾個打算培養為武丑，請戲校老師進行培訓，但因為沒有手眼身步法和唱念的基礎，一

────────
〔註1〕　秦偉成〈從文戲入手——談戲校武丑演員的啟蒙教育〉，《上海藝術家》，2000年6月，頁15。

齣《盜甲》拉了幾年仍難以登台亮相；二是秦偉成班上一名同學，前三年因故沒有好好上課，之後跟斗進步了，要好好學幾齣武丑戲，但基本的手眼身步法卻跟不上，身段壞習慣也多，學習大為吃力，才感悟文戲基礎的重要。舞台上任何行當都避不了「張嘴」，唱念做打四功，唱為首，不可偏廢，過於注重練功而忽略唱念，一樣是要花加倍力量學習嘴裡功夫。因此文武淨、文武丑的開蒙唱念、身段基本功，都有該共練之基礎，如同生行由老生唱念基礎學起，青衣花旦開蒙之時同在一起上課共練旦角基本功，在重視肢體基本功的同時，文戲基礎也不可偏廢。

第一節　花臉唱功戲

淨行依表演分工主要有四種分類：銅錘、架子、武花、摔打四門。

> 銅錘以唱為主，做、念為輔；架子以念、做為主，唱為輔；武二花臉以靠背武打戲為主，做、念為輔，唱更次之；摔打花臉專功武打、翻撲。〔註2〕

這是依照戲路分工的歸類，細分人物性格與舞台表演各有偏重，在淨行的基礎教育中，打基礎，都是文淨唱功戲，進階讓合適的學生工架子花臉；嗓子和做表表現一般的學生，則加強武功，練武花臉。武花臉是二花臉，以傍戲為主；摔打花臉，則只重翻打。武花臉和摔打花臉並沒有主要劇目，往往在劇中需要時，從功夫好的生、淨學生中選角也可實行，因此，摔打花臉暫不列入開蒙戲討論之列，武二花僅以《白水灘》青面虎為例。

打基礎開蒙時，從唱功戲入手，也就是銅錘花臉的代表劇目擇選，花臉的著名唱段非常多，開蒙戲選擇的要件不外乎典型的花臉人物，唱段工整，具有花臉基本唱腔。教育部《劇藝學校國劇科課程標準》所列的一年級劇目如：《黃金台》之伊立、《五花洞》包拯、《魚藏劍》專諸、《遇太后》包拯、《探陰山》包拯。這五齣戲都是大段唱功戲，除了《五花洞》為群戲，分別是和老生、老旦、青衣的對手戲。中國戲校和北京戲校的傳統，實際教學劇目和課綱劇目皆是文戲《大探二》、黑頭戲《鍘美案》、《赤桑鎮》三者都是銅錘花臉的典型。下表為常出現的花臉開蒙劇目：

〔註2〕　袁世海口述、袁菁整理《藝海無涯》，北京：中國青年，1985。頁66～67。

表 15：花臉開蒙劇目列舉

劇目	唱腔板式	白口／其他表演重點	扮相	演員／班社劇校
黃金台（架子花）	二黃搖板四句	京白 趟馬 奸笑	油白太監臉、大太監帽、千金、馬褂、箭衣、大帶、掛朝珠、厚底	課程標準、中國戲校
五花洞（包拯）	西皮搖板四句	韻白 *大妖等武花臉*	相貂、黑滿、黑蟒、玉帶、厚底	課程標準
魚藏劍	西皮散板	引子、詩、韻白	紫三塊瓦、黑硬羅帽、黑滿、茨菇葉、黑褶子、厚底、褶扇	課程標準
遇太后	二黃散板、西皮導板、原板、快板、搖板、散板	引子、詩；韻白	相貂、黑滿、黑蟒、玉帶、厚底	課程標準、中國戲校
探陰山	二黃導板、迴龍、原板、垛板、搖板	韻白	黑滿、白蟒、玉帶、厚底	錢鳴業、朱錦榮、課程標準
二進宮	二黃原板、垛板、搖板、對口	韻白	白滿、白蟒、厚底	呂玉堃、中國戲校、北京戲校
大保國探皇陵	二黃搖板、原板、散板 西皮原板快板	韻白	白滿、白蟒、厚底	呂玉堃、中國戲校、北京戲校
鎖五龍	西皮導板、原板、流水、快板、搖板、嘎調	韻白 戴手銬	藍碎臉、扎巾、紅扎、箭衣、三肩、大帶、厚底	郝壽臣、劉奎官
上天台草橋關萬花亭	二黃導板、原板、搖板	引子、詩、韻白 姚期引子。按：草橋關引子：終朝邊塞征胡奴，掃滅蠻夷定河山。	白滿、白蟒、襯紫褶子、玉帶、厚底靴	裘盛戎 白良關白口：尚長榮、中國戲校
大回朝	嗩吶二黃導板、迴龍原板；西皮快板、散板、搖板	引子、詩、韻白	文陽、白鬢髮、白滿、紅蟒、玉帶、紅彩褲、厚底	朱錦榮、彭俊鋼北京戲校、中國戲校
渭水河	二黃原板 西皮導板、二六	韻白		朱錦榮、偶樹瓊中國戲校

御果園	二黃原板	韻白	黑滿、黑蟒、玉帶、厚底	尚長榮、臺灣戲曲學院
白水灘（武二花）	無	韻白一句	硬花羅帽、抱衣褲、紅扎、厚底、大帶；後改薄底、戴軟羅帽	駱連翔、彭俊鋼課程標準
天水關	西皮導板、原板、快板、流水	詩、韻白、	黑滿、綠靠、厚底	裘盛戎、朱錦榮
蘆花蕩	曲牌	韻白	草帽圈、甩髮、黑扎、抱衣褲、水裙、縧子、大帶、薄底	中國戲校、北京戲校

　　這些開蒙戲大多是唱功戲，具有完整板式，和花臉基本唱腔，學會唱段讓學生吊嗓子用，而且多是大段大段的唱段，練習尋找發聲、發音的位置，尖團字注意的地方，口型與發聲關係，同時訓練學生角步規範。這些劇目中除《魚藏劍》、《鎖五龍》、《渭水河》，其餘都是穿蟒的文官戲。前言所及，開蒙學習走腳步，多從穿蟒扮相入手，即爲在開蒙時期，有一易於模仿的規範外在形體，抬腳的角度，手擺的圓度，頭要正不能亂晃、眼神不恍惚，穿靴子抬腿須有力，臉上表情不能做怪，身上不晃動，這些劇篇幅長約三十至五十分鐘，全在台上站著唱，絕不能有下台、飲場或坐下的機會，嗓音發揮得持久性，平時「耗」的功夫，均有功在其中。

　　花臉【二黃】並沒有【慢板】，《二進宮》徐延昭銅錘花臉的端正典型，囊括【二黃】基本唱腔格式。《二進宮》本爲童伶常演之劇〔註3〕，裘桂仙幼時即以演出此劇出名〔註4〕，因此推論《二進宮》作爲童伶開蒙學戲用來打唱功基礎的劇目，可追溯至光緒年間。

　　徐延昭上場【二黃搖板】起唱兩句上句，楊波接下句，然後接楊波【二黃慢板】唱【二黃原板】八句，「有老夫比樊噲，懷抱著銅錘保駕身旁料也無妨！」的一句大拖腔，先拖在「無」字上過三板，唱到「妨」字，下段【原板】接唱楊波之詞「武立西」與楊波同唱「各自分班站立在兩廂。」無過門

〔註3〕　張聊公〈程硯秋之二進宮〉，《聽歌想影錄》〔天津：東方印書局，民國三十年〕，學苑出版社編《民國京崑史料叢書第二輯》（北京：學苑出版社，2008），頁153。

〔註4〕　孫養農《談余叔岩》（臺北：秀威資訊科技，2013），頁63。

的接唱，劇情發展越到後面，三人激辯越是強烈，生旦淨一人前一句拖腔未唱完，下一人已開口接唱「咬著唱」的情形，雖然都是【二黃原板】，速度上卻隨著情節加快，若對唱詞唱腔不夠熟練，則無法銜接，整體表演變則出現漏洞，因此學《二進宮》不僅要對自己腳色的唱詞唱腔熟悉，對手戲的唱段必須瞭然於胸，否則臨場難以有好的表現。《二進宮》並未收入在流派劇目中〔註5〕，做為開蒙劇目，是不以流派特色自居，又或是余、楊、梅派的大路子，老生、淨角、旦角戲分平均的舞台表現，學成之後，各家各派演員均可在這一劇目發揮自己的表演特色，不在流派劇目的範圍被討論，《二進宮》是【二黃】基礎戲，但板式並不完整，欠缺【導碰原】的整段形式，因為唱腔動人、音樂結構牽動劇情，是「戲保人」的好戲。隨著劇校體制的改變，排演時人員調度也在考量之一，《二進宮》共五個角色，三個主角，沒有龍套上下手等其他雜扮，排戲動員的可行性相對提高，因此成為北京地區劇校所教學的第一齣青衣、老生、花臉戲。《大保國》、《探皇陵》、《二進宮》連演為全部《龍鳳閣》，是劇情連貫的一連串劇目，慣性的說法《大探二》便是開蒙戲，未必三折戲全學，也不一定按照情節順序教學，教材本身的規範性，組合排戲的可行性，也是選擇劇目時的考量之一。

　　淨行的【二黃】開蒙戲上表列有《御果園》、《大回朝》、《上天台》、《探陰山》等，或從這些劇目中為學生打下【二黃】基礎。《大回朝》被收入於《京劇教學劇目精選第九輯》在「藝術特色及教學目的」說得明白：

> 此劇做為科班淨行的開蒙戲，劇中主要角色有唱、念、做、表等基
> 礎訓練的內容，能使學生掌握一定的戲曲表演程式。「做」有腳步、
> 整冠、抖袖、上馬、下馬等形體訓練，「唱」有成套的【二黃導板】、
> 【回龍】、【原板】和【西皮流水】等板式、調式。通過此劇的學習
> 可使學生舉一反三，對日後的劇目學習有比較大的幫助。〔註6〕

文戲開蒙戲的基本功，並無特殊技巧，而是端正人物形象，規範身段腳步、口齒清晰，其次劇目中的舞台程式如「九龍口亮相」、「歸坐」等，因劇情而產生的程式表現，必須透過完整「學戲」才能學到，劇中的程式運用便可舉

〔註5〕　如未收入於文化藝術出版社編輯部編《京劇流派劇目薈萃》（1～10 輯）（北京：
　　　　文化藝術，1989～1996 年）；《中國京劇流派劇目集成》之劇本集（北京：學
　　　　苑出版社，2009）。

〔註6〕　邵鐘世主編《京劇教學劇目精選第九輯‧大回朝》（北京：北京戲曲藝術職業
　　　　學院，2006），頁 354。

一反三，即張育華所謂「性格造型」的要義〔註7〕。《二進宮》並沒有引子和上場詩，自報家門的基本程式，而《大回朝》聞仲和包拯戲《遇太后》，則是京劇中人物上場自報家門的典型。「自報家門」是京劇人物上場的自我介紹，由上場門上場，走至九龍口亮相，抖袖、整冠、理鬢，走至台口，抖袖，打引子、念定場詩（坐場詩、上場詩）、定場白等一系列的固定程式。《大回朝》聞仲念引：

> 「錦戰袍玉帶圍腰，征北海得勝還朝。」歸大坐，念詩：「吾本朝中
> 第一臣，跨下走獸墨麒麟。金鞭掃盡花世界，扶保我主錦乾坤。」
> 自報家門：「老夫，太宰聞。在殷紂駕前為臣，官居太宰。只因北海
> 金鰲作亂，聖上命老夫帶兵前往征剿。大兵一到，那賊聞名不戰自
> 降，寫來降書順表，情願年年進貢，歲歲來朝。前三日有火牌進京，
> 約定今日起程，且喜天開黃道，正好回朝交旨覆命。」

再看《遇太后》包拯的出場引子

> 「秉正忠心扶大宋錦繡龍廷」，定場詩：「黑暗暗烏紗蓋頂，明亮亮
> 玉帶隨身。上京去君王見喜，下御階誰敢不尊。」

引子完轉身歸小坐，大小坐的轉身向來規矩，大坐必須先右轉再左轉歸到桌內坐，小坐則是先左轉再右轉歸坐，並不是隨意的轉身，初學者必須牢記。

> 白：「老夫，包拯。」自報家門，手拉水袖，供手式。「宋室駕前為
> 臣，官拜龍圖閣大學士。只因陳州乾旱三載，聖上命老夫前來放糧
> 安民。放糧已畢，正好回朝交旨。一路之上，代理民詞。王朝、馬
> 漢……」

自報家門是觀眾對演員的第一印象，至關重要，也是教師在教學時必須緊盯的項目，往往一個出場可能是經過上千次的練習，才能逐漸掌握整段自報家門的表演，各行當均有相同情況。這是花臉的基本引子，《大回朝》、《上天台》中都有類似的程式。《遇太后》包拯再上唱兩句【二黃散板】「今奉聖命陳州到，放糧已畢轉回朝。」基本的上下句腔，之後唱轉【西皮導板、原板】接唱轉【快板】此劇的重點唱段，最後下場【散板】，接是花臉的【西皮】腔的基本腔格。劇中出現抓袖、撩袍跪地、進轎、出轎等程式，均有講究的小地方，如教師教學時，指導抓袖，是先以無名指與小指勾著水袖一側，手勢順勢向外繞一小圓，再以食指與中只扣住整個水袖，便可做一個漂亮的抓袖動

〔註7〕 張育華《戲曲表演之功法——以崑京表演藝術為範疇》，頁265～272。

作，若不熟練，找不到竅門，臨場抓不起水袖，戲劇張力銳減。

少數的架子花臉和武花臉戲，是對學生表演，除了基本的白口、嗓音與唱腔，有更多花臉行的表演專屬技巧的統合，如《黃金台》一劇，《黃金台》的伊立是個太監腳色，太監在京劇舞台上是不念韻白的，全劇僅四句【二黃搖板】：「御史衙前下了馬／有勞大人相迎咱。」「辭別大人把馬跨，多討校尉再搜查。」腔是普通【搖板】腔，【二黃】基本上下句的唱腔結構。念白對京白韻味的掌握甚是重要，在伊立與田單的對答中，念：

> 今有東宮世子田法章，人倫大變，子淫父妃。大王大怒，賜咱家寶
> 劍一口，三更時分，斬殺回奏。不知何人走漏了消息，世子連夜逃
> 出皇城。是咱家二次啓奏大王，大王賜咱家校尉四十名，各府搜尋。
> 各府俱已搜到沒有。我想那世子他（倉）定藏在你府！〔註8〕

就是著名段子，尤其詞意內容的語氣。常立勝對此段念白的分析：

> 從「不知何人走漏了消息」語氣加快，但要嘴唇使勁，字字清楚。
> 到「我想那世子他」隨【大鑼一擊】（倉）右手有力地斜指出去。「定
> 藏在你府！」的「你府」二字要拉長音，是渲染氣氛，想詐一詐田
> 單看他有何反映。應該說這是伊立與田單的展開的一番心理較量，
> 整段要念的跌宕起伏，一氣呵成。〔註9〕

「語氣加快、嘴唇有勁、字字清楚、跌宕起伏」，透過一段十三句的念白，熟練精進後，對京白韻律語調嗓音轉換的用法，便能紮下好的基礎，進而才是對其詞意內涵深刻挖掘表演心理的過程，孫盛文也以此談及花臉戲京白的開蒙〔註10〕。《黃金台》看似並沒有什麼高難度技巧，扮相也無水袖、髯口，對初學者來說，可專注於口齒唱念、台步、圓場、亮相，做表等基本功，伊立臨下場的「三笑」，也是花臉基本程式。其他如過場馬趟子、下場的跺泥、身段的基本雲手、台步、圓場等是學生這一時期學習心得的展現。此劇較溫，說是沒什麼身段，講究的話也十分多細節，教師必須費盡心力說戲，較之唱功戲，更能幫助學生對表演的啓發，難度不亞於唱作俱佳跑滿台的崑腔戲，多能培養學生對情節節奏、雙方對戲交鋒的「戲感」，且必須學此劇才能學到

〔註8〕 參考國光劇團演出本。
〔註9〕 常立勝《淨之韻——京劇花臉》（北京：學苑出版社，2007），頁166。
〔註10〕 孫蓮珠《淨門師魂——回憶我的父親孫盛文》（北京：中國戲劇，1999），頁
　　　 175。引文見下頁。

如何表現花臉的太監類型人物，對未來學《法門寺》之劉瑾、《鳳還巢》之周公公、《狸貓換太子》之郭槐等太監戲，對京白韻律的練習，太監的舞台形象，有一基礎規範可循。

《鎖五龍》單雄信因為戴著手銬，身段發揮有限，唱段和老生、小生、小花臉都有對口，【西皮、搖板、快板、流水】的對唱，唱腔中多高腔、嘎調，節奏快，要學生對板眼清晰、唱的尺寸和氣口的練習，剛學戲的小孩尚未倒倉，學高腔戲演出頗有精彩可期之處，但如何把快板唱的鏗鏘有力、字字分明，則是一大考驗，郝壽臣開蒙學此劇練唱腔便學了兩個月〔註11〕。

孫盛文教學時針對初階花臉學戲的幾門技巧有詳細說明。

> 京白：主要用於訓練念白的節奏，如《黃金台》中的伊立念到：「只因東宮世子田法章人倫大變……各府搜尋俱都無有，我想世子他定藏在你府！」

> 韻白：大多數劇目都用韻白，而《魚藏劍》的【撲燈蛾】，是在樂隊指揮的節奏中念韻白。

> 唱：《御果園》是為【二黃】打基礎；《天水關》是為【西皮】打基礎，
> 《大探二》、《上天台》是比較全面的訓練唱腔的旋律和板式。〔註12〕

孫盛文，富連成「盛」字輩出科。在科從葉福海、蔡榮貴學藝，倒倉後改學架子花，能戲甚多，在科班時即從事教學，曾任中華戲曲專科學校、榮春社教師，後在中國戲曲學校等六所劇校執教，淨行教學經驗長達五十年〔註13〕。對於一個演員的基本要求是唱時不冒調（音準夠穩）、不走板（節奏夠穩）；念詞不出錯、別忘詞；做戲要認真、動作要到家，武打別掉傢伙，別趴在台上〔註14〕，初學戲的孩子標準在此，而中高階就必須講究學習和創造的方法。上列劇目唱段具有工整板式，除了模仿，教與學生淺顯的道理，韻白專用的程式如【撲燈蛾】，京白主要是念白的節奏，針對唱念，這些戲都適合開蒙打基礎，一直沿用到今日，除《天水關》外，劇校中仍選這些劇目做為開蒙戲，實踐「以戲保功、以功帶戲」雙管齊下的教學。

〔註11〕北京市戲曲學校《郝壽臣傳》（北京市：北京戲曲學校，1985），頁7。
〔註12〕孫蓮珠《淨門師魂——回憶我的父親孫盛文》，頁175。
〔註13〕整理自孫蓮珠《淨門師魂——回憶我的父親孫盛文》，頁8、135。
〔註14〕整理自孫蓮珠《淨門師魂——回憶我的父親孫盛文》，頁115。

第二節　花臉身段戲

　　《白水灘》歷來是武生、武旦、武丑、武淨開蒙劇目，在臺灣尤其如此，以武生戲的劇目為主，其他各組配合。青面虎頭場〈公堂〉（又名〈打堂〉），劉子名派夏副將擒獲青面虎，公堂上，十足展現青面虎桀傲不遜的氣勢，念白不多，唱僅兩句【風入松】，若不帶〈打堂〉，青面虎在劇中念白不到五句，無唱。青面虎甫上場「望灘」一場【九錘半】的身段，三磕手肘，欲將雙手從手銬抽出，拋鎖鍊，再與官兵對打等，是最看功架之處。後與十一郎開打「雙刀棍」、「扎脖槍」，這兩套把子為此劇專用專練，其他和十一郎跳叉、墊步起飛腳、蹦子等基本功技巧，下場程式，圓場都是第一年所學的武打套路和毯子功。《白》劇的讓學生所學的武功基礎得以運用，要求是中規中矩，既不是太難，又能幫助學生了解基本的表演體現，舞台上如何透過功法展現人物，此劇角色多，同學間相互合作，囊括四門武行當，齊上台可降低學生對舞台的恐懼感。《白》劇是青面虎初階戲，為將來學《通天犀》武花臉表演做一準備，在這基礎之上才能進行下一步學習。《白水灘》因主要和武生對手戲，排練中，武生組互相練習打把子，上下把都要會〔註15〕，亦有從武生組挑出演青面虎的同學，由武生老師主教與主排（如郭鴻田、林琦、張富椿等教師），未必從淨角組選角〔註16〕。武行當中的武生、武淨與武丑，人物氣質上的表現差距很大，但是同為練「武功」的部分，在一開始學習的大部分基礎，技法、規範是共通的，生角的身段形象，也就是科班時進劇校，「先練武功」的幼功要求，北京戲校甚至在一年級的課程將淨行分為銅錘和架子，而沒有武花臉。由武功的基礎再延伸行當表演的發展，亦由於武淨傍著武生，通常沒什麼唱念，講究武功，有相同功底之武生亦能勝任。《清稗類鈔》所載：

> 武生之腰輕，必自幼練成，及長，仍自有定程，時時演習，乃能轉
> 折合度，或凌空如飛燕，或平地如翻車輪，或為倒懸之行，或作旋
> 風之舞。……為技至此，自不能不使人顧而樂之。他如擲、棍、拋、
> 槍、拈、鞭、轉、劍，人多彌靜，勢急愈殊，金鼓和鳴，百無一失。
> 〔註17〕

〔註15〕把子功對手中，勝方為上把，敗方為下把。

〔註16〕武生演員曾冠東從郭鴻田學藝期間，即常於武生、武淨戲中，由老師指派扮演武淨角色。電訪曾冠東，2014/，訪彭俊綱，2014/4/17，國光劇團。

〔註17〕徐珂《清稗類鈔（第三十七冊戲劇）》（出版地不詳：第五版商務印書館，出

若以練武功而言，對於雜技技術、撲打滾翻的熟練度，同樣適用於武行當的武淨或武丑，蔡欣欣認為這些武技轉化為戲曲程式規範，便是現在演員訓練中的基本功底「毯子功」與「把子功」〔註18〕，也因此，唱念少、主演腳色劇目又少的武淨角色，常可為武生、武淨兩門抱兼演之。

《二進宮》同時也是老生和青衣的開蒙戲，學生一學完，便可配合排演。而男孩們學唱功戲，在青春期總是會遇到倒倉問題，此時開始訓練架子花功架基礎，中國戲校、北京戲校練身段的劇目，轉向《蘆花蕩》的張飛，特別是先拉頭場走邊。

《蘆花蕩》是架子花基礎戲，時常演出，中國戲曲學院和北京戲校列為淨學生的開蒙戲，也是花臉基礎功架戲。有《大蘆花蕩》和《小蘆花蕩》之分。《小蘆花蕩》指的是全本《龍鳳呈祥》或《黃鶴樓》之後，張飛只走邊，無和周瑜對打。《大蘆花蕩》則可做折子戲單演，為崑腔戲〔註19〕。《蘆花蕩》出自《草廬記》刊本第四十六齣，缺齣名；《綴白裘》初集卷三，載有本齣，稱《西川圖·蘆花蕩》〔註20〕。做為開蒙的教學部分，便是單一場帶和周瑜開打的崑腔版本。《劉奎官舞台藝術》有詳盡的身段說明和表演紀錄〔註21〕。張飛是架子花臉的典型人物，這折戲偏重演員的腰腿功夫，身段繁重，學會後可以做為天天練基本功的好戲。張飛做漁樵打扮，戴漁夫帽，繫縧子、大帶、穿薄底，短打扮像。

1950年代，亦有不主張開蒙學《蘆花蕩》的說法，因為張飛的表演十分個性化，怕學生學了以後終身有「形體上的缺點」。

> 開蒙不可用《蘆花蕩》、《嫁妹》、《青石山》等劇目，因為這些劇目
> 中的形象，即張飛、鍾馗、周倉等，從形體上區別於其他角色，如
> 歪頭、夾膀、縱間。初學者往往會把這些特點變成終身表演形體的
> 缺點。於是在這些角色的形體美，就變成別的角色裡的形體醜
> 了。……所以淨行開蒙多用《御果園》尉遲恭、《上天台》姚期、《大
> 探二》徐延昭、《黃金台》伊立等劇。〔註22〕

版年不詳)，頁18。
〔註18〕蔡欣欣〈無技不成戲〉，《雜技與戲曲》（臺北：國家，2008），頁410。
〔註19〕常立勝《淨之韻：京劇花臉》，頁122。
〔註20〕洪惟助主編《崑曲辭典》，頁216。
〔註21〕劉奎官口述、趙鳳池記錄、黎方整理《劉奎官舞台藝術》，頁74～88。
〔註22〕孫蓮珠《淨門師魂──回憶我的父親孫盛文》，頁178。

孫盛文從身段功架分析，中規中矩的開蒙戲，還是在於銅錘的基本形象，以唱找嗓，展現武功學習的劇目尚不在此列。復興劇校畢業現任職國光劇團的淨行演員彭俊鋼也認為，開蒙學《蘆花蕩》是增加教師教學的負擔〔註23〕。花臉戲的循序漸進性，是在有一定唱念水平、腰腿已經出功，基本功練到一定程度的時候，才進行《蘆花蕩》一類的劇目學習，否則開蒙學《蘆花蕩》學生基礎或條件不夠時，教戲十分吃力，對教學而言成效不彰。因此，過了學唱腔、練基本功的階段後，《蘆花蕩》近來是初階段學習劇目之列，用來打學生的崑曲底子，找到架子花「媚而有花臉美」的感覺。

劉奎官將《蘆花蕩》的張飛，分為三個表演段落。第一段是出場走邊，第二段是曲牌【鬥鵪鶉】、【紫花兒序】，第三段是周瑜與張飛的對峙。

從出場念詩到話白到【紫花兒序】結束，是張飛的獨腳戲，張飛上場「走邊掛子」，在基本功所學到的功法有雲手跨虎、跨腿踢腿、朝天蹬、三起三落、探海、射雁、反飛腳、蹦子、臥魚式，這些動作組合本不簡單，張飛戴黑滿、甩髮、草帽圈、身上繫絛子、大帶、腰包，腰插令旗，穿薄底，表演有許多阻礙，如果控制不好，髯口會掛的滿面、甩髮會紛亂，甚至草帽圈、令旗也從身上掉落，無法展現人物美感和基本功的穩定度，走邊難度頗高。架子花臉中有不少從花旦借鑑而來的表演，要「美而不媚」，如走邊中的臥魚但是身子緊貼地板，花臉則要提腿成半臥姿〔註24〕。三抬腿，緩手，墊步片腿，身體跟著側斜，動作小而輕柔，如花旦美，隨著瞬間轉為花臉弓箭步亮相，和大花臉的形象產生反差，審美趣味。這些小動作是展現張飛人物詼諧又狂傲的一面，也因如此，在開蒙教學紮根不穩時，過分強調模仿花旦的小動作，怕影響演正規花臉戲的形象。而這種從花旦演化至淨行的小身段，是架子花的特色表演風格，如鍾馗戲、判官戲或歸為架子花的邊配角色也常出現。【鬥鵪鶉】、【紫花兒序】兩支曲牌，身段與唱的結合，是邊唱邊舞的綜合訓練，主要是練學生的調息、耐力，崑腔戲劇目若不從頭拉到尾，無法鍛鍊學生體力，這也是「崑腔底子」實質內涵之一。

第三段和周瑜的槍架子、邊打邊唱【調笑令】，前言所及，崑腔戲打基礎時，著重在對演員功法的規矩，體力耐力的磨練，身段與唱的結合訓練，槍架子，並非把子套路，以練功的角度來說，這一部分的對手戲，往往在排戲

〔註23〕訪問彭俊鋼「武淨與武戲開蒙戲」。2014/4/17，於臺北國光劇團。
〔註24〕劉奎官口述、趙鳳池記錄、黎方整理《劉奎官舞台藝術》，頁77。

演出時，再來說戲都還不遲，開蒙時的成果展現，若不上周瑜戲份，到張飛要槍下場花結束。《蘆花蕩》的功架戲，注重圓場、弓箭步、雲手以及「打哇呀呀」花臉特定的表現情緒的程式。

《蘆花蕩》和《通天犀》中動作有些相似，但氣質要求不同〔註 25〕，因此若透過《蘆》劇紮下嚴實的架子花臉基礎，進而再學習鍾馗、判官一類的角色。孫盛文也指出：

> 第一階段的技術性，對劇中人物鍾馗，在腰、腿功夫和工架、動作
> 的準確、穩定、節奏和尺寸上，要求特別嚴格。他說：「如果沒有腰
> 腿功夫和工架的優美，就等於沒學。」……鍾馗在念、唱方面的吐
> 字、氣口等要求上，也是一字一句地嚴格訓練。〔註 26〕

文中雖以鍾馗為例，點出腰、腿功夫、工架、動作，表演穩定，節奏和尺寸的掌握，念、唱的吐字、氣口，訓練不嚴，「不美等於沒學」，唱念不好也等於白學了。花臉身上功架的開蒙戲，學生並不能是「一張白紙」，對於沒有腰腿的學生，此類劇目達不到幫助學生練習基本功的綜合性、鍛鍊體力的磨練性。但從另一觀點，從給學生練身上、練體力而言，崑腔戲載歌載舞的優點，個人獨力完成整場表演的豐富性，深度表演性的內涵，是演員不可避免的學習項目。張飛形象雖然特殊，但對學生紮基礎練功、練體力，又符合開蒙戲的要件。若以訓練走邊套路、花臉自報家門、耍下場花的戲，《楊排風》中的《打焦贊》亦有相同之妙〔註 27〕。早期此劇同時為武旦武淨的開蒙戲，劇中焦贊走邊、穿薄底，路子官中，唱段為【西皮導板】接【流水】，就學生的負荷度和排演時的便利性，對教、學雙方的成效，有著實質達到開蒙戲的訓練意義。

第三節　丑角開蒙戲

丑角的文戲大多指的是以念為主的劇目，其次是身段表演，唱反而再次之。這一類的戲，在丑角、花旦的玩笑戲，「二小戲」、「三小戲」之中，最重要的是訓練京白的念，以吐字、發音、喊嗓、口齒清晰為重點。若要鍛鍊小

〔註 25〕劉奎官口述、趙鳳池記錄、黎方整理《劉奎官舞台藝術》，頁 80。
〔註 26〕孫蓮珠《淨門師魂——回憶我的父親孫盛文》，頁 213～214。
〔註 27〕訪問彭俊綱。2014/4/17，於國光劇團。

花臉的表演身段，蘊藏在崑腔戲或特殊腔調劇種的小戲之中。

　　淨角和丑角的主要劇目，不及老生、旦角的數量多，尤其丑角，常為舞台上的綠葉，戲諺云：「無丑不成戲。」因此一個好的丑角演員大小角色能戲劇目必須更甚生旦，亦要求文武雙全。

　　臺灣早期的劇校，學小花臉的演員，除了行當基本功，就學具體的「劇目」而言，學戲的系統和教學不如老生、旦角或淨角有明確而固定的段落被傳成紀錄。尹來有，大鵬劇校四期，師承董盛村、李金和（武丑）、王鳴兆（文丑）等，是臺灣第一代培養的丑角演員，任職國光劇團直至退休。尹氏開蒙學戲時多是學丑角小角色，很零碎的「活兒」，碎到很難具體的說出哪些劇目，其次就是花旦的玩笑戲，如《打刀》、《打灶王》，很多戲都在花旦組由劉鳴寶老師教，學了直接排戲上場〔註28〕。丑角戲本身的綠葉性質，劇中的地位卻又缺他不可，等到教育部課程綱要推出時，仍然避免不了小花臉行當的特性，所做的學習規劃，較於其他組比起，相對地瑣碎許多，單看《課程標準》國一的丑角劇目多達十齣《彩樓配》、《五花洞》、《黃金台》、《打麵缸》、《釣金龜》、《頂花磚》、《鴻鸞禧》、《摩天嶺》、《探陰山》、《遇太后》，是所有行當中最多的，這些劇目和生旦淨的戲都有重疊，有的只有幾句台詞或是一小段戲，甚至只是過場，仍然列入「課程標準」中，不少劇目的表演性質是重複的，戲分比較重的有和花旦配戲的《頂花磚》、《鴻鸞禧》，和老旦對戲的《釣金龜》，其他則是小活，有的只是過場戲。表演重點雖然單一，但如果掌握小花臉基本功法，其實戲一說台上就有了，《課程標準》在做劇目規劃時，還是以小花臉全班能短期內，合力演出的性質來考量，而非以單一、特定的主要劇目來鍛鍊基本功。因為丑角特性，在開蒙學戲時，透過劇目磨出丑角最重要的臨場感和喜感，和其他組別以行當表演為主的劇目，有主題性的練基本功，丑角唱念做打的功法，則必須再找適合的段落訓練，情況和小生組相近，培養一個丑角演員，臨場戲感和表現，幾乎都是慢慢薰、熬出來的。那麼小花臉的基本功基礎，以耗矮子最磨人心志。

　　丁一保，復興劇校第三期「中」字科畢業，專攻文丑，現為臺灣戲曲學院專任教師。民國五十六年進入復興劇校，從李明德老師學藝，剛入校時，因為第一齣戲演了《八五花洞》的假武大，便學了丑行，雖然曾在老旦組、花臉組遊走，最後還是回到小花臉。練功的過程，每天耗矮子，兩個人分別

〔註28〕訪談尹來有〈個人學藝經過〉，2014/2/20，於國光劇團。

在板凳的兩頭耗著，若有一個人稍有不慎，另一人便會從椅子跌下，一耗就是一個鐘頭，文丑腿上最重要的功夫紮底。另一項，便是嘴裡功夫，如同陳凱歌電影《霸王別姬》師傅拿菸斗攪嘴的畫面，原本連國語都說不好的他，被拿著戒尺攪了舌頭，從此國語就會了〔註29〕。

　　第二齣戲是為了配合公演，因為學長倒倉了，而學《春秋配》的彩旦賈氏。一邊配演、一邊學戲，而真正練文丑功夫的戲，是《大回朝》的黃仲、尤渾，是兩個壞蛋的腳色，一搭一唱、韻白戲《渭水河》的武吉，練習白口。正式的小花臉劇目應屬《全部釣金龜》（帶《孟津河》）的張義，直接在老旦組學，隨時可以對戲，也沒有版本對詞的問題，只是唱法改為小花臉腔。升上國中部後，師從唐復雄、邵鳴皋、吳德桂，開始學武丑劇目，如《二龍山》、《祥梅寺》、《時遷偷雞》等。練身上的文丑戲是《小放牛》和《小上墳》。

　　臺灣戲曲學院丑行教師周鍾麟，其父為中華戲校出科的知名丑角演員周金福，親自為他開蒙戲，所學的多是與花旦的「二小戲」，或是加上小生「三小戲」，其基本的練功內涵，就是多練「嘴皮子」──使學生有流暢的準確的口齒發音，如《雙背凳》、《頂花磚》、《打麵缸》，這一類玩笑戲，在過去的京劇舞台上，做為「開鑼戲」，戲詞的彈性空間大，時常可以臨場發揮，學小戲，除了基本的嘴裡訓練，另一方面是能從劇中培養學生「逗哏」、討喜、好笑等丑角的演藝特質，從學習劇目中薰陶，基本功刻苦的練習，總能不離八九十，可是相對其他行當的第二天性中的手眼身法步的規範，小花臉的「活戲」養分、表演生活化、「臨場抓哏」的本事，更難訓練，那麼，小戲因其性質和結構的關係，藉由各種劇目，從「薰」的過程，則是實質幫助的可能性。小戲篇幅小，身段不難，每個戲只有一、二個獨門絕技，對學生在學習上，心理負擔也比較少，難度雖然不大，由初學一年級的學生表現，模仿中又有一種天真逗趣的喜感。

　　《雙背凳》又名《雙怕妻》，穿褶子、戴方巾，丑角不長歲上場四句數板、大段京白、和花旦互動，和一名小花臉石幼的對白，後面還有拿扇子的身段，最後挨打、背凳子逗笑，全劇非常生活化，長一個鐘頭的戲，全劇京白，沒有唱，兩個小花臉和花旦之間一來一往的對話，台詞多又瑣碎，必須人保戲，否則觀眾很容易覺得無聊。教師教學時，先讓學生抄詞，從說一句跟一句，到讓學生看本自己念，教師針對字音做糾正，還有掌握京白的語言規律，一

〔註29〕訪丁一保〈個人學藝經過〉。2014/2/20，臺灣戲曲學院木柵校區。

開始學的時候，覺得又長又難，最後一邊排戲一邊說戲，越來越熟練時，慢慢就能注意到表演的部分。

尹來有、周鍾麟、丁一保的學戲歷程，印證秦偉成的說法，也就是說，小花臉的人才養成，在老派的教學法中，更重文戲的學習，京劇的武丑主要劇目並不算多，但是武戲中不乏許多重要的武丑角色，史上僅有葉盛章以武丑挑梁成班，開蒙時仍以文戲紮根。葉盛章初入福清社學大花臉，福清社報散後，轉回富連成，由蕭長華建議改學丑角，文武丑均學，奠定它以武丑闖出名號的基礎。

武丑戲《課程標準》中國一的劇目，列有《白水灘》抓地虎、《摩天嶺》猩猩膽、《搖錢樹》孫悟空；國二為《花蝴蝶》蔣平、《二龍山》大眼和尚……等。《白水灘》、《摩天嶺》、《花蝴蝶》主角是武生，《搖錢樹》主角是武旦張四姐，重要的武丑戲如《三岔口》、武丑的主角戲素來有「三盜一偷」——《時遷偷雞》、《三盜九龍杯》、《時謙盜甲》、《朱光祖盜鉤》，各有絕活。在進程上，均是在分科學習的中高階劇目。猴戲，也是武丑中的重要的類型，是武生、武丑兩門抱的角色，甚至武淨也能演，這一類武行當家門功法的內涵，多是依武功基礎來決定學生能學和能演的劇目，武行當的養成，首重武功練到能有多深，除了基本的要「有腰、有腿、有頂功」之外，各種高階筋斗練到一定程度，又具有文戲的表演功底，才能學成。因此，常有演員或教師的表演戲路可以帶「武」的行當武生、武淨、武丑兩門報或三門報，通才型演員在其中遊走，原因即在武功雜技技巧的流通性，再針對角色做獨到詮釋。屬於雜技的特技訓練，在武行當高階的翻打跌撲技巧中，精進學習的行當表演風格的差異，及人物表現的細緻度。

附帶一提，京劇專業教師的養成歷程。1978 年，丁一保一邊在劇團演出、一邊進入戲校教學工作，先教早功（毯子功）每日清晨六點到教室報到，操學生筋斗，一、兩年後，才能教基本功和把子功，同時任小花臉老師于金華、吳德桂、董盛村等人的助教，從旁由協助老師盯學生上課，直到 1989 年才有機會教小花臉組，正式成為丑角教師。丁老師的教學經歷，也是過去老先生培訓教學人才的方式，一個專業的京劇教員，如何六場通透，而京劇專業的老師，教學實踐從初小生的三功，可說是歷時近十年通過老先生的觀察與檢定，才能擔任教丑行的教師。

丁一保自己教戲後，給丑行學生開蒙，有自己的一套方式和教學進程。

首要重念功，矯正學生發音和練嗓子，理想的實踐上，選的是《渭水河》的武吉，武吉在劇中只有三場，第二場雖是獨腳戲，在全劇不過是過場戲，墊場而已，但大段韻白，卻能做爲念白練功之用〔註30〕。《渭水河》本是開鑼戲，老生、花臉、小花臉主要的注重唱念功法，老生頭場唱大段【二黃導、碰、原】、【搖板】。武吉這一大段念白其實大約兩百個字、三十餘句詞，並不算多，卻是一個人物講述一個頭尾完整的事件，要念好了，念順了，對韻白的斷句、語言的旋律，語調的起伏，傳統戲中類似的報家門情況，基本上就能掌握。

　　身段功法戲是《小放牛》，連唱帶做，全劇約半個小時，演員沒有甚麼喘氣的機會，且角需踩蹺，丑旦都講京白，笛子伴奏，對答形式的唱腔旋律，重複好幾番，唱詞內容甚至沒有固定，版本甚多，因此演法也會依學生當時狀況有所增減，重點在於圓場、拿馬鞭、翻身、踢腿、花梆子、眼神與手勢、身段的到位，是丑旦必須默契十足的配合演出，需要有良好的體力。這樣的戲，在台上可以同時雙演、四演，上好幾對牧童和村姑，既可消除孩子初上台的恐懼，在彩排、演出機會有限的情況下，也節約了成果展現的時間。

　　小花臉的表演家門、人物類型繁多，配戲更是數不可計，其他類如小戲《打城隍》、《打麵缸》、《小放牛》、《小上墳》、「八打」戲〔註31〕；身份戲《祥梅寺》、《鴻鸞禧》、彩旦戲《拾玉鐲》、和老旦配戲的《釣金龜》、《遇太后》、武丑戲《二龍山》等。排戲和練功必須雙管齊下，難練的功夫必須先練起來，讓功等戲，如矮子必須天天耗、嗓子必須天天喊等，文戲基礎天天鍛鍊，武打功夫則逐步增加，條件夠的學生，才漸學武丑正戲，但已可配合教學排演《搖錢樹》、《泗州城》、《打青龍》的猴戲、《金山寺》的龜帥、《大登殿》的大國舅、二國舅等。

〔註30〕國劇劇本《渭水河》，頁21。（撒鑼轉冒子頭）念：「哈！（小鑼打上）（念）膽大天下能去，膽小寸步難行。（白）小子武吉。前者上山砍樵，誤撞千歲御道，將他門軍打死，姬千歲拿我問罪，是我言道，家有八旬老母，無人侍奉。千歲賜我斗米串錢，回家安頓老母，限我七日之內前去領罪。是我行至渭水河邊，偶遇一白髮老翁，他見我面帶殺氣（按：煞氣），言道必遭凶事，我將打死門軍之事，對他言講。他交（按：教）我一個法兒：回得家去在老母床前，挖一土坑，寬要七尺，深要丈二，口含燈芯糯米睡在裡面（井內）。躲過七七四十九天，方保無事。今乃四十八天，老母肚中饑餓，將我喚醒，上山砍樵。正是：上山擒虎易，開口告人難。（小鑼打下）」

〔註31〕丑角「八打」戲，指的是八個玩笑戲，通常都是開鑼戲或墊場戲。《打城隍》、《打槓子》、《打麵缸》、《打櫻桃》、《打砂鍋》、《打刀》、《打花鼓》、《打灶王》。訪丁一保，2014/2/20，臺灣戲曲學院木柵校區。

　　武丑技巧難度偏高，具有高度的翻打技巧，沒有三年以上專練武功的基礎，不可能演出如《時遷偷雞》、《三盜九龍杯》一類的武丑戲，這些功夫在毯子功和基本功課時，透過機械性反覆練習的強化過程，技巧穩定後，舞台上才能利用功法展現人物。

　　戲校以功帶戲的學習，學生在開蒙學戲時，若老師上課時，不是專心一意的教其中一班，那麼，學生一開始的學習經驗，便是從「跟著學」開始。

　　張宇喬，復興劇校第八期「化」字科畢業，專攻文武丑，前復興劇團團員，曾拜張春華為師，現任臺灣戲曲學院客家戲學系教師。開蒙戲的訪談過程中，總要想很久才能回答關於開蒙戲的問題，最後帶有一點點不確定的口吻，答出《二龍山》這齣以武丑為主的戲〔註32〕。張宇喬沒有轉行當過，一入校便學丑行，授課老師是中華戲校出科的吳德桂。當時，丑行有好幾位大師哥，他只是跟在師哥身旁練功，也跟著學《二龍山》，老師並沒有特別一招一式盯著他們幾個小班的孩子練功或拉戲。學著學著，武生組排《白水灘》，他被派去演抓地虎，《二龍山》就擱下了，陸陸續續的學校大小演出，《三岔口》、《時遷偷雞》等戲，《二龍山》也斷斷續續地學，直到畢業，似乎都感覺這個戲沒有學完，在學校也沒有演出機會。但張宇喬的武丑實力，在梨園行是有目共睹的，畢業後因個人技藝精進的追求，任職於復興劇團時為當家武丑，紮實功底也不限於停留開蒙戲的學習原則，從旁薰陶，練功努力不懈，掌握武丑行當的表演規範，教師視情況接著教授其他劇目的特例，也是有的。因此，只要將一戲的精髓學得透徹，往往就能舉一反三的往下學習，在武行當中，讓功等戲，比讓戲等功來得更加重要。

　　隨著劇校納入教育體制，教學內容更加的課程化和規範化，北京中國劇校更講究學習效率，因此在教學內容規劃上，必須比科班時代找出一個更加事半功倍的教學方法。文戲啟蒙，是為了打下手眼身法步的基礎，以《小放牛》、《下山》為例，兩劇中的牧童和小和尚身段繁多，動作規範，雲手、圓場、矮子步、翻身等基本功內容，前者是小調，後者是崑腔戲，都以笛子伴奏，滿場跑，毫無喘息空間，除了翻跟斗、汗水、空頂等難度大的武功和特技技巧外，這兩齣戲都具有和武丑戲《盜甲》、《三岔口》等戲的相同要求，這些程式化身段和基本功，如能在開蒙階段通過的短劇排練反覆訓練，力求準確，養成良好習慣，雖然未必都發生在開蒙所學的第一個劇，但勢必在紮

〔註32〕訪張宇喬，2014/2/12，於臺灣戲曲學院內湖校區。

基礎這個階段，必須有完善的訓練功法，對日後學武丑戲有事半功倍的效果。

除表演外，花臉、小花臉還必須學習各種人物的「勾臉」技法。把臉譜畫在臉上，行話不用「畫」這個動詞，也不用「化妝」，而用「勾」，描繪之意，以粉墨塗面謂之勾臉〔註33〕，把臉譜描繪在立體有致的人面上。開蒙階段，並無專門練習化妝，教的是勾臉注意的細節，如需先用黑鍋胭脂抹眼窩與鼻窩，避免油彩一化容易使眼睛流淚〔註34〕。臉譜如何依臉型調整，把小腦門勾的大氣，把五官勾的立體有神等等。以《課程標準》和科班、中國戲校比對，化妝勾臉開在另外的專門課程，教的是臉譜、色彩和人物造型的基本概念，畫臉譜的基本技巧，而勾臉方法實際傳承，僅在花臉演員中，透過多次的演出實踐所累積，通常是師父或師哥勾左半邊的臉，演出者自己練習畫另外一邊，最後由師父修整〔註35〕。京劇人物的臉譜樣式，是一種中國戲曲之繪畫美，熟悉臉譜和勾在臉上，幾乎是兩碼子事。每項舞台操作，從學會到熟練、要到在舞台上呈現那一刻，才算完成。這個熟悉操作的過程，除了死練基本功，熟稔劇中情境，透過無限次的舞台經驗，才能邁向成熟演員之路。

第四節　小　結

開蒙戲，越是基本的東西，越難練好，越是一輩子可以追求或必須追求的目標，開蒙戲就是如此的一個劇目，具有經典性、富有深刻內涵，平時可以練功，也可以一再而再找老師新學新演，不斷地加工打磨，才可能有自己的獨到詮釋。

淨行開蒙戲，從銅錘花臉劇目，打下文戲基礎，也就是唱念基礎，精髓不只是會唱，不忘詞，還必須掌握唱腔的韻味，具有工整唱段的劇目，適合訓練學生的唱功。在劇目選擇上，歷來被選為開蒙的【二黃】戲有：《探陰山》、《二進宮》、《渭水河》、《御果園》……等，【西皮】戲：《鎖五龍》、《天水關》等，這一類劇目擷取其唱功之長，「聲音造型」透過實際的唱段，除了會唱旋律、不忘詞，練習嗓音的方法，和學習該板式的基本腔格，知道板眼、氣口，

〔註33〕方問溪《梨園話》〔北平：中華印書局，民國二十年〕，學苑出版社編《民國京崑史料叢書第八輯》（北京：學苑出版社，2010），頁50。
〔註34〕劉奎官口述、趙鳳池記錄、黎方整理《劉奎官舞台藝術》，頁76。
〔註35〕訪彭俊綱，2014/4/17，國光劇團。

包含上胡琴吊嗓子找開口，唱出具有花臉的韻味，才是所謂的文戲基礎，而不是像唱歌似的，有聲就行。「動作造型」中身段上有規範的腳步、水袖的基本架式和程式運用，習慣髯口的存在等，看似平淡，訓練學生的腰勁、脖子勁、腿勁於無形，能夠一次把唱段完整的演唱完畢，更是對嗓音的一大考驗。身段功架戲，架子花多是從配合老生演出的《黃金台》伊立，有京白的著名念段以供練習，講究念、做、表，身段的全面鍛鍊，則轉向崑腔戲《蘆花蕩》，同為紮下架子花臉的基礎。

小花臉的開蒙，以訓練口條的京白戲為重，多是二小戲、三小戲一類的玩笑戲，如「八打」戲，《雙背凳》、《頂花磚》，或由其它邊配角色，卻有大段念白，單獨有重要表現的場次，抽出來做為開蒙戲練習之用，如《渭水河》之武吉。身段功架有《小放牛》，念、唱、做俱全，篇幅短小，舞台上又可有兩對以上的牧童與村姑之組合，增加學習者的信心與降低舞台恐懼感。小花臉的表演，唱功戲比較欠缺，練嗓子多藉由「念」來達成，嚴格學唱的基礎，從老生組學習，也許就是在入科開蒙未分科時所學的老生唱段〔註36〕。

武淨沒有主要劇目，武丑的主要劇目在雜技、摔打、撲翻的技巧，如沒有練到一個水平之時，是撐不起學武丑戲的，因此，志於武丑的演員，在開蒙階段，劇目一樣從文戲著手，武功上，則不斷練習高超的筋斗、翻打技術，擁有足夠的技術項目，進而可學武丑戲。

〔註36〕如尹來有未歸丑行前在老生組學《黃金台》，訪問尹來有，2014/2/20 於國光劇團。

第七章　結　論

　　京劇是高度程式化的藝術，演員的演技如何，絕大部分來自技藝的精熟，其次才是人物詮釋的精煉。京劇表演的傳承，透過「人傳人」將劇目與技藝保存在個體之中，其中的人文思維，透過外在的技巧形式，師者的身教、言教，「由外而內」的，深植在授藝者思想之中，藉由高度訓練的規範化的肢體表現出來，才是完整的演員養成教育。京劇在科班時代，口傳心授的教學包含方方面面。除了技藝之外，思想也滲透其中，但人類口頭傳承隨著文化氛圍和環境改變的同時，藉由口傳心授繼承的內涵也隨之遞減，因此，必要以文字、圖像、影音等各方面能做為保存紀錄的方式，以供口傳心授傳成的輔助與對照。

　　受到社會環境、文藝思潮、政權轉移等文化上多變的因素，也實質影響到京劇教育的傳承方法，百餘年來，卻有些難以撼動的精髓部分，直到當代還存在著，被保留的訓練方式和開蒙劇目，即可視為京劇教育最核心的所在。

　　本研究以京劇演員最初的開蒙階段為著眼點，探討京劇教育近百年的變遷，從 1900 年代初期以集體教育、專門培養的演員的機構──科班，最具規模的富連成科班做為範本，探討教育模式的傳承，到了現代化劇校，京劇教育進入現代教育正規體系之下，如何將老的科班模式，在新的教育系統得到最好的結合。透過百年來京劇演員在最初入門京劇時的開蒙教育，檢視京劇人才育成的過程，以教育體制的變遷、開蒙劇目的教學內容、教學方法和教材選擇，所承襲的內涵與實質的轉變，總結以下結論。

一、開蒙戲的內涵與定義

　　開蒙戲的內涵，是入門京劇表演這一行的必經階段，演員有了肢體和嗓

音的基礎功法訓練後，開始學完整人物的表演內容。開蒙戲可視為京劇演員的學習過程中，有基礎後的進階學習階段。狹義的開蒙戲是演員學的第一個具體劇目，也就是訪談演員時，回答第一齣戲的直覺反應，通常所學劇目不分要角還是配角，分行當後第一個學的戲，視作開蒙戲；廣義的開蒙戲涵義，凡有利打下演員的基礎的劇目，皆可視為開蒙戲，不只是學的第一個戲而已，而是有一連串進程的戲群組，其實際內涵，是強化基本功法的完整呈現，再依劇目表演類別，又可以唱念做打不同著眼點的「以戲帶功」，先求精，再求多。開蒙戲的劇目系統，可說是以傳統劇目為京劇教材的選擇。教學上必須一招一式的學像老師，絲毫不容許學生創造，一戳一站、一字一音，以老師的標準為標準，是口傳心授的極致表現。

　　開蒙學藝對演員有精神啟迪，表演劇藝對身為演員或梨園行的一份子（梨園子弟）心靈層面的印記。多數演員對進入科班、進入戲校的日期記得精確，對開蒙學藝的經過印象深刻，因此對開蒙戲所學的內容也印象深刻，成為一種長期記憶——持續的時間無窮無盡的〔註1〕。這種現象在其他行業少有，學習其他領域學科時，也未必對開始的過程有此深刻的記憶。進入這一行，是人生的一個重大轉折，種種體驗都是「新」開始的，無論是因為被打、每日反覆不斷的練功、因為離開家裡過著團體生活、師徒情感的建立等，造就無法忘記的身體印象。開蒙，對於演員成長的影響，絕對不只有功法的奠基、習得技術而已，更像是人生中的一種宣誓，長期烙印在演員心理，即使後來轉行，也不會因為用不到而使此部分的記憶消失，就像李金棠老師，高齡九十多，口說忘了，卻又念出《黃金台》的唱詞一樣，或是孫元坡老師不加思索的回答出《棗陽山》。這也是為什麼筆者透過曾入戲校的演員做訪談調查，無論年紀，或是否繼續演藝之路，每位受訪者都能回答出自己所學的第一齣戲、怎麼學，跟誰學，學什麼等等，皆具有參考價值，紀錄了實際的學習情況。

二、科班教育與學校教育所用的開蒙劇目

（一）京劇開蒙教育回顧

　　科班所建立的教育模式，從挑選人才、適性發展，以武功打基礎、先學

〔註1〕 Robert L. Solso 原著；黃希庭等譯著《認知心理學》（臺北：五南出版社，1992），頁152。

崑曲、先跑龍套等步驟，按部就班的進行，不計較主次角色一概全演的精神教育，從外在身體刻苦的訓練，到鍛鍊學子要成爲一名京劇演員的精神磨練，在開蒙中，已經種下了成爲梨園子弟必備的專業技藝和專業態度。到了現代化劇校，專業精神依舊由外在訓練到內心思想的深植學生心中。但因教育體制和科班不同，所做的實際措施是將訓練內涵分類，完成科目化的學校教育安排，具有課程、教材、教法等具有受到現代教育思想所影響的根本化轉變。

　　現代化劇校的採樣以臺灣戲曲學院、中國戲曲學院、輔以北京戲曲學校、上海戲曲學校爲討論對象，分析其課程安排和劇目選用。京劇演員幼功生理發展的因素，先練武功，講的是腰腿身柔軟度的開發耐力訓練，及規範嚴謹的身段功架練到彷彿「第二天性」般，舉手投足信手捻來、有聲皆歌、有動皆舞，都是舞台表現所要求的形象，追求前人留下範本，在基礎教育上全不講究創造性的啓發，必須一招一式達到師父要求，因此教師的把關十分重要。學生把外在技藝規範練的能夠自我掌握控制，才能進入下一階段的正式學戲。現代京劇教育在臺灣依舊維持傳統做法，以基本功、把子功、毯子功、曲牌、龍套、容妝等讓學生適性學習後，才進入分科學戲。中國戲曲學院附中，學生是一進校便分行當學戲，當中若不適合，在初階訓練階段都可以改換行當，該校將身體訓練分爲毯子翻滾功、腿功基本功、武打把子功及程式功法綜合訓練的身段功，毯子、把子和腿功，在老科班是屬於基本功的範疇，身段課已然是爲了縮短實際學戲時效，不得不採取先將通用性的重要功法熟練後，做爲技巧上的儲備能量。京劇舞台上的優劣，依附在程式化的要求，先論功，才論藝，「功難練、戲好學」，劇校教育轉型以功帶戲，不以劇目量多寡數而論，功要打小練，戲可慢慢學。紮實基本功和學習的劇目量相比之下，現代京劇的在開蒙時期的基礎教育更重視技法的鍛鍊。

　　科班或劇校除了注重行當開蒙戲奠定基本功法之外，筆者將《天官賜福》、《五花洞》這一類群戲劇目，視爲「入科開蒙戲」，包含實際舞台經驗的啓蒙，可降低單獨登台挑大梁的恐懼，在科班，此一類劇目是「吃飯戲」，人人必會，訓練學生短期可以上台，但對演員踏入藝界人生，成爲梨園子弟，也具有在精神上的啓蒙意義。

（二）開蒙戲劇目

　　十九世紀，京劇有一段很長的時期，是以崑腔戲開蒙，功法上取其「準步數、準尺寸、準地方」的規範功法，幫助演員同時訓練唱念節奏與身段結

合的基本功訓練，同時演員有崑曲底子，視爲一個優秀的標準，也因市場考
量，當時的劇壇容納多種聲腔劇種的演出，演員必須具備「京崑梆三下鍋」
的能力，以富連成開蒙劇目爲例，崑腔開蒙戲如：〈仙圓〉、〈探莊〉、〈夜奔〉、
〈蜈蚣嶺〉、〈寧武關〉、〈祥梅寺〉、〈花蕩〉、〈思凡〉等戲，幾乎也是崑班常
用的開蒙戲。隨著京劇成熟，科班裡的崑腔劇目比例逐漸降低，生旦淨丑開
蒙戲都從文戲學起，這些劇目型塑人物的基本造型，除了唱念基礎之外，透
過手眼身法步與人物表現的結合，逐步完備一個行當典型的學習基礎模式，
此類劇目多是行當典型的唱功戲，如老生戲：《桑園會》、《金馬門》、《御碑亭》、
《武家坡》、《浣紗記》、《樊城長亭》、《上天台》、《奇冤報》、《黃金台》、《天
水關》、《硃砂痣》、《轅門斬子》、《四郎探母》、《賀后罵殿》。生淨戲：《捉放
曹》、《取城都》、《二進宮》、《魚藏劍》、《探陰山》、《御果園》、《白良關》、《五
台山》、《專諸別母》、《蘆花蕩》、《大回朝》、《渭水河》、《鍘包勉》、《嘆皇陵》。
青衣戲：《三娘教子》、《桑園寄子》、《祭江》、《探窯》、《二進宮》、《硃砂痣》、
《南天門》、《宇宙鋒》。丑旦戲：《五花洞》、《賣餑餑》、《小過年》、《五花洞》、
《打刀》、《打灶王》、《小上墳》、《打槓子》等，劇目十分多元，不外乎具有
該行當人物類型，是本工家門戲，每個戲都有它的獨到之處，各有它不同訓
練的著眼點，教師在選擇劇目教學時，並不是特別死，而是依照學生當時的
條件，有所斟酌，但常用劇目大多在一個邏輯範圍中，這些劇目取其一或二，
之後才好進行進一步的劇目學習。

（三）劇目教學定本的產生

　　1919 年歐陽予倩開辦南通伶工學社、1930 年李煜瀛創辦中華戲曲學校，
焦菊隱任校長，引入西式教育，和科班最大的差別是 1.設有國文、英文、數
學、地理、歷史等文化科目，2.班級制，學生成立自治會練習自我管理〔註2〕，
不僅於練功學戲堅持傳統，也開始重視思想和創造的啓發。1949 年後所建立
的劇校，以術科爲主，學科爲輔規劃藝術教育。臺灣早期各軍中劇隊小班和
復興劇校，均以術科培育演員人才爲主，整體教育規劃進入軌道，直到 1985
年張光濤、曹駿麟整理出《國劇職業學校課程科目表》、1989 年教育部《劇藝
學校國劇科課程標準》訂定後，劇校教育落實於體制規章之中。其含普通學
科、專業學科與專業術科等課程科目規劃，術科中針對各行當學習劇目進程

〔註2〕 王金璐〈回憶中華戲曲學校〉，北京市政協文史資料研究委員會《京劇談往
　　　　錄》，頁75。

之安排，可爲兩岸第一個京劇劇目學習之定本出現。這套教程累積了科班經驗和多年教學中可實際演出的情形，極具參考價值，至今未有京劇劇目教育學習研究的專屬書目。京劇的口傳心授性質，雖不可能完全被書面的訂定綁死，仍可看出劇校期待所培養的演員應掌握的基本能力和基礎劇目爲何。

　　教育體制隨著時代改變，京劇教育以學校制爲主流，1949 年以後，「戲校」成了「坐科」的實際代表，兩者有著不可分割的承傳關係，藝術的基礎不分時地而有所差異。統整富連成、臺灣教育部國劇科課程標準、中國戲曲學院附中六年制、北京戲校的開蒙劇目，劇目已偏向越來越固定化的趨向。以老生第一個學習劇目來說，大陸的戲校幾乎都是《二進宮》，也是花臉和青衣的第一齣戲。臺灣則多是《黃金台》，師承張鳴福，同時花臉、小生也先學此劇；花旦第一齣戲在科班時期，出現的多是丑角的玩笑戲，而現在兩岸戲校基本劇是金玉奴故事的《鴻鸞禧》，劇中雖也有小花臉，但已經不是玩笑戲的概念，莫稽也是小生行中窮生的開蒙戲；武生第一個學習劇目，從過去《探莊》和《白水灘》爲一個脈絡依循，可視爲京劇成熟的一個標誌，因其人物都是短打武生的典型，功法也有不少類似之處，《探莊》在功法表現上，崑腔載歌載舞，相對比以武打爲主的《白水灘》難度大很多，做爲第一個戲教學，教師的負擔較大，《白水灘》角色多，四個武行當都有，上下手也多，十一郎和石秀扮相相近，也適合入門，在臺灣多以《白水灘》開蒙居多，這個師承越來越固定化，《探莊》成爲進階教材。

（四）現代劇校教育的人文思考

　　戲曲傳承既是口傳心授的極致表現，過去的傳承法是老師怎麼教，學生怎麼學，學生學會以後，沿用老師的方法不斷往下傳。到了現代教育，既然已經有了教材教法的觀念，傳承便不能只是單純的複製老師。開蒙「刻模子」的過程固然漫長，反覆的練習甚至極枯燥乏味，現代戲校的老師，說戲不再只是讓學生跟著做，帶入戲情戲理的分析，包含人物的內心戲，故事背景的處境等，更甚者每個戲的來龍去脈，經歷什麼樣的改動，老師在教學中爲學生條件所做的調整，必須在適當的環節告訴學生，無形從學戲的過程中，將創作改動的經驗傳承下來。以北京市戲曲藝術職業學校所編撰的劇目教材來說，除了收錄劇本的版本說明、身段、鑼鼓的標記之外，對於戲劇成型的始末，哪位名家做了哪些改動使該劇成爲定本，哪些功法是該劇不可或缺的重要特色，都有說明，並對戲詞中的艱深詞句做校注，儼然是「教師手冊」的

思維，也是現代劇校教師傳戲時要注意的先備知識。開蒙幼童由外打進，這個「外」不只是聲音和肢體的模仿，也包含戲曲詮釋人物的模仿，像是對於人物性格理解、內心處境等，都是由老師教與學生的，學生縱然不能完全體會內心戲，對於表演想像的學習已經開啓。傳承脈絡的解說，學生初學時未必理解箇中來由，但學戲的方式和態度會在潛移默化中，慢慢深植入心。

三、開蒙戲的教／學情況

教學上以同是復興劇校第一期的葉復潤和曹復永來說，開蒙的學習境遇截然不同。以葉復潤在老生學習《黃金台》教學刻模子的經過，教師鉅細靡遺的細心教學，和曹復永小生遊走在各行當幫著配戲的學習狀況，形成對比，並非每個演員在開蒙學藝之時，都有教師仔細盯著一次又一次反覆練習。相似的情況在旦角、淨角，在開蒙時期就接受了細細打磨的學習過程。舞台上比較次要的行當，學戲，就到主要配戲的主教老師處學習，練功，回到自己的組別，刻模子的過程似乎就被壓縮了。到了學校方方面面更上軌道之後，教育體制規範化、系統化，各個行當在開蒙打基礎戲的時候，也顯得穩定的多，各行角色在教學上都是穩扎穩打的。戲校是全然的戲劇環境，即使草創時期有些行當在開蒙時的過程比較不被重視，演員日後的技藝發展並不一定造成絕對性的影響，因爲學戲練功的過程本來就是漫長而刻苦的。

開蒙戲也會因學生條件選擇不同的開蒙劇目。再以「復」字輩爲例，當時張鳴福老師教葉復潤是《黃金台》，之後學《搜孤救孤》，教曲復敏的第一齣戲則是《轅門斬子》之後學《魚藏劍》，《黃金台》曲復敏也跟著學。這是老師從男生和女生生理因素的考量出發，認爲女孩子音域高，趁嗓子音高且戲的時候，先學高腔戲練嗓子，並教予大量唱功戲。學戲的進程安排是十分個人化的，教師依每個人學習狀況，都有不同做法，不同教學風格，也有發展化或定型化的趨勢。

四、同一行當歷時性的開蒙戲劇目

以旦角來說，旦角行當從舞台上青衣、花旦、武旦各不能跨界演出的壁壘分明時代，到邁向文武全才旦角演員，歷經陳德霖、王瑤卿、梅蘭芳到四大名旦，旦角表演審美的內涵經過不同時期的流行風尚，演員從單一表演條件到可以朝著全方面的表現，歸功於幼時即訓練的劇藝基礎，唱功戲、做功

戲、武功戲、身段戲四大類的劇目，在開蒙打基礎時都必須涉略。旦角唱功戲陳德霖主張《三娘教子》、《蘆花河》，王瑤卿主張《三擊掌》、《桑園會》，而十九世紀末二十世紀初演員的實際所學的青衣開蒙戲，《彩樓配》、《祭江》、《宇宙鋒》等居多，都是出於板式完整且基礎的考量。現代戲校唱功多用是《女起解》、《二進宮》，《二進宮》是延續老派的傳統，《女起解》則是梅派戲興起之後的旦角必學劇目，也成爲旦角開蒙時必學劇目之一。現代戲校行當教學時數和科班相比，大幅被壓縮，以臺灣戲校爲例，青衣花旦教師白明鶯在初階第一、二年階段，所教授劇目《鴻鸞禧》、《女起解》、《春秋配》、《大登殿》，打下的基礎包含屬於「聲音造型」的部分，涵蓋有京白、韻白、青衣的大段唱功，兼具【西皮】、【二黃】、【反二黃】板式；「裝扮造型」的功法包含蹻功、做功、水袖、鳳冠、旗裝等旦角基本的扮相表演。在初階段透過劇目，培養讓學生有各種扮相的基礎功法，和過去選用劇目的轉化，教學時數的考量，這些劇目在教學執行和學生吸收層面，能夠有較佳的實踐，老派的開蒙戲對於各項基礎的扎根，絕對是打基礎的良好範本，不容易顧此失彼，《三娘教子》的【二黃】腔、《蘆花河》的【西皮】腔，《三擊掌》是鳳冠扮相，規範了青衣腳步不能搖頭晃腦形象、《桑園會》是典型青衣扮相帶有水袖功法，每個戲都對之後學戲都有著不同的幫助。但受限於現代教學環境，教師從老派劇目的規律，整理出適合教學劇目和教學方法，《鴻鸞禧》的花旦基礎、《女起解》以梅派爲典範的青衣唱腔與唱法、《春秋配》進入青衣水袖的運用，同時接觸有別於梅派，張派的高腔與花腔唱法唱腔、《大登殿》中的兩個旦角，一穿鳳冠女蟒端帶水袖，一著旗裝旗鞋拿手絹，爲之後學《坐宮》、《醉酒》等鳳冠戲和旗裝戲有一基礎。受到不同時代影響，教師們的開蒙戲主張也不斷的變化，是爲學生學習的進程有不同層次的全盤考量。

五、正在發展／趨向定型化

以訓練演員各項基礎的面向來看，需尋求各種劇目功法來爲演員紮底，唱念做打四功分別有不同劇目做訓練，唱功戲又細分【西皮】、【二黃】、【反二黃】等聲腔板式，每個戲都有各自的專門表現，要訓練表演功法綜合性的劇目則多是崑腔戲。隨著京劇劇目的不斷創造發展，開蒙戲也隨著劇目豐富性有所更替，上述旦角的《女起解》即爲一例，《女起解》中囊括不同的聲腔板式，屬於唱功的綜合練習，做爲青衣開蒙戲的慣例，自梅蘭芳唱紅、白玉

薇以《女起解》開蒙之後，現代更是重要的開蒙劇目之一。

以小生爲例，富連成出現小生主戲的開蒙劇目是《岳家莊》、《飛虎山》，前者訓練娃娃生、箭衣戲的表演功法和錘架子，並可容易看出演員身段是否工整規範，後者以【西皮】唱腔爲基礎，身上短打扮相，耍兵器，兩者都是文武俱全的劇目。在姜妙香創出《四郎探母》楊宗保的【西皮娃娃調】「楊宗保在馬上忙傳將令」之後，【娃娃調】成爲小生眾要唱腔板式，不但用的廣，各戲也發展出不同的小腔，《探母‧宗保巡營》也成了開蒙必學之唱段。小生在葉盛蘭挑班之後，小生藝術達到一大巔峰，尤其雉尾生和武小生的表現，周瑜、呂布、李存孝即是代表人物，其中文生（褶子生、扇子生）則是尚在發展完備的一塊。葉派弟子朱福俠的《憶十八》可說是補上了這一部分，多種的水袖變化、圓場、扇子，培養學生的「文氣」等，表演訓練的考量無庸置疑，並且近年戲校老師都有以此劇做爲紮功底的必教劇目，若以廣義的開蒙戲定義而言，《憶十八》所奠定的文生基礎，在戲校中又成爲必教必學劇目，雖非小生所學的第一齣戲，仍可視作開蒙戲範疇。也就是說，當有於唱念、於功法更適合訓練功底的劇目出現，並且被保留在舞台上，經歷時間的考驗，可能成爲基礎劇目了，這一類劇目和老戲相比表演通常更具綜合性，有其學習價值。行當在發展，開蒙戲變化細微而緩慢，有一部分成爲定型，也有一部分仍在悄然的變化當中。

六、研究成果與研究不足

本研究之研究成果可分爲兩個面向，（1）是京劇開蒙教育模式的梳理，從科班到劇校的歷史脈絡；（2）是開蒙劇目的實際內涵，歸結出劇目的選擇與功法訓練，討論得出系統存在的共同性和劇目的可替代性成因探究。

本文所得的開蒙戲劇目取樣，並未針對名家或是著名演員的開蒙劇目做分析，原因在於，開蒙是每個演員的經過，凡曾坐過科、進過戲校受過專業演員訓練者都可爲受訪對象，開蒙劇目設計和選擇權，來自直接授課的教師與校方，是最基礎的教育，每人在這個初階階段經歷十分相近，是群體的共同經驗，非關受訪人物代表性與否。被紀傳或已成名的大家，成長過程被記載成爲範本，因其藝術造詣成爲眾人關注的對象，影響力相對大的多，一個演員的成就是集眾多老師之心血，多方的藝術吸收、在舞台上不斷經過磨練等，和開蒙學哪些戲沒有直接關係，每位演員學戲開竅的時間和機緣不同。

因此，研究對象建立在有坐科經驗者。

　　本文對於劇目和演員的採樣仍然不足，也未涉及家學演員或票房的案例，甚至是海派京劇的開蒙做法，未來都可繼續調查尋訪，擴大開蒙戲研究的範疇。單以每位演員的學習歷程而言，受到的外在因素其實都可以算是一個案，有著不同的經歷，從這些不同的經歷中，又可看出其共同性的存在，這個共同性，可視為開蒙教育系統性，透過開蒙劇目共性的歸納，可為未來京劇教育在劇目選擇上有一參考值。

　　京劇發展過程中，開蒙戲由無形口傳到劇目逐漸系統化，到了現代更是劇本身段文字化，無論是劇本、曲譜、身段等形式，也注意到劇目的演變過程，藝術風格特色，表演與教學技巧，對教學者與學習者，都有一參考範本。雖說文字紀錄完全不能取代口傳心授的傳承精隨，表演藝術規範化的功底基礎，師者絕對是關鍵，但在口傳文化迅速流失的情況下，不得不採取這一補救措施，以達到現代傳承中相輔相成的作用。

　　透過歷史梳理與案例析論的相互參照，可看出京劇演員開蒙教育中的傳承軌跡和劇目間的交叉比對，歸納出歷代劇目更迭的成因，分析開蒙劇目須具備的條件；在教學方法上，崑劇和京劇密不可分的互依關係、科班循序漸進學戲方式的系統性；劇目所含的功法訓練，各項因素對培育演員的影響性。以京劇做為一門學科，關於演員初學階段的論述尚不完整，本論文於學術上可為京劇研究中填補似乎眾所周知卻容易被忽略的一塊，有一較體系性的論述，研究成果亦能對當今京劇教育、劇校劇目的教學安排，提供實際參考價值，了解人類的表演與文化傳承，一個正在進行式的範例。本文尚有許多不足之處，無論是材料研讀或是理論建構，都有空間進行更深化的研究。

參考文獻

古籍

1. 徐渭〔明〕《南詞敘錄》中國戲曲研究院編《中國古典戲曲論著集成》第三冊，北京：中國戲劇，1959。
2. 王驥德〔明〕《曲律》中國戲曲研究院編《中國古典戲曲論著集成》第四冊，北京：中國戲劇，1959。
3. 李斗〔清〕《揚州畫舫錄》，北京：中華書局，1960。
4. 李漁〔清〕《閒情偶寄》，臺北：明文書局，2002。

專書（依編著者姓氏筆畫排序）

1. 丁一保編著《京劇丑角基本功初階教材》，臺北：臺灣戲曲學院，2010。
2. 上海戲劇學院附屬戲曲學校校慶辦公室編輯《姹紫嫣紅開遍——上海市戲曲學校五十週年紀念冊》，上海：海洋國際出版社，2004。
3. 么書儀《從程長庚到梅蘭芳：晚近京師戲曲的輝煌》，臺北：國家出版社，2012。
4. 么書儀《程長庚.譚鑫培.梅蘭芳：清代至民初京師戲曲的輝煌》，北京：北京大學出版社，2009。
5. 于學劍《戲諺賞析》，濟南：山東文藝出版社，1989。
6. 于臻編《舞台英雄——裴艷玲的演藝世界》，香港：素葉出版社，1994。
7. 中國文化大學中國戲劇學系主編《跨越與實踐：戲曲表演藝術學術研討會論文集 2011》，臺北：文津出版社，2011。
8. 中國戲曲學院編《京劇的歷史、現狀與未來》，北京：中國戲劇出版社，2005。

9. 中國戲曲學院編《彩霞集》，北京：中國戲劇出版社，2000。

10. 毛家華《京劇二百年史話》，臺北：文化建設委員會，1995。

11. 王文章主編《非物質文化遺產概論》北京：文化藝術出版社，2006。

12. 王安祈《傳統戲曲的現代表現》，臺北：里仁出版社，1996。

13. 王安祈《當代戲曲》，臺北：三民出版社，2002。

14. 王安祈《臺灣京劇五十年》，宜蘭：國立傳統藝術中心，2002。

15. 王安祈《金聲玉振——胡少安京劇藝術》，宜蘭：國立傳統藝術中心，2002。

16. 王安祈總編《蕙風蘭生：高蕙蘭紀念專輯》，臺北：國光劇團，2004。

17. 王安祈《為京劇表演體系發聲》，臺北：國家出版社，2006。

18. 王安祈《性別、政治與京劇表演文化》臺北：臺灣大學出版中心，2011。

19. 王安祈《臺北市京劇發展史（1990～2010）》臺北：臺北市政府文化局，2012。

20. 王安祈、李元皓《寂寞沙洲冷——周正榮京劇藝術》，宜蘭：國立傳統藝術中心，2003。

21. 王家熙，許寅整理《俞振飛藝術論集》，上海：上海文藝出版社，1985。

22. 王家熙等整理《俞振飛藝術論集》，上海：上海文藝出版社，1985。

23. 王詩英《戲曲旦行身段功》，北京：中國戲劇出版社，2002。

24. 王奎文《京劇鑼鼓的繼承與研究》，濟南：山東大學，2016。

25. 王寧《崑劇折子戲研究》，合肥：黃山書社，2013。

26. 包緝庭著、李德生整理《京劇的搖籃：富連成》，太原市：山西人民出版社，2008。

27. 北京市政協文史資料研究委員會《京劇談往錄》，北京：北京出版社，1985。

28. 北京市政協文史資料研究委員會《京劇談往錄續編》，北京：北京出版社，1988。

29. 北京市政協文史資料研究委員會《京劇談往錄三編》，北京：北京出版社，1990。

30. 北京市政協文史資料研究委員會《京劇談往錄四編》，北京：北京出版社，1997。

31. 北京市戲曲學校《郝壽臣傳》，北京：北京市戲曲學校，1985。

32. 北京藝術研究所、上海藝術研究所編著《中國京劇史》，北京：中國戲劇出版社，1999。

33. 古峰《戲曲筋斗練習方法》上海：上海文藝出版社，1980。

34. 史若虛、荀令香主編《王瑤卿藝術評論集》，北京：中國戲劇出版社，1985。
35. 史若虛《戲曲教育論集》北京：中國戲劇出版社，1983。
36. 田漢《田漢論創作》，上海：上海文藝出版社，1983。
37. 白雲生《白雲生文集》，北京：中國戲劇出版社，2002。
38. 朱繼彭《武生泰斗王金璐》，北京：中國戲劇出版社，1999。
39. 何時希《一代小生宗師姜妙香》，北京：北京出版社，1994。
40. 何時希《小生舊聞錄》，北京：北京戲曲研究所，1981。
41. 吳小如《吳小如戲曲文錄》，北京：北京大學出版社，1995。
42. 吳小如《鳥瞰富連成》，瀋陽：遼寧教育出版社，1998。
43. 吳小如《茗邊老話·「盛」「世」觀光記》，瀋陽：遼寧教育出版社，2000。
44. 吳小如《吳小如戲曲隨筆集》，天津：天津古籍出版社，2005。
45. 吳小如《京劇老生流派綜說》，北京：中華書局，2007。
46. 吳同賓編《京劇知識手冊》，天津：天津教育出版社，2005。
47. 李元皓《京劇老生旦行流派之形成與分化研究》，臺北：國家出版社，2008。
48. 李玉茹《李玉茹談戲說藝》，上海：上海文藝出版社，2008。
49. 李旭東等主編《中國戲劇管理體制概要》，北京：中國戲劇出版社，1999。
50. 李伶伶《尚小雲全傳》，北京：中國青年出版社，2008。
51. 李秋瑰《基礎戲曲聲腔發聲法：京劇學系基礎發聲教材》臺北市：國立臺灣戲曲學院，2013。
52. 李洪春述、劉松岩整理《京劇長談》，北京：中國戲劇出版社，1982。
53. 李紫貴口述、蔣健蘭整理《憶江南》，北京：中國戲劇出版社，1996。
54. 李瑞環《李瑞環談京劇藝術》，北京：三聯書店，2012。
55. 李熙《中國戲曲表演技術述要》，臺北：文華圖書公司，1981。
56. 李濱生、李舒、朱文相《葉盛蘭與葉派小生藝術》，北京：北京出版社，1992。
57. 杜長勝主編《新中國戲曲教育綜論》北京：文化藝術出版社，2010。
58. 杜廣沛收藏《舊京老戲單：從宣統到民國》，北京：中國文聯出版社，2004。
59. 沈鴻鑫、何國棟《周信芳傳》石家莊：河北教育出版社，1998。
60. 周少麟《海派父子》，寧波：寧波出版社，2005。
61. 周世瑞、周攸編著《周傳瑛身段譜》，臺北：國家出版社，2003。
62. 周育德主編《彩虹集》，北京：中國戲劇出版社，2001。
63. 周桓《小生雋傑葉盛蘭》，北京：人民音樂出版社，2002。

64. 周笑先編《高盛麟表演藝術》，武漢：武漢出版社，1998。

65. 周貽白《戲曲演唱論著輯釋》，北京：中國戲劇出版社，1962年。

66. 周傳家《譚鑫培傳》，石家莊：河北教育出版社，1996。

67. 周傳瑛口述、洛地整理《崑劇生涯六十年》，上海：上海文藝出版社，1988。

68. 周積寅編著《中國畫論輯要（增訂版）》，南京：江蘇美術出版社，2005。

69. 周積寅編著《中國畫論輯要》，南京：江蘇美術出版社，1985。

70. 岳美緹口述、楊汗如編撰《臨風度曲岳美緹》，臺北：石頭出版社，2006。

71. 林幸慧《京劇發展 V.S.流派藝術》，臺北：里仁書局，2004。

72. 林佳儀《老生老旦一身兼：曲復敏的京劇表演生涯》，臺北：臺北市文化局，2017。

73. 林國源作、李柏君口述《尚派武戲香火：李柏君傳藝錄》，臺北：臺北藝術大學，2008。

74. 哈憶平《颯爽丰標：哈元章京劇藝術生命紀實》，宜蘭：國立傳統藝術中心，2015。

75. 侯喜瑞口述、張胤德整理《學戲和演戲》，北京市：戲曲編導委員會編輯，1961。

76. 封杰《京劇名宿訪談》，北京：北京出版社，2010。

77. 封杰《京劇名宿訪談續編》，北京：商務印書館，2013。

78. 洪惟助主編《崑曲演藝家、曲家及學者訪問錄》，臺北：國家出版社，2002。

79. 胡芝風《戲曲演員創造角色論》，上海：上海文藝出版社，1994。

80. 胡芝風《戲曲藝術二度創作論》，北京：中國戲劇出版社，2000。

81. 唐伯弢《富連成三十年史（修訂版）》，北京：同心出版社，2000。

82. 唐葆祥《俞振飛傳》，上海：上海文藝出版社，1997。

83. 孫玫《中國戲曲跨文化研究》，北京：中華書局，2006。

84. 孫玫《中國戲曲跨文化再研究》，臺北：文津出版社，2012。

85. 孫奕材《梨園采風》，臺北：中華文化復興總會、中華戲劇研究推行委員會，1991。

86. 孫毓敏《孫毓敏談藝錄》，北京：華文出版社，1995。

87. 孫蓮珠《淨門師魂──回憶我的父親孫盛文》，北京：中國戲劇出版社，1999。

88. 孫養農《談余叔岩》，臺北：秀威資訊科技出版社，2013。

89. 容世誠《戲曲人類學初探：儀式、劇場與社群》，臺北：麥田出版社，1997。

90. 徐亞湘《日治時期中國戲班在臺灣》臺北：南天出版社，2000。

91. 徐亞湘、高美瑜《霞光璀璨──世紀名伶戴綺霞》，臺北：臺北市政府文化局，2014。

92. 徐芹庭《易經解釋》，新北市：聖環圖書，2012。

93. 徐城北《品戲齋夜話》，北京：中國戲劇出版社，1990。

94. 徐珂《清稗類鈔（第三十七冊戲劇）》出版地不詳：商務印書館第五版，出版年不詳。

95. 徐梓、王雪梅編《蒙學輯要》，太原：山西教育出版社，1992。

96. 徐慕雲《梨園影事》，劉紹唐、沈葦窗主編《平劇史料叢刊》，臺北：傳記文學出版社，1974。

97. 徐蘭沅口述、唐吉紀錄整理《我的操琴生活：徐蘭沅口述歷史》，北京：中國戲劇出版社，2011。

98. 桑毓喜《幽蘭雅韻賴傳承：崑劇傳字輩評傳》上海：上海古籍出版社，2010。

99. 浙江師範大學浙江省非物質文化遺產研究基地編《非物質文化遺產研究集刊第五輯》，北京：學苑出版社，2012。

100. 涂沛主編《中國戲曲表演史論》，北京：文化藝術出版社，2002。

101. 紐驃編《蕭長華藝術評論集》，北京：中國戲劇出版社，1990。

102. 翁偶虹《翁偶虹編劇生涯》，北京：中國戲劇出版社，1986。

103. 翁偶虹《翁偶虹戲曲論文集》，上海：上海文藝出版社，1985。

104. 袁世海口述、袁菁整理《藝海無涯》，北京：中國青年出版社，1985。

105. 馬少波等編著《中國京劇發展史》，臺北市：商鼎文化出版社，1991。

106. 馬龍《我的祖父馬連良》，北京：團結出版社，2007。

107. 高玉璞《牛子厚與中國京劇事業──北京富連成訪談錄》，長春：吉林文史出版社，1994。

108. 高宜三《國劇藝苑：第一輯，國劇常識問答》彰化：陽光出版社，1964。

109. 高廣浮《教學原理》，臺北：五南出版社，1988。

110. 常立勝《淨之韻──京劇花臉》，北京：學苑出版社，2007。

111. 張中煖、吳玉鈴主編《傳統生命・青春飛揚──京劇「新」傳資源手冊，臺北：臺北藝術大學，2012。

112. 張世錚《我是崑劇之末──演藝生涯半世紀》，臺北水磨曲集劇團，2000。

113. 張幼立、偶樹瓊《戲曲毯子功初階教學技巧》臺北：臺灣戲曲學院，2012。

114. 張永和《馬連良傳》，石家莊市：河北教育出版社，1996。

115. 張光濤、曹駿麟整理《國劇職業學校課程科目表》，臺北：國立復興戲劇實驗學校印行，1981。

116. 張次溪編纂《清代燕都梨園史料》，北京：中國戲劇出版社，1988。

117. 張育華《戲曲表演之功法——以崑京藝術表演爲範疇》，臺北：國家出版社，2010。

118. 張庚、郭漢臣《中國戲曲通史》，臺北：大鴻出版社，1998。

119. 張春興、林清山《教育心理學》，臺北：東華出版社，1989。

120. 張發穎《中國家樂戲班》，北京：學苑出版社，2002。

121. 張發穎《中國戲班史（修訂版）》，北京：學苑出版社，2003。

122. 張逸娟主編《傳統京劇人物造型薈萃》，北京：中國戲劇出版社，2001。

123. 教育部社會教育司編印《劇藝學校國劇科課程標準》，臺北：中華民國教育部，1989。

124. 曹駿麟《氍毹八十：曹俊麟戲劇生涯紀實》，臺北：作者自印，1997。

125. 梅若蘅《京劇原來如此美麗》臺北：漫遊者文化，2018。

126. 梅紹武、梅衛東編《梅蘭芳自述》，北京：中華書局，2005。

127. 梅蘭芳《移步不換形》，天津：百花文藝出版社，2000。

128. 梅蘭芳《舞台生活四十年》，梅邵武等編《梅蘭芳全集（壹）》，石家莊：河北教育，2000。

129. 梅蘭芳等著、潘耀明主編《中國戲劇大師的命運》，北京：作家出版社，2006。

130. 理查·謝克納（Schechner, R.）著、孫惠柱主編《人類表演學系列：謝克納專輯》，北京：文化藝術出版社，2010。

131. 章詒和《一陣風，留下了千古絕唱》，臺北：時報文化，2005。

132. 章詒和《伶人往事：寫給不看戲的人看》，臺北：時報文化，2006。

133. 章遏雲《章遏雲自傳》，臺北：大地出版社，1985。

134. 莊孔韶主編《人類學概論》，北京：中國人民大學，2006。

135. 許錦文《文武全才李少春》上海：上海人民出版社，2012。

136. 郭金銳、陳偉武、麥耘、仇江編著《車王府曲本提要》，廣東：中山大學，1989。

137. 陳小田《京劇旦角唱念淺說》上海：上海文化出版社，1957。

138. 陳世雄《三角對話：斯坦尼、布萊希特與中國戲劇》，廈門市：廈門大學，2003。

139. 陳世雄《戲劇人類學》上海：上海古籍出版社，2013。

140. 陳志明、王維賢選編《立言畫刊京劇資料編選》，北京：學苑出版社，2009。

141. 陳志明編著《陳德霖評傳》，出版地不詳：懷柔渤海印刷廠，出版年不詳。

142. 陳芳《崑劇的表演與傳承》，臺北：國家出版社，2010。

143. 陳培仲、胡世鈞《程硯秋傳》，河北教育出版社，1998。

144. 陶君起《京劇劇目初探》，北京：中國戲劇出版社，1980。

145. 陸萼庭《崑劇演出史稿》（修訂本），臺北：國家出版社，2002。

146. 陸萼庭《清代戲曲與崑劇》，臺北：國家出版社，2005。

147. 傅雪漪《戲曲傳統聲樂藝術》，北京：人民音樂出版社，1985。

148. 傅謹《戲班》，北京：北京大學出版社，2010。

149. 曾永義《中國古典戲劇論集》，臺北聯經出版社，1979。

150. 曾永義《論說戲曲》，臺北：聯經出版社，1997。

151. 曾永義《戲曲源流新論》，臺北：立緒文化出版社，1997。

152. 曾永義《從腔調說到崑劇》，臺北：國家出版社，2002。

153. 曾永義《戲曲經眼錄》，臺北：中華民俗基金會，2002。

154. 曾永義《俗文學概論》，臺北：三民出版社，2003。

155. 曾永義《戲曲之雅俗、折子、流派》，臺北：國家出版社，2009。

156. 焦克編選《藝術嗓音的訓練和保健》，北京：北京出版社，1986。

157. 程永江《程硯秋史事長編》，北京：北京出版社，2000。

158. 程長庚研究文叢編委會《論壇歌台唱劇神》，北京：中國戲劇出版社，1992。

159. 程長庚研究文叢編委會《長庚精神照後人》，北京，中國戲劇出版社，1998。

160. 程硯秋《程硯秋自傳》南京：江蘇文藝出版社，2012。

161. 華傳浩演述、陸兼之整理《我演崑丑》，上海文藝出版社，1979。

162. 馮光鈺《中國曲牌考》合肥：安徽文藝出版社，2009。

163. 黃光雄主編《教育概論》，臺北：師大書苑，1990。

164. 黃育馥《京劇、蹺和中國的性別關係 1902～1937》，北京：三聯書店，1998。

165. 楊世彭《導戲、看戲、演戲》，臺北：時報文化出版公司，1999。

166. 楊振淇《京劇音韻知識》，北京：中國戲劇出版社，1991。

167. 萬如泉、萬鳳姝選編、記譜《葉盛蘭葉少蘭父子唱腔選集》，北京：中國戲劇出版社，1990。

168. 萬裕民編著《京劇劇藝基礎訓練》，臺北：國立臺灣戲曲學院，2008。

169. 萬裕民、曹復永《京劇小生的水袖功及扇子功，臺北：國立臺灣戲曲學院，2016。

170. 萬鳳姝等著《戲曲表演做功十技》，北京：中國戲劇出版社，1999。

171. 萬鳳妹等編《京劇音樂百問、京崑曲牌百首》，北京：中國戲劇出版社，2000。

172. 葉盛長敘事、陳邵武撰文《梨園一葉》，北京：中國戲劇出版社，1990年。

173. 葉濤《中國風俗叢書》，西安：陝西人民出版社，1994。

174. 董維賢《京劇流派》，北京：文化藝術出版社，1981。

175. 詹竹莘《表演技術與表演教程》，臺北：書林出版社，1997。

176. 賈馥茗等編著《教育心理學》，臺北縣：空大出版社，2001 五版。

177. 路應昆《戲曲藝術論》，北京：北京廣播學院，2002。

178. 鄒慧蘭《身段譜口訣論》，北京：甘肅人民出版社，1985。

179. 廖奔、劉彥君《中國戲曲發展史》，太原：山西教育出版社，2003。

180. 趙致遠《我的三位老師侯喜瑞、裘盛戎、侯寶林》，北京：文化藝術出版社，2005。

181. 趙惠蓉《燕都梨園》，北京市：北京出版社，2000。

182. 趙聰《中國大陸的戲曲改革》，香港：香港中文大學，1969。

183. 韶華《梨園領袖田際雲》，北京：中國戲劇出版社，2002。

184. 齊如山《中國劇之變遷》，出版地不詳，出版者不詳，1927。

185. 齊如山《戲劇腳色名詞考》，雙紅堂文庫，齊如山劇學叢書之三，1927。

186. 齊如山《京劇之變遷》，北平：北平國劇協會，1935。

187. 齊如山《京劇之變遷》〔1935〕，瀋陽：遼寧教育出版社，2008。

188. 劉月美《中國戲曲衣箱：角色穿戴》，北京：中國戲劇出版社，2006。

189. 劉玉玲《教育心理學》，臺北：揚智文化出版社，2006。

190. 劉奎官口述、趙鳳池記錄、黎方整理《劉奎官舞台藝術》，北京：中國戲劇出版社，1982。

191. 劉堅《戲曲教育概論》北京：中國戲劇出版社，2001。

192. 劉嵩崑《京師梨園世家》，南昌：江西美術出版社，2007。

193. 劉嵩崑《京師梨園故居》，南昌：江西美術出版社，2007。

194. 劉嵩崑《京師梨園軼事》，南昌：江西美術出版社，2007。

195. 劉慧芬《京劇劇本編撰理論與實務》，臺北：文津出版社，2005。

196. 劉慧芬主編《露華凝香：徐露京劇藝術生命紀實》，宜蘭：國立傳統藝術中心，2006。

197. 劉慧芬《戲曲劇本編撰「三部曲」：原創、改編、修編：劉慧芬戲曲劇本選集》，臺北：文津出版社，2010。

198. 歐陽教主編《教育概論》，臺北：師大書苑，2004 初版二刷（1996 初版）。

199. 潘光旦《中國伶人血緣之研究》，臺北：商務印書館，1971 年。

200. 潘耀明《中國戲劇大師的命運》，北京：作家出版社，2006。

201. 蔡欣欣《雜技與戲曲》，臺北：國家出版社，2008。

202. 蔣健蘭、劉乃崇《袁世海的藝術道路》，北京：中國戲劇出版社，1994。

203. 鄭阿財、朱鳳玉《開蒙養正：敦煌的學校教育》，蘭州：甘肅教育出版社，2007。

204. 鄭培凱主編《口傳心授與文化傳承》，桂林：廣西師範大學出版社。2006。

205. 學苑出版社編《民國京崑史料叢書第二輯》，北京：學苑出版社，2008。

206. 盧文勤《京劇聲樂研究》，上海：上海文藝出版社，1984。

207. 盧文勤《戲曲聲樂教學談》，太原：北岳文藝出版社，1991。

208. 蕭長華述、鈕驃記《蕭長華戲曲談叢》，北京：中國戲曲出版社，1980。

209. 遲金聲《馬連良》，長沙市：湖南文藝出版社，1987。

210. 霍大壽主編《京劇名家李盛斌》，北京：中國戲劇出版社，2000。

211. 魏子雲《京劇表演藝術家》，臺北：臺灣學生出版社，2002。

212. 魏海敏《女伶——魏海敏的影像自述》，臺北：積木文化出版社，2006。

213. 譚志湘《荀慧生傳》，石家莊：河北教育出版社，1999。

214. 蘇移《京劇二百年概觀》，北京：燕山出版社，1989。

215. 蘇移《京劇二百年概觀》，北京：燕山出版社，1995 三印。

學位論文（依著者姓氏筆畫排序）

1. 李元皓《京劇老生、旦行流派之形成與分化轉型研究》，新竹：國立清華大學，中國文學系博士論文，2007。

2. 李貞儀《近代崑劇藝術的傳承——「傳」字輩與當代崑劇藝人的傳承關係研究》，新竹：國立清華大學歷史研究所碩士論文，2005。

3. 吳桂李《李寶春京劇藝術研究（1991～2006）》，臺北：中國文化大學戲劇研究所碩士論文，2007。

4. 侯剛本《臺灣京劇教育與就業現況之研究（1949～1999）》臺北：中國文化大學戲劇研究所碩士論文，2001。

5. 涂珮萱《當代臺灣京劇青年之生涯意識》，中壢：國立中央大學中國文學系碩士論文，2013。

6. 孫昱文《蔡正仁崑劇小生表演藝術研究》，臺北：國立臺灣大學戲劇學研究所碩士論文，2012。

7. 張育華《戲曲表演功法之研究——以崑京表演藝術為範疇》，中壢：國立

中央大學中國文學系博士論文，2009。

8. 陳佳彬《李漁戲曲作品及理論研究》中壢：國立中央大學中國文學系博士論文，2011。

9. 黃兆欣《傳承與新詮——程硯秋表演藝術研究》，新北市：國立臺灣藝術大學表演藝術研究所碩士論文，2010。

10. 黃琦《京劇小生藝術研究——以葉盛蘭爲論述對象》，中壢：國立中央大學中國文學系碩士論文，2008。

11. 鄭偉《京劇表演專業培養目標的研究——以瀋陽師範大學爲例》，瀋陽市：瀋陽師範大學碩士論文，2013。

曲譜、劇本集

1. 中國京劇流派劇目集成編委會《中國京劇流派劇目集成》（1～20），北京：學苑出版社，2006～2009。

2. 文化藝術出版社編輯部編《京劇流派劇目薈萃》（1～10 輯），北京：文化藝術，1989～1996。

3. 北京市藝術研究所編纂《京劇傳統劇本匯編》，北京：北京出版社，2009。

4. 李復斐整理《國劇劇本——魚藏劍》，臺北：國立復興劇藝實驗學校，1983。

5. 周亮節整理《國劇劇本——天官賜福》，臺北：國立復興劇藝實驗學校，1986。

6. 邵鐘世主編《京劇教學劇目精選》（1～12），北京：北京戲曲藝術職業學院，2006。

7. 俞振飛《振飛曲譜》，上海：上海音樂，1991。

8. 秦慧芬整理《國劇劇本——花園贈金》，臺北：國立復興劇藝實驗學校，1986。

9. 曹復永、高德松整理《國劇劇本——飛虎山》，臺北：國立復興劇藝實驗學校，1983。

10. 曹曾禧、曹駿麟整理《國劇劇本——陸文龍》，臺北：國立復興劇藝實驗學校，1980。

11. 郭鴻田整理《國劇劇本——白水灘》，臺北：國立復興劇藝實驗學校，1986。

12. 陳予一《經典京劇劇本全編》，北京：國際文化出版公司，1996。

13. 陳菲整理《國劇劇本——監酒令》，臺北：國立復興劇藝實驗學校，1983。

14. 無編著者《魚藏劍》臺北：黎明文化事業股份有限公司，1980。

15. 劉鳴寶整理《國劇劇本——彩樓配》，臺北：國立復興劇藝實驗學校，1986。

16. 錢德蒼編選、汪協如點校《綴白裘》，北京：中華書局，2005。

17. 戴綺霞整理《國劇劇本——拾玉鐲》，臺北：國立復興劇藝實驗學校，1986。

18. 戴綺霞整理《國劇劇本——紅娘》，臺北：國立復興劇藝實驗學校，1989。

工具書

1. 上海藝術研究所、中國戲劇學協會上海分會編《中國戲曲曲藝詞典》，上海：上海辭書，1981。

2. 中國大百科全書總編輯委員會《中國大百科全書・戲曲曲藝卷》，北京：中國大百科全書出版社，1983。

3. 中國戲曲研究院編《中國古典戲曲論著集成》全十冊，北京：中國戲劇，1959。

4. 王森然《中國劇目辭典》，石家莊：河北教育出版社，1997。

5. 中國戲曲研究院編《中國古典戲曲論著集成》全十集，北京：中國戲劇，1982。

6. 余漢東主編《中國戲曲表演藝術辭典》，臺北：國家出版社，2001。

7. 余漢東主編《中國戲曲表演藝術辭典》，北京：中國戲劇出版社，2006。

8. 吳同賓編《京劇知識手冊》，天津：天津教育出版社，2005。

9. 洪惟助主編《崑曲辭典》，宜蘭：國立傳統藝術中心，2002。

10. 陶君起編著《京劇劇目初探》，北京：中國戲劇出版社，1980二刷。

11. 曾白融《京劇劇目辭典》，北京：中國戲劇出版社，1989。

12. 黃均、徐希博《京劇文化辭典》，上海：漢語大詞典出版社，2001。

13. 劉紹唐、沈葦窗主編《平劇史料叢刊》，臺北：傳記文學出版社，1974。

14. 中國戲曲志編輯委員會《中國戲曲志・上海卷》，北京：文化藝術出版社，1993。

15. 中國戲曲志編輯委員會《中國戲曲志・北京卷》，北京：中國 ISBN 中心，1999。

16. 唐伯弢《富連成三十年史》〔北平：藝術出版社籌備處，民國二十二年〕，劉紹唐、沈葦窗主編《平劇史料叢刊》，臺北：傳記文學，1974。

17. 焦菊隱《焦菊隱文集》，北京：文化藝術出版社，1986。

18. 張聊公《聽歌想影錄》〔天津：東方印書局，民國三十年〕，學苑出版社編《民國京崑史料叢書第二輯》，北京：學苑出版社，2008。

19. 葉金森、孫萍《富連成藏戲曲文獻彙刊（全 30 冊）》，北京：北京圖書館，2016。

期刊論文、報刊、其他

1. 一得軒主〈名伶訪問記──訪姜妙香〉,《戲曲藝術》1990 年第 3 期。

2. 于萍〈戲曲表演劇目課的教學模式新探──談劇目導言基調教學〉,《戲曲藝術》2004 年 3 期。

3. 于萍〈戲曲表演劇目課教學模式再探──學科外延教學〉,《戲曲藝術》2006 年 2 期。

4. 孔祥民〈淺談戲曲教學的因材施教與感悟〉,《商丘職業技術學院學報》2011 年 3 期。

5. 支濤〈新時代戲曲專業教育中的實踐教學與理論教學〉,《戲文》2005 年 3 期。

6. 方曉慧〈戲曲演員角色創造探討〉,《藝海》1999 年 3 期。

7. 毛蘭〈富連成科班對新時代戲曲人才培養的啟示感談〉,《戲劇之家（上半月）》2012 年 7 期。

8. 王世勛〈王連平〉與京劇融為一體的名字──紀念王連平先生百歲誕辰〉,《戲曲藝術》1998 年 3 期。

9. 王世勛〈可親、可敬的晏甬校長〉,《戲曲藝術》2009 年 3 期。

10. 王玉珍〈緬懷我們永遠的老師王少樓　誰言寸草心　報得三春暉〉、《中國京劇》2001 年 5 期。

11. 王安祈〈戲是薰出來的〉,《表演藝術 PAR》第 136 期（2004 年 4 月）。

12. 王淑芳〈戲曲表演專業劇目教學初探〉,《藝術教育》2013 年 1 期。

13. 王瑤卿〈我的幼年時代〉,《戲劇月刊》第 2 卷第 3 期（1933 年）。

14. 王靜〈論戲曲劇目教學〉,《魅力中國》2007 年 5 期。

15. 王靈均〈關於徐慕雲《梨園外紀》的幾個問題〉,《中國京劇》2009 年 9 期。

16. 本報訊〈崑曲名家張善薌病逝〉,《民生報》09 版,第九版,1980-01-30。

17. 田大文〈京劇「川派小生」的祕招─評朱福俠《憶十八》的成功創造〉,《中國戲劇》1998 年 12 期,頁 44～45。

18. 白冬民〈戲曲教育的嘗試和思考〉,《劇影月報》2009 年 4 期。

19. 白其龍〈梁秀娟〉、《中國京劇》2000 年 2 期。

20. 安雪輝〈借《醉酒》談教學〉,《大舞台》2007 年 1 期。

21. 朱文相〈劇目教學與功法教學〉,《中國京劇》1998 年 01 期。

22. 朱文相〈觀今宜鑒古溫故可知新──重讀《富連成三十年史》感言〉,《中國京劇》2001 年 1 月,頁 48。

23. 朱俊玲〈中國戲曲學院京劇經典劇目的傳承與創新研究初探〉,《戲曲藝術》,2013 年 2 月。

24. 朱清強〈《林沖夜奔》教學體驗談〉,《戲曲藝術》2006 年 2 期。

25. 何祥麟〈戲曲文學在劇目教學中的作用〉,《貴州藝術高等專科學校學報》2000 年 Z1 期。

26. 佟志賢〈培養戲曲人才的搖籃——北京市戲曲學校〉,《中外文化交流》1992 年 1 期。

27. 吳新苗〈程長庚戲曲教育成就及其思想〉,《戲曲藝術》2013 年 2 期。

28. 吳瓊〈新中國戲曲教育史述(連載一)〉,《戲曲藝術》1999 年 4 期。

29. 吳瓊〈新中國戲曲教育史述(連載二)〉,《戲曲藝術》2000 年 1 期。

30. 吳瓊〈新中國戲曲教育史述(連載三)〉,《戲曲藝術》2000 年 2 期。

31. 李小革〈從《扈家莊》劇目授課入手談當前中專戲曲教學〉、《文教資料》2010 年 19 期。

32. 李偉〈從李玉茹看現代戲曲教育的成功實踐〉,《戲曲藝術》2011 年 1 期。

33. 杜長勝、劉堅〈紀念·繼承·繼往開來——京劇科班富連成社創辦 100 周年感言〉,《戲曲藝術》,2005 年 1 期。

34. 邱蓓蓓〈把握《拾玉鐲》的教學價值〉,《大舞台》1999 年 5 期。

35. 洪彤〈基訓課與劇目教學的關係〉,《大眾文藝》2011 年 15 期。頁 213。

36. 胡淳艷〈高校京劇教材及教育狀況雜談〉,《中國大學教學》2010 年 11 期。

37. 孫志兵〈江蘇「小京班」——未來京劇之星的搖籃〉,《劇影月報》2007 年 1 期。

38. 孫煥英〈要研究「青京賽」的副作用〉,《大舞台》2009 年 3 期。

39. 孫煥英〈應賽教育:藝術早衰症〉,《雜文選刊(上旬版)》2009 年 3 期。

40. 徐芳〈著力優秀劇目教學 提高唱做并重能力——折子戲《斷橋》教學體會〉,《劇影月報》2011 年 5 期。

41. 徐娟〈國戲 60 年:開創現代戲曲教育新紀元〉,《今日中國論壇》2010 年 11 期。

42. 秦偉成〈從文戲入手——談戲校武丑演員的啓蒙教育〉,《上海藝術家》2000 年 6 期。

43. 茹富蘭遺作,陳建榮、奎生整理〈談《石秀探莊》和《林沖夜奔》〉,《戲曲藝術》1981 年第 4 期,頁 72～81。

44. 馬名群〈表演(劇目)教學改革的探索與實踐〉,《戲曲藝術》1989 年 3 期。

45. 張春雷〈漫談《賀后罵殿》的唱詞〉,《中國京劇》2013 年 4 期,頁 52 ～53。

46. 張偉品〈晚近戲曲教育中人文精神的缺失〉、《上海戲劇》2003 年 Z1 期。

47. 張堯〈對戲曲表演專業大中專一體化教學的思考〉,《戲曲藝術》2003 年 2 期。

48. 張逸娟〈樹立精品意識 恪求繼承發展——《金玉奴》教學體會〉,《戲曲藝術》1999 年 1 期。頁 81～86。

49. 張逸娟〈繼承與發展《小上墳》教學體會〉,《戲曲藝術》,1998 年 4 期。頁 78～80。

50. 張關正〈搶救、錄制京劇老藝術家珍貴教學資料刻不容緩〉,《戲曲藝術》2003 年 4 期。

51. 梁斌、張曉英〈京劇與教育結合的探索實踐〉,《文教資料》2010 年 16 期。

52. 貫涌〈尋求戲曲教育的進步與發展——史若虛的教育思想與實踐〉,《中國京劇》2009 年 2 期。

53. 郭小莊口述、王惠萍整理〈我似乎嫁給了他!郭小莊和國劇的三十年情緣〉,《民生報》10 版,影劇新聞,1989-06-19。

54. 郭冬梅〈京劇表演藝術失衡令人擔心〉,《中國戲劇》1998 年 7 期。

55. 郭仲麗〈京劇《拾玉鐲》的學、演、教〉,《上海藝術家》1999 年 5 期。

56. 陳中元〈不是導演 勝似導演——論劇目課教師的職能與任務〉,《黃梅戲藝術》1996 年 1 期。

57. 陳友峰〈「王瑤卿對京劇藝術的貢獻及其戲曲教育思想研討會」會議記錄〉,《戲曲藝術》2010 年 2 期。頁 122～127。

58. 陳其興〈深切懷念黃定老師〉,《戲曲藝術》1995 年 2 期。

59. 陳芳〈試論崑劇表演的「乾、嘉傳統」〉,《戲曲學報》創刊號（2007 年 6 月）。

60. 陳國為《《小上墳》一劇的復出與教學〉,《戲曲藝術》1998 年 1 期。

61. 陳敬我〈綠綺軒戲談〉,《戲劇月刊》第 1 卷第 1 期（上海:戲劇月刊社,1928 年）。

62. 陳墨香〈說旦〉《劇學月刊》第一卷,第四期。

63. 嵩昆〈緬懷蕭盛萱先生〉、《中國京劇》2001 年 1 期。

64. 楊千里〈淺談京劇演員的修養〉,《劇影月報》2007 年 6 期。

65. 楊焱博〈回憶我的老師李世霖先生〉,《中國戲劇》2011 年 9 期。

66. 葛士良〈高等戲曲教育的地位和特點〉,《戲曲藝術》1994 年 1 期。

67. 葛獻挺〈京劇三大科班〉,《中國京劇》2008 年 10 期。

68. 賈君祥〈對因材施教的反思〉、《戲曲藝術》2002 年 1 期。

69. 雷亞芳〈劇目教學與「精品意識」〉,《戲曲藝術》1995 年 4 期。

70. 趙晶璇〈戲曲表演專業劇目教學的三個階段〉,《戲曲藝術》2003 年 1 期。

71. 趙新花〈基礎教學與劇目教學淺談〉,《戲文》2004 年 6 期。

72. 齊紅梅〈論戲曲教師的藝術修養〉,《太原大學學報》2011 年 3 期。

73. 劉秀榮〈親歷·感動·受益——深切緬懷我們敬愛的四位老校長〉,《戲曲藝術》2009 年 1 期。

74. 劉堅〈春催桃李　無限風光——中國戲曲學院 50 年回眸與展望〉、《中國戲劇》2001 年 1 期。

75. 劉堅〈論戲曲角色創造課的課程設置與教學建設〉,《戲曲藝術》1995 年 3 期。

76. 劉慧芬〈春風化雨育英才　悼念臺灣京劇教育家梁秀娟老師〉、《中國京劇》2003 年 8 期。

77. 劉慧芬〈臺灣冷門京劇劇目演出記錄考察——以《國劇月刊》為據〉。《戲劇學刊》。2012 年 01 月,第 15 期。頁 079～139。

78. 蔡子人〈戲曲劇目教學問題斷思錄〉,《戲曲藝術》1985 年 2 期。

79. 鄭利寅〈童芷苓授藝記〉、《上海戲劇》2000 年 8 期。

80. 鄭岩〈一代宗師蕭長華——紀念蕭長華先生誕辰 130 周年〉,《大舞台》2008 年 6 期。

81. 鄭梅〈戲曲教育的探索者——中國戲曲學院呂鎖森教授訪談錄〉,《中國京劇》2008 年 5 期。

82. 曉溪〈終身之計,莫如樹人——訪京劇表演教師于玉蘅〉《戲曲藝術》1987 年 1 月。

83. 戴祖貴〈「青京賽」旁觀瑣感——應賽教育雜議〉,《四川戲劇》2011 年 2 期。

84. 薛俊秋〈淺談京劇「把子功」〉、《遼寧教育行政學院學報》2001 年 8 期。

85. 薛浩偉〈國劇功與法(一)〉,《復興劇藝學刊》第三期,1993 年 1 月,頁(1～23)。

86. 薛浩偉〈國劇功與法(二)〉,《復興劇藝學刊》第四期,1993 年 4 月,頁(1～30)。

87. 鍾傳幸〈我們需要一套能學以致用的戲曲教育〉,《復興劇藝學刊》第十八期,臺北:國立復興劇藝實驗學校,1996。

88. 鍾傳幸〈一個坤生的自白〉,《婦研縱橫》,2004 年 10 月號,總 72 期。

89. 韓冬青〈崑曲劇目教學八法〉,《戲曲藝術》2005 年 4 期。

90. 魏子雲〈一探科班教育〉,《表演藝術雜誌》,第三十六期,1995。

91. 龔義江〈朱福俠和他的《憶十八》〉,《中國戲劇》1997 年第 6 期,頁 38～39。

92. 龔義江〈俞派藝術的「書卷氣」〉,《中國戲劇》1991 年第 11 期,頁 28～29。

影音資料

1. 《天水關》胡少安飾孔明、高德松飾姜維,劉慧芬飾劉禪。(中國電視公司錄影節目)。胡周韻華《胡少安京劇藝術專輯・第十六輯》臺北:出版者不詳,2004。

2. 《雙背凳》方榮慈飾不掌舵、鈕榮亮飾尤二,1985 年 2 月,於北京(網路瀏覽)。

3. 《黃金台》鄒慈愛飾田單、黃毅勇飾伊立、孫麗虹飾田法章。國光劇團 2011 年 2 月 12 日國光劇場演出。

4. 《白水灘》華智暘飾穆遇奇、曾冠東飾徐世英、謝冠生飾抓地虎、張珈羚飾徐佩珠、劉佑昌飾劉副官。國光劇團 2013 年 9 月 15 日國光劇場演出。

5. 《取成都》胡少安飾劉璋,http://youtu.be/dN6R-BDVKIE,瀏覽日期:2014/5/07。

6. 《思凡》郭小莊飾色空(中國電視公司錄影),https://www.youtube.com,瀏覽日期:2014/2/10。

7. 《小上墳》王永增、郭庭蓁,臺灣戲曲學院京劇學系學生彩演,2012/12/27

8. 《打青龍》臺灣戲曲學院京劇學系學生彩演。

9. 《石秀探莊》朱柏澄,臺灣戲曲學院京劇學系學生彩演,2012/9/21

10. 《林沖夜奔》朱柏澄,臺灣戲曲學院京劇學系學生彩演,2012/12/27

11. 《花蝴蝶》李軒綸,臺灣戲曲學院京劇學系學生彩演,2013/6/14

12. 《扈家莊》余季柔,臺灣戲曲學院京劇學系學生彩演,2012/9/21

13. 《雙投唐》老生廖佳妮、花臉林好涵、小生陳志臻,臺灣戲曲學院京劇學系學生彩演,2012/4/14。

14. 《蘆花蕩》臺灣戲曲學院京劇學系學生彩演。

網路資源

1. 上海戲劇學院附屬戲曲學校 http://www.sh-xiquschool.com.cn/

2. 上海戲劇學院戲曲學院 http://xiqu.sta.edu.cn/

3. 中國京劇戲考 http://www.xikao.com/

4. 中國京劇藝術網 http://www.jingju.com/

5. 中國城市戲曲研究會 http://wagang.econ.hc.keio.ac.jp/~chengyan/

6. 中國戲曲學院 http://history.xikao.com/

7. 中國戲曲學院附屬中學 http://www.gxfz.org

8. 北京戲曲藝術職業學院 http://www.bjxx.com.cn/

9. 京劇老唱片 http://oldrecords.xikao.com

10. 國立臺灣戲曲學院 http://www.tcpa.edu.tw/

11. 國光劇團 http://www.kk.gov.tw/

12. 梨園 http://liyuan.xikao.com/

13. 梨園百年瑣記 http://history.xikao.com/

14. 郭小莊戲劇世界 http://yayin329.com/

訪談引用資料（依訪談日期排序）

臺灣部分

1. 孫元坡「富連成學藝經過」，2010/1/16，臺北孫宅。

2. 王冠強「個人學藝經過與教學劇目」2010/8/24，臺北國光劇團。

3. 朱安麗「個人學藝經過」2010/8/24，臺北國光劇團。

4. 朱錦榮「個人學藝經過與教學劇目」2010/8/24，臺北國光劇團。

5. 孫麗虹「個人學藝經過與教學劇目1」2010/8/24，臺北國光劇團。

6. 馬寶山「個人學藝經過與教學劇目」，2010/8/24，臺北國光劇團。

7. 曹復永「個人學藝經過與教學劇目」，2010/8/29，臺灣戲曲學院木柵校區。

8. 蕭運生「劇校生的開蒙學藝」，2011/8/24，臺北蕭宅。

9. 王永春「榮春社武生開蒙戲」，2013/1/30，臺北國家戲劇院。

10. 白明鶯「個人學藝經過與教學步驟」，2014/2/12，臺灣戲曲學院內湖校區。

11. 楊蓮英「武旦劇目與大鵬教學」，2014/2/12，內湖咖啡廳。

12. 丁一保「個人學藝經過與教學經歷」，2014/2/20，臺灣戲曲學院木柵校區。

13. 張富椿「個人學藝經過與教學劇目」，2014/2/20，臺灣戲曲學院木柵校區。

14. 蕭運生「劇校生行開蒙戲的規劃」，2014/2/20，電訪。

15. 李來香「個人學藝經過與教學劇目」，2014/2/24，臺北臺灣戲曲學院內湖校區。

16. 李華齡「個人學藝經過與教學劇目」，2014/2/24，臺灣戲曲學院內湖校區。

17. 偶樹瓊「個人學藝經過」，2014/2/24，臺灣戲曲學院內湖校區。

18. 張宇喬「個人學藝經過」，2014/2/24，臺灣戲曲學院內湖校區。

19. 喻國雄「個人學藝經過與教學劇目」，2014/2/24，臺灣戲曲學院內湖校區。

20. 萬裕民「個人學藝經過與教學步驟」、「京劇科課程規劃」，2014/2/24，臺灣戲曲學院內湖校區。

21. 白明鶯「教學經驗漫談」2014/4/10，臺灣戲曲學院內湖校區。

22. 彭俊綱「武淨與武戲開蒙戲」。2014/4/17，於臺北國光劇團。

23. 孫麗虹「個人學藝經驗與教學劇目 2」2014/5/14，臺北孫宅。

大陸部分

1. 安雲武，「如何學習與教授《黃金台》」，2011/3/2，於臺北國光劇團。

2. 孫培鴻，「個人學藝經過」，2011/7/30，北京孫宅。

3. 吳澤東，「個人學藝經過與老生開蒙戲」2014/3/3，中國戲曲學院附屬中學。

4. 施翔，「個人學藝經過」、「中國戲曲學院京劇表演專業教學現況」，2014/3/3，中國戲曲學院附屬中學。

5. 高彤，「個人學藝經過與老生開蒙戲」2014/3/5，北京戲曲藝術職業學院。

6. 許翠，「北京戲校教學劇目規劃」，2014/3/5，北京戲曲藝術職業學院。

7. 張逸娟，「個人學藝經過與中國戲曲學院旦角教學劇目」，2014/3/7，中國戲曲學院。

8. 楊淼，「上戲附中京劇科概況」、「老生學藝經過」，2014/3/11，上海戲劇學院附屬戲曲學校。

附　錄

一、訪查人員簡介（依姓氏筆畫排序）

臺灣部分

1. 丁‥保，復興劇校第三期，工小花臉，在校師承李明德、邵明皋、唐復雄等。臺灣戲曲學院京劇學系丑角教師。

2. 王冠強，小大宛出身，在校習各行武戲（武生、武淨、武丑），師從李桐春、王少洲、許松林、陳慧樓、尚國華等，國光劇團導演及排練指導。

3. 王鳳雲，小大鵬第六期，工旦角，臺灣戲曲學院京劇學系青衣花旦教師。

4. 白明鶯，復興劇校第六期，工旦角，在校師承丁春榮等。臺灣戲曲學院京劇學系旦角教師。

5. 曲復敏，復興劇校第一期，工老生，進入復興劇團後，老生、老旦兩門抱，退休後兼任臺灣戲曲學院京劇學系老生教師。

6. 朱錦榮，大鵬劇校第五期，工淨行，在校師從蔣兆成、孫元坡、蔡松春等，中國文化大學中國戲劇學系講師。

7. 呂玉堃，北京市戲曲學校，師從羅榮貴、夏韻龍、王文祉，安雲武等，工淨行。後考入中國戲曲學院，師從宋富亭、趙榮欣、耿文超、馬名群、張關正、楊長秀、米福生等，兼習武生、老生。臺灣戲曲學院京劇學系淨角教師。

8. 李來香，大鵬劇校，工老旦，在校師承馬元亮等，臺灣戲曲學院老旦教師。

9. 李金棠，中華戲曲專科學校「金」字科畢業，在校師從陳少五、李洪春、丁永利、曹連孝、蔡榮桂、王榮山、李洪春、程永龍、高慶奎等，1948年隨顧劇團來臺，為臺灣四大鬚生之一，1977年赴美定居。

10. 李華齡，陸光劇校第一期，工武旦，在校師承穆成桐、岳春榮等，臺灣戲曲學院武旦教師。

11. 胡台鳳，小陸光第一期，在校期間師從趙原、馬元亮、孫元坡、孫元彬、馬述賢等，臺灣戲曲學院京劇學系青衣花旦教師。

12. 孫元坡（1930～2014），富連成「元」字科，工淨行。

13. 孫麗虹，大鵬劇校第五期，工小生，在校師承馬榮利、馬世昌等，國光劇團小生演員。

14. 張富椿，大鵬劇校第二期，師承孫元彬等，臺灣戲曲學院武生、基本功教師。

15. 張義傑，復興劇校第十八期畢業，工武生，在校師承李環春、賈彬侯、郭鴻田等，臺灣戲曲學院京劇學系武生教師。

16. 張義禮，張家班弟子，曾任國光藝校國劇科教師、國光劇團團員。

17. 曹復永，復興劇校第一期，工小生，在校師從陳金勝等，復興劇團團長、當家小生，臺灣戲曲學院小生教師。

18. 喻國雄，復興劇校第十二期，工小生，在校師承馬榮利、曹復永等，臺灣戲曲學院小生教師。

19. 楊蓮英，大鵬劇校第五期，工武旦，在校師承蘇盛軾、王永春等，臺灣戲曲學院武旦教師。

20. 萬裕民，復興劇校第二期，工小生，在校學藝期間師承陳金勝、馬榮利等，臺灣戲曲學院京劇學系主任。

21. 蕭運生，富連成科班「韻」字科。曾任陸光劇校、國光藝校京劇科劇藝組長。

大陸部分

1. 由奇，北京戲校畢業，工老生，現為北京京劇院老生演員。

2. 安雲武，1958年入北京戲曲學校，馬派老生，師從王少樓、馬連良，曾任北京戲校教師，北京京劇院一級演員。

3. 吳澤東，1959年入中國戲曲學校畢業，工老生，中國戲曲學院附中兼任老生教師

4. 施翔，1972年入中國戲曲學校，工武生，中國戲曲學院附中副校長、武生教師。

5. 孫永平，幼時於山東拜師學藝，教中國戲曲學院附中小生教師。

6. 孫培鴻，1959年入中國戲曲學校，工小生，中國京劇院小生演員，中國戲曲學院、中央戲劇學院教授。

7. 高彤，1981年入北京市戲曲學校，馬派老生，在校師從張繼英、楊汝震等，北京戲曲學校老生教師。

8. 張逸娟（1948～2018），1950 年代入中國戲曲學院，工花旦，曾爲中國戲曲學院附中校長，中國戲曲學院、中央戲劇學院教授。

9. 許翠，花旦演員／教師，拜師孫毓敏，任教於北京市戲曲藝術職業學校。

10. 楊淼，老生演員／教師，拜師葉蓬，上海戲劇學院附屬戲曲學校老生教師。

11. 何佩森，天津拜師學藝，工老旦，曾授李多奎親傳，退休後從事教學工作。

12. 吳澤東，1959 年入中國戲曲學校，工老生，在校學藝期間師承雷喜福、貫大元、等，退休後兼任中國戲曲學校老生教師。

二、藝人傳記與訪談演員之開蒙／教學劇目整理表

學戲者	開蒙行當	開蒙劇目		師承
李金棠	老生	三娘教子（薛倚）、黃金台		陳少五
李金聲〔註1〕	老生	擋亮、醉寫、舉鼎觀畫、六出祁山、度白簡		李春福
趙雲鶴〔註2〕	老生	南陽關、木蘭關、陽平關		張少甫
汪正華〔註3〕	老生	徐庶走馬薦諸葛		陳斌雨
李慧芳〔註4〕	老生	太白醉寫（由崑曲改編）、舉鼎觀畫、硃砂痣、魚藏劍		李玉龍
葉復潤	老生	黃金台		張鳴福
曲復敏	老生	轅門斬子、魚藏劍	教學劇目：雙投唐	張鳴福
安雲武	老生	黃金台		王少樓
吳澤東	老生	二進宮、上天台、黃金台、魚藏劍	教學劇目：二進宮、魚藏劍、黃金台	中國戲校 1959 年入校
李寶春	老生	二進宮、魚藏劍、探莊		北京戲校
王鶯華	老生	黃金台、魚藏劍		張鳴福／小大鵬十一期
鄒慈愛	老生	黃金台、魚藏劍、失空斬、四郎探母		張鳴福／國光藝校一期畢業

〔註1〕 封杰《京劇名宿訪談》，頁 128。
〔註2〕 趙雲鶴十五歲拜師張少甫學《黃金台》、《捉放曹》、《搜孤救孤》，封杰《京劇名宿訪談》，頁 52～53。
〔註3〕 封杰《京劇名宿訪談》，頁 257。
〔註4〕 封杰《京劇名宿訪談》，頁 122。

學戲者	開蒙行當	開蒙劇目	師承
高彤	老生	魚藏劍	北京戲校
盛鑑	老生	魚藏劍、黃金台、捉放曹	張鳴福／國光藝校三期畢業
由奇	老生	坐宮、上天台	趙菊陽
高美瑜	老生	黃金台、戰樊城、魚藏劍、烏盆計	復興劇校 27 期

學戲者	開蒙行當	開蒙劇目		師承
齊和昌〔註5〕	小生	探莊		狄春山
曹復永	小生	黃金台 荷珠配 轅門射戟 羅成叫關、岳家莊		張鳴福 周金福 陳金勝 劉俊華
孫永平	小生	美人查關、雅觀樓	教學劇目：羅成叫關、鐵弓緣	煙台手把徒弟
孫培鴻	小生	羅成叫關 岳家莊、黃鶴樓		陳盛泰
孫麗虹	小生	黃金台、鴻鸞禧、拾玉鐲、天水關、岳家莊 靠把戲：穆柯寨	教學：黃金台、探母·巡營 《穆柯寨》楊宗保起霸	馬榮利
萬裕民	小生	黃金台、打麵缸、金玉奴、拾玉鐲、岳家莊	教學：金玉奴、春秋配、拾玉鐲	陳金勝、馬榮利
喻國雄	小生	岳家莊		馬榮利／復興劇校
張旭南	小生	岳家莊		馬榮利／復興劇校
羅依明	小生	汾河灣、探母巡營		馬榮利、孫麗虹／國光藝校第五期

演員	開蒙行當	開蒙劇目	師承
李柏君〔註6〕	武生	賣弓記（摩天嶺）	劉相臣

〔註5〕 封杰《京劇名宿訪談續篇》，（北京：商務印書，2013），頁 29。
〔註6〕 林國源作、李柏君口述《尚派武戲香火：李柏君傳藝錄》，臺北：臺北藝術大學，2008。頁 28。

演員	開蒙行當	開蒙劇目	師承
張善麟	武生	探莊、夜奔、乾元山	蓋派家傳
吳素秋〔註7〕	武生 旦	白水灘、石秀探莊 賀后罵殿	趙盛壁 陳盛蓀
張富椿	武生	白水灘	孫元彬／小大鵬二期
吳興國	武生	白水灘、石秀探莊、林沖夜奔、花蝴蝶	復興劇校二期
朱陸豪	武生	探莊	賈斌侯、李環春／小陸光一期
唐文華	武生	兩將軍	林復琦／復興劇校七期
劉稀榮	武生	白水灘、三岔口、花蝴蝶	張富椿、趙振華
朱鴻釗	武生	白水灘	趙君麟
趙揚強	武生	探莊、白水灘	郭鴻田
李族興	武生	白水灘、夜奔、探莊	復興劇校
李佳麒	武生	白水灘	李桐春
王逸蛟	武生	白水灘 探莊	趙君麟 李環春
張家麟	武生	夜奔、探莊、花蝴蝶、白水灘	國光藝校
張義傑	武生	白水灘、探莊、花蝴蝶、夜奔	李環春、賈斌侯
華智暘	武生	白水灘	張富椿
曾冠東	武生	白水灘	郭鴻田

學習者	開蒙行當	開蒙劇目	師承／劇校
楊蓮英	武旦	泗州城	王永春
王鳳雲	旦角	小大鵬第一齣《宇宙鋒》	劉鳴寶
胡台鳳	旦角	三擊掌	趙原／小陸光一期
井玉玲 （小大鵬八期）	武旦 花旦	泗洲城 拾玉鐲	蘇盛軾 劉鳴寶
李光玉 （小陸光二期）	旦角	青衣：花園贈金、彩樓配 花旦：小放牛 武旦：搖錢樹	秦慧芬 周金福 岳春榮

〔註7〕封杰《京劇名宿訪談》，頁83。

學習者	開蒙行當	開蒙劇目	師承／劇校
白明鶯	青衣花旦	五花洞 宇宙峰	丁春榮
朱安麗	花旦武旦	青衣：賀后罵殿、花園贈金。 花旦：拾玉鐲、鴻鸞禧。 武旦：搖錢樹、泗州城	韓媽媽

演員	開蒙行當	開蒙劇目	開蒙教學劇目	師承
何佩森	老旦	釣金龜、遇后	望兒樓	拜師學藝
李來香	老旦	遇后、望兒樓	大登殿	馬元亮／小大鵬
張大環	老旦	望兒樓	釣金龜	北京戲校

演員	開蒙行當	開蒙劇目	師承／科班／戲校
錢鳴業〔註8〕	淨	探陰山	鳴春社
孫元坡	淨	棗陽山（單雄信）	富連成
張義禮	淨	白良關（尉遲敬德）	張家班
朱錦榮	淨	探陰山、大回朝、天水關	小大鵬五期
偶樹瓊 （復興劇校四期）	淨	渭水河	车金鐸
李小平	淨	芒碭山（張飛）	小陸光三期
呂玉堃	淨	大探二、鍘美案、赤桑鎮	中國戲校

演員	開蒙行當	開蒙劇目	師承／科班／戲校
王永春	武丑	八大拿的戲	沈富貴／鳴春社
尹來有	丑	打刀	劉鳴寶、董盛村／小大鵬四期
丁一保	丑	五花洞	李明德
張宇喬	丑	白水灘 二龍山 文丑：雙怕妻	吳德桂 紹鳴皋
謝冠生	丑	小放牛、黃金台	國光藝校第二期畢業

〔註8〕 封杰《京劇名宿訪談續篇》，（北京：商務印書，2013），頁118。

三、本文科班、劇校、演員開蒙劇目表

*富連成資料來源於《富連成三十年史》，見本書第二章。其他科班、劇校、演員來自傳記或訪談，另加註。劇藝學校課程標準來自民國七十八年臺灣教育部社教司《劇藝學校課程標準》之國一與國二授課劇目，見本書第三章。中國戲曲學院附中 2013 資料來自京劇表演專業教學大綱、北京戲校 2013 資料來源北京戲曲藝術職業學院課程教學大綱、臺灣戲曲學院 2013 資料來源訪談各科教師。

行當	富連成	劇藝學校課程標準 1989	中國戲曲學院附中 2013	北京戲校 2013	臺灣戲曲學院 2013
老生	金馬門 捉放曹 舉鼎 法門寺 桑園會 二進宮 托兆碰碑 失街亭 龍鬥 取滎陽 樊城長亭 鳳鳴關 伐東吳 溪皇莊 戰太平 黃金台 醉寫 打金枝 上天台 取城都 魚藏劍 賣馬 定軍山 打漁殺家 天水關	五花洞 黃金台 魚藏劍 武家坡 大登殿 賀后罵殿	二進宮 上天台 賀后罵殿 大保國 黃金台 魚腸劍 三擊掌 蘆花河 武家坡	黃金台 魚藏劍 上天台 二進宮 浣紗記 借東風 捉放曹 賀后罵殿	曲復敏教授：雙投唐

行當	富連成	劇藝學校課程標準 1989	中國戲曲學院附中 2013	北京戲校 2013	臺灣戲曲學院 2013
小生	飛虎山 岳家莊	黃金台花園贈金 彩樓配 打麵缸<u>頂花磚</u> 鴻鸞禧	岳家莊 董家山 宗保巡營 拾玉鐲 紅鬃烈馬 羅成叫關	岳家莊 探母巡營 石秀探莊 飛虎山	喻國雄教授： 視學期課綱 萬裕民：金玉奴、春秋配
武生	白水灘 花蝴蝶 界牌關 大神州	搖錢樹 武文華 摩天嶺 白水灘 花蝴蝶 蜈蚣嶺 探莊	石秀探莊 林沖夜奔 武松打虎 武文華 乾元山 蜈蚣嶺	石秀探莊 夜奔 蜈蚣嶺 武松打虎 白水灘 神州擂 神亭嶺	張義傑教授： 白水灘
青衣	二進宮 三娘教子 五花洞 宇宙鋒 南天門 桑園寄子 彩樓配 探窯 硃砂痣 祭江	大登殿 武家坡 花園贈金 彩樓配 探陰山 賀后罵殿	二進宮 三擊掌 大保國 武家坡 彩樓配 賀后罵殿	二進宮 三擊掌 下山 大保國 金山寺 金水橋 思凡 春秋配 浣紗記 彩樓配 探寒窯 賀后罵殿	白明鶯教授： 鴻鸞禧、女起解、春秋配、大登殿
花旦	小過年 打刀 打皂王 打槓子 查頭關 掃地掛畫 董家山 賣餑餑 鴻鸞禧 鐵弓緣	五花洞 打麵缸 鴻鸞禧 <u>頂花磚</u>	小上墳 小放牛 拾玉鐲 春香鬧學 賣水 櫃中緣	三不願意 小放牛 打灶王 豆汁計 拾玉鐲 春香鬧學 櫃中緣	

行當	富連成	劇藝學校課程標準 1989	中國戲曲學院附中 2013	北京戲校 2013	臺灣戲曲學院 2013
武旦	泗洲城 搖錢樹 青石山 奪太倉 東昌府	白水灘 五花洞 搖錢樹	打青龍 打孟良 扈家莊	青龍棍 打孟良 打焦贊	李華齡教授： 搖錢樹、盜草、打青龍
老旦		釣金龜 遇太后 大登殿	釣金龜 遇皇后 望兒樓	釣金龜 望兒樓 沙家浜	李來香教授： 大登殿、探母、遇后
文淨	鍘包勉 大回朝 魚藏劍 嘆皇陵 捉放曹 反五侯 取洛陽 失街亭	黃金台 五花洞 魚藏劍 遇太后 探陰山	銅錘： 二進宮 大保國 探皇陵 上天台 遇皇后 大回朝 渭水河 架子： 雙李逵 太行山 黃金台 美良川	二進宮 探皇陵 大保國 大回朝 副課：蘆花蕩	李曉明教授： 御果園
武淨	青石山 白水灘 演火棍 摩天嶺	白水灘 五花洞 武文華 摩天嶺 蜈蚣嶺 花蝴蝶 二龍山	上天台 姚期 姚剛 二進宮 蘆花蕩 武文華 探莊 欒廷玉	蘆花蕩 盜馬 大探二	
文丑	賣餑餑 小過年 五花洞 四進士	彩樓配 五花洞 黃金台 打麵缸 釣金龜	釣金龜 女起解 小放牛 盤吳（按：應為盤關）打城隍	鐵弓緣（婆子丑） 釣金龜（茶衣丑） 黃金台（對白）	周鍾麟教授： 雙背凳 丁一保教授： 渭水河念白、打城隍、遇后、打麵缸

行當	富連成	劇藝學校課程標準 1989	中國戲曲學院附中 2013	北京戲校 2013	臺灣戲曲學院 2013
		頂花磚 鴻鸞禧 摩天嶺 探陰山 遇太后			
武丑		白水灘 摩天嶺 搖錢樹 花蝴蝶 二龍山	九龍杯選場 小放牛 海舟過關	小放牛 頂燈 時遷偷雞 白水灘	

四、1982～2017 臺灣京劇（含國劇、平劇）學位論文 〔註9〕

研究範圍	論文名稱	研究生	大學院校	系所	畢業年
歷史變遷（含劇團班社史演出史政策）	從三民主義文化建設論我國文藝發展——以一九四○至一九九○年國劇發展為實例	高小仙	政治作戰學院	政治研究所	1990
	大陸地區「京劇」的變遷及其社會文化含意	李元皓	中國文化大學	中國大陸研究所	1997
	流派藝術在京劇發展史上的意義	林幸慧	國立清華大學	中國文學系	1998
	九零年代臺灣京劇新作及其社會文化意涵研究	劉浩君	國立清華大學	中國文學系	2001
	近代城市京劇女演員（1900～1937）——以滬、平、津為中心的探討	張遠	國立臺灣大學	歷史學研究所	2002

〔註9〕 博士論文將於系所後面標註，其餘未標註者皆為碩士論文。左欄分類後依畢業年排序。

研究範圍	論文名稱	研究生	大學院校	系所	畢業年
	《申報》戲曲廣告所反映的上海京劇發展脈絡：1872～1899	林幸慧	國立清華大學	中國文學系博士論文	2005
	齊如山京劇參與之探討	陳淑美	佛光人文社會學院	藝術學研究所	2005
	近代上海畫報戲劇畫之研究（1884～1912）	吳憶偉	國立臺北藝術大學	戲劇學系碩（博）士班	2006
	臺灣本地京調票房之研究——兼論其本地化發展的文化意義	謝昌益	國立臺灣藝術大學	表演藝術研究所	2006
	京劇老生、旦行流派之形成與分化轉型研究	李元皓	國立清華大學	中國文學系博士論文	2007
	戰後初期來台上海京班研究——以「張家班」為論述對象	高美瑜	中國文化大學	戲劇研究所	2007
	兩岸禁戲研究	吳怡穎	國立清華大學	中國文學系	2008
	晚清浮世繪：《游戲報》與上海文人的文化想像	蔡佩芬	國立暨南國際大學	中國語文學系	2009
	華燈初上：上海新舞台（1908～1927）的表演與觀看	洪佩君	國立暨南國際大學	中國語文學系	2009
	論王安祈與臺灣京劇發展	張芳菱	逢甲大學	中國文學所	2010
	休閒與事業：清末民初的京劇票界（1871～1929）	曹官力	臺灣大學	戲劇學研究所	2011
	品花到賞藝——清代北京相公堂子對京劇旦行表演藝術影響之研究	劉萍	臺北藝術大學	建築與文化資產研究所	2012
	「文革」時期樣板戲之研究	黃奎嘉	國立中央大學	歷史研究所碩士在職專班	2012

研究範圍	論文名稱	研究生	大學院校	系所	畢業年
	從周信芳看近現代上海京劇之發展（1895～1949）	林慧真	國立成功大學	中國文學系碩博士班	2012
	台視「國劇社」電視戲曲研究（1963～1988）	黃慧芬	中國文化大學	戲劇學系	2012
	從余上沅的「國劇」觀略論中國清末民初的中西戲劇美學交涉現象	宋雅庭	南華大學	文學系	2013
	京劇知識形成、商業宣傳與演員中心現象	李湉茵	國立清華大學	中國文學系博士論文	2016
	歐陽予倩桂劇改良之探析	鄒優璋	國立臺北藝術大學	戲劇學系碩士班	2016
	尋找主體性——王安祈的國光「新」劇研究（2004～2016）	林黛琿	國立臺灣師範大學	國文學系博士論文	2016
	報刊媒體與京劇坤伶的明星化（1912～1937）	張雅筑	國立中央大學	中國文學系	2016
	20 世紀初年上海義務戲的發展（1905～1937）	張穎	國立中山大學	中國文學系研究所	2014
	臺灣崑曲發展的傳承脈絡	林宜貞	國立臺南大學	戲劇創作與應用學系碩士班	2014
	台南地區民間京劇活動之研究	曾子玲	國立中央大學	中國文學系博士論文	2013
	臺灣京劇演員參與崑劇演出研究（1949～2013）	李巧芸	國立中央大學	中國文學系	2013
	陳小潭《國劇月刊》研究	許汶琪	國立中央大學	中國文學系	2013
劇目文本	皮黃「鼎盛春秋」研究	吳亞梅	中國文化大學	藝術研究所	1982
	平劇四郎探母研究	韓仁先	輔仁大學	中國文學研究所	1990

研究範圍	論文名稱	研究生	大學院校	系所	畢業年
	臺灣兒童戲曲創作研究	楊弘瑜	國立臺南大學	戲劇研究所	2006
	紅鬃烈馬之起源及其情節架構之研究	周天麟	中國文化大學	藝術研究所	1991
	京劇「四郎探母」之研究	李淑娟	中國文化大學	藝術研究所	1992
	田漢傳統戲曲觀及劇作研究	張曉燕	國立清華大學	文學研究所	1994
	當代傳奇劇場舞台演出本之研究	柯曉姍	中國文化大學	藝術研究所	1999
	上黨梆子《三關排宴》及京劇《四郎探母》之情節結構比較研究	鄭榮華	中國文化大學	戲劇研究所	2001
	試／戲妻戲曲的演出發展及其意涵研究——以京劇盛行年代爲主要析論範圍	林芷瑩	國立清華大學	中國文學系	2002
	清代楚曲劇本及其與京劇關係之研究	丘慧瑩	國立高雄師範大學	國文學系博士論文	2005
	臺灣當代新編京劇劇作藝術之研究（1949～2005）	韓仁先	中國文化大學	中國文學研究所博士論文	2006
	臺灣兒童戲曲創作研究	楊弘瑜	國立臺南大學	戲劇研究所	2006
	京劇與歌仔戲《孔雀膽》之比較探究	曾琴芳	國立臺灣師範大學	國文學系	2006
	當代中國戲劇對布雷希特之「高加索灰欄記」的改編與表演研究	洪珮柔	東吳大學	英文學系	2009
	從現代小說改編的臺灣京劇研究（1990～2008）	林俐慈	國立臺灣師範大學	國文學系	2009

研究範圍	論文名稱	研究生	大學院校	系所	畢業年
	國光劇團二十一世紀初愛情京劇之研究	張瀛鐸	高雄師範大學	國文學系	2010
	臺灣新編京劇的主題、敘事技法與舞台呈現之探討	林淑薰	國立政治大學	中國文學研究所博士論文	2010
	京劇老戲的修編與改編研究——以劉慧芬「國光」劇作為範圍	黃嘉平	國立臺灣師範大學	國文學系	2010
	新編京劇《金鎖記》文本之視覺符號分析	劉怡君	國立臺灣藝術大學	戲劇學系	2013
	辻聽花京劇劇評所反映清末民初演劇與新聞的關係	盧琳	國立臺灣大學	戲劇學研究所	2014
	舊京城　新曙光論1930年代的齊如山與北平國劇學會及其期刊	陳淑美	國立中央大學	中國文學系博士論文	2014
	臺灣的京劇創作與改編（1949～1965）——由政治與社會觀點的考察	黃書瑾	國立中央大學	中國文學系	2014
	繁花過境：大陸京劇團在台灣演出研究（1992～2010）	鄭欣	中國文化大學	戲劇學系	2014
	京劇明星與上海摩登——《申報》中的梅蘭芳（1913～1937）	楊慈娟	國立臺灣師範大學	歷史學系	2014
	從語藝視野觀點解構台灣京劇在中華文化復興運動下的歷史價值	侯剛本	世新大學	傳播研究所博士論文	2014
	清代宮廷演劇研究	文淑菁	國立臺灣師範大學	國文學系博士論文	2015

研究範圍	論文名稱	研究生	大學院校	系所	畢業年
劇本人物	現代革命京劇（樣板戲）中婦女形象之探討	李翠芝	中國文化大學	藝術研究所	1996
	京劇楊家將女性群像——從傳統到當代	郭斯貽	國立臺灣大學	戲劇學研究所	1997
	戲曲中的潘金蓮研究——以京崑爲主要討論對象	洪慧容	中國文化大學	藝術研究所	1998
	十五貫在崑劇與京劇之探討	韓昌雲	國立臺灣大學	戲劇研究所	1998
	現代革命京劇（樣板戲）女性角色塑造與唱腔分析	林雅萩	國立清華大學	中國文學系	2008
	老哈姆雷特鬼魂的中國演譯：跨文化劇場的潛力與限制	馮雅倫	國立清華大學	外國語文學系	2008
	革命樣板戲的人物形象與角色行當研究	葉衛璇	國立臺灣藝術大學	表演藝術研究所	2009
	臺灣新編京劇女性形象研究	林胤華	國立中央大學	中國文學研究所	2010
	論曹操與陳宮京劇劇目中戲劇行動及性格統一率	鍾謦宇	中國文化大學	戲劇學系碩士班	2011
	藉京劇全本《羅成》看戲曲與人物的轉化	曾子津	國立成功大學	中國文學系碩士班	2011
	國光劇團新編京劇的女性書寫研究	王文伶	臺北市立教育大學	中國語文學系碩士班	2012
	京劇劇本中的果報特色探討	董慧娟	銘傳大學	應用中國文學系碩士在職專班	2014
	傳統與創新：亞里斯多德理論視角下的兒童京劇《三國計中計》	薛怡芬	國立屏東教育大學	文化創意產業學系	

研究範圍	論文名稱	研究生	大學院校	系所	畢業年
表演導演（含演藝歷程)	京劇《泗州城》武旦的表演藝術研究——泗州城舞台藝術之特質	王廷尹	中國文化大學	藝術研究所戲劇組	1995
	傳統戲曲旦行表演新詮釋——以當代京劇《穆桂英掛帥》、《杜鵑山》及《慾望城國》之劇場表演爲範疇	柯立思	國立藝術學院	戲劇學系戲劇碩士班	2000
	京劇小生行當表演藝術之研究	馬薇茜	中國文化大學	藝術研究所戲劇組	2004
	徘徊在傳統與現代交織中的表演——我在創作中對傳統戲劇元素的思考與應用	施多麟	臺北藝術大學	劇場藝術研究所	2006
	李寶春京劇藝術研究（1991～2006)	吳桂李	中國文化大學	藝術研究所戲劇組	2007
	魏海敏當代京劇表演創作研究	邱詩婷	臺灣大學	戲劇學研究所	2008
	京劇小生表演藝術研究	趙延強	佛光大學	藝術學研究所	2008
	京劇小生藝術研究——以葉盛蘭爲論述對象	黃琦	國立中央大學	中國文學研究所	2008
	京劇孫悟空表演藝術之探究	張宇喬	佛光大學	藝術學研究所	2009
	京劇武旦表演之研究	劉麗株	佛光大學	藝術學研究所	2009
	京劇武生行當表演藝術之研究以《林沖夜奔》爲例	張義傑	佛光大學	藝術學研究所	2009
	傳承與新詮——程硯秋表演藝術研究	黃兆欣	國立臺灣藝術大學	表演藝術研究所	2010
	李少春京劇表演藝術研究	劉承恩	中國文化大學	戲劇學系碩士班	2010

研究範圍	論文名稱	研究生	大學院校	系所	畢業年
	京劇丑角小戲研究	丁一保	佛光大學	藝術學研究所	2010
	京劇短打武戲之研究——以《嘉興府》為例	王冠強	佛光大學	藝術學研究所	2011
	京劇刀馬旦表演藝術之研究	唐瑞蘭	佛光大學	藝術學研究所	2011
	復興京劇　永矢弗諼：論曹復永先生之藝術生涯	尹崇儒	淡江大學	歷史學系碩士班	2011
	擺盪於創新與傳統之間：重探「當代傳奇劇場」（1986～2011）	吳岳霖	國立中正大學	中國文學系暨研究所	2012
	京劇《虹霓關》旦角表演藝術研究——以梅蘭芳為討論重心	劉珈后	佛光大學	藝術學研究所	2012
	哈元章之京劇老生初探	吳純瑜	臺北藝術大學	建築與文化資產研究所	2012
	李小平京劇導演藝術研究	許富堯	臺北市立教育大學	中國語文學系碩士班	2013
	京劇中的雜技表演研究	楊舒晴	佛光大學	藝術學研究所	2013
	論京劇中的「蹻」	朱安麗	佛光大學	藝術學研究所	2013
	京劇丑角的現代詮釋：以《徐九經升官記》為例	林芙彤	國立臺灣藝術大學	戲劇學系	2017
	京劇花衫行當研究	周霈霈	佛光大學	藝術學研究所	2016
	論關良戲曲人物畫與蓋叫天武戲之關聯性	邱立欣	國立中央大學	藝術學研究所	2016
	京劇丑角舞台語言之研究——以名丑蕭長華《法門寺》為例	許孝存	中國文化大學	戲劇學系	2014

研究範圍	論文名稱	研究生	大學院校	系所	畢業年
	台灣「京劇全才旦角」王鳳雲舞台藝術研究	陳秉蓁	佛光大學	藝術學研究所	2015
	業餘到專業演員案例之研究——以京劇淨角陳元正爲例	鄭農正	中國文化大學	戲劇學系	2015
	京劇「蹻功」的舞台藝術研究——以《辛安驛》爲例	金孝萱	佛光大學	藝術學研究所	2014
	興廢繼絕：論戲曲中的「蹻」文化及其傳承	萬裕民	佛光大學	藝術學研究所	2014
	京劇丑角玩笑戲研究——以《打搠子》爲例	謝孟家	佛光大學	藝術學研究所	2014
	哈元章京劇藝術生涯之探討	哈憶平	佛光大學	藝術學研究所	2014
	戲曲舞蹈《昭君出塞》中馬鞭身段之流變～以京劇名伶尙小雲、顧正秋、魏海敏、唐瑞蘭之演出版本爲範	王慧琳	國立臺灣藝術大學	舞蹈學系	2014
	京劇武旦之表演藝術研究——以虹橋贈珠、新泗州城與泗州城爲例	游瑋鈴	佛光大學	藝術學研究所	2014
	京劇旦行表演傳承與對話——以陳德霖、王瑤卿與梅蘭芳、程硯秋爲例	黃兆欣	國立中央大學	中國文學系博士論文	2014
	戴綺霞京劇藝術與傳承研究	朱祐誼	佛光大學	藝術學研究所	2014
	尋找演員的存在感——起霸作爲一種身體行動方法	楊筠圃	國立臺北藝術大學	戲劇學系碩士班	2014

研究 範圍	論文名稱	研究生	大學院校	系所	畢業年
音樂、 唱腔	平劇中武場音樂之研究	溫秋菊	文化大學	藝術研究所	1982
	梅蘭芳平劇唱腔研究	林珀姬	國立臺灣師範大學	音樂研究所	1984
	北管與京劇音樂結構比較——以西皮二黃爲主	王一德	國立臺灣師範大學	音樂研究所	1991
	京劇二黃腔調考——樣板戲中二黃腔調的調式結構分析	李文心	文化大學	藝術研究所	1994
	京劇鑼鼓中鼓佬的手勢研究	陳永生	國立藝術學院	音樂學系碩士班	1999
	從符號體系到表演機制：一個以京劇鑼鼓爲中心的研究	翁柏偉	國立臺灣大學	音樂學研究所	2001
	京劇劇場中唱腔之符號性分析——以《四郎探母》爲例	李永郁	臺北藝術大學	音樂學研究所碩士班	2006
	北管新路戲曲與皮黃唱腔之比較——以《三進宮》爲例	林世連	臺北藝術大學	傳統藝術研究所	2007
	傳統京劇自然聲演出之主觀評估	余亞蓁	國立臺灣科技大學	建築系	2007
	梁訓益京胡藝術之研究	黃建華	佛光大學	藝術學研究所	2010
	京劇創意性鑼鼓初探	劉大鵬	佛光大學	藝術學研究所	2010
	《快雪時晴》之音樂研究	劉慧文	國立臺灣藝術大學	戲劇學系表演藝術碩士班	2011
	從傳統與現代結合中看臺灣京劇音樂發展——以國立國光劇團演出製作爲例	林明燕	國立臺南藝術大學	民族音樂學研究所	2011

研究範圍	論文名稱	研究生	大學院校	系所	畢業年
	京劇音樂的傳統到創新——以京劇《白蛇傳》音樂爲研究範圍	吳幸融	佛光大學	藝術學研究所	2013
	京劇鑼鼓程式化之打法研究——以「男起霸」、「引子」、「定場詩」、「唱腔鼓套子」爲例	呂永輝	國立臺灣藝術大學	戲劇學系表演藝術碩士班	2016
	京劇旦角小嗓的母音頻譜特徵	路昌容	國立臺北護理健康大學	語言治療與聽力研究所	2016
	趙咏山《黑頭與花旦》中京劇角色與京胡演奏法運用之探討	蕭杏芸	國立臺灣師範大學	民族音樂研究所	2016
	從客家戲探討京劇音樂的移植與發展——以《孫悟空借扇》、《盜仙草》、《殺四門》、《擋馬》爲例	張育婷	國立臺中教育大學	音樂學系碩士班	2017
	箏曲《曉霧》和《戲韻》中京劇音樂素材及創作手法之研究	許馨方	國立臺灣藝術大學	中國音樂學系	2015
	中國傳統擊樂素材於華人現代擊樂作品之運用	徐啓浩	國立臺北藝術大學	音樂學系博士論文	2014
	論京劇曲牌〔夜深沉〕之擊樂藝術及其在當代作品中的運用	黃郁孜	國立臺灣藝術大學	中國音樂學系	
	琵琶在新編京劇音樂中的角色探討	李亦舒	佛光大學	藝術學研究所	2014
	京劇鑼鼓在中國打擊樂曲中之運用以《夜深沉》、《鬧天宮》、《劇‧擊》爲例	游若妤	中國文化大學	音樂學系中國音樂組	

研究範圍	論文名稱	研究生	大學院校	系所	畢業年
	京劇鑼鼓應用之探討	吳承翰	國立臺灣藝術大學	戲劇學系表演藝術碩士班	
京劇教育	臺灣京劇教育與就業現況之研究（1949～1999）	侯剛本	中國文化大學	戲劇研究所	2001
	當代臺灣京劇青年之生涯意識	涂珮萱	國立中央大學	中國文學系	2013
	臺灣京劇演員「隨團培育」之研究——以王冠強爲例	高素華	佛光大學	藝術學研究所	2016
學校戲曲知識教學	臺灣京劇文武場教育發展、現況與影響	王學彥	東吳大學	音樂學系	2003
	國立臺灣戲曲專科學校地理課程的實施	周玫誼	國立臺灣師範大學	地理學系在職進修碩士班	2005
	國立臺灣戲曲專科學校學生生涯發展之研究	玉天	臺北市立體育學院	運動科學研究所	2006
	戲曲文武場教學之研究——以臺灣戲曲專科學校爲例	黃月雲	佛光人文社會學院	藝術學研究所	2006
	臺灣戲曲學院學生入學動機之研究	楊蓮英	臺北市立體育學院	運動科學研究所	2008
	臺灣戲曲學院小學部學生學習動機與阻礙因素之研究	王芊云	臺北市立教育大學	體育學系體育教學碩士學位班	2010
	青少年父母管教方式、自我概念與生活適應之相關研究——以國立臺灣戲曲學院爲例	周翠紅	中國文化大學	生活應用科學系碩士在職專班	2013
	做中學——從文本出發的戲曲賞析課程	李雨珊	國立臺南大學	戲劇創作與應用學系碩士班	2016

研究範圍	論文名稱	研究生	大學院校	系所	畢業年
劇本創作	兒童京劇劇本創作：兼談基本理念	張志瑜	中國文化大學	戲劇研究所	2004
	畢業作品集《祭塔》、《長阪坡》	趙雪君	國立臺灣大學	戲劇學研究所	2004
	畢業作品集《眞‧假孤兒》、《鮫人祭》	吳明倫	國立臺灣大學	戲劇學研究所	2005
	畢業劇本：新編京劇《垂簾》與改編京劇《黛玉焚稿》	李靈	國立臺灣大學	戲劇學研究所	2010
	京劇《深淵》劇本創作暨創作報告	周淑芬	中國文化大學	戲劇學系碩士班	2010
	戲曲劇本創作集：《唐明皇報到》、《賭男》、《范進中舉》	陳文梓	國立臺灣大學	戲劇學研究所	2011
	新編京劇創作《俠女》、改編京劇《歸鄉》	劉靜宜	國立臺灣大學	戲劇學研究所	2011
	將軍	鄧凱綸	國立臺北藝術大學	劇本創作研究所碩士班	2011
	紅衣與金箭	邢本寧	國立臺北藝術大學	劇場藝術創作研究所劇本創作組	2012
	戲曲劇本創作集：《伍員求劍》和《人面桃花》	蘇逸茹	國立臺灣大學	戲劇學研究所	2012
	《七日鬼差》、《馴蝶人》及其創作說明	楊純華	國立臺灣大學	戲劇學研究所	2014
劇場舞美服裝化妝臉譜	圖像符號傳播的語文式思考：以符號學詮釋國劇臉譜爲例	張毓吟	國立交通大學	傳播科技研究所	1994
	國劇服裝及其意義研究	楊淑錦	輔仁大學	織品服裝學系	1999
	臺灣新編京劇中現代劇場方法運用之研究——以「國立臺灣戲專國劇團」爲例	倪雅慧	國立成功大學	藝術研究所	2000

研究範圍	論文名稱	研究生	大學院校	系所	畢業年
	劇場現代化對臺灣新編京劇表演藝術之影響——以國光劇團爲例	紀家琳	中國文化大學	戲劇研究所	2003
	臺灣京劇劇場溯源——京劇表演程式與展演空間之研究	何元佳	中原大學	建築研究所	2005
	水衣材質對國劇演員穿著經驗影響之研究	蕭光槺	輔仁大學	織品服裝學系	2005
	京劇服裝「靠」之形制設計與舞台應用	侯春富	國立臺灣藝術大學	應用媒體藝術研究所	2007
	國劇臉譜之意象認知及其設計應用	董倫達	大同大學	工業設計學系（所）	2008
	當代戲曲舞台空間設置繼承與發展——以1980 年以後臺灣京劇團原創劇目（1980～2008）爲例	朱智謙	中國文化大學	戲劇研究所	2009
	京劇臉譜探討——從王少洲臉譜藝術切入的比較研究	閻俊霖	佛光大學	藝術學研究所	2010
	京劇臉譜之研究——以三國人物爲例	曾憲壽	佛光大學	藝術學研究所	2011
	京劇容妝之研究	邢源琳	佛光大學	藝術學研究所	2012
	京劇旦行容妝施作研究	張美芳	佛光大學	藝術學研究所	2012
	傳統京劇盔帽藝術運用與製作之研究	游純嘉	佛光大學	藝術學研究所	2013
跨劇種、跨文化、跨界	慾望現代與混血表演：1986～2006當代傳奇劇場作品初探	鄭傑文	國立臺灣大學	戲劇學研究所	2008
	臺灣客家戲受京劇影響之研究——以榮興客家採茶劇團爲例	陳芝后	佛光大學	藝術學研究所	2010

研究範圍	論文名稱	研究生	大學院校	系所	畢業年
	京劇動作與後現代舞蹈的轉化與融合——以舞蹈空間舞團《再現東風》爲例	洪銀玲	國立臺灣藝術大學	戲劇與劇場應用學系碩士班	2011
	節奏複雜度之分析與應用——以北管與京劇爲例	廖晉霆	元智大學	資訊傳播學系	2011
	論《趙氏孤兒》的變體呈現——以京劇、歌仔戲和電影爲例	楊恩典	國立臺灣藝術大學	戲劇學系	2012
	國光劇團跨文化京劇的改編與詮釋	紀聖美	國立臺北教育大學	語文與創作學系碩士班	2013
	臺灣京劇小劇場研究：以國光劇團四部作品爲例	邱子謙	中國文化大學	戲劇學系	2017
	吳興國程式化與化程式表演特色研究：以《李爾在此》爲例	盛榮萱	國立臺北藝術大學	戲劇學系碩士在職專班	
	當代傳奇劇場《暴風雨》演出的「虛擬性」表現	馬光弘	國立臺灣藝術大學	戲劇學系表演藝術碩士班	
	京劇跨領域合作表演之探討——以《埃及豔后與她的小丑們》作品爲例	孫元城	國立臺灣藝術大學	戲劇學系表演藝術碩士班	
	京劇小劇場《賣鬼狂想》研究——一個演出者的劇場體驗	陳富國	佛光大學	藝術學研究所	
	京劇唱腔在電影之應用——以《霸王別姬》爲例	陳禹彤	國立成功大學	藝術研究所	2015
	京劇《胭脂虎與獅子狗》之跨文化戲曲改編研究	徐英涵	國立成功大學	藝術研究所	2015

研究範圍	論文名稱	研究生	大學院校	系所	畢業年
	中西《弄臣》七版本研究	丁文泠	國立成功大學	藝術研究所	2015
	翻譯、改寫暨型式和內容之操縱——以吳興國改編莎劇《馬克白》成《慾望城國》爲例	李若竹	國立彰化師範大學	翻譯研究所	2014
	臺灣嘻哈表演互文的研究——以《兄妹串戲（2011）》等爲例	潘文菁	國立臺灣藝術大學	戲劇學系表演藝術碩士班	
	臺灣京崑戲曲小劇場研究（2004～2011）	呂佳蓉	國立政治大學	中國文學系	2013
	《李爾在此》之跨文化劇場改編研究	侯汶姍	國立成功大學	藝術研究所	2013
	吳興國版《蛻變》之閾限性	張彩鸞	國立臺灣師範大學	英語學系	2013
劇團經營	論軍中劇隊在臺灣京劇史上的影響——以陸光國劇隊爲析論範圍	劉先昌	中國文化大學	藝術研究所	1998
	當代臺灣地區京劇劇團經營管理及其美學之研究	蔡培煌	南華大學	美學與藝術管理研究所	2002
	國家京劇團之設置與營運研究——由國光、臺灣戲專兩京劇團之整併談雙軌體制	楊宗陶	國立臺北藝術大學	藝術行政與管理研究所碩士班	2003
	表演藝術團體行銷之研究：以國立國光劇團爲例	陳姿宏	國立政治大學	廣告學系	2006
	從組織行爲架構探討臺灣京劇團隊經營策略——以臺灣京崑劇團爲例	曹恩瑋	長庚大學	商管專業學院	2015

研究範圍	論文名稱	研究生	大學院校	系所	畢業年
數位科技	傳統京劇衣箱管理導入無線射頻辨識系統之研究	林丕	中國文化大學	資訊管理研究所碩士在職專班	2006
	WebQuest 運用於國小六年級京劇欣賞之學生學習歷程與成效	彭心晏	臺北市立教育大學	音樂學系教學碩士學位班	2010
	傳統京劇服裝建立數位化管理之探討	馬淑娟	佛光大學	藝術學研究所	2013
	中國京劇臉譜圖案應用之研究	陳美均	大同大學	設計科學研究所	2016
觀賞行為	大學生之生活型態與國劇觀賞行為之研究	謝耀龍	國立政治大學	企業管理研究所	1986
工作能力	京劇表演人員肌肉骨骼傷害與工作能力探討研究	曾冠儒	中國文化大學	勞工關係學系